Stimmen zu
Geheimnis der Liebe
und
Teresa Medeiros

„Eine spritzige Erzählung – gewohnt meisterlich wie Medeiros' beste Romane.“ – *Publisher's Weekly*

„Absolut wunderbar! Medeiros schreibt so herrlich fesselnd, dass man bis in die frühen Morgenstunden liest.“ – *Historical Romance Club*

„Mrs Medeiros übertrifft sich selbst mit diesem großartigen Liebesroman. Ein herrliches Leseerlebnis.“ – *The Best Reviews*

„Fünf Herzen – ein Buch, das man nicht aus der Hand gibt. Medeiros macht in ‚Geheimnis der Liebe' alles richtig. – *The Oakland Daily Press*

„Eine meisterhaft geschriebene Liebesgeschichte – eine dieser Geschichten, von denen man sich wünscht, dass sie nie aufhören.“ – *America Online Romance Fiction Forum*

Weitere Romane der Autorin

Geheimnis der Liebe
Eine skandalöse Nacht
Sündiger Engel
Wenn die Nacht dich küsst
Wenn der Wind dich ruft
Die Lady und der Rächer
Verführerischer Hinterhalt
Unwiderstehliche Küsse
Eine verlockende Braut
Gefangene der Leidenschaft
Ungezähmtes Verlangen
Wilder als ein Traum
Teuflische Küsse
Rebellin der Liebe
Verführt
Magie der Liebe
Verzauberte Herzen
Süßes Feuer
Geliebte Rächerin

Geheimnis der Liebe

Dein bis zum Morgen

von

Teresa Medeiros

Aus dem Amerikanischen von
Ute-Christine Geiler

AMBER HOUSE BOOKS

Originaltitel: Yours Until Dawn © 2004 Teresa Medeiros

Copyright für die deutsche Übersetzung: Geheimnis der Liebe – Dein bis zum Morgen

© 2005 und 2014 Ute-Christine Geiler, Agentur Libelli

ISBN-10: 1939541670
ISBN-13: 978-1-939541-67-3

Überarbeitete Neuauflage

Cover: © Rudolf Kotulan (unter Lizenz von Shutterstock.com)
Buchdesign und Satz: Teresa Medeiros

Eine Veröffentlichung von Amber Books, LLC
529 Country Club Lane
Hopkinsville, KY, USA 42240

Für mehr Informationen wenden Sie sich bitte an:
publisher@amberhousebooks.com
http://www.amberhousebooks.com

Brief an meine deutschen Leserinnen

Liebe Leserinnen,

ich bin in Deutschland in Heidelberg geboren, während mein Vater dort als Soldat stationiert war. Als Kind war ich von den romantischen Geschichten fasziniert, wie er und meine Mutter auf Schloss Heidelberg hinaufgefahren sind und von diesem verzauberten Ort aus die Wolken beobachtet haben.

Da Deutschland immer einen besonderen Platz in meinem Herzen eingenommen hat, hat es mich sehr gefreut, dass die deutschen Leserinnen international die ersten waren, die meine Bücher mit solcher Begeisterung aufgenommen haben. Ich glaube, die Sprache der Liebe ist universell. Das ist niemals deutlicher zu erkennen, als wenn Herz und Verstand bei einer wunderbaren Geschichte eins werden.

Dank Facebook und des Internets zähle ich nun viele von Ihnen nicht nur zu meinen Lesern, sondern zu persönlichen Freunden. Ich hoffe, die Erde wird durch diese Verbindungen zu einem herzlicheren Ort.

Willkommen in meiner Welt und danke, dass Sie mich, wann immer Sie eines meiner Bücher zur Hand nehmen, ein paar kostbare Stunden lang an Ihrem Leben teilhaben lassen.

Möge Ihr Leben voller Happy Ends sein.

Liebe Grüße
Teresa Medeiros

Widmung

Für meinen Michael – zu meinem größten Glück zählt, jeden Morgen neben dir aufzuwachen.

Für meine ganz persönliche Achse der Engel – ihr wisst, wer gemeint ist …

Für all die barmherzigen Engel an der Western State Nursing Facility – Gott segne euch für all das, was ihr für meine Mutter tut.

Und meinem Gott, der die Lahmen gehen und die Blinden sehen macht.

Wer, der jemals liebte, liebte nicht auf den ersten Blick?

Christopher Marlowe

Kapitel 1

England, 1806

Meine liebe Miss March,

ich hoffe, Sie verzeihen mir, wenn ich so anmaßend bin, auf diese eher ungewöhnliche Art und Weise an Sie heranzutreten …

„Sagen Sie bitte, Miss Wickersham, verfügen Sie über irgendwelche Erfahrung?“

Von irgendwoher in dem weitläufigen Herrenhaus im jakobitischen Stil ertönte ein gewaltiges Krachen. Obwohl der würdevolle Butler, der das Vorstellungsgespräch führte, sichtlich zusammenzuckte und die steif am Teetisch stehende Haushälterin hörbar nach Luft schnappte, weigerte sich Samantha, auch nur mit der Wimper zu zucken.

Stattdessen zog sie ein ordentliches Bündel Papiere aus der Seitentasche ihres abgestoßenen Lederkoffers, der zu ihren Füßen stand, und reichte sie dem Butler. „Ich bin sicher, Sie werden feststellen, dass an meinen Empfehlungsschreiben nichts auszusetzen ist, Mr Beckwith.“

Obwohl es Mittag war, gab es in dem bescheidenen Empfangssalon verschwindend wenig Licht. Sonnenstrahlen fielen nur durch den Spalt zwischen den schweren Samtvorhängen und malten einen schmalen Streifen auf das satt rubinrote Gewebe des türkischen Teppichs. Die vereinzelt auf Tischchen brennenden Wachskerzen hüllten die Zimmerecken in flackernde Schatten. Der Raum roch modrig und abgestanden, als wäre er seit Jahren nicht ordentlich gelüftet worden. Hätten nicht schwarze Tücher über den Spiegeln und vor den Fenstern gefehlt, Samantha hätte geschworen, ein von allen geliebtes Mitglied des Haushalts sei kürzlich verstorben.

Der Butler nahm die Papiere aus ihrer weiß behandschuhten Hand entgegen und faltete sie auf. Als die Haushälterin den Hals reckte, um ihm über die Schulter zu spähen, konnte Samantha nur beten, dass das schwache Licht sich zu ihrem Vorteil auswirken würde und die beiden davon abhalten, die schwungvollen Unterschriften allzu genau zu studieren. Mrs Philpot war eine hübsche Frau unbestimmbaren Alters, so schmal und dünn, wie der Butler rundlich war. Trotz ihres faltenfreien Gesichts wies der schwarze Haarknoten in ihrem Nacken einen Silberhauch auf.

„Wie Sie sehen können, war ich zwei Jahre als Gouvernante für Lord und Lady Carstairs tätig“, teilte Samantha Mr Beckwith mit, während er die Papiere flüchtig durchblätterte. „Als der Krieg wieder begann, habe ich mich mehreren Gouvernanten angeschlossen, um als Freiwillige Seeleute oder Soldaten zu pflegen, die verwundet und entkräftet von der See oder der Front heimgekehrt sind.“

Die Haushälterin konnte das schwache Zusammenpressen ihrer Lippen nicht unterdrücken. Samantha wusste, es gab immer noch Leute, die Frauen, die verwundete Soldaten pflegten, praktisch für bessere Dirnen hielten. Schamlose junge Frauen, die, ohne rot zu werden, einen nackten fremden Mann ansehen konnten. Sie spürte, wie ihr Hitze in die Wangen stieg, und reckte das Kinn.

Mr Beckwith musterte sie über den Rand seiner Drahtbrille hinweg. „Ich muss gestehen, Miss Wickersham, dass Sie ein wenig … *jünger* sind, als uns für diese Stellung vorschwebte. Die anstrengende Arbeit erfordert vermutlich eine Frau mit mehr … Reife. Vielleicht wäre eine der anderen Bewerberinnen eher …“ Bei Samanthas gönnerhaftem Blick verlor sich seine Stimme.

„Ich sehe keine anderen Bewerberinnen, Mr Beckwith“, erklärte sie und schob dabei ihre eigene schlecht sitzende Brille ein Stück die Nase hinauf. „Berücksichtigt man die großzügige, ja sogar extravagant hohe Bezahlung, die Sie in Ihrer Anzeige anbieten, hatte ich damit gerechnet, Ihre Tür umlagert zu finden.“

Ein weiteres Krachen war zu hören, diesmal näher als eben noch. Es klang, als bahnte sich irgendein gigantisches Ungeheuer den Weg zu seiner Höhle.

Mrs Philpot hastete um den Stuhl herum, sodass ihre gestärkten Unterröcke raschelten. „Hätten Sie gerne noch etwas Tee, meine Liebe?“ Während sie Samantha aus der Porzellankanne einschenkte, zitterte ihre Hand so sehr, dass Tee über den Rand der Tasse in Samanthas Schoß schwappte.

„Danke“, sagte Samantha leise und betupfte verstohlen den Fleck mit ihrem Handschuh.

Der Boden unter ihren Füßen erbebte und Mrs Philpot auch. Das gedämpfte Brüllen, das folgte, war mit unverständlichen Flüchen gewürzt. Man konnte es nicht länger leugnen. Jemand – oder etwas – war auf dem Weg zu ihnen.

Mit einem entsetzten Blick auf die vergoldete Flügeltür, die in das angrenzende Zimmer führte, sprang Mr Beckwith auf, und seine hohe Stirn glänzte schweißfeucht. „Vielleicht ist jetzt nicht der günstigste Zeitpunkt …“

Während er Samantha die Empfehlungsschreiben wieder in die Hand drückte, nahm ihr Mrs Philpot hastig die Teetasse ab und stellte sie mit einem lauten Scheppern auf den Teewagen zurück. „Beckwith hat recht, meine Liebe. Sie müssen uns verzeihen. Vielleicht waren wir voreilig …“ Die Frau riss Samantha auf die Füße und begann sie mit sich von der Zimmertür fort zu den französischen Türen hinter den Vorhängen zu ziehen, die auf die Terrasse hinausgingen.

„Aber meine Tasche!“, protestierte Samantha und schaute über ihre Schulter hilflos zu ihrem Lederkoffer.

„Machen Sie sich keine Sorgen, Kindchen“, beruhigte Mrs Philpot und biss die Zähne zusammen zu einem bemüht freundlichen Lächeln. „Wir werden einen der Lakaien schicken, der ihn zu Ihrer Droschke bringt.“ Als das dröhnende Krachen und Fluchen anschwoll, bohrte die Frau ihre Fingernägel in die grobe braune Wolle von Samanthas Ärmel und zerrte sie vorwärts. Mr Beckwith stürzte an ihnen vorbei und riss eines der bis zum Boden reichenden Fenster auf, sodass der dämmerige Raum plötzlich hell von der Aprilsonne erleuchtet wurde. Aber noch bevor Mrs Philpot Samantha nach draußen drängen konnte, erstarb der geheimnisvolle Lärm so jäh, wie er begonnen hatte.

Die drei drehten sich gleichzeitig zu den vergoldeten Türen an der gegenüberliegenden Wand um.

Einen Augenblick lang war es ganz still – das leise Ticken der vergoldeten Uhr war der einzige Laut. Dann war ein merkwürdiges

Geräusch zu hören, als tastete jemand die Tür ab oder kratzte daran. Etwas Großes. Und Wütendes. Die Haushälterin und der Butler wechselten einen furchtsamen Blick.

Gleich darauf flogen die Türen auf und schlugen krachend gegen die Wand. Von den Türflügeln umrahmt stand kein Ungeheuer, sondern ein Mann – oder was von einem übrig blieb, nachdem alle Schichten Lack und Politur der vornehmen Gesellschaft abgekratzt waren. Sein hellbraunes Haar hing ihm vor Vernachlässigung zottelig bis auf die Schultern. Schultern, so breit, dass sie fast den Türrahmen ausfüllten. Ein Paar Wildlederhosen umschloss eng seine schmalen Hüften und schmiegte sich an jeden Muskel seiner kräftigen Schenkel. Mehrere Tage alte Bartstoppeln überschatteten sein Kinn, verliehen ihm ein piratenhaftes Aussehen. Wenn er einen Säbel zwischen den Zähnen gehabt hätte, wäre Samantha ernsthaft versucht gewesen, Hals über Kopf zu fliehen, voller Angst um ihre Tugend.

Er trug Strümpfe, aber keine Stiefel. Eine zerknitterte Krawatte hing ihm lose um den Hals, als hätte jemand ein paar Mal versucht, sie zu knoten, aber dann frustriert aufgegeben. Sein Leinenhemd war nicht in die Hose gesteckt, und es fehlten etwa die Hälfte der Knöpfe, sodass ein schockierendes Stück muskulöser, leicht mit goldenem Haar überzogener Brust zu sehen war.

Dort in den Schatten der Tür hielt er seinen Kopf merkwürdig schief, als lauschte er auf etwas, das nur er hören konnte. Seine aristokratischen Nasenflügel bebten.

Die daunenweichen Härchen in Samanthas Nacken richteten sich auf. Sie konnte das Gefühl nicht abschütteln, dass er *ihren* Geruch suchte, dass er auf der Suche nach *ihr* war. Sie hatte sich gerade halbwegs davon überzeugt, dass das lächerlich war, als er sich mit der Anmut des geborenen Jägers in Bewegung setzte und genau auf sie zukam.

Aber eine gepolsterte Ottomane stand ihm in Weg. Während ihr der Warnruf in der Kehle stecken blieb, stolperte er über das Möbelstück und landete krachend auf dem Boden.

Viel schlimmer als der Sturz selbst war die Art und Weise, wie er da lag, als hätte es ohnehin keinen Sinn, sich zu erheben. Jemals wieder.

Samantha konnte nur wie gelähmt da stehen, während Beckwith zu ihm eilte. „Mylord! Wir dachten, Sie machten ein Nickerchen!"

„Tut mir leid, Sie zu enttäuschen", antwortete der Earl of Sheffield gedehnt mit durch den Teppich gedämpfter Stimme. „Jemand muss vergessen haben, mich ins Bett zu stecken."

Er schüttelte den Griff des Dieners ab und kam schwerfällig auf die Füße, direkt dort, wo ihm das Sonnenlicht durch die offen stehende Terrassentür ins Gesicht schien.

Unwillkürlich keuchte Samantha auf.

Eine frische gezackte Narbe, immer noch zornig rot, verlief von seinem linken Augenwinkel quer über seine Wange, spannte die Haut. Einmal war es das Gesicht eines Engels gewesen – von der Sorte männlicher Schönheit, wie sie Märchenprinzen und Seraphimen vorbehalten ist. Aber jetzt war sie für immer mit einem hässlichen Teufelsmal gezeichnet. Vielleicht gar nicht vom Teufel, dachte Samantha, sondern von Gott selbst, der es nicht zulassen wollte, dass ein bloßer Mensch solche Vollkommenheit erlangte. Sie wusste, sie hätte sich abgestoßen fühlen sollen, aber sie konnte nicht wegsehen. Seine ruinierte Schönheit war irgendwie faszinierender, als Perfektion es je sein konnte.

Er trug seine Verunstaltung wie eine Maske, verbarg alle Verletzlichkeit dahinter. Aber es war ihm unmöglich, den leicht verwunderten Ausdruck in seinen meergrünen Augen zu kaschieren. Augen, die Samantha nicht ansahen, sondern durch sie hindurch blickten.

Seine Nasenflügel bebten wieder. „Es ist eine Frau hier", verkündete er entschieden.

„Natürlich ist hier eine", erklärte Mrs Philpot munter. „Beckwith und ich haben uns nur ein Tässchen Nachmittagstee gegönnt."

Die Haushälterin zupfte Samantha erneut am Ärmel, bat sie wortlos zu gehen. Aber Gabriel Fairchilds blicklose Augen bannten sie wie angewurzelt an Ort und Stelle. Er kam auf sie zu, langsamer nun, aber nicht weniger zielstrebig als zuvor. Samantha begriff in dem Augenblick, dass sie eine Närrin wäre, seine Vorsicht als Schwäche auszulegen. Seine Verzweiflung machte ihn nur noch gefährlicher. Besonders für sie.

Er näherte sich ihr so entschlossen, dass sogar Mrs Philpot zurückwich und mit den Schatten verschmolz und Samantha sich ihm alleine stellen musste. Obwohl ihr erster Impuls war, einen Schritt nach hinten zu machen, zwang sie sich, still und aufrecht dazustehen. Ihre ursprüngliche Furcht, dass er sie umrennen würde – oder gar niedertrampeln – erwies sich jedoch als unbegründet.

Mit unheimlich scharfer Wahrnehmung blieb er einen Fuß vor ihr stehen und schnupperte argwöhnisch. Samantha hätte es nicht für möglich gehalten, dass der leichte Zitronen-Duft, den sie sich hinter die Ohren getupft hatte, auf einen Mann anziehend wirken könnte. Aber sein Gesichtsausdruck, als er ihn einatmete, vermittelte ihr das Gefühl, ein leicht bekleidetes Haremsmädchen zu sein, das darauf wartete, zum Sultan gerufen zu werden. Ihre Haut kribbelte. Es war, als berührte er sie, ohne einen Finger zu heben.

Als er um sie herumzugehen begann, drehte sie sich mit ihm, von dem seltsamen Drang überwältigt, ihm nicht den Rücken zuzukehren. Schließlich blieb er stehen, so nahe vor ihr, dass sie die Hitze spüren konnte, die seine Haut in Wellen ausstrahlte, und einzeln die goldgeküssten Wimpern zählen, die seine außergewöhnlichen Augen säumten.

„Wer ist sie?“, verlangte er zu wissen und fixierte eine Stelle oberhalb ihrer linken Schulter. „Und was will sie hier?“

Ehe einer der Dienstboten eine Antwort stammeln konnte, erwiderte Samantha fest: „*Sie*, Mylord, ist Miss Samantha Wickersham, und *sie* ist gekommen, um sich für die Anstellung als Ihre Pflegerin zu bewerben.“

Der Earl senkte seinen leeren Blick und verzog spöttisch die Lippen, als amüsierte es ihn, dass sein Gegner so klein war. Ein Schnauben entfuhr ihm. „Kindermädchen, meinen Sie? Jemand, der mir ein Schlafliedchen vorsingt, wenn es Zeit fürs Bett ist, mich löffelweise mit Porridge füttert und mir den …“ – er machte eine Pause, bis sich beide Dienstboden in unguter Vorahnung wanden – „das Kinn abwischt, wenn ich gekleckert habe?“

„Ich habe kaum die geeignete Stimme für Wiegenlieder, und außerdem bin ich davon überzeugt, dass Sie sehr gut in der Lage sind, sich Ihr … Kinn selbst abzuwischen“, entgegnete Samantha unbeeindruckt. „Meine Aufgabe besteht vielmehr darin, Ihnen dabei zu helfen, sich auf Ihre neuen Lebensumstände einzustellen.“

Er beugte sich weiter vor. „Was, wenn ich mich nicht darauf einstellen will? Was, wenn ich einfach nur in Ruhe gelassen werden will, zum Teufel noch mal, damit ich hier in Frieden verwahrlosen kann?“

Mrs Philpot keuchte auf, aber Samantha weigerte sich, von seinem beiläufigen Fluch schockiert zu sein. „Meinetwegen brauchen Sie nicht rot zu werden, Mrs Philpot. Ich kann Ihnen versichern, dass ich es gewohnt bin, mit kindischen Ausbrüchen fertig zu werden. Während meiner Zeit als Gouvernante haben meine jungen Schützlinge nur zu gerne die Grenzen meiner Duldsamkeit getestet und sich Wutanfällen hingegeben, wenn etwas nicht nach ihrem Willen ging."

Da er eben mit einem trotzigen Dreijährigen verglichen worden war, senkte der Earl seine Stimme zu einem drohenden Flüstern. „Und gehe ich recht in der Annahme, dass Sie es ihnen rasch abgewöhnt haben?"

„In angemessener Zeit. Und mit Geduld. Im Augenblick scheint es mir, als seien Sie mit dem einen gesegnet und ich mit dem anderen."

Er erschreckte sie, indem er urplötzlich in Richtung Mr Beckwith und Mrs Philpot herumfuhr. „Was verleitet Sie zu der Annahme, diese hier sei anders als die anderen?"

„Die anderen?", wiederholte Samantha und hob eine Augenbraue.

Der Butler und die Haushälterin wechselten einen schuldbewussten Blick.

Der Earl drehte sich wieder zu ihr um. „Ich vermute, sie haben es versäumt, Ihre Vorgängerinnen zu erwähnen. Warten Sie mal, zuerst war da die alte Cora Gringott. Sie war beinahe so taub, wie ich blind bin. Wir haben ein feines Pärchen abgegeben, wir beide. Die meiste Zeit habe ich damit verbracht, nach ihrem Hörrohr zu tasten, um ihr etwas ins Ohr brüllen zu können. Wenn ich mich recht erinnere, hat sie es nicht länger als zwei Wochen ausgehalten."

Er begann vor Samantha auf und ab zu gehen – mit seinen langen Beinen konnte er genau vier Schritte in die eine Richtung machen und vier wieder zurück. Es war viel zu einfach, ihn sich an Bord eines Schiffes vorzustellen, das er mühelos befehligte, während sein blondes Haar im Wind wehte und sein durchdringender Blick am fernen Horizont hing. „Dann kam dieses Mädchen aus Lancashire. Es war von Anfang an ein ziemlich furchtsames Geschöpf. Sprach selten lauter als ein Wispern. Als sie ging, nahm sie sich nicht einmal die Zeit, ihren Lohn abzuholen oder ihre Sachen zu packen. Sie ist einfach schreiend in die Nacht gelaufen, als wäre ihr ein Wahnsinniger auf den Fersen."

„Was Sie nicht sagen", murmelte Samantha.

Er hielt kurz inne, dann nahm er seine Wanderung wieder auf. „Und erst letzte Woche haben wir die gute Witwe Hawkins verloren. Sie schien mit einer robusteren Wesensart gesegnet zu sein und mehr

Verstand zu besitzen als die anderen. Ehe sie beleidigt von dannen gesegelt ist, hat sie vorgeschlagen, dass Beckwith keine Pflegerin, sondern einen Zoowärter anheuert, da sein Herr ganz offensichtlich in einen Käfig gehöre."

Samantha war beinahe froh, dass er das Zucken ihrer Lippen nicht sehen konnte.

„Sie sehen also, Miss Wickersham, mir ist nicht zu helfen, besonders nicht von Ihnen. Darum verziehen Sie sich besser wieder ins Schulzimmer oder das Kinderzimmer oder wo sie sonst hergekommen sind. Es besteht keine Notwendigkeit, mehr von Ihrer kostbaren Zeit zu verschwenden. Oder meiner."

„Also wirklich, Mylord!", widersprach Beckwith. „Es ist nicht nötig, so unhöflich zu der jungen Dame zu sein."

„Junge Dame? Ha!" Der Earl streckte die Hand aus und verfehlte nur um Haaresbreite die zimmerhohe Topfpflanze, die so kümmerlich aussah, als wäre sie seit einem Jahrzehnt nicht mehr gegossen worden. „Ich kann an ihrer Stimme hören, dass sie eine verknöcherte, sauertöpfische Kreatur ist ohne einen Anflug weiblicher Nachgiebigkeit an sich. Wenn Sie mir eine andere Frau besorgen wollen, dann hätten Sie vermutlich eine in der Fleet Street finden können, die mir außerdem wesentlich besser zu Diensten sein würde. Ich brauche keine Pflegerin! Was ich brauche, ist vielmehr ein guter ..."

„Mylord!", rief Mrs Philpot.

Ihr Herr war vielleicht blind, aber nicht taub. Das entsetzte Flehen seiner Haushälterin ließ ihn viel wirkungsvoller verstummen als ein Schlag. Mit dem Abglanz des Charmes, der einst seine zweite Natur gewesen war, drehte er sich auf dem Absatz um und machte eine Verbeugung zu dem Ohrensessel ein Stückchen links neben Samantha. „Ich hoffe, Sie vergeben mir meinen kindischen Ausbruch, Miss. Ich wünsche Ihnen einen guten Tag. Und ein schönes Leben."

Sich ungefähr dahin wendend, wo die Flügeltüren waren, stürmte er vorwärts, weigerte sich aber, vorsichtig zu sein oder sich langsam voranzutasten. Er hätte sein Ziel vielleicht auch ohne Zwischenfall erreicht, wenn er sich nicht sein Knie an der Ecke eines niedrigen Mahagonitischchens gestoßen hätte, und zwar so heftig, dass Samantha unwillkürlich mitleidig zusammenzuckte. Mit einem unterdrückten Fluch versetzte er dem Tischchen einen kräftigen Tritt, sodass es gegen die gegenüberliegende Wand krachte. Es brauchte drei Versuche, ehe er die Klinke fand, aber schließlich konnte er die Türen mit einem beeindruckenden Knall hinter sich ins Schloss werfen.

Während er sich weiter in das Haus zurückzog, wurde das sporadische Krachen und Fluchen allmählich leiser, und schließlich kehrte Stille ein.

Mrs Philpot schloss sanft die Terrassentür, dann ging sie zu dem Teewagen zurück und schenkte sich eine Tasse ein. Sie setzte sich auf die Sofakante, als sei sie Gast, doch ihre Tasse schepperte auf der Untertasse, so sehr zitterten ihre Hände.

Mr Beckwith ließ sich schwer neben sie sinken. Er holte ein gestärktes Taschentuch aus seiner Westentasche und fuhr sich damit über die schweißfeuchte Stirn, ehe er Samantha einen reuevollen Blick zuwarf. „Ich fürchte, wir müssen uns bei Ihnen entschuldigen, Miss Wickersham. Wir waren nicht aufrichtig mit Ihnen."

Samantha ließ sich in dem Ohrensessel nieder und faltete ihre behandschuhten Hände im Schoß. Überrascht entdeckte sie, dass auch sie zitterten. Dankbar für den Schutz der Schatten im Raum sagte sie: „Nun, der Earl ist wohl nicht ganz der sanftmütige Invalide, als den Sie ihn in Ihrer Anzeige beschrieben haben."

„Er ist nicht mehr er selbst, seit er aus der schrecklichen Schlacht zurückgekommen ist. Wenn Sie den lieben Jungen nur vorher gekannt hätten ..." Mrs Philpot schluckte, und in ihren grauen Augen schimmerten Tränen.

Beckwith reichte ihr sein Taschentuch. „Lavinia hat recht. Er war ein Gentleman, wie er im Buche steht, ein echter Märchenprinz. Manchmal habe ich Angst, dass der Schlag, der ihm das Augenlicht geraubt hat, ihm auch den Verstand verwirrt hat."

„Oder wenigstens seine Manieren", bemerkte Samantha trocken. „Sein Verstand scheint nicht sonderlich gelitten zu haben."

Die Haushälterin betupfte sich die schmale Nase. „Er war immer so ein kluger Junge. Wusste stets gleich die richtige Antwort und konnte so schnell rechnen. Ich habe ihn selten ohne Buch unter dem Arm gesehen. Als er klein war, musste ich ihm oft nachts die Kerze wegnehmen, aus Angst, dass er ein Buch in sein Bett schmuggeln könnte und seine Decken in Flammen setzen."

Samantha wurde erschüttert klar, dass ihm auch dieses Vergnügen genommen worden war. Es fiel ihr schwer, sich ein Leben ohne den Trost vorzustellen, den Bücher brachten.

Beckwith nickte erfreut, und seine Augen strahlten bei der Erinnerung an bessere Tage. „Er war immer der ganze Stolz und die

Freude seiner Eltern. Als er diese verrückte Idee bekam, der Marine Seiner Majestät beizutreten, haben seine Mutter und seine Schwestern hysterische Anfälle bekommen, ihn angefleht, nicht zu gehen, und sein Vater, der Marquis, drohte sogar, ihn zu enterben. Doch als die Zeit für ihn gekommen war, in See zu stechen, standen sie alle auf den Docks, um ihm zum Abschied mit Taschentüchern zu winken."

Samantha zupfte an ihren Handschuhen. „Es ist reichlich ungewöhnlich für einen Edelmann, besonders einen erstgeborenen Sohn, eine Karriere in der Marine einzuschlagen, nicht wahr? Ich dachte, die Armee zöge die Reichen und Aristokraten an, während die Königliche Marine den Armen und Ehrgeizigen vorbehalten sei."

„Er hat sich geweigert, die Gründe für seine Entscheidung zu nennen", erklärte Mrs Philpot. „Er hat nur gesagt, er müsse seinem Herzen folgen, wo auch immer es ihn hinführen würde. Er wollte sich auf keinen Fall ein Patent in den höheren Offiziersrängen kaufen lassen, wie es die meisten seiner Standesgenossen tun, sondern bestand darauf, durch seine Leistung nach oben zu gelangen. Als seine Familie erfuhr, dass er zum Lieutenant auf der HMS *Victory* befördert worden war, hat seine Mutter vor Freude geweint, und die Brust seines Vaters war so stolzgeschwellt, dass ihm fast die Westenknöpfe abgesprungen wären."

„Die *Victory*", murmelte Samantha. Der Schiffsname hatte sich als prophetisch erwiesen. Mithilfe ihrer Schwesterschiffe hatte Nelsons Flaggschiff Napoleons Marine bei Trafalgar besiegt und so den Traum des selbst ernannten Kaisers zerstört, die Meere zu beherrschen. Doch der Preis des Sieges war hoch. Admiral Nelson hatte das Gefecht gewonnen, aber sein Leben verloren, so wie viele andere junge Männer ebenfalls, die tapfer an seiner Seite gekämpft hatten.

Sie hatten bereits den vollen Preis bezahlt, während Gabriel Fairchild noch den Rest seines Lebens würde zahlen müssen.

Sie spürte Wut in sich aufwallen. „Wenn seine Familie ihn so liebt, wo ist sie dann jetzt?"

„Auf Reisen auf dem Kontinent."

„In ihrer Londoner Residenz."

Die Dienstboten platzten gleichzeitig mit ihren Antworten heraus, dann schauten sie sich verlegen an. Mrs Philpot seufzte. „Der Earl hat den meisten Teil seiner Jugend in Fairchild Park verbracht. Von allen Besitzungen seines Vaters war es immer der, auf dem er am liebsten war. Er hat sein eigenes Stadthaus in London, natürlich, aber wegen seiner schrecklichen Verletzung dachte seine Familie, es wäre leichter für ihn, in dem Heim seiner Kindheit zu genesen, abseits der neugierigen Augen der Gesellschaft."

„Leichter für wen? Für ihn? Oder für sie?"

Beckwith wandte den Blick ab. „Zu ihrer Verteidigung muss man sagen, dass bei ihrem letzten Besuch der Earl sie mehr oder weniger fortgejagt hat. Einen Augenblick lang dachte ich wirklich, er würde die Hunde auf sie hetzen lassen."

„Ich bezweifle, dass sie so schwer zu entmutigen waren." Samantha schloss kurz die Augen und rang um Fassung. Es war schließlich nicht so, als hätte sie das Recht, seine Familie für ihre mangelnde Loyalität zu verurteilen. „Seit seiner Verwundung sind mehr als fünf Monate vergangen. Hat sein Arzt noch Hoffnung, dass er eines Tages wieder sehen kann?"

Der Butler schüttelte betrübt den Kopf. „Nur wenig. Es gibt nur ein oder zwei belegte Fälle, in denen sich der Verlust der Sehkraft von alleine behoben hat."

Samantha senkte den Kopf.

Mr Beckwith stand auf, und seine fleischigen Wangen und seine hängenden Gesichtszüge verliehen ihm verblüffende Ähnlichkeit mit einer melancholischen Bulldogge. „Ich hoffe sehr, Sie verzeihen uns, Miss Wickersham, dass wir Ihre Zeit verschwendet haben. Mir ist klar, dass Sie eine Droschke mieten mussten, um hierher zu gelangen. Es würde mich mehr als froh machen, wenn ich Ihre Rückfahrt in die Stadt aus meiner eigenen Tasche zahlen dürfte."

Samantha erhob sich ebenfalls. „Das wird nicht nötig sein, Mr Beckwith. Im Augenblick habe ich nicht vor, nach London zurückzufahren."

Der Butler tauschte einen verwunderten Blick mit der Haushälterin. „Wie bitte?"

Samantha ging zu dem Stuhl, auf dem sie zuerst gesessen hatte und nahm ihr ledernes Portemanteau. „Ich werde hier bleiben. Die Stelle als Pflegerin des Earls nehme ich an. Wenn Sie nun so gut wären, einen der Lakaien zu schicken, meine Truhe aus der Droschke zu holen, und mir mein Zimmer zu zeigen, dann kann ich heute noch mit den Vorbereitungen für meine neue Aufgabe beginnen."

Er konnte sie immer noch riechen.

Wie um ihn zu verspotten durch die Erinnerung an das, was er verloren hatte, war Gabriels Geruchssinn in den vergangenen Monaten schärfer geworden. Wann immer er an der Küche vorbeiging, konnte er nach nur einmal Schnuppern sagen, ob Étienne, der französische Koch, Kalbsfrikassee oder eine sahnige Béchamelsoße zubereitete, um den Appetit seines Herrn anzuregen. Der leiseste Hauch von Holzrauch konnte ihm verraten, ob das Feuer in der verlassenen Bibliothek eben erst angefacht worden war oder nur noch aus Glut bestand. Als er sich auf das Bett in dem Raum warf, der mehr einer Höhle als einem Schlafzimmer glich, drang ihm unangenehm der abgestandene Gestank seines eigenen Schweißes in die Nase, der den zerwühlten Bettlaken anhaftete.

Hierher zog er sich mit seinen blauen Flecken und Schrammen zurück, um seine Wunden zu lecken, hier wälzte er sich nächtelang von der einen auf die andere Seite – Nächte, die sich nur durch das drückende Schweigen seiner Umgebung von den Tagen unterschieden. In den stillen Stunden zwischen Abenddämmerung und Morgengrauen hatte er manchmal das Gefühl, er sei der einzige lebende Mensch auf Erden.

Gabriel fuhr sich mit dem Handrücken über die Stirn, schloss aus schierer Gewohnheit die Augen. Als er in den Salon gestürmt war, hatte er sogleich das Lavendelduftwasser erkannt, das Mrs Philpot so gerne benutzte, und die moschushaltige Haarpomade, mit der Beckwith seine wenigen verbliebenen Haare bändigte. Aber den frischen, warmen Duft von Zitronen im Sonnenlicht hatte er nicht erkannt. Es war ein herb-süßes Aroma, zart und kühn zugleich.

Miss Wickersham roch ganz gewiss nicht nach einer Pflegerin. Die alte Cora Gringott hatte nach Mottenkugeln gerochen und Witwe Hawkins nach dem mit Bittermandelöl aromatisierten Schnupftabak, für den sie eine Schwäche hatte. Und genauso wenig roch Miss Wickersham wie die verschrumpelte alte Jungfer, die er sich vorstellte, wenn sie sprach. Ihrem vernichtenden Tonfall nach zu urteilen, müsste ihren Poren eigentlich ein giftiger Dunst von altem Kohl und Grabesstaub entströmen.

Als er sich ihr näherte, hatte er eine noch bestürzendere Entdeckung gemacht. Unter dem reinen Zitrusduft lag noch ein anderer Geruch, der das, was von seinen Sinnen und seinem gesunden Menschenverstand noch übrig war, hoffnungslos verwirrte.

Sie roch nach Frau.

Gabriel stöhnte mit zusammengebissenen Zähnen. Er hatte nicht die geringste Regung von Verlangen verspürt seit jenem Tag, da er in dem Londoner Krankenhaus aufgewacht war und entdeckt hatte, dass seine Welt dunkel geworden war. Doch der warme, süße Geruch von Miss Wickershams Haut hatte einen Wirbel von scharlachrot umwölkten, Schwindel erregenden Erinnerungen geweckt – gestohlene Küsse in einem mondbeschienenen Garten, heiseres Flüstern, die seidenweiche, heiße Haut einer Frau unter seinen Lippen. All das, was er nie wieder erleben würde.

Er öffnete seine Augen, nur um die Welt immer noch in Schatten gehüllt vorzufinden. Vielleicht waren die Worte, die er Beckwith entgegengeschleudert hatte, sogar wahr. Vielleicht hatte er die Dienste einer völlig anderen Sorte Frau nötig. Wenn er sie gut genug bezahlte, konnte sie sein zerstörtes Gesicht vielleicht sogar ansehen, ohne angewidert zurückzuzucken. *Aber was ändert das schon?*, dachte Gabriel, und ein unfrohes Lachen entfuhr ihm. Er würde es nie erfahren. Vielleicht, wenn sie die Augen zusammenkniff und sich vorstellte, er sei der Mann ihrer Träume, konnte er sich einreden, dass sie die Frau war, die seinen Namen hauchte und ihm Versprechen ewiger Ergebenheit zuflüsterte.

Versprechen, die sie nicht zu halten vorhatte.

Gabriel erhob sich vom Bett. Zur Hölle mit diesem Wickersham-Weib! Sie hatte nicht das Recht, ihn so scharf zurechtzuweisen und dabei so süß zu riechen. Es war nur gut, dass er Beckwith aufgetragen hatte, sie fortzuschicken. Soweit es ihn betraf, würde sie ihn nie wieder ärgern.

Kapitel 2

Meine liebe Miss March,

meinem Ruf zum Trotz kann ich Ihnen versichern, dass ich es mir nicht zur Angewohnheit habe werden lassen, eine heimliche Korrespondenz mit jeder reizenden jungen Dame zu beginnen, die mir gefällt …

Als Samantha sich am folgenden Morgen die gewundene Treppe nach unten tastete, die gewissermaßen in das Herz von Fairchild Park hinabführte, hatte sie das Gefühl, selbst erblindet zu sein. Bei keinem einzigen Fenster im ganzen Herrenhaus waren die Vorhänge zurückgezogen. Es war, als wäre das Haus wie sein Besitzer in ein dunkles Königreich ewiger Nacht verpflanzt worden.

Am Fuß der Treppe brannte ein einzelner Kerzenständer, der gerade genug Licht spendete, um ihr zu zeigen, dass ihre Fingerspitzen auf dem Geländer eine Spur in der dicken Staubschicht hinterließen. Mit einer Grimasse wischte sie sie sich an ihren Röcken ab. Sie bezweifelte, dass es jemandem auf dem trostlosen grauen Wollstoff auffallen würde.

Trotz des bedrückenden Dämmerlichts war es nicht möglich, den sagenhaften Reichtum der Fairchilds völlig zu verbergen. Bemüht, sich nicht von der Zurschaustellung jahrhundertelanger Privilegierung einschüchtern zu lassen, trat Samantha von der letzten Stufe ins Foyer. Das Haus war seit seiner Erbauung renoviert und von der dunklen Holztäfelung und den Tudor-Bögen befreit worden, die seine strengen jakobitischen Wurzeln verrieten. Schatten tanzten über den schimmernden, rosa geäderten italienischen Marmor unter ihren Sohlen. Jeder anmutige Bogen und jedes Sims, jede Papiermaché-Reliefschnecke auf der Tapete war mit Bronze oder Gold überzogen. Selbst das bescheidene Schlafzimmer, das Mrs Philpot ihr zugewiesen hatte, besaß ein fächerförmiges Glasoberlicht über der Tür und eine Wandverkleidung aus Seidendamast.

Beckwith hatte erklärt, sein Herr sei einst ein Märchenprinz gewesen. Nach einem Blick auf die übertriebene Pracht rümpfte Samantha die Nase. Vielleicht war es gar nicht schwierig, mit einem so erlauchten Titel belegt zu werden, wenn man in einem solchen Palast aufwuchs.

Entschlossen, ihren neuen Schützling aufzuspüren, entschied sie sich, eines der Mittel aus seinem Arsenal anzuwenden. Sie stand ganz still und legte den Kopf schief, lauschte.

Sie hörte kein Krachen oder Schreien, aber dafür das melodische Klappern und Klirren von Geschirr und Gläsern. Ein Geräusch, das weniger melodisch wurde, als auf das Zerbrechen von Porzellan ein heftiger Fluch folgte. Obwohl Samantha zusammenzuckte, spielte ein triumphierendes Lächeln um ihre Lippen.

Ihre Röcke raffend eilte sie durch den Salon, in dem das Vorstellungsgespräch stattgefunden hatte, und die Tür auf der anderen Seite, immer dem Lärm nachgehend. Während sie durch einen verlassenen Raum nach dem anderen schritt, war sie mehrmals gezwungen, über verschiedene Beweise zu steigen, die eindeutig Zeugnis davon ablegten, dass der Earl hier entlang gegangen war. Unter ihren derben Halbstiefeln knirschten Glas- und Porzellanscherben und zerborstenes Holz. Als sie stehen blieb, um einen Chippendale-Stuhl wieder aufzurichten, lachte ihr das zersprungene Gesicht einer Figurine aus Meißener Porzellan entgegen, die darunter lag.

Diese Spur der Zerstörung war nicht überraschend, berücksichtigte man Gabriels Angewohnheit, rücksichtslos durchs Haus zu stürmen, ohne sich darum zu kümmern, dass er nichts sehen konnte.

Sie trat unter einen anmutigen Bogendurchgang. Es schien keine Fenster zu geben, sodass der Speisesalon der geringste Hinweis auf Tageslicht vermissen ließ. Hätten nicht die Kerzen an beiden Enden des Tisches gebrannt, hätte Samantha sicher befürchtet, in der Familiengruft gelandet zu sein.

Zwei Lakaien in marineblauer Livree standen unter Beckwiths

wachsamem Blick steif am Mahagoni-Sideboard. Niemand schien Samantha auf der Türschwelle zu bemerken. Sie waren zu sehr damit beschäftigt, jede Bewegung ihres Herrn zu verfolgen. Als der Earl mit seinem Ellbogen einen Kristallkelch gefährlich nahe an die Tischkante schob, gab Beckwith einem der Lakaien ein Zeichen. Der junge Mann trat eilig an den Tisch und fing den Kelch auf, ehe er zu Boden fallen konnte. Scherben aus Glas und Porzellan bedeckten den Fußboden um den Tisch, ein beredter Beweis für frühere Misserfolge.

Samantha studierte Gabriels breite Schultern und seine muskulösen Unterarme und musste wieder daran denken, was für ein großer, eindrucksvoller Mann er war. Vermutlich konnte er ihr das Genick mit nicht mehr als Daumen und Zeigefinger brechen. Wenn er sie finden konnte, natürlich nur.

Sein Haar schimmerte im Kerzenlicht, die wilde Mähne höchstens ungeduldig mit den Fingern gekämmt, seit er heute Morgen sein Bett verlassen hatte. Er trug dasselbe zerknitterte Hemd, das er gestern Abend angehabt hatte, aber jetzt war es mit Fettflecken übersät, und ein Schokoladenstreifen zierte es über dem Bauch. Die Ärmel hatte er sich formlos bis zu den Ellbogen hinaufgeschoben, sodass die spitzengesäumten Manschetten nicht durch das Essen auf seinem Teller gezogen wurden.

Er hob einen Schinken an seine Lippen, riss ein Stück von dem zarten Fleisch mit seinen Zähnen ab, dann tastete er nach dem Teller vor sich. Samantha betrachtete den Tisch stirnrunzelnd. Es war kein einziges Besteckteil zu sehen. Was erklären könnte, weshalb Gabriel sich die Rühreier mit der Hand aus der Schüssel nahm und in den Mund steckte. Er verschlang die Eier, dann schob er ein noch dampfendes Brötchen hinterher. Mit der Zunge fuhr er sich über die Lippen, verfehlte aber leider den Tropfen Honig in seinem Mundwinkel.

Obwohl sie sich wie der niederträchtigste Spion überhaupt vorkam, konnte Samantha ihren Blick einfach nicht von diesem einzelnen Honigtropfen losreißen. Trotz seiner abstoßenden Tischmanieren hatte die Art und Weise, wie er aß, etwas unbestreitbar Sinnliches, die Hingabe, mit der er seinen Hunger stillte, ohne sich um die Konventionen zu kümmern. Als er wieder den Schinken nahm und direkt vom Knochen zu nagen begann, tropfte ihm Fleischsaft auf das Kinn. Er sah aus wie ein Krieger aus früheren Zeiten, der gerade aus der Schlacht und vom Schänden der Frauen seiner Gegner heimgekehrt war. Samantha rechnete halb damit, dass er ihr mit dem Knochen winken und zurufen würde: „Mehr Ale, Weib!“

Plötzlich jedoch erstarrte er und schnupperte mit verzerrten Zügen. Samanthas eigene Nasenflügel blähten sich, aber alles, was sie riechen konnte, war das köstliche Aroma gebratenen Schinkens.

Er legte das Fleischstück auf seinen Teller und erklärte mit unheilvoller Beherrschung: „Beckwith, Sie erklären jetzt besser, dass Sie nur frische Zitronen für meinen Tee gebracht haben.“

Als er Samantha entdeckte, weiteten sich die Augen des Butlers. „Ich fürchte, nein, Mylord. Aber wenn Sie mögen, hole ich Ihnen unverzüglich welche.“

Gabriel warf sich über den Tisch, um den Butler zu packen, aber Beckwith floh bereits mit wehenden Rockschößen durch die nächste Tür.

„Guten Morgen, Mylord“, sagte Samantha glatt und ließ sich auf einem Stuhl ihm gegenüber nieder, aber außerhalb seiner Reichweite. „Sie werden Mr Beckwith verzeihen müssen. Er hatte offensichtlich andere drängendere Verpflichtungen.“

Stirnrunzelnd lehnte sich Gabriel in seinem Stuhl zurück. „Hoffentlich gehören dazu auch das Fälschen von Empfehlungsschreiben und Kofferpacken. Dann können Sie nämlich zusammen nach London zurückkehren.“

Diesen Seitenhieb ignorierend, lächelte Samantha die wie erstarrt stehenden Lakaien höflich an. Mit ihren von Natur aus roten Wangen, den Sommersprossen auf der Nase und den zerzausten braunen Locken sah keiner von beiden älter als sechzehn aus. Nach näherer Musterung erkannte sie, dass sie nicht nur Brüder, sondern sogar Zwillinge waren. „Heute Morgen bin ich halb verhungert“, erklärte sie. „Könnte ich etwas zum Frühstück haben?“

Gabriel musste gespürt haben, dass sie zögerten. Schließlich war es wohl kaum üblich, dass ein Dienstbote mit seinem Arbeitgeber zusammen an einem Tisch speiste.

„Bedient die Dame, ihr Dummköpfe!“, befahl er barsch. „Es wäre nicht sehr gastfreundlich, Miss Wickersham mit leerem Magen auf die Heimreise zu schicken.“

Die Lakaien beeilten sich, seinem Befehl nachzukommen und wären vor Eifer beinahe mit den Köpfen zusammengestoßen, als sie vor Samantha Teller und Besteck auf den Tisch legten und am Büfett ein Tablett füllten. Dem einen lächelte sie beruhigend über die

Schulter zu und nahm vom anderen dankend eine Schüssel Rühreier entgegen, ein Brötchen und mehrere Scheiben gebratenen Schinken. Sie hatte das unbestimmte Gefühl, sie würde all ihre Kraft brauchen.

Während der andere Lakai ihr eine Tasse dampfenden Tee eingoss, sagte sie zu Gabriel: „Ich habe den Abend gestern damit verbracht, mich in meinem Zimmer einzurichten. Ich dachte nicht, dass Sie etwas dagegen hätten, wenn ich bis zum Morgen damit warte, meine neuen Pflichten anzutreten."

„Sie haben keine Pflichten", antwortete er und hob das Stück Schinken wieder an seinen Mund. „Sie sind entlassen."

Umständlich strich sie die Serviette in ihrem Schoß glatt und nahm vorsichtig einen Schluck von dem heißen Tee. „Ich befürchte, es steht nicht in Ihrer Macht, mich zu entlassen. Ich arbeite nicht für Sie."

Gabriel ließ das Fleisch sinken und zog seine goldbraunen Augenbrauen dräuend über seiner Nasenwurzel zusammen. „Wie bitte? Mein Gehör ist offensichtlich ebenfalls in Mitleidenschaft gezogen worden."

„Es scheint, dass Ihr ergebener Mr Beckwith mich auf Anweisung Ihres Vaters angestellt hat. Das bedeutet, ich arbeite für den Marquis of Thornwood, einen gewissen Theodore Fairchild. Bis er mich davon unterrichtet, dass meine Dienste als Pflegerin nicht länger benötigt werden, werde ich also danach trachten, meine Arbeit zu *seiner* Zufriedenheit zu erledigen, nicht Ihrer."

„Nun, das ist aber ein glücklicher Umstand für Sie, nicht wahr? Denn das Einzige, was mich zufrieden stellen würde, wäre Ihre unverzügliche Abreise."

Messer und Gabel benutzend trennte Samantha ein Stück zarten Schinken von der Scheibe auf ihrem Teller. „Dann, fürchte ich, sind Sie zur Unzufriedenheit verurteilt."

„Das war mir von dem Augenblick an klar, da ich zum ersten Mal Ihre Stimme gehört habe", bemerkte er.

Sich weigernd, diese bewusst provozierende Bemerkung mit einer Antwort zu würdigen, steckte sie sich das Stück Schinken zwischen die Lippen.

Sich mit beiden Ellbogen auf den Tisch stützend, stieß er einen tiefen Seufzer aus. „Sagen Sie mir bitte, Miss Wickersham, als meine neue Pflegerin, mit welcher Ihrer Pflichten möchten Sie beginnen? Würden Sie mich vielleicht gerne füttern?"

Mit einem Blick auf seine strahlend weißen Zähne, mit denen er ein weiteres Stück von dem Schinken abriss, erwiderte Samantha: „Betrachtet man die … äh … ungezügelte Begeisterung, mit der Sie sich der Nahrungsaufnahme hingeben, würde ich mir Sorgen machen, mit meinen Fingern Ihrem Mund so nahe zu kommen.“

Einer der Lakaien erlitt einen plötzlichen Hustenanfall, was ihm einen Rippenstoß von seinem stirnrunzelnden Bruder eintrug.

Gabriel lutschte das letzte bisschen Fleisch von dem Knochen, ehe er ihn auf den Tisch warf, seinen Teller um ein gutes Stück verfehlend. „Soll das heißen, dass Sie meine Tischmanieren beklagenswert finden?“

„Mir war nur bislang nicht klar, dass Blindheit die Benutzung von Servietten und Besteck ausschließt. Sie könnten genauso gut mit den Füßen essen.“

Gabriel wurde sehr still. Die straff gespannte Haut über seiner Narbe erbleichte, sodass das Teufelsmal umso abschreckender wirkte. In dem Augenblick war Samantha richtig dankbar, dass er kein Messer hatte.

Einen Arm über die Lehne des Stuhles neben sich legend, setzte er sich so hin, dass er in die Richtung ihrer Stimme blickte. Obwohl sie wusste, dass er sie nicht sehen konnte, musste Samantha den Drang niederringen, unruhig hin- und her zu rutschen. „Ich muss gestehen, dass Sie mich zu interessieren beginnen, Miss Wickersham. Sie sprechen kultiviert, aber Ihren Akzent kann ich nicht ganz zuordnen. Sind Sie in Chelsea aufgewachsen?“

„Ja, in Chelsea“, bestätigte sie, bezweifelnd, dass er oft Gelegenheit gehabt hatte, die bescheidene Wohngegend im Norden Londons zu besuchen. Sie gönnte sich einen zu großzügig bemessenen Schluck Tee und verbrannte sich prompt die Zunge.

„Ich bin neugierig, warum eine Frau mit Ihren … *Talenten* eine solche Stellung annimmt. Was hat Sie dazu bewegt, einer derart aufopferungsvollen Arbeit nachzugehen? War es christliche Nächstenliebe? Das überwältigende Verlangen, Ihren Mitmenschen zu helfen? Oder Mitgefühl für die Gebrechlichen?“

Während sie mit dem Löffel Rührei aus der Porzellanschale nahm, erklärte Samantha knapp: „Ich habe Mr Beckwith mehrere Empfehlungsschreiben vorgelegt. Ich bin sicher, dass Sie an ihnen nichts auszusetzen finden werden.“

„Für den Fall, dass Sie es nicht bemerkt haben“, antwortete

Gabriel mit leicht spöttischer Stimme, „es ist mir versagt, sie zu lesen. Vielleicht sollten Sie mich besser in ihren Inhalt einweihen."

Sie legte ihren Löffel weg. „Wie ich Mr Beckwith bereits informiert habe, habe ich beinahe zwei Jahre als Gouvernante für Lord und Lady Carstairs gearbeitet."

„Die Familie kenne ich."

Samantha versteifte sich. Wie gut kannte er sie? „Nachdem die Feindseligkeiten mit Frankreich wieder aufgeflammt waren, habe ich in der *Times* gelesen, wie viele unserer Soldaten und Seeleute darunter zu leiden hatten, dass es nicht genug Krankenpfleger gab. Daher habe ich meine Dienste dem örtlichen Lazarett angeboten."

„Ich verstehe immer noch nicht, warum Sie Brei in die Münder von Babys zu löffeln gegen das Verbinden blutiger Wunden und Händchenhalten bei Männern, die halb verrückt vor Schmerz sind, eingetauscht haben."

Samantha bemühte sich, die Leidenschaft aus ihrer Stimme herauszuhalten. „Diese Männer waren willens, alles für König und Vaterland zu opfern. Wie konnte ich da zurückstehen und nicht auch ein kleines Opfer bringen?"

Er schnaubte abfällig. „Das Einzige, was diese Männer geopfert haben, waren ihr Urteilsvermögen und ihr gesunder Menschenverstand. Beides haben sie an die Königliche Marine verkauft für ein Stück blauen Stoffes und ein bisschen Goldlitze auf den Schultern."

Sie zog die Brauen zusammen, entsetzt über seinen Zynismus. „Wie können Sie nur etwas so Grausames sagen? Himmel, der König selbst hat Ihre Tapferkeit ausdrücklich gelobt!"

„Das sollte Sie nicht überraschen. Die Krone hat schon immer am liebsten Träumer und Narren belohnt."

Vergessend, dass er sie nicht sehen konnte, erhob sich Samantha halb von ihrem Sitz. „Nicht Narren! Helden! Helden wie Ihr eigener Vorgesetzter – Admiral Lord Nelson höchstpersönlich!"

„Nelson ist tot", erklärte er flach. „Ich kann nicht sagen, ob ihn das eher zum Helden oder mehr zum Narren macht."

Für den Augenblick geschlagen sank sie auf ihren Stuhl zurück.

Gabriel stand auf und tastete sich an den Stuhllehnen entlang um den Tisch herum. Als seine kräftigen Hände sich um die geschnitzten Spitzen der Lehne ihres Stuhles schlossen, kostete es Samantha ihre ganze Selbstbeherrschung, nicht zu fliehen. Stattdessen starrte sie geradeaus, jeder hastige Atemzug deutlich hörbar – sowohl für sie selbst, als auch für ihn.

Er lehnte sich so weit vor, dass seine Lippen gefährlich dicht davor standen, ihre Haare zu streifen. „Ich bin sicher, Ihre Hingabe an Ihren Beruf ist aufrichtig, Miss Wickersham. Aber was mich betrifft, bis Sie zu Sinnen kommen und Ihre Kündigung einreichen, haben Sie nur eine Pflicht." Er sprach leise, doch jedes seiner Worte war verdammender als ein Schrei. „Mir, verdammt noch einmal, aus dem Weg zu gehen."

Mit dieser Warnung verließ er sie, drängte sich an dem Lakai vorbei, der vorstürzte, um ihm den Arm zu reichen. Eigentlich dürfte es sie nicht überraschen, dass er es vorzog, sich alleine seinen Weg durch das dunkle Haus zu suchen, statt eine helfende Hand anzunehmen, aber sie zuckte dennoch zusammen, als kurz darauf ein lautes Krachen aus einem der angrenzenden Räume zu hören war.

Samantha blieb nichts anderes mit ihrem Vormittag zu tun, als durch die verdunkelten Zimmer von Fairchild Park zu streifen. Die Stille war beinahe so erdrückend wie das Dämmerlicht. Es war nichts von der Geschäftigkeit zu spüren, die man von einem bewohnten Landsitz in Buckinghamshire erwarten durfte. Es gab keine Stubenmädchen, die mit ihren Staubwedeln über Wände, Geländer und Simse fuhren, keine rotgesichtigen Waschmägde, die Körbe frisch gewaschener und geplätteter Leinentücher die Treppe hochschleppten, keine Lakaien, die mit den Armen voll Brennholz durch die Flure eilten, um Feuer in den Zimmern zu entzünden. Jeder Kamin, an dem sie vorüber kam, war kalt und dunkel, die Glut längst zu Asche zerfallen. Geschnitzte Cherubinen blickten sie betrübt von den reich verzierten Kaminverkleidungen an, ihre runden Wangen rußverschmiert.

Die Handvoll Dienstboten, denen sie begegnete, schienen ohne besondere Aufgabe durch das Haus zu schlendern. Sobald sie sie erblickten, verschmolzen sie mit den Schatten, ihre Stimmen nie lauter als ein Flüstern. Keiner von ihnen schien es eilig zu haben, einen Besen zu holen, um die Scherben und das zerbrochene Mobiliar zusammenzufegen, das überall auf dem Boden herumlag.

Samantha stieß ein paar vergoldete Flügeltüren am Ende eines dunklen Korridors auf. Marmorstufen führten hinab in einen riesigen

Ballsaal. Sie hatte sich in den düsteren Wintermonaten wenig Zeit für wehmütige Gedanken gegönnt, aber einen winzigen Augenblick lang, konnte sie nicht widerstehen, die Augen zu schließen. Sie stellte sich den Raum als ein Meer bunter Farben und Licht, Musik und fröhlichem Geplauder vor, malte sich aus, wie sie in den starken Armen eines Mannes über den schimmernden Tanzboden wirbelte. Sie sah, wie er sie anlächelte, wie sie die Hand hob und die Goldtressen auf seinen breiten Schultern berührte.

Samantha riss die Augen auf. Über ihre Narrheit den Kopf schüttelnd, warf sie die Ballsaaltüren zu. Das hier war nicht der Fehler des Earls. Wenn er ihr erlaubte, die Pflichten zu erfüllen, für die sie angestellt war, dann gelang es ihr vielleicht, ihre Phantasie im Zaum zu halten.

Sie schritt durch einen weitläufigen Salon und achtete nicht mehr auf ihre Umgebung, als Gabriel es getan hätte, bis sie mit dem Fuß gegen ein umgeworfenes Beistelltischchen stieß. Einen wütenden Schmerzenslaut ausstoßend, hüpfte sie auf einem Bein umher und rieb sich dabei die schmerzenden Zehen durch das abgestoßene Leder ihres Stiefels. Hätte sie Ziegenlederstiefeletten getragen, hätte sie sie sich bestimmt gebrochen.

Die schmalen Sonnenstrahlen betrachtend, die sich ihren Weg durch die schweren Samtvorhänge zu kämpfen bemühten, stemmte sich Samantha die Hände in die Hüften. Gabriel mochte beschlossen haben, sich in diesem Mausoleum zu vergraben, sie aber ganz gewiss nicht.

Aus dem Augenwinkel etwas Weißes wahrnehmend, fuhr sie herum und entdeckte ein Stubenmädchen, das gerade auf Zehenspitzen an der Tür vorüber schlich.

Samantha rief ihr zu: „He! Du da!“

Das Mädchen blieb stehen und drehte sich mit unverhohlenem Widerstreben um. „Ja, Miss?“

„Komm bitte her. Ich brauche deine Hilfe, diese Vorhänge aufzuziehen.“ Vor Anstrengung keuchend schob Samantha eine üppig gepolsterte Ottomane zum Fenster.

Statt an ihre Seite zu eilen, um ihr dabei zu helfen, begann das Mädchen zurückzuweichen, rang ihre blassen, sommersprossigen Hände und schüttelte besorgt den Kopf. „Das wage ich nicht, Miss. Was würde der Herr sagen?“

„Vielleicht, dass du deine Arbeit machst“, entgegnete Samantha spitz und stieg auf die Ottomane.

Ungeduldig mit dem trödelnden Mädchen, streckte sie den Arm aus, fasste zwei Hände voll Vorhangsstoff und zerrte mit aller Kraft daran. Statt zur Seite zu rutschen, rissen die Vorhänge aus ihrer Verankerung. In einer erstickenden Wolke aus Samt und Staub landeten sie auf Samantha, worauf sie mehrmals niesen musste.

Sonnenlicht strömte durch die bis zum Boden reichenden Fenster, ließen die aufgewirbelten Staubflocken feenhaft glitzern.

„Oh, Miss, das hätten Sie nicht tun sollen!“, jammerte das Dienstmädchen und blinzelte wie ein scheues Waldtier, das jäh aus dem dämmerigen Unterholz ans Licht gekrochen war. „Ich werde sofort Mrs Philpot holen.“

Sich die Hände an ihren Röcken abwischend hüpfte Samantha von der Ottomane und betrachtete zufrieden das Ergebnis ihrer Mühen. „Ja genau, warum nicht? Mir wäre nichts lieber, als einmal mit der guten Frau zu reden.“

Mit einem letzten unverständlichen Ausruf lief das Mädchen mit wild aufgerissenen Augen aus dem Zimmer.

Als Mrs Philpot kurze Zeit später in den Salon gerauscht kam, empfing sie der Anblick der neuen Pflegerin des Earls, wie sie gerade gefährlich auf einem zierlichen Stuhl aus der Zeit Ludwigs XIV. balancierte. Die Haushälterin konnte nur starr vor Entsetzen verfolgen, wie Samantha kräftig mit beiden Händen an den Vorhängen zog. In einer Stofflawine fielen sie ihr auf den Kopf und begruben sie unter einer Wolke smaragdgrünen Samtes.

„Miss Wickersham!“, entfuhr es Mrs Philpot, die sich eine Hand vor die Augen hielt, um sie vor dem hellen Sonnenschein zu schützen, der durch die französischen Fenster ins Zimmer strömte. „Was soll das bedeuten?“

Von dem Stuhl hinabsteigend befreite sich Samantha aus den schweren Stofffalten. Dem bestürzten Blick der Haushälterin folgend, machte sie in Richtung des Vorhanghaufens, den sie in der Mitte des Zimmers aufgetürmt hatte, eine entschuldigende Kopfbewegung. „Eigentlich wollte ich sie zur aufziehen, aber nachdem ich all den Staub gesehen habe, habe ich gemerkt, dass sie gründlich gelüftet und ausgeklopft werden müssen.“

Mit der Hand auf dem Schlüsselbund an ihrer Taille, als sei es der

Griff eines Schwertes, richtete sich Mrs Philpot auf. „*Ich* bin die Haushälterin auf Fairchild Park. *Sie* sind die Pflegerin des Herrn. Das Lüften von Vorhängen oder sonst etwas zählt wohl kaum zu Ihren Pflichten."

Die Frau skeptisch musternd entriegelte Samantha das Fenster und stieß es auf. Eine sanfte, nach Flieder duftende Brise wehte ins Zimmer. „Vielleicht nicht. Aber das Wohlbefinden meines Patienten schon. Licht mag Ihrem Herrn versagt sein, aber es gibt keinen Grund, warum frische Luft das auch sein sollte. Seine Lungen gründlich durchzupusten könnte seinen Zustand verbessern … und seine Laune auch."

Einen Moment sah Mrs Philpot ernsthaft in Versuchung geführt aus.

Ermutigt von ihrem Zögern begann Samantha im Zimmer auf und ab zu gehen, ihre Pläne begeistert mit Gesten untermalend. „Zuerst, denke ich, sollten wir die Zimmermädchen alle Scherben auffegen lassen, während die Lakaien die zerbrochenen Möbel forttragen. Dann, nachdem wir alles Zerbrechliche weggeräumt haben, könnten wir die Möbel an die Wände rücken, sodass in jedem Zimmer ein Weg für den Earl frei ist."

„Der Earl verbringt die meiste Zeit in seinem Schlafzimmer."

„Können Sie ihm das verdenken?", erkundigte sich Samantha und blinzelte ungläubig. „Wie würden Sie sich fühlen, wenn Sie jedes Mal, wenn Sie Ihr Schlafzimmer verlassen, das Risiko eingehen, sich das Schienbein zu stoßen oder den Kopf anzuschlagen?"

„Der Herr war derjenige, der angeordnet hat, dass die Vorhänge geschlossen bleiben. Er war es, der darauf bestanden hat, dass alles so bleibt wie vor … vor …" Die Haushälterin schluckte, unfähig, ihren Satz zu beenden. „Es tut mir leid, aber ich kann mich nicht daran beteiligen, seinen ausdrücklichen Wünschen zuwider zu handeln. Und der Dienerschaft kann ich es auch nicht auftragen."

„Also werden Sie mir nicht helfen?"

Mrs Philpot schüttelte verneinend den Kopf, und in ihren grauen Augen stand ein Ausdruck echten Bedauerns. „Ich kann nicht."

„Nun gut." Samantha nickte. „Ich respektiere Ihre Loyalität Ihrem Arbeitgeber gegenüber und Ihre Hingabe an Ihre Arbeit."

Mit diesen Worten drehte sie sich auf dem Absatz um, marschierte zum nächsten Fenster und begann an den schweren Vorhängen zu zerren.

„Was tun Sie da?“, rief Mrs Philpot, als die Vorhänge herabrauschten.

Samantha warf die Samtmassen oben auf den Haufen in der Zimmermitte, dann riss sie das Fenster auf und ließ einen breiten Strahl Sonnenlicht und frische Luft hereinströmen. Sie wandte sich zu Mrs Philpot um und klopfte sich den Staub von den Händen. „*Meine* Arbeit.“

„Ist sie immer noch dabei?“, fragte eine der Spülmägde wispernd den rotwangigen Lakaien, der gerade die geräumige Küche von Fairchild Park betrat.

„Ich fürchte ja“, flüsterte er zurück, stibitzte ein dampfendes Würstchen von ihrem Tablett und steckte es sich in den Mund. „Kannst du es nicht hören?“

Obwohl es schon vor etwa einer Stunde dunkel geworden war, drangen immer noch geheimnisvolle Geräusche durch den ersten Stock des Hauses. Dumpfes Poltern, Klirren und Scheppern, Keuchen und ab und zu das Scharren eines schweren Möbelstückes, das über den Parkettboden geschoben wurde, waren seit dem Vormittag ohne Unterlass zu hören gewesen.

Die Diener hatten ihren Tag so verbracht wie die meisten ihrer Tage seit Gabriels Heimkehr aus dem Krieg – am alten Eichentisch vor dem Küchenfeuer und hingen Erinnerungen an bessere Zeiten nach. An diesem kühlen Frühlingsabend saßen Beckwith und Mrs Philpot einander gegenüber, tranken eine Tasse Tee nach der anderen, ohne zu sprechen oder sich zu trauen, dem anderen in die Augen zu sehen.

Nach einem besonders heftigen Poltern, bei dem alle zusammenzuckten, erkundigte sich eines der Stubenmädchen leise: „Denken Sie nicht, wir sollten …“

Mrs Philpot antwortete mit einem strafenden Blick, der das arme Kind wie versteinert erstarren ließ, wo es stand. „Ich denke, wir sollten uns um unsere eigenen Angelegenheiten kümmern.“

Einer der jungen Lakaien trat vor und traute sich die eine Frage zu stellen, die auszusprechen sie alle vermieden hatten: „Was, wenn der Herr etwas hört?“

Seine Brille abnehmend, um sie mit seinem Ärmel zu putzen, schüttelte Beckwith betrübt den Kopf. „Es ist lange her, seit der Herr sich um das gekümmert hat, was um ihn herum geschieht. Es gibt keinen Grund, warum es heute anders sein sollte.“

Seine Worte legten sich wie eine Wolke der Niedergeschlagenheit über alle Anwesenden. Einst waren sie stolz darauf gewesen, das prächtige Gebäude, das ihnen anvertraut war, in Schuss zu halten. Aber ohne jemanden, der sah, wie das Holz unter ihrer liebevollen Pflege glänzte, oder sie lobte, weil die Böden so sauber gefegt waren und genug Feuerholz in jedem Kamin lag, ergab es für sie keinen Sinn, mit dem Trübsalblasen aufzuhören und sich zur Arbeit aufzuraffen.

So nahmen sie es kaum wahr, als eines der jüngsten Stubenmädchen leise eintrat. Es ging geradewegs zu Mrs Philpot, machte einen Knicks und schließlich noch einen, unverkennbar zu schüchtern, sie anzusprechen.

„Steh nicht herum und springe nicht auf und nieder wie ein Korken auf dem Wasser, Elsie“, entfuhr es Mrs Philpot scharf. „Was ist los?“

Ihre Schürze in den Händen wringend, knickste das Mädchen noch einmal. „Ich denke, Madam, Sie sollten am besten mitkommen und es sich selbst ansehen.“

Nach einem erschöpften Blick zu Beckwith erhob sich die Haushälterin. Der Butler stieß sich vom Tisch ab, um ihr zu folgen. Als sie die Küche verließen, waren sie beide zu sehr in Gedanken versunken, um zu bemerken, dass sich ihnen der Rest der Dienerschaft einer nach dem anderen anschloss.

Auf der obersten Treppenstufe blieb Mrs Philpot plötzlich stehen und hätte dadurch beinahe eine katastrophale Kettenreaktion ausgelöst. „Pst! Hören Sie mal!“, verlangte sie.

Alle hielten den Atem an, hörten aber nur eines.

Stille.

Als die schweigsame Parade Zimmer nach Zimmer durchschritt, knirschte unter ihren Sohlen kein zerbrochenes Glas oder zerborstenes Holz. Mondlicht strömte durch die vorhanglosen Fenster und zeigte, dass die Böden sauber gefegt worden und das ruinierte Mobiliar in zwei ordentlichen Stapeln zusammengestellt war – einer mit Stücken, die noch zu retten waren, und der andere mit denen, die nur noch zum Feuermachen benutzt werden konnten. Obwohl ein paar der schwereren Stücke dablieben, war in den meisten Räumen ein Gang frei geräumt worden, wobei zerbrechliche Gegenstände nach so weit oben wie möglich auf Bücherregale oder Kaminsimse verbannt worden waren. Alle Teppiche, deren geflochtener Rand oder lange Fransen zu

Fallstricken werden konnten, waren aufgerollt und an die Wand gelehnt worden.

Schließlich fanden sie die neue Pflegerin ihres Herrn in einem Lichtkreis aus Mondschein in der Bibliothek, wo sie auf einer Ottomane zusammengerollt erschöpft eingeschlafen war. Die Diener stellten sich um sie herum auf und starrten sie mit unverhohlener Neugier an.

Die früheren Pflegerinnen des Earls hatten sich ohne Murren mit dem etwas unbestimmten sozialen Status begnügt, der gewöhnlich Gouvernanten und Hauslehrern vorbehalten war. Ganz gewiss wurden sie nicht als ihrem Arbeitgeber ebenbürtig angesehen, aber sie hatten sich auch nicht dazu herabgelassen, sich mit den anderen Dienern abzugeben. Sie nahmen ihre Mahlzeiten in ihren Räumen ein und hätten bei der Vorstellung entsetzt aufgekeucht, ihre zarten weißen Hände bei solch niederen Arbeiten zu ruinieren wie Fegen oder schwere Vorhänge zum Lüften auf den Hof zu schleppen.

Miss Wickershams Hände waren nicht länger zart oder weiß. Die blassen Ovale ihrer Fingernägel waren abgebrochen und besaßen Schmutzränder. Eine blutige Blase hatte sich auf ihrer rechten Hand gebildet, zwischen Daumen und Zeigefinger. Ihre Brille war verrutscht und hing schief auf ihrer Nase, und während sie sie alle betrachteten, hob ein leises Schnarchen die Haarsträhne an, die ihr über die Nase gefallen war, ehe sie wieder zurückfiel.

„Soll ich sie wecken?“, fragte Elsie flüsternd.

„Ich bezweifle, dass das möglich ist“, erklärte Beckwith leise. „Das arme Kind ist offenkundig völlig erschöpft.“ Er winkte einen der größeren Lakaien zu sich. „Warum trägst du nicht Miss Wickersham nach oben in ihr Zimmer, George? Und nimm eines der Dienstmädchen mit.“

„Ich gehe“, meldete sich Elsie eifrig und vergaß ihre Schüchternheit.

Als der Lakai Miss Wickersham auf seine kräftigen Arme hob, streckte eine der Spülmägde die Hand aus, um ihr die Brille gerade zu schieben.

Nachdem sie gegangen waren, starrte Mrs Philpot weiter mit unergründlicher Miene auf die Ottomane.

Beckwith trat dichter zu ihr und räusperte sich umständlich. „Soll ich den Rest der Dienerschaft für die Nacht fortschicken?“

Langsam hob die Haushälterin den Kopf. In ihren grauen Augen stand eiserne Entschlossenheit. „Ich denke nicht. Es gibt immer noch eine Menge zu tun, und ich werde nicht länger zulassen, dass sie herumlungern und es anderen überlassen bleibt, ihre Pflichten zu übernehmen.“ Sie schnippte mit den Fingern zu den beiden verbliebenen Lakaien. „Peter und Philip, ihr nehmt diese Chaiselongue dort und rückt sie an die Wand.“ Breit grinsend beeilten sich die Zwillinge und fassten jeder ein Ende des schweren Sofas. „Vorsicht“, mahnte sie. „Wenn ihr das Rosenholz zerkratzt, werde ich euch die Reparaturkosten vom Lohn abziehen.“

Um die erstaunten Dienstmädchen herumgehend, klatschte sie so fest in die Hände, dass das Geräusch in der Bibliothek wie ein Pistolenschuss widerhallte. „Betsy, Jane, ihr holt ein paar Besen und einen Mopp, Lumpen und einen Eimer heißes Wasser. Meine Mutter hat immer gesagt, dass man sich das Fegen sparen kann, wenn man hinterher nicht aufwischen will. Und jetzt, da die Vorhänge weg sind, lassen sich die Fenster viel leichter putzen.“ Als die Dienstmädchen nur stumm dastanden und sie mit offenem Mund anstarrten, begann sie sie mit ihrer Schürze zur Tür zu scheuchen. „Hier wird nicht herumgestanden und geglotzt wie an Land gespülte Forellen. Geht schon, geht!“

Mrs Philpot marschierte zu einem der Flügelfenster und riss es auf. „Ah!“, rief sie, und ihre Brust weitete sich, als sie in tiefen Zügen die nach Flieder duftende Nachtluft einatmete. „Vielleicht riecht morgen früh schon das Haus nicht länger wie ein geöffnetes Grab.“

Beckwith stellte sich neben sie. „Hast du den Verstand verloren, Lavinia? Was sollen wir nur dem Herrn sagen?“

„Ach, gar nichts.“ Mrs Philpot nickte zu der Tür, durch die Miss Wickersham verschwunden war, und ein listiges Lächeln spielte um ihre Lippen. „Sie wird das tun.“

Kapitel 3

Meine liebe Miss March,

ich muss gestehen, seit ich Sie zum ersten Mal erblickt habe, habe ich an nichts anderes — und niemand anderen — gedacht als …

Am nächsten Morgen stieg Gabriel vorsichtig die Treppe hinab und schnupperte bei jedem Schritt. Seine Nasenflügel blähten sich, aber er konnte nicht den leisesten Hauch von Zitronenmelisse wahrnehmen. Vielleicht hatte Miss Wickersham seinen Rat beherzigt und war abgereist. Mit ein wenig Glück würde er ihre Impertinenz nie wieder ertragen müssen. Bei dem Gedanken wollte sich seltsamerweise keine Befriedigung einstellen. Er musste hungriger sein, als er geglaubt hatte.

Jeden Versuch aufgebend, unentdeckt zu bleiben, stürmte er durch die Tür in den Empfangssalon und wappnete sich dafür, sich jeden Moment das Schienbein an irgendeinem im Weg stehenden Möbelstück zu stoßen. In Wahrheit war ihm der Schmerz willkommen, den das mit sich brachte. Jeder frische blaue Fleck oder Kratzer diente ihm als Erinnerung daran, dass er noch am Leben war.

Aber auf das, was ihn heute erwartete, hatte ihn nichts vorbereiten können. Während er den Salon durchquerte, ohne auch nur über einen einzigen bockigen Hocker zu stolpern, fiel ihm plötzlich ein breiter Strahl Sonnenlicht mitten ins Gesicht. Gabriel blieb stehen, wankte wie unter einem Schlag und riss eine Hand hoch, um sein Gesicht vor der verwirrenden Wärme zu schützen. Instinktiv kniff er die Augen zu, doch das fröhliche Vogelgezwitscher oder die fliederduftende Brise, die zärtlich über seine Haut strich, konnte er nicht aussperren.

Eine Minute lang meinte er, er läge noch in seinem Bett und träumte. Glaubte, wenn er die Augen öffnete, läge er auf einer leuchtend grünen Wiese und erblickte über sich die seidig weißen Blüten eines Birnbaumes. Doch als er sie wirklich öffnete, war es immer noch Nacht – trotz der trügerischen Wärme der Sonnenstrahlen auf seinem Gesicht.

„Beckwith!“, brüllte er.

Jemand tippte ihm auf die Schulter. Ohne nachzudenken fuhr Gabriel herum, um seinen Angreifer zu packen. Obwohl er in die Luft griff, verriet ihm der Zitronenmelissenduft, er ihn in der Nase kitzelte, wer es sein musste.

„Hat Ihnen nie jemand gesagt, dass es von außergewöhnlich schlechten Manieren zeugt, sich an einen Blinden heranzuschleichen?“, fragte er gedehnt.

„Gefährlich ist es auch, scheint mir.“ Trotzdem die vertraute Stimme nichts von ihrer gewöhnlichen Schroffheit vermissen ließ, klang sie auch ein wenig atemlos, wodurch sich seltsamerweise sein Puls beschleunigte.

Sich darum bemühend, mehr als nur sein Temperament zu zügeln, wich Gabriel mehrere Schritt zurück. Da es ihm unmöglich war, der verführerischen Wärme des Sonnenlichts zu entkommen, wandte er die linke Seite seines Gesichts absichtlich von ihrer Stimme ab. „Wo, zum Teufel, treibt sich Beckwith herum?“

„Ich bin mir nicht sicher, Mylord“, bekannte seine Pflegerin. „Irgendetwas stimmt heute Morgen nicht – vielleicht geht eine Krankheit um. Das Frühstück ist nicht fertig, und die meisten Dienstboten sind offensichtlich noch im Bett.“

Er breitete die Arme aus und drehte sich einmal um die eigene Achse, ohne auch nur an einen einzigen Gegenstand zu stoßen. „Dann sollte die Frage vermutlich zutreffender lauten: *Wo sind meine Möbel?*“

„Oh, machen Sie sich deswegen keine Sorgen. Sie sind noch da. Wir haben lediglich die meisten Stücke an die Wand gerückt, sodass sie Ihnen nicht länger im Weg stehen.“

„*Wir?*“

„Nun, zum größten Teil war ich es allein.“ Eine dankenswerte

Sekunde klang sie genauso verwirrt, wie er sich fühlte. „Allerdings sieht es so aus, als hätten die Dienstboten sich zum Helfen entschlossen, nachdem ich zu Bett gegangen war."

Gabriel ließ ein übertrieben geduldiges Seufzen hören. „Wenn alle Zimmer genau gleich sind, wie soll ich dann wissen, ob ich im Empfangssalon bin oder in der Bibliothek? Oder am Ende gar auf dem Komposthaufen hinter dem Haus?"

Einen segensreichen Augenblick war es ihm tatsächlich gelungen, sie sprachlos zu machen. „Himmel, der Gedanke ist mir nie gekommen!", erklärte sie schließlich. „Vielleicht sollten wir von den Lakaien in jedem Zimmer ein Möbelstück als Erkennungsmerkmal in die Mitte ziehen lassen." Ihre Röcke raschelten, als sie um ihn herumging und offenbar schon wieder neue Pläne schmiedete. Gabriel drehte sich mit ihr, hielt seine rechte Seite immer auf Höhe ihrer Stimme. „Wenn wir die scharfen Kanten und Ecken abpolstern, könnten Sie durchs Haus gehen, ohne Verletzungen zu riskieren. Besonders wenn Sie zählen lernen."

„Ich darf Ihnen versichern, Miss Wickersham, dass ich bereits im Kinderzimmer zählen gelernt habe."

Jetzt seufzte sie. „Ich meinte, Ihre Schritte zu zählen. Wenn Sie sich die Zahl der Schritte merken, die Sie benötigen, um von Raum zu Raum zu gehen, sollten Sie sich leichter zurechtfinden und mehr Einfluss auf Ihr Leben haben."

„Das wäre eine angenehme Abwechslung. Seit Sie Ihren Fuß in dieses Haus gesetzt haben, habe ich den offenbar gänzlich verloren."

„Warum tun Sie das?", erkundigte sie sich abrupt, und aufrichtige Neugier schwang in ihrer Stimme mit, verlieh ihr einen weicheren Klang.

Er runzelte die Stirn und versuchte den leisen Schritten zu folgen, während sie weiter um ihn herumging. „Was tun?"

„Sich von mir abwenden, wenn ich mich bewege. Wenn ich nach links gehe, wenden Sie sich nach rechts, und umgekehrt."

Er versteifte sich. „Ich bin blind. Wie können Sie von mir erwarten, zu wissen, wohin ich mich wende?" Um weitere Fragen abzuwehren, fuhr er fort: „Vielleicht sollten Sie mir einmal erklären, warum meine ausdrücklichen Anordnungen missachtet wurden und hier drinnen die Fenster offen stehen?"

„Ich war das. Als Ihre Pflegerin bin ich der Meinung, dass ein bisschen Sonnenschein und frische Luft Ihren …" – sie räusperte sich, als wäre ihr etwas im Hals stecken geblieben – „... Ihren Blutfluss verbessern würden."

„Mit meinem Blutfluss ist alles in bester Ordnung, danke sehr. Und ein Blinder hat schließlich wenig Verwendung für Sonnenschein. Es ist höchstens eine grausame Erinnerung an all die Schönheit, die er nie wieder sehen wird."

„Das mag stimmen, aber es ist wohl kaum fair, Ihren ganzen Haushalt mit sich in die Dunkelheit zu zwingen."

Eine Minute lang fehlten Gabriel vor Verblüffung die Worte. Seit er von Trafalgar heimgekehrt war, waren alle auf Zehenspitzen um ihn herumgeschlichen und hatten geflüstert. Niemand, noch nicht einmal seine eigene Familie, hatte es gewagt, so unverblümt mit ihm zu reden.

Er wandte sich voll und ganz zu ihrer Stimme um und gestattete es den gnadenlosen Sonnenstrahlen, sengend auf sein Gesicht zu fallen. „Ist es Ihnen nie in den Sinn gekommen, dass ich auch zum Wohl meiner Diener auf zugezogenen Vorhängen bestanden habe? Warum sollten sie mich im Tageslicht ansehen müssen? Ich bin wenigstens mit Blindheit gesegnet, die mich daran hindert, meine grässliche Entstellung zu sehen."

Miss Wickershams Reaktion auf seine Worte und den Anblick seines Gesichts war das Letzte, womit er gerechnet hätte. Sie brach in Gelächter aus. Ihr Lachen unterschied sich ebenfalls von dem, was er erwartet hätte. Statt eines trockenen, gackernden Lachens ertönte ein kehliges, volles und melodisches Gelächter, das ihn zu verspotten schien und gleichzeitig erregte, womit bewiesen war, dass es um seinen Blutfluss sogar noch besser stand, als er gedacht hatte.

„Hat man Ihnen das gesagt?", fragte sie schließlich. Während sie um Atem rang, entfuhren ihr immer wieder belustigte Gluckser. „Dass Sie grässlich entstellt seien?"

Er zog finster die Augenbrauen zusammen. „Das musste mir niemand sagen. Ich mag blind sein, aber ich bin weder taub noch blöde. Ich konnte die Ärzte über meinem Bett flüstern hören. Als der letzte Verband entfernt wurde, habe ich meine Mutter und meine Schwestern entsetzt aufkeuchen gehört. Ich konnte das grausame Starren auf meiner Haut spüren, als die Lakaien mich aus dem Krankenhaus in die Kutsche gebracht haben. Sogar meine eigene Familie erträgt es kaum, mich anzuschauen. Warum, meinen Sie, haben sie mich hier weggesperrt wie ein Tier in einen Käfig?"

„Soweit ich es beurteilen kann, sind Sie es gewesen, der die

Käfigtüren zugesperrt und die Fenster verbarrikadiert hat. Vielleicht ist es nicht Ihr Gesicht, das Ihre Familie fürchtet, sondern vielmehr Ihre schlechte Laune.“

Gabriel fasste blindlings nach ihrer Hand und erwischte sie beim dritten Anlauf. Er war erstaunt, wie klein, aber fest sie sich in seinem Griff anfühlte.

Ihr entfuhr ein erschreckter Ausruf, als er sie mit sich zerrte. Statt dass sie ihn durch das Haus führte, ging er voran, zog sie mit sich die Treppe hinauf und den langen Flur hinab zu der Galerie mit den Familienportraits. Als Kind hatte er jede Ecke und jeden Schlupfwinkel von Fairchild Park erkundet, und dieses Wissen kam ihm jetzt noch zugute. Er marschierte mit ihr im Schlepptau die Galerie hinab, maß seine langen Schritte genau, bis sie am Ende des Raumes angekommen waren. Er wusste, was sie dort sehen würde: ein großes Portrait, verhüllt mit einem Leinenlaken.

Er selbst hatte diese Verhüllung angeordnet. Er konnte die Vorstellung nicht ertragen, dass jemand es ansah und sich voller Wehmut daran erinnerte, was für ein Mann er einmal gewesen war. Wenn er nicht ein so sentimentaler Narr wäre, hätte er es zerstören lassen, so wie auch er zerstört worden war.

Er tastete nach dem Rand des Lakens und riss es herunter. „Da! Was halten Sie nun von meinem Gesicht?“

Gabriel trat zurück und lehnte sich gegen das Galeriegeländer, erlaubte ihr, das Gemälde zu betrachten, ohne dass er ihr im Nacken saß. Er brauchte sein Augenlicht nicht, um zu wissen, was sie sah. Das Gesicht hatte er fast dreißig Jahre lang jeden Tag im Spiegel erblickt.

Er wusste um das Spiel von Schatten und Licht auf den wohl geformten Zügen. Er wusste um das angedeutete Grübchen auf seinem männlichen Kinn. Seine Mutter hatte immer behauptet, er sei von einem Engel geküsst worden, als er noch in ihrem Bauch war. Erst als dann endlich goldblonde Bartstoppeln seine Wangen überzogen, hatten seine Schwestern sich nicht länger beklagen können, er sei hübscher als sie.

Er kannte das Gesicht und wusste um seine Wirkung auf Frauen. Von den altjüngferlichen Tanten, die es sich nicht verkneifen konnten, ihm die rosigen Wangen zu tätscheln, als er noch ein Kind war, über die Debütantinnen, die kicherten und erröteten, wenn er sie im Hyde Park grüßte, bis zu den schönen Frauen, die nur zu erpicht waren, in sein Bett zu hüpfen – für den Preis von nicht mehr als einem verführerischen Lächeln und einer schwungvollen Runde über die Tanzfläche.

Er bezweifelte sogar, dass die kratzbürstige Miss Wickersham seinem Charme widerstehen konnte.

Sie studierte das Portrait eine Weile still. „Er sieht sehr gut aus, nehme ich an“, sagte sie schließlich mit nachdenklicher Stimme, „wenn man eine Vorliebe für diesen Typ hat.“

Gabriel runzelte die Stirn. „Und was für ein Typ soll das sein?“

Er konnte fast hören, wie sie sich ihre Antwort zurechtlegte. „Seinem Gesicht fehlt Charakter. Es ist das Gesicht von jemandem, der es immer leicht hatte, dem alles in den Schoß gefallen ist. Er ist nicht länger Junge, aber noch kein Mann. Ich bin mir sicher, er war ein netter Gesellschafter für einen Spaziergang durch den Park oder einen Abend im Theater, aber ich denke nicht, dass er jemand wäre, den ich gerne kennenlernen würde.“

Gabriel streckte die Hand nach ihr aus und fasste sie am Oberarm, spürte durch die Wolle ihres Ärmels hindurch, wie weich er sich anfühlte. Er drehte sie um, sodass sie ihn ansehen musste, war ehrlich neugierig. „Was sehen Sie jetzt?“

Dieses Mal war kein Zögern in ihrer Stimme zu hören. „Ich sehe einen Mann“, sagte sie leise. „Einen Mann, in dessen Ohren immer noch Kanonendonner klingt. Einen Mann, dem das Leben eine blutige Nase verpasst hat, der sich aber nicht geschlagen gibt. Einen Mann mit einer Narbe, die seinen Mundwinkel nach unten zerrt, wenn er eigentlich lieber lächeln möchte.“ Sie fuhr mit einer Fingerspitze leicht über seine Narbe, sodass Gabriel am ganzen Körper eine Gänsehaut bekam. Erschreckt von der Intimität ihrer Berührung nahm er ihre Hand in seine, zog sie fort.

Rasch befreite sie sich aus seinem Griff, und in ihrer Stimme schwang wieder die alte Forschheit mit. „Ich sehe einen Mann, der dringend eine Rasur benötigt und saubere Kleider. Wissen Sie, es ist wirklich nicht nötig, dass Sie herumlaufen, als wären Sie angezogen worden von …“

„Von einem Blinden?“, schlug er trocken vor, so erleichtert wie sie, wieder auf vertrauten Boden zurückzukehren.

„Haben Sie keinen Kammerdiener?“, wollte sie wissen.

Er spürte ein leichtes Ziehen an seiner Krawatte, die er am Morgen vom Boden seines Schlafzimmers aufgehoben und sich achtlos um den Hals geschlungen hatte, und schlug ihre Hand fort. „Ich habe ihn entlassen. Ich kann es nicht ertragen, wenn mich jemand von vorne und hinten bedient, als sei ich ein hilfloser Invalide."

Sie entschloss sich, diese an sie gerichtete Warnung nicht weiter zu beachten. „Ich kann mir nicht vorstellen warum. Die meisten Gentlemen Ihres Standes mit zwei guten Augen sind es völlig zufrieden, mit ausgestreckten Armen dazustehen und sich anziehen zu lassen, als seien sie Kinder. Falls Sie partout keinen Kammerdiener wollen, kann ich Ihnen wenigstens von den Lakaien ein heißes Bad bereiten lassen. Es sei denn, Sie haben irgendwelche Einwände gegen das Baden."

Gabriel wollte sie gerade darauf aufmerksam machen, dass das Einzige, wogegen er Einwände hatte, sie sei, als ihm ein neuer Gedanke kam. Vielleicht gab es mehr als einen Weg, sie zur Kündigung zu bewegen.

„Ein schönes heißes Bad wäre vielleicht genau das Richtige", erwiderte er mit seidenglatter Stimme. „Natürlich ist ein Bad für einen Blinden äußerst gefährlich. Was, wenn ich beim Einsteigen in den Badezuber hinfalle und mich am Kopf verletze? Was, wenn ich unter Wasser rutsche und ertrinke? Was, wenn ich … die Seife fallen lasse? Es kann wirklich nicht von mir erwartet werden, dass ich sie alleine wiederfinde." Er tastete erneut nach ihrer Hand, hob sie aber nun an die Lippen und drückte einen zarten Kuss auf die empfindsame Handinnenfläche. „Als meine Pflegerin, Miss Wickersham, halte es nur für recht und billig, wenn *Sie* mich baden."

Statt ihm für seine Unverschämtheit eine Ohrfeige zu geben, wie er es verdient hätte, entwand sie ihm einfach ihre Hand und erklärte süßlich: „Ich bin sicher, dass meine Dienste nicht benötigt werden. Einer Ihrer kräftigen jungen Lakaien wird nur zu glücklich sein, für Sie die Seife zu suchen."

In einer Sache hatte sie recht gehabt. Plötzlich wollte Gabriel lächeln. Als ihre entschlossenen Schritte auf der Treppe verklangen, musste er sich sehr beherrschen, nicht laut aufzulachen.

Samantha hielt ihre Kerze hoch und tauchte das Gemälde von Gabriel Fairchild in den unsteten Lichtschein ihrer Flamme. Das Haus lag dunkel und still, alle seine Bewohner schliefen und, wie sie hoffte, auch sein Besitzer. Nach ihrem früheren Zusammenstoß hatte der Earl sich den Rest des Tages in der bedrückenden Trübsal seines

Schlafzimmers verschanzt und sich sogar geweigert, es für die Mahlzeiten zu verlassen.

Samantha legte ihren Kopf schief und studierte das Bild. Sie wünschte, sie wäre dem Charme des darauf Dargestellten gegenüber so unempfänglich, wie sie vorgegeben hatte. Obwohl es auf 1803 datiert war, hätte es genauso gut ein ganzes Lebensalter zurückliegen können. Der leichte Anflug von Arroganz in Gabriels jungenhaftem Grinsen wurde gemildert durch das selbstbelustigte Funkeln in seinen hellgrünen Augen. Augen, die erwartungsvoll in die Zukunft blickten, voller Spannung und Hoffnung auf all das, was sie bringen mochte. Augen, die nie etwas gesehen hatten, was sie eigentlich nicht sehen wollten, und dafür mit ihrer Sehkraft bezahlt hatten.

Samantha streckte die Hand aus und berührte mit der Fingerspitze die nicht verunstaltete Wange. Aber diesmal war da keine Wärme, kein erschütterndes Gefühl überdeutlicher Bewusstheit. Da war nur kühle Leinwand, die ihre sehnsüchtige Geste zu verspotten schien.

„Gute Nacht, mein süßer Prinz“, flüsterte sie und breitete sanft das Laken über das Portrait.

Zartes Frühlingsgrün sprenkelte die sich schier endlos erstreckenden Wiesen. Bauschige Wolken zogen übermütig wie junge Lämmer über einen pastellblauen Himmel. Blassgelber Sonnenschein badete sein Gesicht in Wärme. Gabriel rollte sich auf einen Ellbogen und blickte auf die Frau hinab, die neben ihm im Gras lag und schlief. Eine Birnenblüte war aus dem Baum herabgesegelt und auf ihren hochgesteckten Locken gelandet. Sein durstiger Blick sog das warme Honiggold ihres Haares, den Pfirsichton ihrer daunenweichen Wange, das feuchte Korallenrot ihrer leicht geöffneten Lippen auf.

Nie zuvor hatte er eine so köstliche Farbe gesehen … oder eine so verführerische.

Als er seinen Mund auf ihren senkte, hoben sich ihre Augenlider flatternd, und ihre Lippen verzogen sich zu einem schläfrigen Lächeln, wodurch sich ihre anbetungswürdigen Grübchen vertieften. Aber gerade, als sie ihm die Arme entgegenstreckte, schob sich eine dunkle Wolke vor die Sonne, und ihr gnadenloser Schatten beraubte seine Welt aller Farbe.

Gabriel saß in völliger Dunkelheit aufrecht im Bett, und sein keuchender Atem klang in der Stille harsch. Er hatte keine Möglichkeit zu wissen, ob es schon Morgen oder noch Nacht war. Er wusste nur, er war aus seiner einzigen Zuflucht vor der Dunkelheit gerissen worden – seinen Träumen.

Die Decke zur Seite schlagend schwang er die Beine über die Bettkante und setzte sich auf. Er barg seinen Kopf in seinen Händen und rang um Atem und Fassung. Er konnte nichts anders, als sich zu fragen, was Miss Wickersham wohl von seiner derzeitigen Aufmachung hielte. Im Augenblick hatte er nichts an. Vielleicht sollte er sich ein sauberes Halstuch umknoten, um ihren Sinn für Anstand nicht zu verletzten.

Nach einigem erfolglosen Tasten fand er schließlich den zerknitterten Morgenrock am Fußende seines Bettes und schlüpfte hinein. Ohne sich die Mühe zu machen, ihn zuzubinden, erhob er sich und durchquerte das Zimmer. Immer noch leicht desorientiert von seinem plötzlichen Erwachen schätzte er die Entfernung zwischen Bett und Schreibtisch falsch ein und stieß sich schmerzhaft die Zehen an einem der klauenartigen Füße des Tisches. Einen Fluch unterdrückend ließ er sich auf den Schreibtischstuhl sinken und tastete nach den Elfenbeinknöpfen der Schublade.

In der samtausgeschlagenen Schublade fanden seine Finger sogleich, wonach sie gesucht hatten – ein dickes Bündel Briefe, die von einem einzigen Seidenband zusammengehalten wurden. Als er es herausnahm, stieg ihm ein betörender Duft in die Nase.

Das war kein billiges Zitronenparfüm, bei irgendeinem Straßenhändler erstanden, sondern der Duft einer Frau – blumig, voll und verführerisch.

Tief einatmend zog Gabriel das Seidenband auf und fuhr mit den Händen über das teure Leinenbriefpapier. Die Blätter waren zerknittert und abgegriffen von den vielen Monaten, die er die Briefe über seinem Herzen getragen hatte. Eines faltete er auf und strich es glatt, fuhr mit der Fingerspitze über die anmutigen Bögen und Schlingen aus Tinte. Wenn er sich nur stark genug konzentrierte, mochte es ihm gelingen, ein Wort oder vielleicht auch einen vertrauten Satz zu erkennen.

Bedeutungslose Worte, leere Phrasen.

Seine Hand ballte sich zu einer lockeren Faust. Langsam legte er den Brief wieder zusammen, und dachte dabei, wie absurd es für einen Blinden war, Briefe aufzubewahren, die er nicht länger lesen konnte, von einer Frau, die ihn nicht länger liebte.

Falls sie das je getan hatte.

Trotzdem band er das Seidenband sorgfältig wieder um die Briefe, ehe er sie behutsam an ihren Platz zurücklegte.

Kapitel 4

Meine liebe Miss March,

darf ich hoffen, dass Sie mir gestatten, Ihnen mit süßen Worten den Hof zu machen?

Als Gabriel am nächsten Morgen sein Schlafzimmer verließ, verzweifelt auf der Suche nach anderer Gesellschaft als seiner eigenen, stiegen ihm nach einem argwöhnischen Schnuppern nur die Gerüche von Schinkenspeck und Schokolade in die Nase. Vorsichtig ging er ihnen in den Speisesalon nach und fragte sich dabei, wo ihm wohl Miss Wickersham heute auflauern würde. Zu seiner Überraschung war es ihm gestattet, in Ruhe zu frühstücken, ohne dass jemand seine Tischmanieren oder seine Aufmachung kritisierte. Er aß hastig und mit noch weniger Finesse als sonst, in der Hoffnung, den sicheren Hafen seines Schlafzimmers erreichen zu können, ehe sich seine anmaßende Pflegerin wieder auf ihn stürzte.

Nachdem er sich mit einer Ecke des Tischtuches den Mund abgewischt hatte, eilte er die Treppe hinauf. Doch als er die Hand nach der verschnörkelten Klinke ausstreckte, die zur Schlafzimmertür des Hausherren gehörte, fasste er in die Luft.

Gabriel wich zurück, fürchtete, in seiner Eile irgendwo falsch abgebogen zu sein.

Doch da erklang auch schon eine fröhliche Stimme: „Guten Morgen, Mylord!“

„Guten Morgen, Miss Wickersham“, antwortete er zähneknirschend.

Er machte einen zögernden Schritt nach vorne, dann noch einen, seiner Sicherheit durch das trügerische Sonnenlicht auf seinem Gesicht beraubt, durch die sanfte Brise, die ihm über die Stirn strich, und das melodische Zwitschern eines Vogels, der direkt vor dem offenen Fenster seines Zimmers sitzen musste, irritiert.

„Ich hoffe, es stört Sie nicht, dass ich hier eingedrungen bin“, sagte sie. „Ich dachte, wir lüften Ihr Schlafzimmer, während Sie unten frühstücken.“

„Wir?“, wiederholte er in Unheil verkündendem Ton und fragte sich, wie viele Zeugen es für ihre Ermordung wohl geben würde.

„Sicherlich erwarten Sie nicht, dass ich alle Arbeit alleine erledige! Peter und Phillip bereiten Ihr Morgenbad, während Elsie und Hannah die Laken auf Ihrem Bett wechseln. Mrs Philpot und Meg sind draußen im Garten und lüften Ihr Federbett und die Kissen. Und die liebe Millie wischt in Ihrem Salon Staub.“

Das Plätschern von Wasser und das Flattern von Leinentüchern, die ausgeschüttelt wurden, bewiesen, dass ihre Behauptungen der Wahrheit entsprachen. Gabriel nahm einen tiefen Atemzug – die Luft war vergiftet mit dem süßen Duft von Zitronenmelisse und Wäschestärke. Wie erwartet, hörte er aus der Richtung des Ankleidezimmers ein Rascheln, ein Geräusch wie von einer Ratte. Einer sehr plumpen, kahlköpfigen Ratte, die eine Weste trug.

„Beckwith?“, rief Gabriel scharf.

Das Rascheln hörte auf, erstarrte Stille folgte.

Gabriel seufzte. „Sie können genauso gut herauskommen, Beckwith. Ich kann Ihre Haarpomade riechen.“

Schlurfende Schritte verrieten, dass der Butler gehorsam das Ankleidezimmer verließ. Ehe die Pflegerin zu einer Rechtfertigung für seine Anwesenheit hier ansetzen konnte, sagte Beckwith: „Da Sie keinen Kammerdiener um sich dulden wollen, Mylord, hat Miss Wickersham vorgeschlagen, dass wir Ihre Kleidung nach Form und Farbe sortieren. Dann sollten Sie in der Lage sein, sich ohne fremde Hilfe anzuziehen.“

„Und Sie waren so freundlich, sich dafür anzubieten. *Et tu, Brute?*“, murmelte Gabriel.

Seine neue Pflegerin war nicht nur in seinen einzigen Zufluchtsort eingedrungen, sie hatte auch seine Dienstboten zur Mittäterschaft angestiftet. Er wunderte sich, wie es ihr gelungen war, so schnell deren Loyalität zu gewinnen. Vielleicht hatte er ihren

Charme unterschätzt. Sie mochte ein viel gefährlicherer Gegner sein, als er zunächst angenommen hatte.

„Lassen Sie uns alleine", befahl er knapp.

Geschäftige Aktivität brach aus, das Rascheln von Laken und das Scheppern von Eimern zeigten ihm, dass die Diener noch nicht einmal so taten, als hätten sie ihn missverstanden.

„Mylord, ich denke wirklich nicht …", begann Beckwith einen heldenhaften Versuch, Miss Wickersham in Schutz zu nehmen. „Ich meine, es ist wohl kaum ziemlich, Sie allein in Ihrem Schlafzimmer zu lassen, zusammen mit …"

„Haben Sie Angst, mit mir allein zu sein?"

Miss Wickersham sparte sich die Mühe, vorzugeben, ihn nicht verstanden zu haben. Er war vermutlich der Einzige, der ihr leichtes Zögern bemerkte, ehe sie antwortete: „Natürlich nicht."

„Sie haben sie gehört", sagte er. „Gehen Sie. Alle!" Die Luft geriet in Bewegung, als die Dienstboten an ihm vorbeieilten und den Raum verließen. Als er die letzten Schritte auf dem Flur verklingen hörte, fragte er: „Sind sie fort?"

„Ja."

Gabriel tastete hinter sich, bis er die Türklinke fand. Er zog die Tür mit einem Knall ins Schloss, dann lehnte er sich dagegen, schnitt ihr so ihren einzigen Fluchtweg ab. „Ist es Ihnen nie in den Sinn gekommen, Miss Wickersham", begann er mühsam beherrscht, „dass ich meine Tür aus gutem Grund geschlossen gehalten habe? Dass ich mir gewünscht habe, dass mein Schlafzimmer unangetastet bleibt? Dass mir meine Privatsphäre wichtig ist?" Seine Stimme wurde lauter. „Dass es mir lieber wäre, wenn wenigstens eine kleine Ecke meines Lebens unberührt bliebe von Ihrer ewigen Einmischerei?"

„Ich dachte, Sie wären dankbar." Sie schnupperte hörbar. „Wenigstens riecht es nicht mehr, als hielten Sie hier Ziegen."

Er runzelte die Stirn und versuchte böse in die Richtung zu schauen, in der sie stehen musste. „Im Augenblick würde ich die Gesellschaft von Ziegen bei Weitem vorziehen."

Er hörte, wie sie den Mund öffnete und dann mit einem Schnappen wieder schloss. Sie machte genau so lange eine Pause, wie sie brauchte, um bis zehn zu zählen, ehe sie wieder zu sprechen versuchte. „Vielleicht haben wir beide einfach auf dem falschen Fuß angefangen, Mylord. Sie scheinen zu der irrigen Annahme gelangt zu sein, dass ich nach Fairchild Park gekommen bin, um Ihnen das Leben schwer zu machen."

„Der Ausdruck ‚das Leben zur Hölle machen' hat sich mir mehr als einmal seit Ihrer Ankunft aufgedrängt."

Sie stieß den angehaltenen Atem aus. „Im Gegensatz zu dem, was Sie glauben mögen, habe ich den Posten angenommen, um Ihnen das Leben zu erleichtern."

„Wann wollten Sie denn damit anfangen?"

„Sobald Sie mich lassen", entgegnete sie mit Nachdruck. „Das Haus zu Ihrer Bequemlichkeit zu verändern kann nur der Anfang sein. Himmel, ich könnte Ihnen helfen, Ihre Langeweile zu vertreiben, indem ich mit Ihnen Spaziergänge im Park unternehme, Ihnen bei Ihrer Korrespondenz helfe oder Ihnen vorlese."

Bücher waren nur eine weitere grausame Erinnerung an ein Vergnügen, das ihm nun verwehrt war. „Nein, danke. Ich werde mir nicht vorlesen lassen wie einem dummen Kind." Während er die Arme vor der Brust verschränkte, war sich Gabriel selbst darüber im Klaren, dass er sich wie eines benahm.

„Nun gut. Aber auch sonst gibt es hundert Sachen, bei denen ich Ihnen helfen kann, sich auf Ihre Erblindung besser einzustellen."

„Das wird nicht nötig sein."

„Warum nicht?"

„Weil ich nicht vorhabe, den Rest meines Lebens so zu verbringen", brüllte Gabriel, als ihm endgültig der Geduldsfaden riss.

Als das Echo seines Ausrufes verklungen war, schwoll das Schweigen zwischen ihnen an.

Er ließ sich gegen die Tür sinken und fuhr sich mit einer Hand durchs Haar. „Genau in diesem Augenblick, da wir sprechen, bereist eine Gruppe von Ärzten im Auftrag meines Vaters Europa und sammelt alle Informationen, die sich zu meiner Erkrankung finden lassen. Sie müssten in etwa vierzehn Tagen zurückkehren. Dann werden sie mir bestätigen, was ich schon immer vermutet habe – dass mein Leiden nicht dauerhaft ist, sondern nur eine vorübergehende Beeinträchtigung."

In dem Augenblick war Gabriel fast dankbar, dass er ihre Augen nicht sehen konnte. Er hatte Angst, in ihren Tiefen das zu entdecken, was sie ihm bislang erspart hatte: ihr Mitleid. Ihr Lachen würde er jederzeit vorziehen.

„Wissen Sie eigentlich, was das Beste daran sein wird, mein Augenlicht wieder zu gewinnen?", fragte er sie leise.

„Nein“, antwortete sie, und alle Beherztheit war aus ihrer Stimme verschwunden.

Sich aufrichtend machte er einen Schritt auf sie zu, dann noch einen. Sie weigerte sich, vor ihm zurückzuweichen, bis er ihr fast auf die Füße trat. Die Luft bewegte sich, als sie schließlich nachgab. Er parierte ihre Bewegungen unbeholfen, bis sie schließlich genau umgekehrt da standen, sie mit dem Rücken zur Tür, er vor ihr. „Manche glauben vielleicht, dass es die Freude sei, wieder zu sehen, wie die Sonne am Ende eines perfekten Sommertages an einem lavendelfarbenen Horizont untergeht.“

Als er hörte, wie sie mit dem Rücken gegen die Tür stieß, stützte er sich mit einer Hand auf dem Holz oberhalb ihrer Schulter ab. „Andere meinen, es sei die Betrachtung der seidigen Blütenblätter einer rubinroten Rose …“ – sich vorbeugend, bis er ihren warmen Atem auf seinem Gesicht spürte, senkte er seine Stimme zu einer rauchigen Liebkosung – „oder einer schönen Frau zärtlich in die Augen zu blicken. Aber ich kann Ihnen versprechen, Miss Wickersham, dass all diese Vergnügen im Vergleich mit der reinen, unendlich großen Freude verblassen, Sie endlich los zu sein.“

Er ließ seine Hand nach unten gleiten, bis er die Türklinke fand, drückte sie nach unten und stieß die Tür auf, sodass sie rückwärts auf den Flur stolperte.

„Stehen Sie noch auf der Türschwelle, Miss Wickersham?“

„Wie bitte?“, fragte sie unverkennbar verwirrt.

„Stehen Sie noch auf der Türschwelle?“

„Nein.“

„Gut.“

Und ohne viele Umstände zu machen, schlug ihr Gabriel die Tür vor der Nase zu.

Samantha durchquerte später am Tag gerade das Foyer, um Gabriels Bettwäsche von der Wäscherin zu holen, als sein rauchiger Bariton von dem Treppenabsatz oben an ihr Ohr drang. „Sagen Sie, Beckwith, wie steht es eigentlich um Miss Wickershams Äußeres? Ich stoße an die Grenzen meiner Vorstellungskraft, wenn ich mir auszumalen versuche, wie eine so lästige Person wohl aussieht. Alles, was ich im Geiste heraufbeschwöre, ist eine faltige alte Hexe, die sich schadenfroh gackernd über einen dampfenden Kessel beugt.“

Samantha blieb jäh stehen, und das Herz schlug ihr bis zum Hals. Zitternd hob sie eine Hand an ihre schwere Brille, dann zu dem stumpfen, rotbraunen Haar, das sie im Nacken zu einem strengen Knoten aufgesteckt hatte.

Von einer plötzlichen Eingebung überkommen ging sie zurück, bis Beckwith sie sehen konnte, legte einen Finger auf die Lippen, bat ihn stumm, ihre Anwesenheit nicht zu verraten. Gabriel lehnte an der Wand, die Arme vor der mächtigen Brust verschränkt.

Der Butler zog sein Taschentuch hervor und betupfte sich die schweißnasse Stirn, sichtlich hin- und hergerissen zwischen Loyalität seinem Herrn gegenüber und dem Flehen in Samanthas Blick. „Wie Pflegerinnen eben so aussehen, denke ich. Man könnte durchaus sagen, dass Sie eher … unauffällig aussieht."

„Kommen Sie, Beckwith. Sicherlich können Sie das doch besser. Ist ihr Haar eisblond? Oder ein verblasstes Grau? Oder Schwarz wie Ruß? Trägt sie es kurz geschnitten? Oder zu einer festen Zopfkrone auf dem Kopf zusammengesteckt? Ist sie so winzig und knochig, wie sie sich anhört?"

Beckwith warf Samantha einen entsetzten Blick über das Treppengeländer hinweg zu. In Erwiderung darauf blies Samantha die Backen auf und malte um sich herum mit den Händen einen großen Kreis.

„Oh, nein, Mylord. Sie ist eine eher … schwere Frau."

Gabriel runzelte die Stirn. „Wie schwer?"

„Oh, etwa …" Samantha hielt zweimal zehn Finger hoch. „Ungefähr tausend Pfund", endete Beckwith zuversichtlich.

„Tausend Pfund! Gütiger Himmel, Mann, ich habe Ponys gesehen, die leichter waren."

Samantha verdrehte die Augen und versuchte es noch einmal.

„Nicht tausend, Mylord", verbesserte sich Beckwith, gebannt auf ihre sich rasch bewegenden Finger blickend, „sondern zweihundert."

Gabriel strich sich nachdenklich übers Kinn. „Das ist seltsam. Für eine so schwere Frau ist sie ziemlich leichtfüßig, meinen Sie nicht auch? Als ich ihre Hand genommen habe, hätte ich schwören können …" Er schüttelte den Kopf, wie um ihn zu klären. „Was ist mit ihrem Gesicht?"

„Nuuun", sagte Beckwith gedehnt, um Zeit zu gewinnen, während Samantha die Fingerspitzen an ihre Stupsnase legte und eine ziehende Geste machte. „Sie hat eine eher lange, spitze Nase."

„Ich wusste es!“, rief Gabriel triumphierend.

„Und ihre Zähne sind …“ Beckwith kniff verständnislos die Augen zusammen, als Samantha zwei Finger auf ihrem Kopf überkreuzte. „Wie bei einem Esel?“, riet er.

Den Kopf schüttelnd imitierte Samantha ein Hoppeln und hielt ihre Hände wie Pfoten vor sich.

„Ein Kaninchen!“ Langsam Gefallen an dem Spiel gewinnend, musste sich Beckwith beherrschen, um nicht erfreut in die Hände zu klatschen. „Sie hat Zähne wie ein Kaninchen!“

Gabriel schnaubte befriedigt. „Zweifellos die perfekte Ergänzung für ihr langes Pferdegesicht.“

Samantha tippte sich ans Kinn.

„Und auf ihrem Kinn“, fuhr der Butler mit wachsender Begeisterung fort, „ist eine riesige Warze mit …“ Samantha hielt sich die Hand unters Kinn und wackelte mit drei Fingern. „Mit drei Haaren darauf.“

Gabriel erschauerte. „Es ist sogar noch schlimmer, als ich dachte. Ich kann mir nicht vorstellen, was mich zu dem Glauben verleitet hat …“

Beckwith blinzelte unschuldsvoll hinter seinen Brillengläsern. „Welchem Glauben, Mylord?“

Gabriel winkte ab. „Nichts. Gar nichts. Nur eine Folge davon, dass ich zu viel Zeit in meiner eigenen Gesellschaft verbringe, fürchte ich.“ Er hielt eine Hand hoch. „Bitte, ersparen Sie mir weitere Details über Miss Wickershams Äußeres. Vielleicht sollte man bestimmte Dinge wirklich der Phantasie überlassen.“

Damit wandte er sich zur Treppe um, sein Schritt schwer. Samantha hielt sich mit der Hand den Mund zu, um ihr Gelächter zu unterdrücken, aber trotz größter Bemühungen entfuhr ihr doch ein leises Quietschen.

Langsam machte Gabriel auf dem Absatz kehrt. Bildete sie sich nur ein, dass seine Nasenflügel bebten? Dass seine Lippen verdächtig zuckten? Sie hielt den Atem an, fürchtete, selbst die kleinste Bewegung oder der leiseste Luftzug könnten sie verraten.

Er legte seinen Kopf schief. „Haben Sie das gehört, Beckwith?“

„Nein, Mylord. Ich habe nichts gehört. Noch nicht einmal das Knarren einer Bodendiele.“

Gabriels blinder Blick glitt über den Boden und blieb mit unheimlicher Genauigkeit an einer Stelle unweit von Samantha hängen. „Sind Sie sicher, Miss Wickersham hat nicht auch noch die Eigenschaften einer Maus? Zitternde Schnurrbarthaare? Eine Vorliebe für Käse? Die Neigung, sich an Leute anzuschleichen und ihre Gespräche zu belauschen, vielleicht?“

Beckwiths Stirn begann wieder zu glänzen. „Oh, nein, Mylord. Einem Nagetier ähnelt sie überhaupt nicht.“

„Was für ein glücklicher Umstand. Wenn sie das nämlich täte, müsste ich ihr eine Falle stellen.“ Eine hellbraune Augenbraue hebend drehte er sich um und ging die Treppe wieder hinauf, überließ es Samanthas Phantasie, sich nervös auszumalen, was er wohl als Köder benutzen würde.

Süßer Glockenklang ergoss sich über die Landschaft. Samantha rollte sich auf die Seite und kuschelte sich tiefer in ihr Federkissen, träumte von einem sonnigen Sonntagmorgen und einer Kirche voller lächelnder Menschen. Ein Mann stand vor dem Altar, und das hellbraune Leinen seines Rockes spannte sich über seinen breiten Schultern. Samantha begann den Mittelgang hinabzuschreiten, einen Strauß Flieder in den zitternden Händen. Sie konnte spüren, wie er sie anlächelte, konnte seine köstliche Wärme fühlen, die sie unwiderstehlich anzog, aber gleichgültig, wie hell die Sonne durch das Buntglasfenster schien oder wie nahe sie ihm kam, sein Gesicht blieb stets im Schatten.

Das Läuten der Kirchenglocken schwoll an, nicht länger melodisch, sondern schrill und misstönend. Das beharrliche Läuten wurde allmählich übertönt von einem sogar noch nachdrücklicheren Klopfen an der Tür ihres Schlafzimmers. Samantha riss die Augen auf.

„Miss Wickersham!“, erklang eine gedämpfte Stimme, in der Entsetzen mitschwang.

Samantha verließ ihr Bett und lief zur Tür, während sie sich noch rasch einen Morgenmantel über ihr schlichtes weißes Baumwollnachthemd warf. Als sie die Tür aufriss, stand ihr der völlig aufgelöste Butler des Earls gegenüber, einen Leuchter mit Kerzen in seiner zitternden Hand.

„Gütiger Himmel, was ist, Beckwith? Brennt es?“

„Nein, Miss. Es ist der Master. Er will nicht eher zu läuten aufhören, bis Sie kommen.“

Sie rieb sich die müden Augen. „Ich hätte gedacht, ich sei der letzte Mensch, den er zu sich rufen würde. Besonders, nachdem er mich gestern praktisch aus seinem Schlafzimmer geworfen hat."

Beckwith schüttelte den Kopf. Seine rotgeränderten Augen und sein bebendes Kinn erweckten den Anschein, als fehlte nicht mehr viel, und er würde in Tränen ausbrechen. „Ich habe versucht, ihn zur Vernunft zu bringen, aber er besteht darauf, dass alles, was er will, Sie sind."

Obwohl seine Worte Samantha erstaunten, sagte sie bloß: „Nun gut. Ich bin gleich da."

Sie kleidete sich rasch an und war für die Schlichtheit ihres dunkelblauen Morgenrockes mit der hoch angesetzten Taille und die neue französische Mode dankbar. Wenigstens musste sie keine kostbare Zeit darauf verschwenden, auf eine Zofe zu warten, die ihr das Korsett verschnüren oder sich mit Hunderten winziger Seidenknöpfe abmühen musste.

Als sie aus ihrem Zimmer trat und sich mit einer Hand noch widerspenstige Strähnen in den hastig aufgesteckten Haarknoten im Nacken steckte, stand Beckwith im Flur, um sie zu Gabriels Schlafzimmer zu geleiten. Als sie über den langen Korridor und eine breite Treppe hinaufeilten, musste Samantha mit der Hand ein Gähnen unterdrücken. Dem trüben Licht nach zu urteilen, das durch die frisch geputzten Fenster auf dem Treppenabsatz fiel, begann der Morgen gerade erst heraufzudämmern.

Gabriels Schlafzimmertür stand einen Spalt breit offen. Wäre nicht das heftige Läuten gewesen, hätte Samantha befürchtet, ihn dem Tode nahe auf dem Boden liegend vorzufinden.

Stattdessen saß er gegen das geschnitzte Kopfteil seines Himmelbettes aus Teakholz gelehnt, und wirkte völlig gesund. Er trug kein Hemd, und wohl auch keine Hosen, wie das tief auf seine Hüfte gerutschte Seidenlaken verriet. Das Kerzenlicht warf einen goldenen Schimmer auf seine Haut, die ohnehin schon wie mit Goldstaub gesprenkelt aussah. Ihr Blick wurde wie magisch von dem beeindruckenden Schauspiel aus Muskeln und Sehnen angezogen, und Samantha spürte, wie ihr Mund ganz trocken wurde. Schimmernde Haare verjüngten sich zur Mitte seines Bauches hin zu einem schmalen Band, ehe es unter dem Laken verschwand.

Einen Augenblick lang hatte Samantha Angst, Beckwith würde den Kerzenhalter fallen lassen und sich die Hände vor die Augen schlagen. Bei dem erschreckten Aufkeuchen des Butlers läutete Gabriel sein Glöckchen ein letztes Mal.

„Wirklich, Mylord!", rief Beckwith und stellte den Kerzenleuchter auf ein nahes Beistelltischchen, ehe er sich steif aufrichtete. „Meinen Sie nicht, Sie hätten sich wenigstens bedecken sollen, ehe die junge Dame eintrifft?"

Gabriel legte bloß einen Arm auf den Berg Kissen neben sich und reckte sich wie eine große, träge Katze. „Verzeihen Sie, Miss Wickersham. Mir war nicht klar, dass Sie noch nie eine nackte Männerbrust zu Gesicht bekommen haben."

Dankbar, dass er die Röte nicht sehen konnte, die ihr in die Wangen stieg, erwiderte sie: „Seien Sie nicht albern. Ich habe viele Männer ohne Hemd gesehen." Ihre Wangen wurden noch heißer. „Ich meine, während ich meinen Pflichten nachgegangen bin. Als Krankenschwester und Pflegerin."

„Das ist gut. Aber ich möchte dennoch auf keinen Fall Ihr Zartgefühl verletzen." Gabriel tastete in seinem Bett herum, bis er schließlich ein zerknittertes Halstuch fand. Er legte sich das Stück Stoff um den Hals und zog es zu einem unordentlichen Knoten zurecht, ehe er sich wieder in ihre Richtung umwandte und hinterhältig lächelte. „Da, ist das besser?"

Irgendwie gelang es ihm, mit entblößter Brust und Halstuch noch verwegener auszusehen. Wenn das die Falle war, die er sich für sie erdacht hatte, dann hatte er seinen Köder klug gewählt. Sich weigernd, ihm ohne Gegenwehr in die Falle zu tappen, marschierte Samantha ungerührt zum Bett. Gabriel schnupperte, als sie sich über ihn beugte, einen Finger in den losen Knoten steckte und ihn aufzog.

Trotz seiner argwöhnischen Reglosigkeit und ihrer Bemühungen, genau das zu vermeiden, streiften ihre Finger dennoch immer wieder seine heiße, samtige Haut, während sie das spitzengesäumte Leinentuch à la Wasserfall band, wie es kein Kammerdiener besser hinbekommen hätte.

„So!", erklärte sie und klopfte noch einmal befriedigt auf das Werk ihrer Hände. „Jetzt ist es besser."

Gabriels lange Wimpern verbargen den Ausdruck seiner Augen. „Ich bin überrascht, dass Sie mich nicht damit erwürgt haben."

„So verführerisch die Vorstellung auch sein mag, ich habe keine Lust, mir ausgerechnet jetzt eine neue Stelle zu suchen."

„Es ist selten, eine Frau zu treffen, die so geschickt ein Halstuch knoten kann. Haben Sie einen Vater oder Großvater, der zwei linke

Hände besitzt?“

„Brüder“, war alles, was sie ihm als Antwort bot. Sich aufrichtend trat sie aus seiner Reichweite. Trotz seiner Blindheit fürchtete sie, dass er immer noch mehr sah, als ihr lieb war. „Würden Sie mir bitte jetzt verraten, warum Sie noch vor dem Morgengrauen Ihre halbe Dienerschaft aus den Betten geholt haben?“

„Wenn Sie es genau wissen wollen, mich hat mein Gewissen geplagt.“

„Ich kann verstehen, dass ein so seltenes Ereignis Sie den Schlaf kostet.“

Gabriel trommelte mit seinen langen, eleganten Fingern auf die seidengepolsterte Nackenrolle, die einzige Reaktion auf ihre Erwiderung, die er sich anmerken ließ. „Ich lag hier ganz alleine in meinem Bett, als mir plötzlich klar wurde, wie ungerecht es von mir war, Sie daran zu hindern, Ihren *Pflichten* nachzukommen.“ Sein sinnlicher Mund liebkoste das Wort ‚Pflichten’ und sandte Samantha einen merkwürdigen Schauer über den Rücken. „Sie sind offensichtlich eine Frau von höchster Moral. Es wäre kaum gerecht, von Ihnen zu erwarten, dass Sie sich zurücklehnen und Ihre großzügige Bezahlung ohne Gegenleistung empfangen. Daher habe ich beschlossen, die Sache in Ordnung zu bringen, indem ich nach Ihnen läute.“

„Wie überaus umsichtig von Ihnen. Und welche *Pflicht* soll ich als Erstes für Sie erfüllen?“

Er überlegte einen Augenblick, ehe sich seine Miene aufhellte. „Frühstück. Im Bett. Auf einem Tablett. Bitte stören Sie Étienne nicht so früh. Ich bin sicher, Sie schaffen das allein. Ich mag meine Eier am liebsten gebraten und den Schinken schön knusprig, aber nicht verbrannt, ja? Meine Schokolade soll dampfen, aber nicht so heiß sein, dass ich mir die Zunge verbrenne.“

Verwundert blickte Samantha zu Beckwith, ehe sie sich wieder zu Gabriel umwandte. „Noch etwas?“ Sie musste sich auf die Lippen beißen, um nicht noch „Majestät“ anzufügen.

„Ein paar Bücklinge und zwei frisch gebackene Brötchen mit Butter und Honig. Und wenn Sie das Frühstück abgeräumt haben, könnten Sie mir vielleicht ein Bad bereiten lassen und in meinem Salon zu Ende Staub wischen.“ Er blinzelte sie an, sah so engelhaft aus, wie es seine grausame Narbe zuließ. „Wenn es Ihnen nicht zu viel Umstände bereitet, natürlich nur.“

„Nein, gar nicht. Das mache ich doch gern“, versicherte sie ihm.

„Schließlich ist das meine Aufgabe."

„Das ist es tatsächlich", pflichtete er ihr bei.

Während sich sein rechter Mundwinkel zu einem teuflischen Lächeln hob, hörte Samantha ganz deutlich das Geräusch einer zuschnappenden Falle.

Kapitel 5

Meine liebe Miss March,

wenn Sie meine süßen Worte verspotten, sollte ich vielleicht besser versuchen, Sie mit süßen Küssen zu gewinnen …

„Miss Wickersham? Oh, Miss Wickersham?“ Der jammernde Kehrvers wurde begleitet von dem fröhlichen Läuten von Gabriels Glöckchen.

Langsam drehte sich Samantha auf der Türschwelle seines Schlafzimmers um, immer noch außer Atem von den vier Treppen, die sie heute Morgen bereits zum dritten Mal auf dem Weg von der Küche im Souterrain nach oben in das Zimmer des Hausherren hinaufgelaufen war.

Ihr Patient saß von weichen Kissen gestützt in seinem Bett, das ein breiter Sonnenstrahl in helles Licht tauchte. Mit den zerwühlten Laken und dem Sonnenlicht auf seinem zerzausten Haar wirkte er weniger wie ein Invalide und mehr wie ein Mann, der gerade ein leidenschaftliches Stelldichein genossen hatte.

Seinen nicht vernarbten Mundwinkel enttäuscht nach unten gebogen hielt er Samantha die Tasse aus Wedgewood Porzellan hin, die sie ihm eben erst gebracht hatte. „Ich fürchte, meine Schokolade ist lauwarm. Würde es Ihnen etwas ausmachen, Étienne zu bitten, mir eine frische Kanne zuzubereiten?“

„Natürlich nicht“, antwortete Samantha, kehrte zum Bett zurück und entriss ihm die Tasse mit mehr Kraftaufwand als nötig.

Sie hatte noch nicht einmal die erste Stufe erreicht, als das Glöckchen wieder zu schellen begann. Sie blieb stehen, zählte im Geiste bis zehn, ehe sie zurückging und den Kopf durch die Tür steckte. „Sie haben geläutet?“

Gabriel ließ das Glöckchen sinken. „Wenn Sie zurückkommen, dachte ich, könnten Sie vielleicht meine Garderobe neu sortieren. Ich habe beschlossen, dass ich mich leichter selbst ankleiden könnte, wenn Sie alle meine Halstücher, Westen und Strümpfe an verschiedene Stellen räumen.“

„Mir war gar nicht bewusst, dass Sie sich in der letzten Woche der Mühe unterzogen haben, überhaupt lange genug Ihr Bett zu verlassen, um sich anzuziehen. Und gestern erst habe ich sechs Stunden damit verbracht, Ihre Kleidung in Sets zusammenzustellen, weil Sie beschlossen hatten, dass Sie sie *nicht* nach Typ sortiert haben wollen.“

Gabriel seufzte und zupfte mit seinen Fingern ziellos an der Seidendecke. „Nun, wenn es Ihnen zu viel Mühe bereitet ...“ Er ließ den Kopf hängen, und die Herausforderung stand zwischen ihnen.

Sie lächelte mit so fest zusammengebissenen Zähnen, dass sich ihr Gesicht wie eine Totenmaske anfühlte. „Das will ich nicht sagen. Ganz im Gegenteil, es ist mir Privileg und Vergnügen gleichermaßen.“

Ehe er sein Glöckchen zwischen den unordentlichen Laken finden konnte, machte Samantha auf dem Absatz kehrt, marschierte die Treppe hinab und überlegte dabei sehnsüchtig, ob sie den französischen Koch wohl überreden könnte, die nächste Kanne Schokolade für seinen Herrn mit Schierling zu versetzen.

Den Rest des Tages verbrachte sie so wie jeden wachen Moment der vergangenen Woche – sich von Gabriel herumkommandieren lassend. Seit dem ersten Morgen, da er sie zu sich gerufen hatte, hatte er ihr keinen Moment Ruhe gegönnt. Jedes Mal, wenn sie auch nur daran dachte, sich für ein paar Minuten hinzusetzen oder sich für ein kurzes Nickerchen in ihr Schlafzimmer zu schleichen, begann sein Glöckchen wieder zu klingeln. Das beharrliche Läuten ertönte ohne Unterlass von morgens über mittags bis in die Nacht, bis die anderen Dienstboten genötigt waren, sich die Kissen über die Ohren zu ziehen, wenn sie überhaupt Schlaf finden wollten.

Obwohl sie genau wusste, was er versuchte, weigerte sich Samantha, ihm die Befriedigung zu gewähren, sie so weit zu treiben, dass sie kündigte. Sie war entschlossen zu beweisen, dass sie aus härterem Holz geschnitzt war als die alte Cora Gringott oder die

Witwe Hawkins. Nie hatte sich eine Pflegerin aufopferungsvoller um das Wohlergehen ihres Patienten gekümmert. Sie verbiss sich jede sarkastische Bemerkung und übernahm unermüdlich und ohne zu murren die Rollen von Kammerdiener, Koch, Butler und Kindermädchen.

Besonders abends war Gabriel verdrießlich und schwer zufrieden zu stellen. Wenn sie die Bettdecke um ihn feststeckte und die Vorhänge zuzog, bemerkte er betrübt, dass es im Zimmer ein wenig stickig war. Dann zog sie die Vorhänge ein Stück auf, schlug die Bettdecke weiter zurück und öffnete ein Fenster einen Spalt breit, aber ehe sie das Zimmer auf Zehenspitzen verlassen konnte, erklärte er seufzend, er fürchtete, die Nachtluft sei so kühl, dass er sich erkälten könnte. Nachdem sie ihn dann wieder zugedeckt hatte, stand sie auf der Türschwelle und wartete, dass sich seine Wimpern wieder auf seine Wangen senkten. Sobald das geschah, eilte sie die Treppe hinab in ihr Zimmer, in Gedanken schon bei ihrer weichen Federmatratze und von einer Nacht ungestörten Schlafes träumend. Aber ehe ihr Kopf das pralle Gänsedaunenkopfkissen berührte, begann das Glöckchen erneut zu läuten.

Sich ihre Kleider wieder hastig überwerfend lief sie die Treppe hinauf, nur um Gabriel gegen das Kopfende gelehnt vorzufinden, wie ein Engel lächelnd. Er hasse es, sie zu stören, erklärte er dann verlegen, aber würde es ihr etwas ausmachen, seine Kissen aufzuschütteln, ehe sie sich für die Nacht zurückzöge?

An diesem Abend jedoch ließ sich Samantha, statt in ihr Zimmer zu gehen, einfach in dem weich gepolsterten Lehnstuhl in Gabriels Salon nieder, um nur kurz ihre schmerzenden Füße hochzulegen.

Gabriel war im Bett und stellte sich schlafend, wartete auf das verräterische Knarren der Tür. An das behagliche Rascheln von Miss Wickershams Röcken, während sie geschäftig in seinem Zimmer auf und abging, die Kerzen ausblies und alle Sachen aufhob, die er auf den Boden hatte werfen können, ohne das Bett zu verlassen, hatte er sich richtiggehend gewöhnt. Sobald sie glaubte, dass er eingeschlafen war, würde sie ihren Fluchtversuch unternehmen. Er wusste jedes Mal, wann genau sie ging. Ihre Abwesenheit hinterließ eine fast greifbare Leere.

Aber heute Nacht hörte er nichts.

„Miss Wickersham", sagte er laut und steckte einen Fuß unter der Decke hervor. „Ich glaube, meine Zehen werden kalt."

Er wackelte mit den betreffenden Körpergliedern, erhielt aber keine Antwort.

„Miss Wickersham?“

Ein leises Schnarchen war die einzige Antwort, die zu hören war.

Gabriel schlug die Decken zurück. Tag und Nacht den Invaliden zu spielen, wurde mit der Zeit ausgesprochen langweilig. Er konnte nicht glauben, als wie standhaft sich seine Pflegerin erwies. Die sture Person hätte schon vor Tagen ihre Kündigung einreichen müssen. Trotz ihres gutmütigen Eingehens auf seine Wünsche begann ihre eiserne Selbstbeherrschung Risse zu zeigen.

Erst heute Nacht, nachdem er verlangt hatte, dass sie ihm zum dritten Mal die Kissen aufschüttelte, hatte er geahnt, wie sie über ihn gebeugt stand, das Kissen in der Hand, und hatte genau gespürt, dass er nur eine einzige quengelnd hervorgebrachte Forderung davon entfernt war, erstickt zu werden.

Er tastete sich an der Wand entlang, bis er den Salon erreicht hatte, der sich an sein Schlafzimmer anschloss. Das leise Schnarchen wies ihm den Weg zum Lehnstuhl, der vor dem Kamin stand. Der kalten Luft nach zu schließen, hatte sich Miss Wickersham nicht die Mühe gemacht, ein Feuer anzuzünden.

Von Gewissensbissen geplagt, kniete sich Gabriel neben den Stuhl. Sicherlich hatte nur pure Erschöpfung seine unermüdliche Pflegerin so weit treiben können! Er wusste, er sollte sie wach rütteln, sollte verlangen, dass sie aufstand und das Fenster schloss oder ihm einen in Tücher gewickelten heißen Ziegelstein holte, um ihm die Zehen zu wärmen. Aber stattdessen ertappte er sich dabei, wie er eine Hand ausstreckte und mit den Fingerspitzen die flaumigen Haare über ihrer Stirn berührte. Sie waren weicher, als er angenommen hatte, glitten wie Seidenfäden durch seine Finger.

Das Schnarchen hörte auf. Sie bewegte sich, und Gabriel wartete gespannt, dann aber wurde ihr Atem wieder tief und gleichmäßig.

Seine Hand streifte das eiskalte Metall ihres Brillengestells. Beckwiths Behauptungen zum Trotz schienen sie auf einer für ein solches Gewicht zu kleinen Nase zu sitzen. Gabriel nahm sie vorsichtig ab und legte sie weg, sich vergewissernd, dass er das nur tat, um es ihr bequemer zu machen. Mit ihrem ungeschützten Gesicht stellte sie jedoch eine zu große Versuchung für ihn dar, um widerstehen zu können.

Sie war schließlich selbst schuld, sagte er sich. Wenn sie Beckwith nicht dazu verleitet hätte, ihm diesen bösen Streich zu spielen, wäre seine Neugier über ihr Aussehen befriedigt.

Gabriel ließ seine Fingerspitze über ihre Wange gleiten und stellte überrascht fest, wie weich und zart ihre Haut war. Sie musste viel jünger sein, als ihre schroffe Stimme ihn glauben gemacht hatte.

Statt seine Neugier zu befriedigen, verstärkte seine Entdeckung sie nur noch. Warum würde eine so junge Frau aus gutem Hause einer so undankbaren Beschäftigung nachgehen? War sie das Opfer eines spielsüchtigen Vaters oder eines treulosen Liebhabers, der sie ruiniert und dann im Stich gelassen hatte? Wenn sie keine Anstellung als Gouvernante oder Näherin finden konnten, blieb solchen Frauen am Ende nichts anderes übrig, als sich selbst auf der Straße zu verkaufen.

Seine vorsichtige Erkundung bewies, dass ihr Gesicht weder lang, noch irgendwie pferdeähnlich war. Zarte Knochen formten ein perfektes Herz, weit geschwungene Wangen, die sich zu einem zierlichen Kinn hin verjüngten, das im Übrigen nicht die geringsten Anzeichen einer Warze aufwies – ob nun behaart oder unbehaart. Gabriels Daumen glitt weiter, entdeckte etwas noch Weicheres, Zarteres.

Als er über ihre vollen Lippen strich, schmiegte Miss Wickersham ihr Gesicht zufriedenen murmelnd und mit einem heiseren Seufzen in seine Hand.

Gabriel erstarrte, wie gelähmt von dem jäh in seine Lenden schießenden Blut. Er hatte sich gerühmt, dass sein Blutfluss völlig in Ordnung sei, aber bis zu diesem Augenblick war ihm nicht klar gewesen, wie gut es darum in Wahrheit bestellt war. Es war so lange her, seit er die warme Haut einer Frau unter seinen Fingern gefühlt hatte, ihren Atem wie eine hauchzarte Liebkosung auf der Haut, wenn sie ihre Lippen einladend öffnete. Vor Trafalgar hatte er fast ein Jahr auf See verbracht, nur mit einem Packen abgegriffener Briefe und seinen Träumen von einer rosigen Zukunft, um ihn zu wärmen. Er hatte vergessen, wie machtvoll das erste Aufflammen von Verlangen sein konnte. Und wie gefährlich.

Er riss seine Hand zurück, angewidert von sich selbst. Es war eine Sache, seine Pflegerin zu plagen, wenn sie wach war, aber etwas völlig anderes, sie zu streicheln, wenn sie schlief. Er griff erneut nach ihr, diesmal entschlossen, sie wach zu rütteln und in ihr eigenes Schlafzimmer zu schicken, ehe ihn der letzte Rest von Vernunft im Stich ließ.

Sie regte sich, und das leise Schnarchen begann wieder.

Mit mehreren lautlosen, aber deftigen Flüchen suchte er sich seinen Weg zurück in sein angrenzendes Schlafzimmer und holte eine Decke. Er kehrte in den Salon zurück und deckte sie so gut es ging zu, ehe er in sein eigenes kaltes Bett taumelte.

Samantha kuschelte sich tiefer in ihr gemütliches Nest und versuchte nicht darauf zu achten, dass sich ihr rechter Fuß anfühlte, als würden ein Dutzend lästiger Elfen Nadeln hineinstechen. Sie wollte nicht aufwachen, wollte nicht den köstlichen Traum loslassen, der immer noch am Rande ihres Bewusstseins harrte. An die genauen Einzelheiten konnte sie sich nicht erinnern, sie wusste nur, dass sie sich darin warm, sicher und geliebt gefühlt hatte, und wenn er ihr entglitt, ihr nichts bliebe als hilflose Sehnsucht.

Langsam hoben sich ihre Augenlider. Durch das Flügelfenster konnte sie am östlichen Horizont den rosagoldenen Schimmer des Morgengrauens sehen. Sie gähnte, reckte ihre steifen Muskeln, versuchte sich daran zu erinnern, wann ihr zum letzten Mal eine Nacht ungestörten Schlafes vergönnt gewesen war. Als sie ihren unangenehm kribbelnden Fuß unter sich hervorzog, glitt die Decke, die über ihren Schoß gebreitet war, zu Boden.

Samantha blickte blinzelnd auf die Zudecke, erkannte darin eine der vielen luxuriösen Daunendecken vom Bett des Earls wieder. Verblüfft hob sie unwillkürlich eine Hand, um ihre Brille abzunehmen. Sie war fort.

Sich merkwürdig nackt fühlend suchte sie verzweifelt um sich herum nach der Sehhilfe, in der Annahme, dass sie ihr von der Nase gerutscht war, während sie schlief. Als sie sich aber vorbeugte, entdeckte sie sie ordentlich zusammengelegt auf dem Teppich neben ihrem Stuhl.

Plötzlich hellwach setzte Samantha sie auf und schaute sich misstrauisch um. Sie konnte sich nur schwach daran erinnern, gestern Nacht todmüde auf den Stuhl gesunken zu sein, aber dann kehrten beunruhigende Bruchstücke ihres Traumes zurück – auf ihrem Haar die warmen Finger eines Mannes, die ihre Haut streichelten, ihre Lippen liebkosten. Sie schloss die Augen und legte sich zwei Finger auf die Lippen, schwelgte in dem exquisiten Gefühl und der Sehnsucht, die seine Berührung in ihr geweckt hatte.

Was, wenn es gar kein Traum gewesen war?

Samantha riss die Augen auf und wies diese verrückte Idee weit von sich. Sie bezweifelte, dass der Mann, der im Nebenzimmer schlief, überhaupt zu solcher Zärtlichkeit fähig war. Aber das ließ sie ohne Erklärung dafür zurück, wer sie zugedeckt und ihr die Brille so umsichtig abgenommen hatte.

Die Decke aufhebend stand sie auf und schlüpfte lautlos in das Schlafzimmer nebenan, nicht sicher, was sie dort vorfinden würde. Gabriel lag inmitten der zerwühlten Laken auf dem Bauch, den Kopf auf die angewinkelten Arme gebettet. Die Seidendecke war von einem Bein gerutscht und gab den Blick frei auf einen muskulösen Schenkel, der mit demselben Flaum goldblonden Haares überzogen war wie seine Brust. Samantha wusste genau, wie er zu diesen Muskeln gekommen war – beim Reiten, Jagen und an Bord des Schiffes, wenn er auf dem Deck auf und ab schritt und den Männern unter seinem Befehl Anweisungen zurief.

Vorsichtig trat sie näher ans Bett. Trotz der Monate, die er nun schon im Haus verbracht hatte, hatte die glatte Haut auf seinem Rücken die leichte Sonnenbräune nicht völlig eingebüßt. Von dem Goldbraun verlockt streckte Samantha die Hand aus. Obwohl ihre Fingerspitzen seine Schulterblätter kaum streiften, durchfuhr sie ein Kribbeln, das ihre eigene Haut erhitzte.

Von ihrer Kühnheit erschreckt riss sie ihre Hand zurück. Achtlos warf sie die Decke über ihn und eilte zur Tür. Sie konnte sich lebhaft vorstellen, was Mrs Philpot und die anderen Dienstboten denken würden, wenn sie sie dabei ertappten, wie sie in den frühen Morgenstunden aus dem Schlafzimmer des Earls schlich, das Gesicht gerötet und mit verschlafenen Augen.

Sich auf das Geländer stützend ging sie auf Zehenspitzen die Treppe hinunter. Gerade als sie fast an ihrem Treppenabsatz angekommen war, ertönte von oben ein fröhliches Klingeln. Samantha erstarrte und überlegte entsetzt, ob Gabriel eben nur so getan hatte, als ob er schlief.

Das Glöckchen ertönte erneut, diesmal schon schriller und nachdrücklicher.

Mit hängenden Schultern drehte sich Samantha langsam um und schleppte sich die Treppe wieder hoch.

* * *

Am frühen Nachmittag hatte Samantha das Gefühl, das teuflische Läuten sei dauerhaft in ihren Schädel eingedrungen. Sie befand sich auf Händen und Knien auf dem Fußboden von Gabriels Ankleidezimmer und streckte sich, um an eine Seidenkrawatte zu kommen, die gerade außerhalb ihrer Reichweite lag, als es erneut erklang. Sie fuhr hoch, stieß sich dabei den Kopf heftig an dem Regalbrett über sich. Das Brett verrutschte, und ein Dutzend Biberfellhüte regnete auf sie herab.

Sie wegstoßend murmelte sie vor sich hin: „Ich kann mir nicht vorstellen, warum ein Mann mit einem einzigen Kopf so viele Hüte braucht.“

Sie tauchte aus der stickigen Enge des Ankleidezimmers auf, das schweißfeuchte Haar klebte ihr am Kopf, und in jeder Hand hielt sie ein Halstuch umklammert – wie zwei giftige Schlangen. „Sie haben geläutet, Mylord?“, knurrte sie.

Obwohl das Sonnenlicht, das durch das Fenster in den Raum strömte, Gabriels ungekämmten Schopf wie mit einem Heiligenschein umgab, zeigte sein vernarbtes Gesicht die finstere Miene eines despotischen Prinzen, der es gewohnt war, jede seiner Launen erfüllt zu bekommen. „Ich habe mich nur gewundert, wo Sie stecken“, erklärte er, und sein Tonfall hörte sich sogar noch mürrischer an als sonst.

„Ich habe nur rasch ein Sonnenbad am Strand von Brighton genommen“, antwortete sie schnippisch. „Ich dachte nicht, dass Sie mich vermissen würden.“

„Gibt es Nachrichten von meinem Vater oder den Ärzten?“

„Nein, nicht seit ich vor zehn Minuten zum letzten Mal nachgesehen habe.“

Sein Mund verzog sich in stummem Tadel. Den ganzen Tag lang hatten sie beide schlechte Laune gehabt. Trotzdem sie fast eine ganze Nacht lang ungestört geschlafen hatte, musste Samantha immer wieder an die Bruchstücke ihres Traumes denken und die nicht auszuschließende Möglichkeit, dass er ihre dumme Liebkosung gespürt hatte. Was, wenn er sie für eine pathetische, vertrocknete alte Jungfer hielt, die sich nach der Berührung eines Mannes verzehrte?

Verzweifelt darum bemüht, wenigstens einen Anschein von Anstand zwischen ihnen zu wahren, erwiderte sie steif: „Ich habe den halben Tag in Ihrem Ankleidezimmer verbracht, wo ich auf Ihre Anweisung hin Ihre Halstücher nach Stoffart und Länge sortiert habe. Sicherlich gibt es keine Aufgabe, die so dringend ist, dass sie davor Vorrang hat."

„Es ist so heiß hier drinnen." Gabriel legte sich den Handrücken auf die Stirn. „Ich denke, ich kriege Fieber." Er schlug seine Decken zurück und entblößte seine kräftigen Schenkel. Samantha konnte nur dankbar sein, dass er heute Morgen ein Paar Hosen angezogen hatte, auch wenn sie ihn nur bis zum Knie bedeckten.

Ohne es zu merken, betupfte sie sich ihren feuchten Hals mit einer seiner Krawatten. „Heute ist es *außergewöhnlich* heiß. Wenn ich vielleicht die Fenster öffnen ..."

Sie war schon auf halbem Weg durch das Zimmer, als er scharf sagte: „Machen Sie sich nicht die Mühe. Sie wissen doch, dass mich der Fliederduft in der Nase kitzelt und ich niesen muss." Sich in die Kissen fallen lassend hob er seine Hand und wedelte damit herum. „Vielleicht können Sie mir einfach ein bisschen kühle Luft zufächeln."

Samantha klappte die Kinnlade herunter. „Soll ich Ihnen auch ein paar frische Trauben in den Mund stecken?"

„Wenn Sie wollen." Er griff nach dem Glöckchen. „Soll ich nach welchen läuten?"

Samantha biss die Zähne zusammen. „Warum versuchen Sie es nicht einfach mit ein bisschen kaltem Wasser? Sie haben noch etwas übrig von Ihrem Mittagessen."

Nachdem sie die Halstücher über den Ankleidespiegel in der Zimmerecke gelegt hatte, goss Samantha ein Glas Wasser aus dem Krug ein, der auf dem Beistelltischchen stand. Das dickwandige Tongefäß war eigens dafür gemacht, das frische Quellwasser den Tag über kühl zu halten. Als sie sich dem Bett näherte konnte sie das Gefühl nicht abschütteln, dass wenn Gabriel nicht blind wäre, er sie genauso argwöhnisch beobachten würde wie sie ihn.

„Hier, bitte sehr", sagte sie und drückte ihm das Glas in die Hand.

Er weigerte sich, seine Finger darum zu schließen. „Warum übernehmen Sie das nicht? Ich glaube, ich bin zu müde." Er seufzte. „Ich habe nicht sonderlich gut geschlafen letzte Nacht. Immerzu habe ich geträumt, ein kleiner Bär würde im Nebenzimmer knurren. Es war höchst beunruhigend."

Er lehnte sich in die Kissen zurück, öffnete seinen Mund, wie ein kleiner Vogel, der erwartet, von seinen Eltern gefüttert zu werden.

Samantha blickte ihn eine Weile an, dann kippte sie das Glas bedächtig um. Der kalte Guss traf Gabriel mitten ins Gesicht. Er schoss hoch, spuckte und fluchte.

„Verdammt, Frau! Was soll das? Wollen Sie mich ertränken?"

Samantha wich ein paar Schritt zurück, stellte das Glas mit Nachdruck auf den Tisch. „Ertränken ist viel zu gut für Sie und Ihresgleichen. Sie wissen sehr gut, dass letzte Nacht nebenan kein kleiner Bär war. Das war ich! Und wie können Sie es wagen, sich mit mir solche Freiheiten herauszunehmen!"

Gabriel blinzelte das Wasser aus seinen Augen, sah gleichermaßen empört wie verblüfft aus. „Ich habe nicht die geringste Ahnung, wovon Sie sprechen."

„Sie haben mir die Brille abgenommen!"

Er schnaubte ungläubig. „So wie Sie sich aufführen, könnte man meinen, es seien Ihre Kleider gewesen!"

Samantha raffte ihr schlichtes flaschengrünes Kleid am Ausschnitt zusammen. „Woher soll ich wissen, dass Sie das nicht getan haben?"

Die Stille zwischen ihnen wurde drückender als die Hitze im Raum. Als er schließlich sprach, war seine Stimme gefährlich leise. „Wenn ich Sie ausgezogen hätte, Miss Wickersham, dann, das kann ich Ihnen versichern, wäre es es wert gewesen aufzuwachen." Ehe Samantha entscheiden konnte, ob diese Prahlerei als Drohung oder als Versprechen gemeint war, fuhr er fort. „Alles, was ich getan habe, war Ihre Brille abzunehmen und Sie zuzudecken. Ich habe einfach nur versucht, es Ihnen bequem zu machen."

Zu ihrer Verwunderung legte sich über seine Wangenknochen eine schuldbewusste Röte. Sie hätte ihn nicht für einen Mann gehalten, der errötete. Sowohl Lügen als auch Halbwahrheiten müssten ihm eigentlich aalglatt über die Lippen gehen.

Er legte sich zurück unter die Decken, seine Miene arroganter als zuvor. „Nun, wenn Sie mit meinem ungeplanten Bad fertig sind, könnten Sie so reizend sein und mir ein Handtuch holen?"

Samantha verschränkte die Arme vor der Brust. „Holen Sie es sich selbst."

Gabriel hob eine dunkelgoldene Augenbraue, sodass sich seine Narbe spannte. „Wie bitte?"

„Wenn Sie ein Handtuch wollen, holen Sie es sich selbst. Ich bin es leid, Sie von vorne bis hinten zu bedienen. Sie mögen blind sein, aber sie haben immer noch einwandfrei arbeitende Arme und Beine."

Ihre Behauptung als wahr beweisend, warf er die Decken zur Seite und sprang auf, ragte bedrohlich über ihr auf. Das Glöckchen fiel mit einem misstönenden Laut zu Boden, rollte halb durch den Raum.

Samantha hatte vergessen, wie beeindruckend er war, wenn er sich nicht im Bett räkelte. Besonders, wenn er kein Hemd anhatte und nur alte Reithosen aus Wildleder trug. Obwohl sich in seiner Nähe ihr Atem beschleunigte und ihre Haut warnend prickelte, weigerte sie sich, auch nur einen Schritt zurückzuweichen.

„Darf ich Sie daran erinnern, Miss Wickersham, dass, wenn Ihnen die Arbeitsbedingungen hier nicht zusagen, Sie nur Ihre Kündigung einreichen müssen?"

„Nun gut, Mylord", antwortete sie, und eisige Ruhe erfasste sie. „Ich glaube, genau das werde ich tun. Ich kündige."

Ein fast komischer Ausdruck vollkommener Überraschung legte sich auf seine Züge. „Was soll das heißen, Sie kündigen?"

„Es soll heißen, dass ich mir meinen ausstehenden Lohn abholen, meine Sachen packen und noch vor dem Abend Ihr Haus verlassen werde. Wenn Sie wollen, werde ich Mr Beckwith bitten, eine neue Anzeige in den Zeitungen zu schalten, ehe ich gehe. Ich würde vorschlagen, diesmal eine noch höhere Entlohnung anzubieten, obwohl kein Geld der Welt es wert wäre, mehr als eine Stunde lang Ihren lächerlichen Forderungen nachzukommen." Auf dem Absatz kehrt machend schritt sie zur Tür.

„Miss Wickersham, kommen Sie sofort zurück! Das ist ein Befehl!"

„Ich habe gekündigt", warf sie über ihre Schulter, und wilde Befriedigung strömte durch ihre Adern. „Ich bin nicht länger verpflichtet, Befehle von Ihnen entgegenzunehmen!" Sein wütendes Stottern nicht beachtend marschierte Samantha zur Tür hinaus und warf sie mit einem Gefühl grimmigen Triumphes hinter sich ins Schloss.

Gabriel stand neben seinem Bett, und ihm dröhnten noch von dem Knallen der Tür die Ohren. Alles war so rasch geschehen, dass er immer noch damit kämpfte, es zu begreifen. Die Männer, die früher unter ihm gedient hatten, hätten es nie gewagt, seine Anordnungen zu missachten, doch diese sturköpfige kleine Pflegerin hatte ihm einfach kühn getrotzt.

Er hatte gewonnen, erinnerte er sich entschlossen. Wieder. Sie hatte ihm genau das gegeben, was er gewollt hatte – ihre Kündigung. Er sollte triumphierend durchs Zimmer tanzen.

„*Miss Wickersham!*“, schrie er und wollte ihr nachlaufen.

Die zahllosen Stunden, die er untätig im Bett gelegen hatte, hatten jedoch seinem mühsam über Monate hinweg erworbenen Gleichgewichtssinn und seinem Orientierungsvermögen schwer geschadet. Er hatte kaum mehr als drei Schritte gemacht, als er mit seinem Knöchel an dem geschwungenen Bein des Beistelltischchens hängen blieb. Beide, er und der Tisch, gerieten ins Wanken. Etwas rutschte von der polierten Tischplatte und zerbarst auf dem Boden in einer Explosion aus zersplitterndem Glas und Porzellan.

Es war zu spät, den Schwung aus seiner Vorwärtsbewegung zu nehmen. Gabriel stürzte und spürte einen Stich irgendwo an seinem Hals, als er auf dem Boden aufkam. Er lag einen Augenblick lang da, rang um Atem. Doch als er sich schließlich aufrappeln wollte, sandte ihn ein heftiger Schwindel wieder zu Boden.

Seine Hand landete in einer warmen Lache. Einen Moment lang dachte er, es sei das Wasser von dem zerbrochenen Glas und dem Krug. Als er seine Fingerspitzen aneinander rieb, waren sie klebrig.

„Ich will verdammt sein“, stieß er aus, als er begriff, dass es sein eigenes Blut war.

Verdammt, so schien es, würde er wirklich sein, denn das Blut sammelte sich in einer rasch wachsenden Pfütze.

Kurz befand er sich wieder an Deck der *Victory*, in seiner Nase der kupferartige Gestank von Blut, das nicht von ihm allein stammte. Es rauschte in seinen Ohren, wie das Rauschen eines hungrigen Meeres, das ihn verschlingen wollte.

Gabriel streckte einen Arm aus, suchte etwas, an dem er sich festhalten konnte, um nicht in den gähnenden Abgrund zu stürzen. Seine tastenden Finger schlossen sich um einen vertrauten Gegenstand – den Holzgriff seines Glöckchens. Er zog es zu sich, aber die Anstrengung schwächte ihn zu sehr, um den Arm heben zu können und zu läuten.

Er ließ den Kopf sinken, dachte verwundert über die Ironie und die Unwürdigkeit von allem nach. Er hatte Trafalgar überlebt, nur um in seinem eigenen Schlafzimmer zu verbluten, zu Fall gebracht von einem Möbelstück und einer scharfzüngigen, anmaßenden Pflegerin. Er überlegte, ob die kaltherzige Miss Wickersham wohl an seinem

Grab Tränen vergießen würde. Selbst während er sein Lebensblut verrinnen spürte, musste er bei dem Gedanken fast lächeln.

„Miss Wickersham?“, rief er schwach. Seine letzte Kraft verwandte er darauf, dem Glöckchen ein mattes Klingeln zu entlocken. Seine Stimme war nur noch ein heiseres Wispern. „Samantha?“

Dann wurden das Läuten des Glöckchens und das Rauschen in seinen Ohren leiser, verklangen zu einer Stille, die so schwarz und umfassend wie ewig währende Dunkelheit war.

Kapitel 6

Meine liebe Miss March,

Sie bezeichnen mich als verdorben und unverschämt, dennoch möchte ich wetten, dass dies genau die Eigenschaften sind, die Sie bei einem Mann unwiderstehlich finden …

„Unerträglicher Kerl“, schimpfte Samantha vor sich hin, während sie einen seidengefütterten Rock in ihre Reisetruhe zwängte, ohne sich die Mühe zu machen, ihn ordentlich zusammenzulegen. Sie knüllte einen fadenscheinigen Unterrock zusammen und stopfte ihn oben auf den Rock. „Ich kann nicht begreifen, warum ich so dumm war zu meinen, ich könnte ihm helfen.“

Während sie in ihrem bescheidenen Schlafzimmer hin und her stürmte, Haarnadeln und Schuhe, Strümpfe und Bücher einsammelte, hörte sie von oben ein nur zu vertrautes Poltern. Die Decke bebte, sodass ihr Putz auf den Kopf rieselte.

Samantha schaute noch nicht einmal auf. „Ich mag eine Närrin sein, aber darauf falle ich nicht noch einmal herein“, verkündete sie kopfschüttelnd. „Wenn er wie ein Elefant im Porzellanladen hausen will, dann wird er lernen müssen, hinter sich aufzufegen, oder?“

Sie war gerade dabei, die Stiefel in ihre Reisetasche zu packen, als sie es hörte – das gedämpfte Klingeln eines Glöckchens, so leise und kurz, dass sie nicht sicher war, ob sie es sich nur eingebildet hatte. Einen Walter-Scott-Roman über einen dünnen Band mit Shakespeare-Sonetten legend, schnaubte sie. Gabriel war der Narr, wenn er meinte, sie ließe sich durch ein derart mitleiderregendes Klingeln erweichen.

Sie war so damit beschäftigt, die Sachen auf ihrem Ankleidetischchen zusammenzupacken, dass ein paar Minuten vergingen, ehe es ihr auffiel. Es herrschte Stille.

Grabesstille.

Spiegel und Haarbürste in der Hand blickte Samantha unsicher zur Decke. Eine unangenehme Vorahnung sandte ihr einen Schauer über den Rücken, aber sie tat das Gefühl mit einem Achselzucken ab. Gabriel war vermutlich nur wieder zum Schmollen in sein Bett zurückgekehrt.

Sie griff nach ihrer Flasche mit Zitronenmelisse und sah, dass ihre Hand zitterte. Auf den Stuhl vor ihrem Spiegel sinkend schaute sie ihr Spiegelbild an. Es war ein alter Spiegel, das Glas schon fleckig und wellig, und die Frau, die ihr daraus entgegensah, erschien ihr fast wie eine Fremde. Samantha nahm ihre hässliche Brille ab, erkannte aber dennoch den nachdenklichen Ausdruck in ihren Augen nicht wieder.

War sie nun mutig oder feige? Lehnte sie sich gegen Gabriel auf, weil er ein anmaßender Tyrann war, oder lief sie davon, weil er es gewagt hatte, sie anzufassen? Mit einer Hand berührte sie ihr Haar, fuhr über ihre Wange zu ihren Lippen, folgte der Berührung aus ihrem Traum. Irgendwie schien Gabriels Arroganz leichter zu ertragen als seine Zärtlichkeit. Und viel weniger gefährlich für ihr angeknackstes Herz.

Sich die Brille wieder aufsetzend erhob sie sich, um die Flasche Zitronenmelisse wieder in ihre Reisetasche zu stecken.

Sie benötigte weniger als eine halbe Stunde, um den Raum von jedem Anzeichen ihrer kurzen Anwesenheit zu befreien. Sie knöpfte gerade die kleinen Messingknöpfe ihres Reisespencers zu, als jemand heftig an ihre Schlafzimmertür klopfte.

„Miss Wickersham! Miss Wickersham! Sind Sie da drin?"

Sich ihren Hut aufsetzend, zog Samantha die Tür auf. „Ausgezeichnet, Beckwith. Ich wollte gerade nach einem Lakaien läuten, mein Gepäck nach unten zu tragen."

Der wild um sich blickende Butler schenkte ihren gepackten Taschen nicht die geringste Aufmerksamkeit. „Sie müssen sofort mit mir kommen, Miss Wickersham! Der Herr braucht Sie!"

„Was ist denn jetzt schon wieder? Juckt es ihn an einer schwer zu erreichenden Stelle? Oder sind seine Halstücher nicht ausreichend gestärkt?" Sie verknotete die Bänder ihres Hutes unter dem Kinn. „Was für eine schwachsinnige Ausrede auch immer er sich ausgedacht hat, ich kann Ihnen versichern, dass Ihr Herr mich nicht braucht. Das hat er übrigens nie.“ Samantha war selbst überrascht, wie sehr es sie schmerzte, diese Worte von ihren eigenen Lippen zu hören.

Zu ihrem Entsetzen packte Beckwith, der unerschütterliche Verfechter von Anstand und Würde, sie einfach am Arm und versuchte, sie mit sich zu zerren. „Bitte, Miss“, flehte er. „Ich weiß nicht, was ich sonst tun soll! Ich fürchte, ohne Sie stirbt er.“

Sie stemmte sich dagegen, von ihm gezogen zu werden, sodass Beckwith stehen bleiben musste. „Oh, bitte! Es besteht keinerlei Notwendigkeit für übertriebene Theatralik. Ich bin mir völlig sicher, dass der Earl auch ohne mich bestens zurecht kommen wird. Er wird kaum merken, dass ich nicht mehr …“ Samantha schaute den Butler zum ersten Mal wirklich an, seit sie die Tür geöffnet hatte, und blinzelte.

Beckwiths Weste war zerknittert, und das spärliche Haar, das er gewöhnlich mit höchster Sorgfalt um seinen Kopf frisierte, stand in einem wilden Kranz ab, sodass die rosige Kopfhaut zu sehen war. Ihr Blick fiel auf seine dicklichen Finger auf ihrem Ärmel. Finger mit rostroten Striemen, die bereits einen Fleck auf der blassen Wolle ihres Ärmels hinterlassen hatten.

Ihr Herz klopfte plötzlich dumpf in ihrem Hals.

Ihren Arm aus seinem Griff befreiend drängte sich Samantha an ihm vorbei. Sie raffte ihre Röcke, rannte den Flur hinab und die Treppen hinauf, immer zwei Stufen auf einmal nehmend.

Die Tür zu Gabriels Schlafzimmer stand einen Spalt breit offen.

Zuerst war das Einzige, was Samantha sehen konnte, Gabriel, der wie ein gefällter Riese mit dem Gesicht nach unten ausgestreckt auf dem Boden lag. Sie schlug die Hand vor den Mund, um ihren Entsetzensschrei zu unterdrücken.

Mrs Philpot kniete neben ihm auf dem Boden und presste ein Taschentuch auf seinen Hals – ein Taschentuch, das sich bereits mit hellrotem Blut voll gesogen hatte. Es war nicht schwer zu erkennen, was geschehen war. Zackige Ton- und Glasscherben lagen um ihn verstreut auf dem Boden.

Samantha eilte durch den Raum und fiel neben ihm auf die Knie, ohne dem scharfen Schmerz Beachtung zu schenken, als sich ein spitzes Glasstück durch ihre Röcke hindurch in ihr Knie bohrte. Als sie nach dem Taschentuch griff und es anhob, um den hässlichen Schnitt in Gabriels Hals zu betrachten, lehnte sich Mrs Philpot zurück, nur zu bereit, ihre grimmige Pflicht abzutreten.

Die Haushälterin wischte sich eine schlaffe Haarsträhne aus dem Gesicht, und hinterließ einen Streifen von Gabriels Blut auf ihrer Wange. „Wir haben ihn gefunden, als wir ihm seinen Nachmittagstee bringen wollten. Ich habe keine Ahnung, wie lange er hier schon so liegt.“ Der scharfe Blick der Frau glitt über Samanthas Reisejacke und ihren Hut, ihm entging nichts. Sie hielt Gabriels Glöckchen hoch. Blutige Fingerabdrücke verunzierten den hölzernen Griff. „Das hier habe ich direkt neben seiner Hand gefunden. Er muss versucht haben, um Hilfe zu läuten, aber niemand hat ihn gehört.“

Samantha schloss kurz die Augen, erinnerte sich an das leise Klingeln, das sie so kaltherzig ignoriert hatte. Sie öffnete sie wieder und entdeckte Beckwith in der Tür, der seine Hände rang.

„Gibt es einen Arzt im Dorf?“, fragte sie.

Beckwith nickte.

„Holen Sie ihn sofort. Sagen Sie ihm, es geht um Leben und Tod.“ Als der Butler einfach nur dastand, unfähig den Blick von seinem gestürzten Herrn loszureißen, rief Samantha: „Los!“

Während Beckwith seine Erstarrung abschüttelte und sich in Bewegung setzte, erhob sich Mrs Philpot, um eines der sauberen Halstücher zu holen, die über dem Ankleidespiegel hingen. Samantha riss es ihr aus der Hand, faltete es rasch und presste es Gabriel an den Hals. Obwohl aus der Wunde immer noch Blut sickerte, schien es weniger zu werden. Samantha konnte nur beten, dass es nicht deswegen war, weil er starb.

Mrs Philpot zu sich winkend, um das Halstuch zu halten, fasste sie Gabriel an den Schultern, entschlossen herauszufinden, ob er nicht auch noch irgendwo anders blutete. Sie brauchte ihre ganze Kraft, aber mit der Hilfe der Haushälterin gelang es ihr, ihn umzudrehen und in ihre Arme zu rollen. Außer ein paar blutiger Schrammen und seiner gezackten Narbe war sein Gesicht totenbleich.

„Du dummer, sturer Narr“, murmelte sie stockend. „Sieh dir nur an, was du jetzt wieder angestellt hast.“

Seine Augenlider flatterten, hoben sich einen Spalt, sodass seine faszinierenden grünen Augen zu sehen waren. Als er den Kopf umdrehte, um sie mit gläserner Klarheit anzuschauen, stockte Samantha der Atem. Dann schlossen sie sich wieder, als hätte er entschieden, dass es die Mühe nicht wert war.

„Sind Sie das, Miss Wickersham?“, flüsterte er heiser. „Ich habe nach Ihnen geläutet.“

„Ich weiß.“ Sie strich ihm eine Locke aus der Stirn. „Ich bin jetzt hier und gehe nirgendwohin.“

Er runzelte die Stirn. „Ich wollte Ihnen nur sagen, dass Sie zum Teufel gehen sollen.“

Samantha lächelte durch einen Tränenschleier hindurch. „Ist das ein Befehl, Mylord?“

„Wenn es das wäre, würden Sie ja sowieso nicht gehorchen“, murmelte er. „Unverschämtes Frauenzimmer.“

Als Gabriel wieder das Bewusstsein verlor und sein Kopf gegen ihre Brust rollte, entschied Samantha, dass seine schwindende Kraft dafür verantwortlich war, wenn diese Beleidigung fast wie ein Kosename klang.

Als Dr. Thaddeus Greenjoy fast zwei Stunden später aus Gabriels Schlafzimmer kam, hatte sich vor der Tür fast der gesamte Haushalt versammelt und hielt Wache. Mrs Philpot saß in einem Stuhl mit hoher Lehne, ein spitzengesäumtes Taschentuch an die zitternden Lippen gedrückt. Ein elend aussehender Beckwith stand neben ihr, während die anderen Dienstboten am Treppenabsatz miteinander flüsterten.

Nur Samantha war alleine. Obwohl der Doktor den Stubenmädchen erlaubt hatte, das Blut und die Scherben vom Boden aufzuwischen, und den Lakaien, Gabriel aufs Bett zu legen und von seinen blutdurchtränkten Hosen zu befreien, hatte er sich die Anwesenheit aller bei seiner Untersuchung des Patienten verboten – die Pflegerin des Earls eingeschlossen.

Als er die Tür leise hinter sich zuzog, trat Samantha vor, die immer noch ihre blutbefleckte, zerknitterte Reisekleidung trug. Mit angehaltenem Atem wartete sie darauf, dass er ihre schlimmsten Befürchtungen bestätigte.

Der Blick es Arztes wanderte über die ernsten Mienen. „Ich glaube, ich habe die Blutung gestoppt. Die Scherbe hat seine Schlagader angeritzt. Wäre der Schnitt einen Zoll tiefer gegangen, wäre er jetzt nicht mehr als ein weiterer Name auf der Tafel an der Familiengruft der Fairchilds.“ Der Arzt schüttelte den Kopf, und seine langen weißen Schnurrbarthaare ließen ihn wie eine alte Ziege aussehen. „Er ist ein Glückspilz, wirklich. Jemand im Himmel muss sehr gut auf ihn aufgepasst haben."

Obwohl sich unter ihnen allen Erleichterung breit machte, konnte keiner der Dienstboten Samantha in die Augen schauen. Sie wusste genau, was sie dachten. Sie war die Pflegerin ihres Herrn. Sie war es, die auf ihn hätte aufpassen müssen. Stattdessen hatte sie ihn allein gelassen, ihn in dem Augenblick im Stich gelassen, als er sie am nötigsten brauchte.

Als ob er ihre Gedanken lesen könnte, erkundigte sich der Arzt barsch: „Sind Sie seine Pflegerin?"

Sich darum bemühend, nicht zusammenzucken, nickte Samantha. „Ja."

Er rümpfte die Nase. „Ein junges Ding wie Sie sollte auf der Suche nach einem Ehemann sein und sich nicht in irgendeinem Krankenzimmer vergraben." Er ließ seine Tasche aufschnappen, holte eine kleine braune Falsche heraus und reichte sie ihr. „Geben Sie ihm etwas hiervon, damit er die Nacht durchschläft. Halten Sie die Wunde sauber. Und sorgen Sie dafür, dass er mindestens drei Tage das Bett hütet." Der Arzt zog seine buschigen weißen Augenbrauen zusammen. „Das wird nicht zu schwer für Sie sein, oder, Kind?"

Urplötzlich stand Samantha ein Bild vor Augen, wie sie und Gabriel sich nackt auf scharlachroter Seide wälzten, und sie spürte zu ihrem Entsetzen, dass sie rot wurde. „Natürlich nicht, Sir. Ich werde mich darum kümmern, dass er all Ihre Anweisungen befolgt."

„Tun Sie das, Miss, und der junge Bursche wird in kürzester Zeit wieder auf den Beinen sein."

Mit einem vernehmlichen Schnappen schloss er seine Tasche und ging die Treppe hinunter. Die Dienstboten folgten erleichtert und mit fröhlicheren Mienen.

Wie stets die Diskretion in Person, wartete Beckwith, bis alle außer Hörweite waren, ehe er zu Samantha trat. „Möchten Sie immer noch, dass ein Lakai Ihre Taschen nach unten bringt, Miss?"

Sie blickte dem Butler suchend in die sanften braunen Augen, konnte aber nicht den geringsten Hinweis darin entdecken, dass er sich über sie lustig machte. „Ich denke, das wird nicht nötig sein, Beckwith. Wenn Sie mich bitte entschuldigen wollen", fuhr sie fort und drückte ihm dankbar den Arm, „ich glaube, Ihr Herr braucht mich."

Samantha verbrachte die Nacht damit, Gabriel wirklich zu pflegen – sie überprüfte seinen Verband auf frisches Blut, verabreichte ihm einen Löffel Laudanum, wenn er zu stöhnen und sich unruhig hin und her zu werfen begann, und legte ihm zärtlich immer wieder die Hand auf die Stirn, um zu sehen, ob er fieberte. Gegen Morgen stahl sich langsam wieder etwas Farbe in seine Wangen zurück. Erst da wagte sie es, den Kopf gegen die Lehne des Polsterstuhles zu legen, den sie sich ans Bett gestellt hatte, und die müden Augen zu schließen.

Als ein schüchternes Klopfen an der Tür zu hören war, schrak sie auf. Sonnenlicht strömte durch das Fenster auf der gegenüberliegenden Raumseite. Erschreckt blickte sie sich zu Gabriel um, doch der schlief tief und fest, seine Brust hob und senkte sich in gleichmäßigem Rhythmus. Wären die dunklen Stellen unter seinen Augen nicht gewesen, niemand hätte vermutet, dass er vor wenigen Stunden noch auf der Schwelle des Todes gestanden hatte.

Samantha öffnete die Tür und entdeckte Peter, eine Waschschüssel mit Lappen und einen Krug mit dampfendem Wasser in den Händen. Der junge Lakai schaute unsicher zum Bett, dann wieder sie an. „Entschuldigen Sie, wenn ich störe, Miss. Mrs Philpot schickt mich, den Herrn zu waschen."

Samantha sah über ihre Schulter. Gabriel wirkte im Schlaf nicht weniger einschüchternd als im Wachen. Aber sie würde nicht noch einmal ihre Pflichten vernachlässigen. Denn das hatte ihn beinahe das Leben gekostet.

Ihre Zweifel einfach hinunter schluckend sagte sie: „Das wird nicht nötig sein, Peter."

„Phillip", verbesserte er sie.

„Phillip." Sie nahm ihm Schüssel und Krug ab und erklärte mit fester Stimme: „Ich bin seine Pflegerin. Ich werde ihn waschen."

„Sind Sie sicher, Miss?" Unter seinen Sommersprossen wurde er ganz rot, während er mit zu einem Flüstern gesenkter Stimme fragte: „Gehört sich das?"

„Oh, gewiss", beruhigte sie ihn und schob mit dem Fuß die Tür zu.

Samantha stellte die Schüssel auf den Tisch neben dem Bett und leerte den Krug darin aus. Ihre Hände zitterten so sehr, dass das Wasser auf ihre Röcke spritzte. Es gab keinen Grund für sie, so nervös zu sein, schalt sie sich. Gabriel zu waschen war einfach eine weitere ihrer

Pflichten, nicht anders als den Verband zu wechseln oder ihm seine Arznei zu geben.

Indem sie sich ganz darauf konzentrierte, behutsam die rostroten Flecken in seinem Gesicht und auf seinem Hals abzuwischen, wurde sie ruhiger. Doch als der Zeitpunkt kam, das Laken fortzuziehen, zögerte sie. Angeblich war sie eine in der Krankenpflege erfahrene Frau, eine Frau, die nicht zimperlich war oder ohnmächtig zu werden drohte, wenn es darum ging, einen nackten Mann zu sehen. In seinem gegenwärtigen Zustand bestand kaum ein Unterschied, so sagte sie sich entschlossen, zwischen Gabriels Versorgung und der Pflege eines kleinen Kindes.

Doch als sie die Decken zurückschlug und seine muskulöse Brust und seinen festen Bauch entblößte, wurde es schmerzlich deutlich, dass er kein Kind war, sondern ein Mann. Und zudem ein außergewöhnlich männlicher Mann.

Den Lappen tunkte Samantha in das warme Wasser und begann seine wohlgeformte Brust zu waschen, die letzten Spuren getrockneten Blutes wegzuwischen. Glitzernde Wassertropfen blieben an dem goldenen Lockenflaum seiner Brusthaare hängen. Als ein besonders kühnes Rinnsal über seinen Bauch lief und unter dem Laken über seinen Hüften verschwand, folgte ihm ihr hilfloser Blick, wie hypnotisiert von der Verlockung des Verbotenen.

Sie hatte Phillip versichert, dass nichts Ungehöriges dabei war, wenn sie ihren Patienten wusch. Doch die plötzliche Trockenheit in ihrem Mund, ihr schneller gehender Atem und der verhängnisvolle Wunsch, das Laken anzuheben und darunter zu spähen, das alles war gänzlich ungehörig.

Verstohlen blickte sie zur Tür, wünschte sich, sie hätte daran gedacht, sie abzuschließen.

An ihrer Unterlippe knabbernd fasste Samantha die Ecke des Lakens zwischen Daumen und Zeigefinger und hob es an, Stück für Stück.

„Bilde ich es mir nur ein, oder zieht es hier wirklich?“

Beim Klang dieses rauchigen Baritons, leicht undeutlich, aber nicht weniger spöttisch als sonst, ließ Samantha das Laken fallen, als wäre es in Flammen aufgegangen. „Verzeihen Sie, Mylord. Ich habe nur nachsehen wollen, w…wie es um Ihren …“

„Blutfluss steht?“, half er ihr aus. Er winkte in ihre Richtung. „Bitte, fahren Sie doch fort. Fern liege es mir, Sie davon abzuhalten,

Ihre … Neugier zu befriedigen. Wegen meines Zustandes, natürlich."

„Wie lange sind Sie schon bei Bewusstsein?", verlangte Samantha zu wissen, der ein schlimmer Verdacht wuchs.

Er reckte sich, und dabei traten die Muskeln auf seiner Brust hervor. „Oh, ich würde sagen, seit kurz bevor Phillip angeklopft hat."

Sich entsetzt daran erinnernd, wie liebevoll sie seinen wohlgeformten Oberkörper gewaschen hatte, wäre Samantha am liebsten im Boden versunken. „Sie waren die ganze Zeit wach? Ich kann einfach nicht glauben, dass Sie beinahe zugelassen hätten …"

„Was?" Er blinzelte mit seinen blicklosen Augen, ein Bild Fleisch gewordener Unschuld. „Dass Sie Ihren Pflichten nachkommen?"

Samantha schloss den Mund, da sie wusste, sie konnte sich nicht weiter beschweren, ohne sich selbst zu belasten.

Sie zerrte das Laken nach oben, sodass sie seine nackte Brust nicht länger sehen konnte. „Wenn Sie Probleme mit dem Schlafen haben, kann ich Ihnen noch etwas Laudanum geben."

Er erschauerte. „Nein, danke. Ich fühle lieber Schmerzen als gar nichts. Dann kann ich wenigstens sicher sein, dass ich noch am Leben bin." Als sie seinen Verband überprüfte, setzte er ein reuevolles Lächeln auf, das ihr das Herz abdrückte. „Ich hoffe nur, es bleibt keine Narbe zurück. Es wäre grässlich, wenn mein gutes Aussehen litte."

Seine Locken zurückstreichend legte sie ihm eine Hand auf die Stirn. Seltsamerweise war es ihre Haut, die sich fiebrig anfühlte. „Eitelkeit sollte ausgerechnet jetzt Ihre letzte Sorge sein. Sie können von Glück reden, noch am Leben zu sein."

„So heißt es." Ehe sie ihre Hand fortziehen konnte, fasste er sie am Handgelenk und hielt sie fest. „Aber was ist mit Ihrem Glück, Miss Wickersham? Wollten Sie nicht längst zurück in London sein und Ihr zärtliches Mitgefühl einem dankbareren Seemann angedeihen lassen, der Ihnen schon nach kürzester Zeit Kuhaugen macht und Ihnen, sobald er wieder auf den Beinen ist, die Ehe anbietet?"

„Und worin läge dabei die Herausforderung?", erkundigte sich Samantha leise, unfähig ihren Blick von den langen, männlichen Fingern loszureißen, die sich um ihr blasses, schmales Handgelenk schlossen. Sein Daumen lag direkt über ihrem rasenden Puls. „Ich ziehe es vor, mein zärtliches Mitgefühl auf undankbare, übellaunige Grobiane zu verschwenden. Wissen Sie, wenn Sie wollten, dass ich bleibe, hätten Sie sich nicht die Kehle aufzuschlitzen brauchen. Sie hätten einfach nur nett Bitte sagen müssen."

„Und meinen Ruf der Übellaunigkeit gänzlich ruinieren? Ich denke nicht. Außerdem habe ich nur wegen des Vergnügens nach Ihnen geläutet, Ihnen persönlich zu kündigen.“ Sein Daumen strich über ihre prickelnde Handfläche, fast schon eine Liebkosung.

„Nun, ich kann wohl kaum jetzt gehen“, erklärte sie kühl. „Mein Gewissen würde es mir niemals gestatten, Sie zu verlassen, bis Sie sich ganz von dem Sturz und der Verletzung erholt haben.“

Er seufzte. „Dann, nehme ich an, werden Sie bleiben müssen. Nichts liegt mir ferner, als ein so reines Gewissen wie Ihres zu belasten.“

Von seinen Worten unangenehm berührt, entzog sie ihm ihre Hand. Dort, wo seine Finger gelegen hatten, kribbelte ihre Haut.

„Natürlich sind Sie nicht vollkommen“, fügte er hinzu und nickte in Richtung des Stuhles. „Wenn Sie schlafen, schnarchen Sie.“

„Und Sie sabbern“, entgegnete sie und erkühnte sich, ihm einen Finger auf den Mundwinkel zu legen.

„Touché, Miss Wickersham! Die Zunge der Dame ist so scharf wie ihr Verstand. Vielleicht sollten Sie den Arzt rufen, bevor ich wieder zu bluten anfange.“ Er schlug die dünne Decke zur Seite, schwang die Beine aus dem Bett. „Oder noch besser, ich hole ihn selbst. Trotz meines kleinen Missgeschickes gestern, fühle ich mich heute Morgen erstaunlich munter.“

„Oh, nein. Das lassen Sie schön bleiben!“ Samantha packte ihn an den Schultern und drückte ihn in die Kissen zurück. „Dr. Greenjoy hat gesagt, Sie sollten mindestens drei Tage das Bett hüten.“ Sie runzelte die Stirn. „Allerdings hat er unerwähnt gelassen, wie ich Sie dort halten soll.“

Sich in die Kissen lehnend verschränkte Gabriel die Hände hinter dem Kopf, und seine blicklosen Augen funkelten teuflisch. „Machen Sie sich keine Sorgen, Miss Wickersham. Ich bin sicher, Ihnen fällt etwas ein.“

Regen prasselte gegen die Fensterscheiben von Gabriels Schlafzimmer. Doch statt einschläfernd zu wirken, ging ihm der sonst so gemütliche Rhythmus auf die ohnehin schon strapazierten Nerven. Jeder hoffnungsvolle Plan der vergangenen beiden Tage, dem Gefängnis Bett zu entrinnen, war von der ständigen Gegenwart seiner unermüdlichen Pflegerin vereitelt worden

Durch seine wachsende Unruhe schien jedes Geräusch im Zimmer überlaut – das Knarren der Bank am Fenster, wenn Miss Wickersham sich tiefer in die Kissen lehnte, das saftige Knacken, wenn sie ihre Zähne herzhaft in die feste Schale eines Apfels grub, das leise Rascheln von Papier, wenn sie eine Seite ihres Buches umblätterte.

Wenn er Erinnerung mit Phantasie kombinierte, konnte Gabriel sie beinahe vor seinem geistigen Auge sehen, wie sie an der Stelle saß, die er selbst als Kind so oft besetzt hatte, als dieses Zimmer noch das Schlafzimmer seiner Eltern gewesen war. Der Milchglasschirm der Argand-Lampe auf dem schmalen Tischchen warf einen behaglich gedämpften Lichtschein um sie, hielt die Schatten in Schach. Vermutlich hatte sie ihre Füße unter sich gezogen, um sie vor der feuchten Kälte zu schützen, die an regnerischen Tagen durch die Ritzen drang. Als sie wieder von ihrem Apfel abbiss, sah er ihre kräftigen weißen Zähne genau vor sich, wie sie sich in die knackige rote Schale bohrten, ihre kleine rosa Zunge hervorschnellen, um den Tropfen Saft von ihrem Mundwinkel aufzufangen.

Sie trug vermutlich einen dieser lächerlich kleinen, spitzenbesetzten Leinenfetzen, den Frauen als Häubchen bezeichneten, auf ihrem Haar. Aber so sehr Gabriel sich auch bemühte, das Gesicht darunter konnte er sich nicht vorstellen.

Mit seinen langen Fingern trommelte er auf die Bettdecke, und seine Frustration wuchs. Er räusperte sich, aber es war nur das erneute Rascheln von Papier zu hören, als sie weiterblätterte. Er räusperte sich noch einmal, diesmal mit dem Nachdruck eines Pistolenschusses.

Seine Bemühungen wurden mit einem leidgeprüften Seufzer belohnt. „Sind Sie sich wirklich ganz sicher, dass ich Ihnen nicht doch vorlesen soll, Mylord?"

„Nein, danke", erwiderte er naserümpfend. „Dann würde ich mir wie ein kleines Kind vorkommen."

Samanthas Schulterzucken war beinahe hörbar. „Wie Sie wollen. Ich möchte Sie um Himmels willen nicht bei Ihrem Geschmolle stören."

Er ließ ihr gerade genug Zeit, sich wieder in die Geschichte einzufinden, ehe er wissen wollte: „Was lesen Sie da?"

„Ein Schauspiel. Thomas Mortons *Eile geboten*. Es ist eine recht spritzige Gesellschaftskomödie."

„Im *Theatre Royal* in der Drury Lane habe ich einmal eine Aufführung davon gesehen. Sie werden gewiss feststellen, dass es sehr viele Gemeinsamkeiten zwischen Mrs Grundy und Ihnen gibt“, sagte er, auf die Galionsfigur des prüden Anstands in dem Stück verweisend, die nie tatsächlich auf der Bühne erschien. „Ich hätte gedacht, eine Tragödie von Goethe etwa wäre mehr nach Ihrem Geschmack. Irgendein grimmiges Moralstück, in dem irgendein armer Tropf ewig im Fegefeuer schmoren muss, nur weil er flüchtig ein Stück Strumpf gesehen hat oder irgendeine andere ähnlich unverzeihliche Sünde.“

„Ich ziehe es vor zu glauben, dass keine Sünde unverzeihlich ist.“

„Dann beneide ich Sie um Ihre Unschuld“, antwortete er und stellte überrascht fest, dass er das wirklich tat.

Das Geräusch einer weiteren Seite, die umgeblättert wurde, verriet ihm, dass sie lieber weiterlas, statt mit ihm zu streiten. Er schickte sich gerade darein, ein ausgedehntes Nachmittagsschläfchen zu machen, als sie laut auflachte.

Gabriel runzelte die Stirn. Der volle Klang berührte ihn stärker, als er erwartet hätte. Er zog ein Bein an, sodass die angehobene Decke seinen Unterleib verbarg. „War das ein Lachen, oder ist Ihnen der Apfel im Halse stecken geblieben?“

„Oh, nichts“, erklärte sie obenhin. „Nur eine besonders witzige Stelle.“

Nach einem weiteren fröhlichen Glucksen erkundigte er sich barsch: „Und? Halten Sie es nicht auch für ein Zeichen von schlechten Manieren, solch literarische Brillanz für sich zu halten?“

„Ich dachte, Sie wollten nicht vorgelesen bekommen.“

„Schreiben Sie es meiner morbiden Neugierde zu. Mich bringt der Wunsch schier um, zu erfahren, was eine so humorlose Person wie Sie amüsiert.“

„Nun gut.“

Während sie einen witzigen Wortwechsel zwischen zwei Brüdern vortrug, die beide derselben Dame ihr Herz geschenkt hatten, bemerkte Gabriel zu seiner Überraschung, dass seine Pflegerin ihre wahre Berufung verfehlt hatte. Sie hätte zur Bühne gehen sollen. Ihre komische Betonung ließ jeden Charakter lebendig werden. Ehe es ihm bewusst wurde, hatte sich Gabriel im Bett aufgesetzt und lehnte sich vor.

Mitten in einem spritzigen Wortgefecht brach sie ab. „Oh, verzeihen Sie bitte. Ich wollte nicht so weit lesen und Ihre Ruhe so lange stören.“

Mit einem Winken schob er ihre Entschuldigung beiseite, da er gespannt darauf wartete, wie die Szene zu Ende ging. „Sie können genauso gut bis zum Schluss weiterlesen. Ich denke, Ihr Gestammel ist meinen eigenen Gedanken vorzuziehen."

„Ich kann mir gut vorstellen, dass sie Ihnen schnell langweilig werden."

Gabriel musste seine Phantasie nicht über Gebühr bemühen, um sich ihre selbstzufriedene Miene vorzustellen, als sie sich wieder über ihr Buch beugte. Aber wenigstens tat sie, was er verlangt hatte, las dort weiter, wo sie eben aufgehört hatte, bis zum Ende des Stückes. Am Schluss des letzten Aktes seufzten sie beide befriedigt auf.

Als Samantha schließlich sprach, hatte ihre Stimme die Härte verloren. „Langeweile muss Ihr schlimmster Feind sein, Mylord. Vor dem Krieg waren Sie gewiss mit vielerlei ... *Vergnügungen* beschäftigt."

Bildete er es sich nur ein, oder sprach sie das Wort beinahe zärtlich aus? „Langeweile *war* mein schlimmster Feind. Bis Sie nach Fairchild Park kamen."

„Wenn Sie es mir nur gestatten würden, könnte ich Ihnen helfen, die Eintönigkeit ein wenig zu lindern. Ich könnte mit Ihnen Spaziergänge durch den Park unternehmen. Ich könnte Ihnen jeden Nachmittag vorlesen. Himmel, ich könnte Ihnen sogar bei Ihrer Korrespondenz helfen, wenn Sie wollen! Es muss jemanden geben, der gerne von Ihnen hören würde. Ihre Offizierskameraden? Ihre Familie? Ihre Freunde in London?"

„Warum deren lieben Erinnerungen an mich verderben?", fragte er spöttisch. „Ich bin sicher, wenn sie an mich denken, stellen sie sich mich lieber tot vor."

„Seien Sie nicht albern", schalt sie ihn. „Ich bin mir ganz sicher, dass sie sich alle sehr über eine kurze Nachricht von Ihnen, dass es Ihnen gut geht, freuen würden."

Gabriel lauschte verwundert ihren energischen Schritten, mit denen sie den Raum durchquerte. Bis er hörte, wie die Schublade des Schreibtisches aufgezogen wurde.

Ohne lange nachzudenken, einzig seinem Instinkt gehorchend warf er die Decke zur Seite und sprang in Richtung des Geräusches. Dieses Mal schärfte die Verzweiflung seine Sinne, statt sie zu beeinträchtigen. Seine Hand fand mit Leichtigkeit den Griff und stieß die Schublade zu. Er wollte gerade erleichtert aufatmen, als er merkte, dass das weiche Ding, das zwischen seinen ausgestreckten Armen gefangen war, niemand anders als seine Pflegerin war.

Kapitel 7

Meine liebste Cecily,

jetzt, da ich mich erkühnt habe, Sie mit Ihrem Vornamen anzusprechen, darf ich mich da der Hoffnung hingeben, dass Ihre vollen Lippen meinen eigenen Namen formen werden?

Einen Augenblick war Samantha so verblüfft, dass sie beinahe zu atmen vergaß. Das hypnotische Prasseln des Regens, das gemütliche Dämmerlicht im Raum, die Wärme von Gabriels Atem in ihrem Haar, das alles verwob sich miteinander, hüllte sie wie in einem schützenden Kokon aus Nebel ein, in dem Zeit alle Macht und Bedeutung verlor. Gabriel schien genauso darin gefangen wie sie. Sie hatte darauf bestanden, dass er heute Morgen ein Hemd anzog, aber nicht, dass er es zuknöpfte. Die breite Brust, die gegen ihren Rücken gedrückt wurde, bewegte sich nicht. Seine Hände lagen immer noch flach auf der Schreibtischschublade, die Muskeln und Sehnen an seinen Unterarmen waren vorgetreten.

Obwohl ihre seltsame Haltung keine Umarmung war, konnte Samantha nicht umhin, daran zu denken, wie leicht es für ihn wäre, seine Arme von hinten um sie zu schlingen und sie an seinen heißen Körper zu ziehen, bis ihr nichts anderes übrig blieb, als sich an ihn zu schmiegen, mit ihm zu verschmelzen.

Sie versteifte sich. Sie war keine Debütantin mit weichen Knien und umflortem Blick, die nur darauf wartete, verführt zu werden von dem ersten Gentleman, der ihr mit dem Finger winkte.

„Entschuldigen Sie, Mylord", sagte sie fest und brach den

gefährlichen Bann, der sie beide umfangen hielt. „Ich wollte nicht neugierig sein. Ich habe nur nach Tinte und Briefpapier gesucht."

Gabriel ließ seine Arme sinken, aber es war Samantha, die rasch einen Schritt zur Seite machte und Abstand zwischen sie beide zu legen versuchte. Ohne seine Wärme schien ihr die feuchte Kälte, die sie zuvor kaum wahrgenommen hatte, bis in die Knochen zu dringen, sodass sie sich alt und spröde anfühlten. Sich wieder auf die Bank am Fenster niederlassend, zog sie die Beine an und verschränkte die Arme darum, einen Schauer unterdrückend.

Gabriel stand einen langen Augenblick still, als sei er tief in Gedanken. Dann jedoch, statt sie für ihre Einmischerei zurechtzuweisen, wie sie es eigentlich erwartet hätte, zog er die Schublade auf. Seine Hände fanden unverzüglich und ohne Suchen den Inhalt. Als er sich umdrehte und das dicke Bündel in ihre Richtung warf, war Samantha so erstaunt, dass sie es beinahe nicht aufgefangen hätte.

„Wenn Sie etwas Lustiges lesen wollen, können Sie gerne diese hier ausprobieren." Obwohl Verachtung Gabriels Miene verdüsterte, spürte Samantha, dass nicht sie der Grund war. „Ich denke, Sie werden entdecken, dass sie all die Elemente enthalten, die man gewöhnlich in einer Farce findet – scharfsinnige Wortgefechte, eine geheime Werbung, ein Mitleid erregender Narr, der bereit ist, alles aufs Spiel zu setzen, um das Herz seiner Liebsten zu gewinnen – selbst sein Leben."

Sie blickte auf das mit einem Seidenband zusammengehaltene Bündel Briefe. Das Leinenbriefpapier war abgenutzt, aber dennoch gut erhalten, als ob die Briefe oft gelesen, aber mit großer Sorgfalt behandelt worden seien. Als Samantha sie von allen Seiten betrachtete, stieg ihr das Parfum einer Frau in die Nase, so betörend und süß wie die ersten Gardenien der Saison.

Gabriel zog den Stuhl unter dem Schreibtisch hervor, drehte ihn um und setzte sich rittlings darauf. „Los", verlangte er und nickte ihr aufmunternd zu. „Wenn Sie sie laut lesen, haben wir beide etwas zu lachen."

Samantha spielte mit den Enden des Seidenbandes, eines Bandes, das einmal durch die vollen Locken einer Frau gewunden gewesen war. „Ich glaube kaum, dass es recht ist, wenn ich Ihre private Korrespondenz lese."

Er zuckte die Schultern. „Wie Sie wollen. Manche Stücke wirken ohnehin viel besser, wenn sie aufgeführt werden, statt nur gelesen.

Warum fange ich nicht einfach mit dem ersten Akt an?“ Er verschränkte die Arme und legte sie auf die Stuhllehne, seine Miene hart und kühl.

„Der Vorhang hob sich vor drei Jahren, als wir uns während der Saison bei einer Hausgesellschaft auf Lord Langleys Landsitz kennenlernten. Sie war so ganz anders als die anderen Mädchen, die ich kannte. Die meisten von ihnen hatten keinen vernünftigeren Gedanken in ihrem hübschen Kopf, als sich unter allen Umständen einen wohlhabenden Ehemann zu angeln, bevor die Saison zu Ende ging. Sie aber war warmherzig und klug und witzig und belesen. Mit ihr konnte man sich über Poesie und Politik gleichermaßen angeregt unterhalten. Wir haben nur einmal getanzt, und ohne mir auch nur einen Kuss zu gewähren, hat sie mir das Herz gestohlen.“

„Und haben Sie auch ihres gestohlen?“

Seine Lippen verzogen sich zu einem reumütigen Halblächeln. „Ich habe mir ernsthaft Mühe gegeben. Aber unglückseligerweise ist mir mein Ruf eines Lebemanns und Frauenhelden vorausgeeilt. Da ich ein Earl war und sie die Tochter eines einfachen Barons, konnte sie nicht glauben, dass ich nicht bloß mit ihren Gefühlen spielen wollte.“

Samantha wusste nicht, ob sie dem Mädchen daraus einen Vorwurf machen konnte. Der Mann auf dem Portrait in der Galerie hatte vermutlich mehr als die ihm zustehende Anzahl von Herzen erobert … und gebrochen. „Eigentlich sollte man meinen, sie und ihre Familie wären überglücklich, die Aufmerksamkeit eines so angesehenen – und reichen – Edelmannes errungen zu haben.“

„Ich auch“, gestand Gabriel. „Aber es scheint, dass ihre ältere Schwester in einen unglückseligen Skandal verwickelt war, in dem ein Viscount, ein Rendezvous im Mondschein und die erboste Frau des Viscounts eine Rolle spielten. Der sehnlichste Wunsch ihres Vaters war daher, dass seine jüngere Tochter einen soliden Gutsherrn oder vielleicht sogar einen Kirchenmann heiratete.“

Flüchtig erschien vor Samanthas Auge das Bild von Gabriel in dem Talar eines Pfarrers, was sie zum Lachen reizte. „Ich kann verstehen, warum Sie in diesem Fall so etwas wie eine Enttäuschung für ihn darstellten.“

„Genau. Da ich sie weder mit meinem Titel, noch meinem Charme umstimmen konnte, habe ich begonnen, sie mit Worten zu umwerben. Mehrere Monate lang schickten wir einander Briefe.“

„Im Geheimen, natürlich.“

Er nickte. „Wäre es bekannt geworden, dass sie im Briefwechsel mit einem Gentleman stand, besonders mit einem von meinem Ruf, wäre ihr guter Name dahin gewesen."

„Dennoch war es ein Risiko, das sie bereitwillig eingegangen ist", betonte Samantha.

„In Wahrheit, denke ich, haben wir beide den Reiz des Spiels genossen. Wir trafen uns zufällig auf einem Ball oder einer Abendgesellschaft, murmelten ein paar höfliche Bemerkungen und heuchelten ansonsten Gleichgültigkeit. Niemand wusste, dass ich mich danach sehnte, sie in den nächsten mondbeschienenen Garten oder versteckten Alkoven zu ziehen und bis zur Besinnungslosigkeit zu küssen."

Der heisere Ton in seiner Stimme sandte einen dunklen Schauer durch Samanthas Körper. Obwohl sie sich gegen die Versuchung anzukämpfen bemühte, sah sie, wie sich Gabriel mit der Hand durch sein goldblondes Haar fuhr, während er in einem dämmerigen Alkoven auf und ab schritt. Sah seine Augen in Vorfreude aufleuchten, wenn er den Gardenienduft des Parfums seiner Liebsten einatmete. Sie spürte die Kraft seiner Arme um sich, wenn er sie packte und zu sich hinter den Vorhang zog. Hörte ihn tief in der Kehle stöhnen, wenn ihre Lippen oder ihre Körper sich streiften, verzehrt von dem unwiderstehlichen Hunger des Verbotenen.

„Man hätte meinen können, dass mir eine so unschuldige Verbindung bald langweilig geworden wäre. Aber ihre Briefe verhexten mich." Er schüttelte den Kopf, sah aufrichtig erstaunt aus. „Ich hätte es mir nie träumen lassen, dass der Verstand einer Frau so vielschichtig oder faszinierend sein könnte. Meine Mutter und meine Schwestern haben sich selten mit etwas Anspruchsvollerem beschäftigt als dem neusten Klatsch bei Almack's oder den jüngsten Modezeichnungen, die aus Paris zu uns geschmuggelt worden waren."

Samantha verkniff sich ein Lächeln. „Die Entdeckung muss ein ziemlicher Schock für Sie gewesen sein, dass eine Frau einen ebenso scharfen Verstand wie Sie selbst besitzen konnte."

„Das war es in der Tat", gestand er, und sein Tonfall verriet, dass ihm ihr Sarkasmus nicht ganz entgangen war. „Nach mehreren Monaten dieser köstlichen Qual habe ich ihr geschrieben und versucht sie zu überreden, mit mir nach Gretna Green zu fliehen. Sie weigerte sich, war aber nicht so grausam, mich ganz ohne Hoffnung zu lassen. Sie schwor, wenn ich beweisen könnte, dass ich noch für etwas anderes

Interesse in meinem Leben hätte als meinen nächsten Gewinn beim Glücksspiel, Leidenschaft für etwas, das nichts mit Pferden zu tun hatte, Jagdhunden oder hübschen Operettentänzerinnen, dann würde sie zustimmen, meine Braut zu werden, selbst gegen den Wunsch ihres Vaters."

„Wie überaus großzügig", murmelte Samantha.

Gabriel runzelte die Stirn. „Sie traute meinen Gefühlen immer noch nicht ganz. Gleichgültig, wie leidenschaftlich ich ihr meine Liebe schwor, ein Teil von ihr war nur zu bereit zu glauben, dass ich ein verantwortungsloser Wüstling sei, der alles geerbt hatte, was von Bedeutung war –Titel, Reichtum, gesellschaftliches Ansehen." Er zog selbstironisch eine Augenbraue hoch, sodass sich die Haut um seine Narbe spannte. „Selbst mein gutes Aussehen."

In Samanthas Magen machte sich ein unangenehmes Brennen bemerkbar. „Also haben Sie beschlossen, ihr das Gegenteil zu beweisen."

Er nickte. „Ich bin in die Marine Seiner Majestät eingetreten."

„Warum die Marine? Ihr Vater hätte Ihnen ein Offizierspatent in einem prestigeträchtigen Regiment in der Armee kaufen können."

„Und was hätte das bewiesen? Dass sie mit ihrer Einschätzung von mir recht hatte? Dass ich unfähig war, irgendetwas aus eigener Kraft zu erreichen, mit meinen Fertigkeiten? Wenn das mein Ziel gewesen wäre, hätte ich in die Armee gehen und die Rolle des Helden spielen können. Nichts ist mit gestärkter Uniform und einem Stück Goldlitze auf der Schulter eines Mannes zu vergleichen, wenn es darum geht, einer Frau den Kopf zu verdrehen."

Samantha sah ihn im Geiste einen überfüllten Ballsaal betreten, seinen Hut unter dem Arm, das hellbraune Haar im Licht der Kerzen schimmernd. Seine wohlgeformte Gestalt hatte gewiss alle unverheirateten Damen im Raum erröten und hinter ihren Fächern seufzen lassen.

„Aber Sie wussten, dass Ihrer Herzensdame der Kopf nicht so leicht zu verdrehen war", riet sie.

„Ebenso wenig wie sie leicht zu gewinnen war. Also bin ich unter Nelson zur See gefahren, zuversichtlich, dass wenn ich wiederkehrte, sie bereit wäre, meine Frau zu werden. Da ich wusste, dass wir mehrere Monate lang getrennt sein würden, habe ich ihr einen Abschiedsbrief geschrieben, sie gebeten, auf mich zu warten. Ich versprach ihr, dass ich entschlossen sei, der Mann zu werden – und der Held – den sie verdiente.“ Er versuchte ein schiefes Lächeln. „Und so endet der erste Akt. Es gibt eigentlich keinen Grund, fortzufahren, nicht wahr? Sie wissen, wie die Geschichte ausgeht.“

„Haben Sie sie je wiedergesehen?“

„Nein“, antwortete er ohne jede Ironie. „Aber sie mich. Nachdem ich zurück nach London gebracht worden war, kam sie ins Krankenhaus. Ich weiß nicht, wie lange ich schon dort war. Die Tage und Nächte ließen sich nicht unterscheiden, erstreckten sich gleich endlos.“ Er berührte seine Narbe mit einem Finger. „Mit meinem zerstörten Gesicht und den blicklosen Augen muss ich scheußlich ausgesehen haben. Ich bezweifle, dass sie überhaupt ahnte, dass ich bei Bewusstsein war. Ich hatte noch nicht einmal genug Kraft, um zu sprechen. Trotzdem konnte ich ihr Parfum riechen, wie ein Frühlingshauch in dem höllischen Gestank nach Kampfer und verfaulenden Wunden.“

„Was hat sie getan?“, erkundigte sich Samantha flüsternd.

Gabriel legte sich eine Hand aufs Herz. „Hätte ein gefühlsduseliger Schriftsteller die Szene erdacht, hätte sie sich mir zweifellos an den Hals geworfen und ewige Liebe geschworen. Doch in Wahrheit ist sie einfach weggelaufen. Dabei war das gar nicht nötig, wissen Sie. Unter diesen Umständen hätte ich niemals von ihr verlangt, ihre Verpflichtung mir gegenüber zu ehren.“

„Verpflichtung?“, wiederholte Samantha und bemühte sich, ihren Zorn zu zügeln. „Ich dachte, eine Verlobung sei ein Versprechen zwischen zwei Menschen, die einander lieben.“

Er lachte humorlos. „Dann sind Sie naiver, als ich es war. Da unsere Verlobung geheim war, blieb ihr immerhin die Bloßstellung und der Skandal erspart, die eine öffentliche Auflösung mit sich gebracht hätte.“

„Was für ein glücklicher Umstand für sie.“

Gabriels Augen trübten sich, fast als könnten sie irgendwie die Vergangenheit klarer sehen als die Gegenwart. „Manchmal überlege ich, ob ich sie überhaupt wirklich gekannt habe. Vielleicht habe ich sie mir nur eingebildet. Irgendwie habe ich sie mir aus einem schön gedrechselten Satz und der Phantasie eines gestohlenen Kusses erschaffen – meinen Traum einer vollkommenen Frau.“

„Ich nehme an, sie war schön?“, fragte Samantha, obwohl sie die Antwort schon kannte.

Gabriels Kinn schob sich vor, doch seine Stimme wurde sanft.

„Wunderschön. Ihr Haar war von einem warmen Honigblond, ihre Augen wie das Meer unter dem Sommerhimmel, ihre Haut so weich …"

Ihre eigenen rauen Hände betrachtend räusperte sich Samantha. Sie war kaum in der Stimmung, dazusitzen und zuzuhören, wie er von Eigenschaften schwärmte, die ihr abgingen. „Und was ist aus diesem Ausbund weiblicher Tugenden geworden?"

„Ich nehme an, sie ist an den Busen ihrer Familie nach Middlesex heimgekehrt, wo sie nun vermutlich den örtlichen Friedensrichter heiratet und auf einen bescheidenen Landsitz zieht, um einer Bande praktisch denkender, puddinggesichtiger Bälger das Leben zu schenken."

Doch keines davon würde das Gesicht eines Erzengels oder meergrüne Augen, umgeben von einem Kranz vergoldeter Wimpern, besitzen. Deswegen konnte Samantha die Frau beinahe bemitleiden. Beinahe.

„Sie war eine Närrin."

„Wie bitte?" Gabriel zog eine Augenbraue hoch, offensichtlich von ihrer sachlich klingenden Erklärung erstaunt.

„Das Mädchen war eine Närrin", wiederholte Samantha mit noch mehr Nachdruck. „Und Sie sind ein noch größerer Narr, wenn Sie Ihre Zeit damit verschwenden, einem frivolen Geschöpf wie ihr nachzutrauern, dem vermutlich mehr an hübschen Ballkleidern und den Ausfahrten in den Park lag als an Ihnen." Sich erhebend durchquerte Samantha den Raum zu ihm und klatschte ihm mit dem Stapel Briefe auf den Handrücken. „Wenn Sie nicht wollen, dass jemand aus Versehen über ihren sentimentalen Schatz stolpert, dann rate ich Ihnen, das hier unter Ihrem Kopfkissen aufzuheben."

Gabriel rührte keinen Finger, um die Briefe zu nehmen. Er starrte einfach geradeaus, das Kinn vorgeschoben. Seine Nasenflügel bebten, aber sie konnte nicht sagen, ob es vor Ärger war oder um den üppigen Duft einzuatmen, der von dem parfümierten Briefpapier aufstieg. Sie begann sich zu wundern, ob sie zu weit gegangen war, als er plötzlich die Briefe fortschob.

„Vielleicht haben Sie recht, Miss Wickersham. Schließlich haben diese Briefe so gut wie keinen Nutzen für einen blinden Mann. Warum nehmen Sie sie nicht?" Samantha zuckte zurück. „*Ich?* Was um alles auf der Welt soll ich mit ihnen anfangen?"

Gabriel stand auf, ragte über ihr auf. „Warum sollte mich das kümmern? Werfen Sie sie in den Abfall oder verbrennen Sie sie im Kamin, wenn Sie wollen. Schaffen Sie sie mir einfach" – ein reuiges Lächeln spielte um seine Lippen, ehe er leiser fortfuhr – „aus den Augen."

Samantha saß auf der Kante ihres Bettes in ihrem verblassten Baumwollnachthemd, schaute auf den Packen Briefe in ihrer Hand. Vor ihrem Fenster war der Nachthimmel schwarz wie Pech. Regen schlug gegen die Fensterscheiben, als triebe ihn der Wind, die zu strafen, die außerhalb seiner Reichweite waren. Trotz des gemütlichen Feuers, das im Kamin brannte, fror Samantha bis auf die Knochen.

Ihre Finger spielten mit dem zerfransten Ende des Seidenbandes, mit dem die Briefe zusammengehalten wurden. Gabriel hatte sie ihr anvertraut, um sie zu vernichten. Es wäre falsch, wenn sie dieses Vertrauen brach.

Sie zog an den Bändern. Die Seide ging auf, und die Briefe fielen ihr in den Schoß. Ihre Brille absetzend faltete sie den obersten vorsichtig auf, und ihre Hände zitterten dabei. Die schwungvolle Handschrift einer Frau bedeckte das Leinenpapier. Der Brief trug das Datum 20. September 1804, fast ein Jahr vor Trafalgar. Trotz der eleganten Schrift waren die Worte übertrieben schräg geschrieben.

Mein liebster Lord Sheffield,

in Ihrer letzten und zudem ziemlich anmaßenden Nachricht behaupteten Sie, mich wegen meiner „vollen Lippen" zu lieben und meiner „rauchig blauen Augen". Dennoch fühle ich mich genötigt zu fragen: „Werden Sie mich immer noch lieben, wenn eben diese Lippen nicht in Leidenschaft gespitzt, sondern vom Alter faltig sind? Werden Sie mich noch lieben, wenn das Blau meiner Augen verblasst ist, nicht aber meine Zuneigung zu Ihnen, die ungemindert bleibt?"

Ich kann Sie beinahe lachen hören, während Sie durch Ihr Stadthaus schreiten, Ihren Dienstboten Anweisungen mit der Arroganz erteilen, die ich sowohl unerträglich, als auch unwiderstehlich finde. Zweifellos werden Sie Ihren Abend darauf verschwenden, irgendeine geistreiche Antwort zu verfassen, die dazu angetan ist, mich zu becircen und zu entwaffnen.

Tragen Sie diesen Brief in Ihrem Herz, Mylord, denn Sie weilen auf ewig in meinem.

Ihre
Cecily March

Cecily hatte der Versuchung nicht widerstehen können, ihren Namen schwungvoll unter den Brief zu setzen, sodass sich in dem verschnörkelten Schriftzug ihre Jugend verriet. Samantha zerknüllte den Brief in der Hand. Sie verspürte kein Mitleid mit dem Mädchen, nur Verachtung für das dumme junge Ding. Ihre neckischen Versprechen hatten einen zu hohen Preis gefordert. Sie war nicht besser als ein Edelfräulein aus dem Mittelalter, das ihrem Ritter ihr seidenes Tuch als Liebespfand um den Arm bindet, ehe es ihn in die Schlacht und den sicheren Tod sendet.

Die Briefe zusammenschiebend erhob sich Samantha und ging zum Kamin. Sie wünschte sich nichts mehr, als sie zu Asche zu verbrennen, so wie sie es verdienten, so zu tun, als ob das oberflächliche, eingebildete Mädchen nie gelebt hätte. Aber als sie sich anschickte, sie in die flackernden Flammen zu werfen, hielt sie etwas zurück.

Sie dachte an die langen Monate, die Gabriel sie gehütet hatte, die Eifersucht, mit der er sie vor neugierigen Augen geschützt hatte, den hilflosen Hunger in seiner Miene, als er ihren Duft eingeatmet hatte. Es war fast so, als würde ihre Vernichtung das Opfer mindern, das er gebracht hatte, um das Herz ihrer Verfasserin zu gewinnen.

Sie drehte sich um, und schaute sich in der schmalen Kammer um. Sie hatte ihre Reisetruhe nie wieder ganz ausgepackt nach Gabriels Unfall, da sie es einfacher fand, aus der Truhe zu leben, als alles wieder in dem hohen Schrank in der Zimmerecke zu verstauen. Sich neben die lederbespannte Kiste kniend schob sie die Briefe wieder in das Band, das sie achtlos verknotete. Sie steckte sie in die Truhe, so tief nach unten, das niemand sie zufällig finden konnte.

Kapitel 8

Meine liebste Cecily,

es fällt mir schwer zu glauben, dass Ihre Mutter Ihren Vater nicht mit seinem Vornamen anzusprechen wagte, bis sie ihm fünf Kinder geboren hatte …

Als Samantha am nächsten Morgen Gabriels Schlafzimmer betrat, fand sie ihn vor dem Ankleidetischchen, ein Rasiermesser an der Kehle.

Das Herz schlug ihr bis zum Hals. „Nein, Mylord! Tun Sie es nicht. Heute lasse ich Sie ganz bestimmt aus dem Bett. Versprochen!“

Gabriel drehte sich zu dem Klang ihrer Stimme um, ohne das Rasiermesser zu senken. „Wissen Sie, was einer der größten Vorteile davon ist, blind zu sein?“, fragte er augenzwinkernd. „Man braucht nicht länger einen Spiegel zum Rasieren.“

Es mochte stimmen, dass er keinen Spiegel brauchte, aber das hielt die glänzende Oberfläche über dem Ankleidetisch nicht davon ab, seine Züge liebevoll abzubilden. Wie gewöhnlich hatte er sich nicht die Mühe gemacht, die Knöpfe an seinem Hemd zu schließen. Das elfenbeinfarbene Leinen klaffte auf, gab den Blick großzügig frei auf ein Stück breiter, goldbestäubter Männerbrust und den Ansatz eines muskulösen Bauches.

Samantha marschierte durch den Raum und legte ihre kleine Hand über seine große, hinderte ihn daran, sich die Rasierklinge erneut ans Kinn zu halten. „Geben Sie das mir, bevor Sie sich die Kehle aufschlitzen. Zum wiederholten Mal.“

Er weigerte sich loszulassen. „Und wieso sollte ich glauben, dass

Sie das nicht einfach für mich erledigen wollen?“

„Wenn ich Sie einen Kopf kürzer mache, kürzt Ihr Vater sicher mein Gehalt.“

„Oder verdoppelt es.“

Sie zog stärker, bis Gabriel ihr widerstrebend die Klinge mit dem Perlmuttgriff überließ.

Seinen Verband sorgsam aussparend benutzte Samantha einen passenden Pinsel, um nach Wacholder duftende Rasierseife schaumig zu schlagen und auf seinen drei Tage alten Bartwuchs aufzutragen. Unter ihrer erfahrenen Berührung glitt die Klinge leichtgängig durch die goldbraunen Stoppeln, legte das energische Kinn darunter frei. Seine Haut war glatt, aber fest, völlig anders als ihre eigene. Um die Vertiefung unter seinem Ohr zu erreichen, war sie gezwungen, sich über ihn zu beugen. Ihre Brust streifte seine Schulter.

„Warum dieses plötzliche Interesse an einer gepflegten Erscheinung?“, fragte sie, um einen leichten Tonfall bemüht, um ihre unvermittelte Atemlosigkeit zu überspielen. „Hegen Sie insgeheim den Wunsch, ein zweiter Beau Brummell zu werden?“

„Beckwith hat Nachricht von meinem Vater. Die Gruppe Ärzte, deren Dienste er sich versichert hat, ist vom Kontinent zurückgekehrt. Sie möchten mich heute Nachmittag sprechen.“

Sein ausdrucksvolles Gesicht war reglos geworden. In dem Versuch, ihm zu helfen, seine hoffnungsvolle Zuversicht zu verbergen, nahm Samantha ein Handtuch und wischte ihm die Seifenreste vom Gesicht. „Wenn Sie sie nicht mit Ihrem guten Aussehen bestechen können, gewinnen Sie sie vielleicht mit Ihrer Gastfreundschaft und Ihren geschliffenen Manieren für sich, so wie Sie es bei mir getan haben.“

„Geben Sie her!“, schimpfte Gabriel, als sie ihm unnötig grob über Mund und Nase rieb. „Was tun Sie da? Wollen Sie mich ersticken?“

Gerade in dem Moment, als sie sich vorbeugte, griff er über seine Schulter. Aber statt das Handtuch zu fassen zu bekommen, schlossen sich seine Finger um ihre weiche Brust.

Samanthas entsetztes Keuchen endete in einem leichten Quietschen, und Gabriel erstarrte. Aber die sengende Hitze, die in seine Lenden schoss, riss ihn schnell aus dieser Starre. Obwohl er es nicht für möglich gehalten hätte, spürte er seine Wangen rot anlaufen wie bei einem Schuljungen.

Er hatte schon üppigere Brüste liebkost, aber keine, die so perfekt in seine Hand passte. Seine Finger schmiegten sich um die weiche Fülle, als wären sie dazu geschaffen. Obwohl er es nicht wagte, auch nur einen dieser Finger zu rühren, fühlte er durch den Stoff ihres Oberteils hindurch, wie sich ihre Brustspitze verhärtete.

„Oh je!“, entfuhr es ihm leise. „Das ist nicht das Handtuch, oder?“

Sie schluckte hörbar, und ihre heisere Stimme erklang dicht an seinem Ohr. „Nein, Mylord. Ich fürchte nicht.“

Er hatte keine Ahnung, wie lange sie so stehen geblieben wären, wäre Beckwith nicht eingetreten. „Ich war mir nicht sicher, welches Sie möchten, Mylord“, sagte er mit – wie Gabriel vermutete – durch einen hohen Stapel Hemden, den er vor sich her trug, gedämpfter Stimme. „Daher habe ich Meg alle waschen lassen.“

Während die festen Schritte des Butlers Zeugnis von seinem Weg durch den Raum zum Ankleidezimmer ablegten, fuhren Samantha und Gabriel auseinander, als seien sie *in flagranti* ertappt worden.

„Sehr gut, Beckwith“, sagte Gabriel und sprang auf, wodurch irgendetwas klirrend zu Boden fiel.

Er hätte zehn Jahre seines Lebens gegeben, wenn er dafür den Gesichtsausdruck seiner Pflegerin in diesem Augenblick hätte sehen können. War es ihm schließlich doch gelungen, sie aus der Fassung zu bringen? Waren ihre daunenweichen Wangen gerötet? Und wenn ja, war das die Folge von Verlegenheit oder Verlangen?

Er konnte hören, wie sie sich entfernte, zur Tür ging. „Wenn Sie mich entschuldigen wollen, Mylord, es gibt da ein paar Sachen, um die ich mich kümmern muss … unten, wissen Sie … darum gehe ich besser und lasse Sie zum Auskleiden … Ankleiden, meine ich, … allein.“ Ein dumpfer Schlag war zu hören, als sei jemand gegen den Türrahmen gerannt, gefolgt von einem erstickten „Au!“, dann das Geräusch des Öffnens und Schließens der Tür.

In dem Moment kam Beckwith aus dem Ankleidezimmer. „Wie merkwürdig“, murmelte der Butler.

„Was ist?“

„Es ist ganz seltsam, Mylord. Ich habe Miss Wickersham nie so aufgelöst und mit so rotem Kopf gesehen. Meinen Sie, sie bekommt Fieber?“

„Das will ich nicht hoffen“, entgegnete Gabriel grimmig. „Bedenkt man, wie viel Zeit ich in ihrer Gegenwart verbracht habe, müsste ich befürchten, mich mit derselben Krankheit angesteckt zu haben.“

Ein harmloser Irrtum.

Das war alles gewesen. Wenigstens redete sich das Samantha immer wieder ein, während sie im Foyer auf und ab schritt und darauf wartete, dass Gabriel erschien. Die Ärzte waren vor beinahe einer Stunde aus London eingetroffen und warteten nun in der Bibliothek auf ihn. Samantha war nicht in der Lage gewesen, aus ihrem Benehmen, ihrem höflichen Nicken und den unergründlichen Mienen zu schließen, welche Nachrichten sie brachten.

Ein harmloser Irrtum, wiederholte sie im Geiste, blieb jäh stehen wich um Haaresbreite der völlig schuldlosen Topfpalme aus. Aber daran, wie sich ihr Puls und ihr Atem unter Gabriels Berührung beschleunigt hatten, war nichts harmlos gewesen. Ebenso wenig wie die Spannung harmlos gewesen war, die mit einem Mal zwischen ihr und Gabriel entstanden war, sodass sich die Luft geladen wie unmittelbar vor einem Sommergewitter angefühlt hatte.

Hinter sich Schritte hörend drehte sie sich um. Gabriel kam die Treppe hinunter, eine Hand auf dem schimmernden Mahagonigeländer. Wenn sie nicht gewusst hätte, dass er blind war, hätte sie es nicht vermutet. Sein Schritt war zuversichtlich, und den Kopf hielt er hoch. Beckwith folgte ihm stolz lächelnd.

Samanthas Herz schien sich umzudrehen. Der wütende Wilde, wie der Gabriel bei ihrer Ankunft auf Fairchild Park ausgesehen hatte, war durch einen älteren, ein wenig weltmüden Zwilling des Mannes in dem Portrait ersetzt worden. Das ernste Schwarz seiner Hosen und seines Rockes betonte das Schneeweiß seines Hemdes, seines Halstuches und seiner Manschetten . Er hatte sogar die ungebärdigen Locken mit einem Samtband im Nacken zusammengebunden. Wäre nicht die zornige Narbe auf seiner linken Wange gewesen, hätte er ein beliebiger Landedelmann sein können, der die Treppe hinabstieg, um seine Dame zu begrüßen.

Seltsamerweise unterstrich die Narbe seine männliche Schönheit nur, verlieh ihr Tiefgang, wo sie zuvor eher wie eine oberflächliche Lackschicht gewesen war.

Als Samantha ein überraschtes Aufkeuchen hinter sich hörte, wusste sie, sie war nicht die Einzige, die die Verwandlung bemerkt hatte. Mehrere Dienstboten spähten aus Alkoven oder hinter Vorhängen hervor, hofften einen flüchtigen Blick auf ihren Herrn erhaschen zu können. Phillip war sogar so weit gegangen, sich über das Geländer in der Galerie oben zu lehnen. Peter hielt seinen Zwillingsbruder am Rockzipfel fest, bevor der das Gleichgewicht verlor und am Ende auf Gabriel fiel.

Ohne genau zu wissen, wie sie dort hingelangt war, wartete Samantha auf ihn, als er die unterste Stufe erreichte.

Mit der ihm eigenen unheimlichen Wahrnehmung ihrer Nähe blieb er exakt einen Fuß vor ihr stehen und machte eine elegante Verbeugung. „Guten Tag, Miss Wickersham. Ich hoffe, meine Aufmachung findet Ihre Billigung.“

„Sie sehen wie der geborene Gentleman aus. Brummell selbst würde vor Neid erblassen.“ Sie streckte eine Hand aus und kniff eine Falte seines Halstuches gerade, ehe sie bemerkte, wie ehefraulich die Geste war. Hastig ließ sie die Hand sinken. Es war nicht ihre Aufgabe. Oder ihr Recht. Einen Schritt zurücktretend erklärte sie gestelzt: „Ihre Gäste sind eingetroffen, Mylord. Sie warten in der Bibliothek auf Sie.“

Gabriel drehte sich halb um, zum ersten Mal ein Anzeichen von Unsicherheit verratend. Beckwith nahm ihn beim Ellbogen, sodass er in Richtung der Bibliothekstüren stand.

In Samanthas Augen wirkte er schrecklich einsam, wie er so dem Ungewissen entgegenschritt mit nichts als seiner Hoffnung als Leitstern. Sie wollte ihm nachgehen, aber Beckwith legte ihr die Hand auf die Schulter, sanft aber fest. „Wie dunkel sie auch sein mögen, Miss Wickersham “, sagte er leise zu ihr, als Gabriel die Bibliothek betrat, „es gibt Wege, die ein Mann alleine gehen muss.“

Die Zeit schlich dahin, quälend langsam gemessen von den Messingzeigern der Standuhr auf dem Treppenabsatz. Ihr gemächlicher Weg über das Zifferblatt schien sich verlangsamt zu haben, Minuten dehnten sich zu Jahrzehnten.

Jedes Mal, wenn Samantha eine neue Entschuldigung einfiel, weshalb sie durch das Foyer gehen musste, stand dort schon ein halbes Dutzend Dienstboten. Als sie auf ihrem Weg in die Küche war, um sich ein Glas Milch zu holen, traf sie dort Elsie und Hannah, die das Treppengeländer polierten, als hinge ihr Leben davon ab, während Millie auf einer Trittleiter stand und jeden einzelnen Kristalltropfen des Kronleuchters putzte. Als sie das leere Glas in die Küche zurückbrachte, stieß sie auf Phillip und Peter, die auf Händen und

Knien den Marmorfußboden wischten. Es schien, als verbargen die Diener ihre Hoffnung für Gabriel genauso sorgsam, wie er seine Hoffnung vor ihnen verborgen hatte. Obwohl sie alle immer wieder die Köpfe zur Bibliothekstür umdrehten und die Ohren spitzten, drang durch die dicken Mahagonitüren nicht das kleinste Geräusch.

Am späten Nachmittag gab es keine einzige Staubflocke mehr im ganzen Foyer zu finden. Der Marmorfußboden glänzte, war so spiegelglatt von dem vielen Polieren, dass Meg, die stämmige, rotwangige Waschfrau beinahe ausgerutscht und sich etwas gebrochen hätte. Sie war so oft mit vollen Wäschekörben durch die Eingangshalle gelaufen, dass Samantha sich des Verdachtes nicht erwehren konnte, sie habe heimlich saubere Wäsche zum Waschen aus den Schränken geholt, damit ihr die Arbeit nicht ausging.

Als Samantha das nächste Mal des Wegs kam – unter dem Vorwand, ein Buch in das Arbeitszimmer zurückzubringen –, erschien Mrs Philpot höchstpersönlich. Betsy hatte fast eine Stunde lang die Täfelung an der Wand zur Bibliothek geputzt, so fest, dass die Maserung des Eichenholzes unter der Vergoldung durchzuschimmern begann.

„Was um alles in der Welt denkst du, tust du da?“, erkundigte sich die Haushälterin scharf.

Samantha zuckte zusammen. Doch statt das junge Mädchen für seine Saumseligkeit zu schelten, nahm Mrs Philpot ihm einfach das Tuch aus der Hand und begann in der entgegengesetzten Richtung zu reiben. „Du sollst immer mit der Maserung polieren, nicht dagegen!“

Samantha konnte nicht umhin zu bemerken, dass durch diese Methode Mrs Philpots Ohr ziemlich dicht an das Schlüsselloch in der Bibliothekstür geriet.

Als die Sonne unterzugehen begann, hatten Samantha und die anderen Dienstboten es längst aufgegeben, so zu tun, als arbeiteten sie. Samantha saß auf der untersten Treppenstufe, die Brille tief auf der Nase und das Kinn in eine Hand gestützt, während der Rest der Dienerschaft auf verschiedenen Bänken und Stufen Platz genommen hatte. Manche dösten, während andere in gespannter Erwartung da saßen, ihre Fingerknöchel knackten und gelegentlich miteinander flüsterten.

Als die Türen endlich ohne Vorwarnung aufschwangen, sprangen alle auf. Sechs dunkel gekleidete Männer kamen heraus, zogen die Tür hinter sich zu.

Samantha erhob sich und musterte ihre ernsten Mienen.

Obwohl die meisten sich große Mühe gaben, ihrem suchenden Blick auszuweichen, schaute ihr ein kleiner Mann mit freundlichen blauen Augen und sauber gestutztem Backenbart offen ins Gesicht und schüttelte betrübt den Kopf. „Es tut mir so leid“, murmelte er.

Samantha sank auf die Stufe zurück, mit dem Gefühl, als habe eine Faust grausam alles Blut aus ihrem Herzen gepresst. Sie hatte bis zu dem Augenblick gar nicht bemerkt, wie hoch ihre Hoffnung gewachsen war.

Als ein niedergeschlagener Beckwith aus dem Nichts auftauchte, um die Ärzte aus dem Haus zu geleiten, starrte sie auf das undurchdringliche Mahagoni der Bibliothekstür.

Mrs Philpot umklammerte mit blassen Fingern die geschnitzte Kugel auf dem untersten Treppenpfosten. Ihre hoffnungsvolle Energie schien sie verlassen zu haben, ersetzt durch eine beinahe rührende Verunsicherung. „Er muss sehr hungrig sein. Sollten wir nicht …“

„Nein“, antwortete Samantha fest, die an Beckwiths Ermahnung denken musste, dass es Wege gab, die ein Mann allein zu gehen hatte. „Das können wir nicht. Nicht, bis er nicht bereit ist.“

Als der Sonnenuntergang in die Abenddämmerung überging und später die Abenddämmerung in das Samtschwarz einer warmen Frühlingsnacht, begann Samantha ihre Großzügigkeit zu bereuen. Die Minuten, die im Schneckentempo verstrichen waren, während die Ärzte Gabriel untersucht hatten, schienen nun auf Schwingen aus schwarzem Leder zu verfliegen. Einer nach dem anderen gaben die Diener ihre Wachposten auf und zogen sich in die Küche oder ihre Quartiere im Untergeschoss zurück, nicht länger in der Lage, die betäubende Stille aus der Bibliothek zu ertragen. Obwohl es keiner von ihnen zugegeben hätte, hätten sie es alle vorgezogen, das Krachen zerbrechenden Glases gefolgt von lauten Flüchen ihres Herrn zu hören.

Samantha war die Letzte, die ging, aber nachdem ihr ein hohläugiger Beckwith gute Nacht gewünscht hatte, musste selbst sie sich geschlagen geben. Kurze Zeit später war sie in ihrem Schlafzimmer, hatte ihr Nachthemd angezogen und ihre Haare geflochten, konnte jedoch den Gedanken nicht ertragen, in ihr gemütliches Bett mit dem weiß lackierten Eisengestell zu klettern, während Gabriel immer noch in seiner eigenen Hölle gefangen war.

So ging sie auf und ab und wurde allmählich wütend. Gabriels Vater musste doch gewusst haben, wie das Urteil lauten würde. Warum hatte der Mann seine kostbare Ärzteabordnung nicht begleitet? Seine Anwesenheit hätte den vernichtenden Schlag mildern können, den zu erteilen sie gekommen waren.

Und was war eigentlich mit Gabriels Mutter? Sicherlich war ihre Gleichgültigkeit noch unverzeihlicher. Welche Sorte Frau würde ihren einzigen Sohn allein der Pflege von Dienstboten und Fremden überlassen?

Samanthas Blick fiel auf die Truhe in der Ecke, in die sie die Briefe seiner früheren Verlobten gesteckt hatte. Hatte Gabriel in einer geheimen Ecke seines Herzens die Hoffnung gehegt, dass er seine verlorene Liebe zusammen mit seinem Augenlicht zurückerhalten konnte? Betrauerte er auch den Tod dieses Traums?

Die Uhr auf dem Absatz unten begann zur Stunde zu schlagen. Samantha lehnte sich gegen die Tür, zählte die klagenden Schläge, bis sie zwölf erreicht hatte.

Was, wenn Beckwith sich geirrt hatte? Was, wenn manche Wege so dunkel und gefährlich waren, dass sie nicht ohne eine Halt gebende Hand gegangen werden konnten? Selbst wenn es nur die Hand einer Fremden war.

Mit zitternden Fingern nahm Samantha den Kerzenhalter aus Zinn und schlüpfte aus dem Zimmer. Sie war schon halb die Treppe nach unten gegangen, als ihr erst auffiel, dass sie ihre Brille vergessen hatte. Ihre Kerze warf unheimlich flackernde Schatten an die Wände, während sie langsam die Halle durchquerte. Die Stille war bedrückender als die Dunkelheit. Dies war nicht die friedliche Stille eines Hauses, dessen Bewohner schliefen. Es war die drückende Stille eines Hauses, das gespannt den Atem anhielt. Es war weniger das Fehlen von Geräuschen, als vielmehr die Gegenwart von Furcht, die so beklemmend wirkte.

Die Tür zur Bibliothek war immer noch geschlossen. Samantha legte ihre Hand auf die Klinke, rechnete halb damit, sie versperrt zu finden. Aber die Tür öffnete sich mühelos unter ihrer Berührung.

Ihr Verstand wurde von einem verwirrenden Durcheinander von nur halb zu geformten Eindrücken überflutet: das verglühende Feuer im Kamin, das dennoch munter knisterte; das leere Glas neben der fast leeren Flasche schottischen Whiskeys auf der Schreibtischecke; die

Papiere, die über den Boden verstreut lagen, als ob jemand sie in einem Wutanfall vom Tisch gefegt hätte.

Aber alle diese Eindrücke wurden überlagert von dem Anblick von Gabriel, wie er auf dem Stuhl hinter dem Schreibtisch mehr lag als saß, eine Pistole in der Hand.

Kapitel 9

Meine liebste Cecily,

ich bezweifle, dass es mich ein Jahrzehnt kosten wird, meinen Namen deinen Lippen zu entlocken. Zehn Minuten mit dir allein im Mondlicht sollten genügen …

„Ich habe mich immer vor meinen Freunden damit gebrüstet, dass ich eine Pistole mit geschlossenen Augen laden könnte. Ich vermute, ich hatte recht“, verkündete Gabriel gedehnt, während er einen Lederbeutel über den Lauf der Waffe stülpte. Obwohl in der Flasche neben seinem Ellbogen nur noch weniger als drei Finger hoch Alkohol war, waren seine Hände so ruhig, dass kein Krümel Schwarzpulver danebenfiel.

Während er mit einem dünnen Eisenstab die Ladung nach unten schob, betrachtete Samantha gebannt seine Finger: ihre Anmut, ihr Geschick, ihre sparsamen Bewegungen. Ein Schauer durchlief sie, als sie sich unwillkürlich vorstellte, wie sie sich auf der Haut einer Frau anfühlen würden. *Ihrer* Haut.

Den verführerischen Bann abschüttelnd stellte sie sich vor den Schreibtisch. „Ich zögere, das hier anzusprechen, Mylord, aber meinen Sie nicht auch, dass eine Pistole in der Hand eines Blinden gefährlich ist?“

„Das ist genau der Punkt, nicht wahr?“ Er lehnte sich im Stuhl zurück, und sein Daumen glitt spielerisch über den Hahn der geladenen Waffe.

Trotz seiner lässigen Haltung konnte Samantha seine

Anspannung spüren. Er sah nicht länger wie der perfekte Gentleman aus. Sein Überrock war achtlos über eine Büste in der Nähe geworfen, sein Halstuch hing lose um seinen kräftigen Hals. Strähnen dunkelgoldenen Haars waren aus dem Zopf im Nacken gerutscht. Ein fiebriger Glanz stand in seinen blicklosen Augen.

„Ich nehme an, die Nachrichten, die Sie erhalten haben, haben Ihnen nicht gefallen“, riet sie und setzte sich vorsichtig auf den nächsten Stuhl.

Er wandte den Kopf, als verfolgte er ihre Bewegungen, den Lauf der Pistole sorgsam von ihr abgewandt. „Lassen Sie uns einfach sagen, es ist nicht das, was ich mir erhofft hatte.“

Sie bemühte sich um einen beiläufigen Ton. „Wenn man schlechte Nachrichten erhält, ist es da nicht üblich, den Überbringer zu erschießen, und nicht sich selbst?“

„Ich habe nur eine Pistolenkugel da. Und es fiel mir schwer, zu entscheiden, auf welchen der guten Herren Mediziner ich sie abfeuern sollte.“

„Sie haben Ihnen keine Hoffnung gelassen?“

Er schüttelte den Kopf. „Noch nicht einmal einen Krumen. Oh, einer von ihnen – ein Dr. Gilby, glaube ich – hat irgendwelchen Unsinn von sich gegeben, dass sich manchmal Blut hinter den Augen sammelt nach einem Schlag, wie ich ihn erhalten habe. Wie es aussieht, gab es einen Fall in Deutschland, bei dem die Sehfähigkeit zurückkehrte, nachdem das Blut abgebaut war. Aber als seine eigenen Kollegen ihn einen Narren schimpften, musste er selbst einräumen, dass es keinen bekannten Fall von Selbstheilung nach einer Zeitspanne von sechs Monaten gibt.“

Samantha hatte den starken Verdacht, dass dieser Dr. Gilby der Arzt mit den freundlichen Augen gewesen war, der ihnen sein Beileid ausgesprochen hatte. „Es tut mir so leid“, sagte sie leise.

„Ich brauche Ihr Mitleid nicht, Miss Wickersham.“

Bei seinen harten Worten versteifte sie sich. „Sie haben natürlich recht. Ich denke, davon haben Sie selbst mit sich mehr als genug.“

Einen flüchtigen Moment zuckte es um Gabriels Mundwinkel, als würde er am liebsten lächeln. Vorsichtig legte er die Pistole auf die lederne Schreibunterlage. Obwohl sie sie verlangend betrachtete, versuchte Samantha sie nicht an sich zu nehmen. Auch halb betrunken und ohne sein Sehvermögen waren seine Reflexe vermutlich immer noch zweimal so schnell wie ihre eigenen.

Er tastete nach der Scotch-Flasche und goss den Rest des Inhaltes in sein Glas, hob es zu einem spöttischen Toast. „Auf das Schicksal, die wankelmütige Herrin, deren Gerechtigkeitssinn nur von ihrem Sinn für Humor übertroffen wird."

„Gerechtigkeit?", wiederholte Samantha, völlig verwundert. „Sie können doch unmöglich glauben, dass Sie den Verlust Ihres Augenlichtes verdient haben. Weswegen? Weil Sie ein Held sind?"

Gabriel stellte das Glas so heftig ab, dass Scotch über den Rand schwappte. „Ich bin kein verdammter Held."

„Aber natürlich sind Sie das!" Es fiel Samantha nicht sonderlich schwer aufzuzählen, was sie über die Ereignisse wusste, die zu seiner Verwundung geführt hatten – auch wenn ihr Wissen aus Zeitungen wie *The Times* und *Gazette* stammte, die diese hingebungsvoll beschrieben hatten. „Sie haben als Erster den Scharfschützen im Ausguck am Besanmast der *Redoutable* erspäht. Als Sie bemerkten, dass er auf Nelson zielte, haben Sie eine Warnung gerufen und sind dann zum Admiral gerannt, ohne auf ihre eigene Sicherheit zu achten."

„Aber ich habe es nicht geschafft, oder?" Gabriel hob das Glas an seine Lippen und leerte es in einem einzigen Zug. „Und er ebenfalls nicht."

„Nur, weil Sie von einem Schrapnell getroffen und zu Fall gebracht wurden, ehe Sie ihn erreichen konnten."

Gabriel schwieg eine Weile. Dann fragte er leise: „Wissen Sie, was das letzte war, was ich gesehen habe, als ich auf dem Deck lag und mich der Gestank meines eigenen Blutes zu ersticken drohte? Ich habe die Kugel den General in die Schulter treffen gesehen. Ich habe seine verwunderte Miene gesehen, als er vor Schmerz zusammenbrach. Danach wurde alles erst rot, dann schwarz."

„Es ist nicht so, als hätten Sie den Abzug betätigt und ihn getötet." Samantha beugte sich auf ihrem Sitz vor und fuhr leise, aber mit eindringlichem Ton fort: „Und Sie haben die Schlacht gewonnen. Wegen Nelsons Mut und der Opfer von Männern wie Ihnen wurden die Franzosen besiegt. Sie versuchen vielleicht immer noch, unser Land zu erobern, aber Sie haben sie gelehrt, wer der wahre Herr der Meere ist und auf ewig sein wird."

„Dann sollte ich vermutlich Gott danken, dass ich ein solches Opfer bringen durfte. Und denken Sie nur, wie viel Glück Nelson hatte. Er hat schon einen Arm und ein Auge für König und Vaterland geben dürfen, und dennoch war es ihm vergönnt, auch noch sein Leben zu lassen.“ Gabriel lachte unfroh, warf seinen Kopf in den Nacken und sah in dem Augenblick dem Mann in dem Portrait oben so ähnlich, dass Samantha der Atem stockte. „Sie erstaunen mich, Miss Wickersham! Wer hätte gedacht, dass in Ihrer knochigen Brust das Herz einer Romantikerin schlägt?“

Sie biss sich auf die Lippe, versucht ihn daran zu erinnern, dass er ihre Brust nicht sonderlich knochig gefunden zu haben schien, als seine Finger sich heute Morgen besitzergreifend darum geschlossen hatten. „Sie wagen es, *mich* der Gefühlsduselei zu beschuldigen? Nicht ich habe alte Liebesbriefe in meiner Schreibtischschublade aufgehoben, oder?“

„Touché“, murmelte er, und seine Belustigung schwand. Seine Hand schloss sich erneut um die Pistole, erkundete ihre Umrisse mit den zärtlichen Fingern eines Liebhabers. Als er wieder sprach, war seine Stimme bar aller Belustigung und allen Spottes. „Was soll ich Ihrer Ansicht nach tun? Sie wissen so gut wie ich, dass ein Blinder keinen Platz in unserer Gesellschaft hat, es sei denn an den Straßenecken bettelnd oder in eine Irrenanstalt gesperrt. Ich werde für meine Familie nie mehr sein als eine Last und Ziel des Mitleids, wie für alle anderen auch, die das Pech haben, mich zu lieben.“

Samantha lehnte sich zurück, und eine seltsame Ruhe erfasste sie. „Warum erschießen Sie sich dann nicht einfach und machen der Sache ein für alle Mal ein Ende? Wenn Sie fertig sind, läute ich nach Mrs Philpot, dass sie aufwischt.“

Gabriels Miene und sein Griff um die Pistole verhärteten sich.

„Los, machen Sie schon“, verlangte sie mit immer lauter und leidenschaftlicher werdender Stimme. „Aber ich kann Ihnen versprechen, dass der Einzige, der mit Ihnen Mitleid hat, Sie selber sind. Manche Männer sind noch nicht aus dem Krieg heimgekehrt und manche werden es nie. Andere haben beide Arme und Beine verloren. Sie hocken bettelnd in der Gosse, ihre Uniform und ihr Stolz in Fetzen. Sie werden verspottet, mit Füßen getreten und die einzige Hoffnung, die Ihnen bleibt, ist, dass ein Fremder mit einem Funken christlicher Nächstenliebe einen halben Penny in ihre Blechtasse wirft. In der Zwischenzeit sitzen Sie hier schmollend herum, umgeben von jedem nur denkbaren Luxus mit Dienern, die Ihnen jeden Wunsch von den Augen ablesen und die Sie immer noch ansehen, als ginge mit Ihnen die Sonne auf.“ Samantha stand auf, dankbar, dass er die

Tränen nicht sehen konnte, die in ihren Augen schimmerten. „Sie haben recht, Mylord. Diese Männer sind die Helden, nicht Sie. Sie sind nicht mehr als ein Hasenfuß – ein erbärmlicher Feigling, der Angst davor hat zu sterben, aber noch mehr davor, weiter zu leben!"

Halb rechnete sie damit, dass er die Pistole nahm und sie erschoss. Nie hätte sie gedacht, dass er sich erheben und um den Schreibtisch herum gehen würde. Obwohl seine Schritte so sicher waren wie seine Hände, verlieh der genossene Alkohol seinen Bewegungen eine gewisse Lässigkeit. Sie hatte geglaubt, das Raubtier, das sie an ihrem ersten Tag auf Fairchild Park getroffen hatte, existierte nicht mehr, aber jetzt erkannte sie, dass es nur hinter Gabriels schwerlidrigen Augen gelauert hatte, seine Zeit abgewartet, bis es wieder Witterung von seiner Beute aufgenommen hatte.

Seine Nasenflügel bebten, als er nach ihr griff. Obwohl sie ihm leicht hätte entkommen können, bannte sie etwas in seiner Miene an Ort und Stelle. Er packte sie grob an den Schultern und drehte sie zu sich um.

„Sie waren nicht ganz aufrichtig mit mir, nicht wahr, meine liebe Miss Wickersham?" Ihr blieb das Herz fast stehen, aber dann fuhr er fort: „Sie haben diesen Beruf nicht gewählt, weil sie überwältigendes Mitgefühl für Ihre Mitmenschen aufbringen. Sie haben jemanden im Krieg verloren, nicht wahr? Wer war es? Ihr Vater? Ihr Bruder?" Als er den Kopf senkte, strich sein schwach nach Scotch riechender Atem über ihr Gesicht, sodass sie sich so trunken und unbekümmert fühlte wie er. „Ihr *Geliebter*?" Von seinen wie gemeißelten Lippen klang das Wort zugleich spöttisch und zärtlich.

„Lassen Sie uns sagen, dass Sie nicht der Einzige sind, der für seine Sünden büßen muss."

Sein Gelächter verhöhnte sie beide. „Was weiß eine fleischgewordene Tugendwächterin wie Sie von Sünde?"

„Mehr als Sie ahnen", flüsterte sie und wandte ihr Gesicht ab.

Seine Nase streifte ihre weiche Wange, doch sie konnte nicht sagen, ob das aus Versehen geschah oder absichtlich. Ohne den Schutz ihrer Brille fühlte sie sich schrecklich verletzlich.

„Sie möchten mich dazu überreden, mein Leben fortzuführen, doch Sie nennen mir keinen einzigen Grund, weshalb ich das sollte." Er schüttelte sie leicht, und sein Griff war so grob wie seine Stimme. „Können Sie das, Miss Wickersham? Können Sie mir einen Grund nennen, weswegen ich weiter leben sollte?"

Samantha wusste nicht, ob sie das konnte. Aber als sie ihren Kopf drehte, um zu antworten, stieß ihr Mund gegen seinen. Dann küsste er sie, drückte seine Lippen auf ihre, liebkoste sie mit seiner Zunge, bis sie den Mund mit einem Laut, halb Stöhnen, halb Keuchen, öffnete. Nur zu willig, ihre Kapitulation anzunehmen, zog er sie fester an sich, schmeckte nach Scotch, nach Verlangen und Gefahr.

Ihre Augenlider schlossen sich flatternd, dass sie ebenso blind war wie er. In der verführerischen Dunkelheit hatte sie nur seine Arme, um sie zu halten, nur die Hitze seines Mundes, um sie zu wärmen, nur die die heisere Melodie seines Stöhnens, um ihre Sinne taumeln zu machen. Als seine Zunge die Weichheit ihres Mundes plünderte, beschleunigte sich Samanthas Herzschlag, ihr Puls pochte laut in ihren Ohren, zählte dröhnend jeden Moment, jede Regung von Reue. Seine Arme glitten von ihren Schultern auf ihren Rücken, drückten sie fester an sich, bis ihr Busen flach gegen seine unnachgiebige Brust gepresst wurden. Sie schlang ihm einen Arm um den Nacken, rang darum, den verzweifelten Angriff seines Mundes auf ihren zu erwidern.

Wie sollte sie ihn retten, wenn sie noch nicht einmal sich selbst retten konnte?

Sie spürte, wie sie mit ihm in die Dunkelheit hinabglitt, nur zu bereit, ihren Willen aufzugeben und ihre Seele zu verkaufen. Er mochte behaupten, sich den Tod zu wünschen, doch zwischen ihnen brodelte das Leben. Leben in dem uralten Tanz ihrer Zungen. Leben in dem unwiderstehlichen Ziehen in ihrem Unterleib und dem köstlichen Schmerz zwischen ihren Schenkeln. Leben, das sich pochend durch den fadenscheinigen Baumwollstoff ihres Nachthemdes gegen ihren weichen Bauch drückte.

„Süßer Himmel!“, fluchte er leise und riss sich von ihr los.

Ihres Haltes beraubt blieb Samantha nichts anderes übrig, als sich mit den Händen auf dem Schreibtisch hinter ihr abzustützen, um nicht hinzufallen. Als sie die Augen aufschlug, musste sie den Drang bekämpfen, sie schützend mit der Hand abzuschirmen. Nachdem sie sich in den köstlichen Schatten von Gabriels Kuss verloren hatte, schien selbst das verblassende Licht des Feuers grell.

Nach Atem ringend drehte sie sich um und verfolgte benommen, wie sich Gabriel um den Schreibtisch herum tastete. Seine Hände waren nicht länger ruhig. Sie stießen ein Tintenfass um und warfen den Brieföffner mit dem Messinggriff zu Boden, ehe sie sich schließlich um die Pistole schlossen. Als er die Waffe mit einer so entschlossenen Miene hob, wie sie sie noch nie bei ihm gesehen hatte, blieb Samantha ein Entsetzensschrei in der Kehle stecken.

Aber er griff über den Schreibtisch hinweg nach ihr, tastete, bis er ihre Hand fand und drückte ihr die Pistole in die Hand. „Gehen Sie", befahl er durch zusammengebissene Zähne, schloss ihre Finger fest um die Waffe. Als sie zögerte, gab er ihr einen Schubs in Richtung Tür und befahl mit lauter werdender Stimme: „Gehen Sie jetzt! Lassen Sie mich allein!"

Mit einem letzten betroffenen Blick über die Schulter barg Samantha die Waffe in den Falten ihres Nachthemdes und floh.

Kapitel 10

Meine liebste Cecily,

haben Sie inzwischen entschieden, welche meiner Tugenden Sie am anziehendsten finden – meine Schüchternheit oder meine Bescheidenheit …

Bei dem gedämpften Poltern setzte sich Samantha jäh im Bett auf, fürchtete entsetzt, es könnte ein Schuss gewesen sein.

„Miss Wickersham? Sind Sie wach?"

Als Beckwith erneut klopfte, legte sie sich eine Hand auf ihr heftig pochendes Herz. Mit einem Blick zu der Truhe in der Ecke fiel ihr wieder ein, dass Gabriels Pistole inzwischen tief darin verstaut war, direkt neben seinem Bündel Briefe.

Sie schlug die Decke zurück und stieg aus dem Bett, schob sich die Brille vor die müden Augen. Nachdem sie von Gabriel fortgeschickt worden war, hatte sie sich in ihrem Bett zusammengerollt, überzeugt, einen Fehler begangen zu haben, indem sie ihn in seinem Zustand allein gelassen hatte. Schließlich war sie aber doch im Morgengrauen in einen unruhigen Schlaf gefallen, ein Opfer schierer Erschöpfung.

In ihren Morgenrock schlüpfend öffnete sie die Tür einen Spalt breit.

Obwohl Beckwith aussah, als hätte auch er eine ruhelose Nacht verbracht, funkelten seine rotgeränderten Augen fröhlich. „Verzeihen Sie, wenn ich Sie stören muss, Miss, aber der Herr wünscht, Sie in der Bibliothek zu sehen. Wenn es Ihnen recht ist, natürlich nur."

Samantha hob skeptisch eine Augenbraue. Ob es ihr recht war

oder nicht, war nichts, worum sich Gabriel bislang auch nur einen Deut geschert hatte. „Gut, Beckwith. Sagen Sie ihm, ich werde in Kürze unten sein."

Sie wusch und kleidete sich mit mehr Sorgfalt als gewöhnlich an, suchte in ihrer beschränkten Garderobe nach etwas, das weder grau, noch braun oder schwarz war. Schließlich war sie gezwungen, sich mit einem Morgenkleid mit hoch angesetzter Taille aus tiefblauem Samt zu begnügen. Dann wand sie sich ein passendes blaues Samtband durch den festen Haarknoten in ihrem Nacken. Erst als sie sich dabei ertappte, wie sie sich vorbeugte und in den Spiegel über dem Frisiertisch spähte, um eine lose Strähne zu einer Locke zu drehen, fiel ihr auf, wie albern sie sich benahm. Schließlich konnte Gabriel ihre Mühen kaum angemessen würdigen.

Kopfschüttelnd eilte sie zur Tür, nur um fünf Sekunden später noch einmal zurückzulaufen und sich ein bisschen Zitronenduft hinter jedes Ohr und in die Kuhle an ihrem Halsansatz zu tupfen.

Samantha blieb zögernd vor der Bibliothekstür stehen, und in ihrem Magen war ein höchst seltsames Flattern zu spüren. Sie brauchte eine Minute, um das fremde Gefühl als Schüchternheit zu erkennen. Es war lächerlich, sagte sie sich. Sie und Gabriel hatten einen trunkenen Kuss geteilt, mehr nicht. Es war nicht so, dass sie jedes Mal, wenn sie seinen Mund betrachtete, daran denken musste, wie er sich auf ihrem angefühlt hatte – die herrische Art und Weise, wie seine Lippen ihre unter seinen geformt hatten, die rauchige Hitze seiner plündernden Zunge …

Die Uhr auf dem Treppenabsatz begann Zehn zu schlagen, riss sie aus ihren Gedanken. Ihren Rock glatt streichend klopfte Samantha kräftig an die Tür.

„Herein!"

Dem knappen Befehl nachkommend öffnete sie die Tür und fand Gabriel hinter dem Schreibtisch sitzend, genau wie gestern Nacht. Aber dieses Mal stand da kein leeres Glas, keine Flasche Scotch und dankenswerterweise lag auch keine tödlichere Waffe als ein Brieföffner vor ihm.

„Guten Morgen, Mylord", sagte sie und schlüpfte ins Zimmer. „Ich bin sehr dankbar, zu entdecken, dass Sie noch unter den Lebenden weilen."

Gabriel rieb sich mit der Handwurzel die Stirn. „Ich wünschte zu Gott, dass es anders wäre. Dann würde wenigstens dieses grässliche

Pochen in meinem Kopf aufhören."

Eine genauere Musterung zeigte, dass die Ereignisse letzter Nacht nicht spurlos an ihm vorüber gegangen waren. Obwohl er sich umgezogen hatte, bedeckten dunkelgoldene Bartstoppeln seine Wangen. Die Haut um seine Narbe sah gespannt und blass aus, und die Schatten unter seinen Augen waren tiefer als gewöhnlich.

Seine lakonische Lässigkeit von gestern Nacht war verschwunden, zurückgeblieben war eine Steifheit, die weniger auf Formalität beruhte als auf den offensichtlich unangenehmen Nachwirkungen der Nacht, die ihn anscheinend besonders plagten, wann immer er seinen Kopf bewegte.

„Bitte, nehmen Sie Platz." Als sie das getan hatte, fuhr er fort. „Es tut mir leid, Sie so unvermittelt gerufen zu haben. Mir ist klar, dass ich Sie beim Packen gestört haben muss."

Verwundert öffnete sie den Mund, aber ehe sie irgendetwas sagen konnte, fuhr er fort; während seine langen Finger mit dem Messinggriff des Brieföffners spielten. „Ich kann Ihnen keinen Vorwurf daraus machen, wenn Sie gehen wollen. Mein Verhalten letzte Nacht war unentschuldbar. Ich würde gerne alles dem Alkohol zuschieben, aber ich fürchte, meine schlechte Laune und mangelnde Urteilsfähigkeit tragen ebenfalls Schuld daran. Wie auch immer es Ihnen vorgekommen sein mag, ich kann Ihnen versichern, dass ich es mir nicht zur Angewohnheit gemacht habe, meine Aufmerksamkeiten dem weiblichen Personal meines Haushaltes aufzudrängen."

Samantha verspürte ein seltsames Ziehen in der Nähe ihres Herzens. Sie hatte beinahe vergessen, dass das alles war, was sie ihm bedeutete – ein Mitglied seines Personals. „Sind Sie sich ganz sicher, Mylord? Ich glaube, ich habe Mrs Philpot einen Zwischenfall mit einem gewissen jungen Stubenmädchen auf der Hintertreppe erwähnen gehört …"

Gabriel riss den Kopf zu ihr herum und zuckte sogleich zusammen. „Ich war damals gerade erst vierzehn! Und wenn ich mich recht entsinne, war es Musette, die mich …" Er brach ab, als er begriff, dass sie ihn absichtlich provoziert hatte.

„Sie brauchen keine Gewissensbisse zu haben, Mylord", versicherte sie ihm und rückte ihre Brille gerade. „Ich bin keine liebeshungrige alte Jungfer, die glaubt, jeder Mann, den sie trifft, will sie verführen. Noch bin ich eine liebeskranke Debütantin, die wegen eines gestohlenen Kusses ohnmächtig wird."

Obwohl Gabriels Miene sich verhärtete, sagte er nichts.

„Soweit es mich betrifft“, erklärte sie mit einer Leichtigkeit, die sie bei Weitem nicht empfand, „können wir beide so tun, als ob die kleine Indiskretion gestern Nacht nie geschehen sei. Und wenn Sie mich nun bitte entschuldigen wollen“, fuhr sie fort, sich aus dem Stuhl erhebend. „Falls Sie keinen anderen Grund gefunden haben, mich meiner Wege zu schicken, auf mich warten mehrere …“

„Ich möchte, dass Sie bleiben“, fiel er ihr ins Wort.

„Wie bitte?“

„Ich möchte, dass Sie bleiben“, wiederholte er. „Sie behaupten, eine Gouvernante gewesen zu sein. Gut, ich möchte, dass Sie mich unterrichten.“

„Und was soll ich Sie lehren, Mylord? Obwohl Ihre Manieren, soweit ich das beurteilen kann, einen gewissen Schliff vermissen lassen, haben Sie wohl schwerlich Probleme mit Rechnen oder Rechtschreibung.“

„Ich möchte, dass Sie mir beibringen, wie ich unter den gegebenen Umständen mein Leben führen kann.“ Er hob beide Hände, die Handflächen emporgewandt. Sie zitterten leicht. „Ich möchte, dass Sie mir beibringen, wie man blind ist.“

Samantha sank zurück auf ihren Stuhl. Gabriel Fairchild war kein Mann, der um etwas bat. Dennoch hatte er eben seinen Stolz beiseite geschoben und seine Seele vor ihr bloßgelegt. Einen langen Augenblick konnte sie nicht sprechen.

Ihr Zögern als Skepsis missdeutend fuhr er fort: „Ich kann nicht versprechen, ein geduldiger, gutmütiger Schüler zu sein, aber ich werde mich nach Kräften bemühen.“ Seine Hände ballten sich zu Fäusten. „Berücksichtigt man mein bisheriges Verhalten, ist mir klar, dass ich nicht das Recht habe, Sie darum zu bitten, aber …“

„Ich tue es“, unterbrach sie ihn leise.

„Wirklich?“

„Ja. Aber ich muss Sie warnen, dass ich eine sehr strenge Schulmeisterin sein kann. Wenn Sie nicht mitarbeiten, müssen Sie mit einer scharfen Zurechtweisung rechnen.“

Der Geist eines Lächelns spielte um seine Lippen. „Was, keine Stockschläge?“

„Nur, wenn Sie unverschämt sind.“ Sie stand erneut auf. „Wenn Sie mich nun entschuldigen wollen, ich muss unsere Unterrichtsstunden vorbereiten.“

Sie hatte fast schon die Tür erreicht, als Gabriel noch etwas sagte: „Wegen letzter Nacht."

Sie drehte sich um, fast dankbar, dass er den Hoffnungsfunken in ihren Augen nicht sehen konnte. „Ja?"

Seine zerstörten Züge zeigten keinen Anflug von Spott. „Ich verspreche Ihnen, dass ein solch bedauerliches Verhalten nicht wieder vorkommen wird."

Obwohl Samantha das Gefühl hatte, als sei ihr Magen in Höhe ihrer Knie gerutscht, konnte sie mit einiger Mühe einen belustigen Tonfall in ihre Stimme zwingen. „Sehr gut, Mylord. Ich bin sicher, Mrs Philpot und sämtliche anderen weiblichen Dienstboten werden von jetzt an viel ruhiger schlafen."

An jenem Nachmittag war es dann Samantha, die Gabriel zu sich rufen ließ. Sie wählte absichtlich den sonnigen Empfangssalon für ihre erste Unterrichtsstunde, da sie der Ansicht war, das geräumige Zimmer sei am ehesten für ihre Pläne geeignet. Ein strahlender Beckwith brachte Gabriel in den Salon, ehe er sich mit einer Verbeugung zur Tür zurückzog. Bevor er die Türen schloss, schaute er Samantha an, und sie hätte schwören können, der Butler habe ihr zugezwinkert. Natürlich würde er alles abstreiten, wenn sie ihn darauf anspräche, und behaupten, nur ein Staubkörnchen im Auge gehabt zu haben.

„Guten Tag, Mylord. Ich dachte, wir fangen hiermit an." Sie stellte sich vor ihn und drückte ihm den Gegenstand, den sie hielt, in die Hand.

„Was ist das?" Er nahm das Ding vorsichtig zwischen zwei Finger, als fürchtete er, sie hätte ihm eine Schlange gereicht.

„Es ist einer Ihrer alten Spazierstöcke. Und ein sehr eleganter noch dazu."

Während Gabriel seine anmutigen Finger über den Löwenkopf gleiten ließ, der in den Elfenbeingriff des Gehstockes geschnitzt war, vertiefte sich sein argwöhnisches Stirnrunzeln. „Wozu ist ein Spazierstock gut, wenn ich nicht sehen kann, wohin ich spaziere?"

„Das ist genau der springende Punkt. Ich habe mir gedacht, wenn Sie jemals aufhören wollen, wie ein Bär durch das Haus zu poltern, dann müssen Sie wissen, was sich vor Ihnen befindet, ehe sie dagegen rennen."

Mit nachdenklicher Miene hob Gabriel den Stock an und

schwang ihn in einem weiten Bogen durch die Luft. Samantha duckte sich, als er dicht an ihrem Ohr vorbeizischte. „Nicht so! Das hier ist kein Fechtkampf."

„Wenn es das wäre, hätte ich vielleicht eine Chance."

„Nur, wenn Ihr Gegner ebenfalls blind ist." Seufzend stellte sich Samantha hinter ihn. Sie fasste um ihn herum und schloss ihre Finger über seinen, sodass sie beide den geschnitzten Knauf des Stockes hielten. Sie senkte die Spitze zum Boden und führte seinen Arm dann in einem flachen Bogen. „So. Ganz langsam schwingen. Vor und zurück, hin und her."

Von dem hypnotischen Singsang ihrer Stimme eingelullt, wiegten sich ihre Körper wie zu dem Rhythmus eines primitiven Tanzes. Samantha musste gegen das absurde Verlangen ankämpfen, ihre Wange an seinen Rücken zu schmiegen. Er roch so warm und köstlich männlich, wie ein Tal voll sonnenwarmer Tannen an einem trägen Sommernachmittag.

„Äh, … Miss Wickersham?"

„Hmmm?", antwortete sie, immer noch in ihrem Traum gefangen.

Gabriels Stimme bebte mit kaum unterdrückter Erheiterung. „Wenn dies ein Spazierstock ist, sollte ich dann nicht auch spazieren gehen?"

„Oh! Natürlich!" Sich jäh von ihm lösend strich sie sich eine lockige Strähne von der brennend heißen Wange. „Ich meine, natürlich sollten Sie das. Wenn Sie direkt hier zu dieser Ecke gehen, da habe ich ein paar Wege für Sie mit dem einen oder anderen Hindernis vorbereitet, damit Sie üben können."

Ohne nachzudenken nahm sie seinen Unterarm. Gabriel versteifte sich widerstrebend. Sie zog, aber er rührte sich nicht. Samantha fiel auf, dass sie ihn nie zuvor irgendwohin zu führen versucht hatte. Selbst wenn Beckwith ihn durchs Haus geleitete, wagte es der Butler nie, ihn tatsächlich zu berühren, es sei denn, ihn kurz anzutippen, um ihm die Richtung zu weisen.

Sie rechnete damit, dass er ihre Hand abschütteln würde, barsch erklärte, dass er sich nicht wie ein hilfloses Kind an der Hand führen lassen wollte. Aber nach einem Augenblick spürte sie die Anspannung unter ihrem festen, aber sanften Griff aus ihm weichen. Obwohl sein Zögern immer noch spürbar war, folgte er ihr, als sie losging.

Mit Peters und Phillips Hilfe hatte sie ein paar griechische Liegen und zwei Ottomanen zu einer Gruppe zusammengerückt, sodass es einem voll gestellten Flur glich. An verschiedenen Stellen standen kleine Tischchen und zwei halbhohe dorische Säulen mit Büsten von Athene, der Göttin der Weisheit, und Artemis, der Göttin der Jagd. Samantha hatte sogar ein paar Porzellanfiguren und andere zerbrechliche Gegenstände auf den Tischen platziert, da sie der Ansicht war, Gabriel müsse lernen, sich seinen Weg sowohl zwischen kleinen als auch größeren Hindernissen zu suchen.

Sie brachte ihn an den Anfang ihres Parcours'. „Es ist im Grunde genommen ganz einfach. Alles, was Sie tun müssen, ist den Spazierstock zu benutzen, um ohne Zwischenfall auf die andere Seite des Empfangssalons zu gelangen."

Er runzelte die Stirn. „Falls ich scheitere, muss ich dann Schläge mit dem Stock fürchten?"

„Nur, wenn Sie Ihre Zunge nicht im Zaum halten."

Obwohl Samantha sich zwang, einen Schritt zurückzutreten, konnte sie nicht verhindern, dass sie mit den Händen hilflose kleine Gesten um seine Schultern machte.

Statt mit dem Spazierstock einen Bogen zu beschreiben, stocherte Gabriel damit vor sich in der Luft herum. Als er gegen das erste Piedestal stieß, geriet die grinsende Büste darauf ins Wanken. Samantha stürzte vor und fing Artemis auf, ehe sie umfallen konnte.

Unter dem Gewicht schwankend sagte sie: „Das war ein guter erster Versuch! Aber vielleicht gehen Sie das nächste Mal etwas subtiler vor. Stellen Sie es sich wie eines der Heckenlabyrinthe in Vauxhall Gardens vor", ermutigte sie ihn, auf die berühmten Vergnügungsgärten in London anspielend. „Da würden Sie doch auch nicht mit dem Stock stochernd hindurchgehen, oder?"

„Gewöhnlich wartet auf einen Mann, der erfolgreich den Irrgarten durchquert hat, in der Mitte eine Belohnung."

Samantha lachte. „Theseus hat nur einen Minotaurus gefunden."

„Ah, aber der junge Krieger hat mit seiner Kühnheit und seinem Mut beim Kampf mit der Bestie das Herz von Prinzessin Ariadne gewonnen."

„Er hätte sich nie getraut, so kühn zu sein, wenn das kluge Mädchen ihm nicht ein verzaubertes Schwert und ein Garnknäuel gegeben hätte, damit er den Ausgang wiederfindet", erinnerte sie ihn. „Wenn Sie Theseus wären, welche Belohnung wäre Ihnen am liebsten?"

Ein Kuss.

Die Antwort drängte sich ungebeten auf Gabriels Lippen und strapazierte seine Nerven noch mehr. Er begann bereits das hehre Versprechen zu bereuen, das er ihr heute Morgen gegeben hatte. Wenn nur das sinnlich-heisere Lachen seiner Pflegerin nicht so im Widerspruch zu ihrem prüden Gehabe stünde …

Vielleicht war es nur gut, dass er blind war. Wenn er ihre Lippen sehen könnte, würde er beständig denken, wie süß sie sich unter seinen angefühlt hatten.

Er hatte heute schon einen nicht unbeträchtlichen Teil seines Morgens darauf verwandt, darüber zu brüten, welche Farbe sie hatten. Waren sie von einem zarten Rosa, wie die Innenseite einer zierlichen Muschel, die zur Hälfte im grobkörnigen Sand steckte? Waren sie von dem Altrosa einer wilden Blume, die allen Widrigkeiten zum Trotz auf dem windgepeitschten Moor wuchs? Oder waren sie von dem üppigen Korallenrot einer exotischen Inselfrucht, die die Zunge und die Sinne mit Süße überflutete? Und welchen Unterschied machte ihre Farbe überhaupt noch, wenn er doch bereits wusste, dass sie köstlich voll waren, perfekt geformt für die Vergnügen des Küssens?

„Ich weiß, was Ihre Belohnung sein wird!“, rief sie erfreut aus, als er nicht antwortete. „Wenn Sie sorgfältig genug üben, werden Sie bald schon so geschickt sein, dass Sie mich nicht länger brauchen.“

Obwohl Gabriel ihren Scherz mit einem mürrischen Lächeln quittierte, begann er sich zu fragen, ob *der* Tag wohl jemals kommen würde.

Samantha kam zu ihm in der Nacht. Er brauchte weder Licht noch Farben, nur Gefühle: die Zitronensüße ihres Duftes, die seidige Glätte ihres losen Haares, das samtweich über seine nackte Brust glitt, ihr heiseres Wimmern, als sie ihren weichen Körper an seinen schmiegte.

Er stöhnte, als sie sein Ohr küsste, mit der Zunge seine Lippen berührte, sein Kinn … seine Nasenspitze. Ihr warmer Atem strich kitzelnd über sein Gesicht, roch nach modriger Erde, überlang gelagertem Fleisch und muffig feuchten Socken, die über einem Feuer zum Trocknen aufgehängt waren.

„Was, zur Hölle …“ Aus dem Schlaf auffahrend schob Gabriel die pelzige Schnauze aus seinem Gesicht.

Er setzte sich auf, rieb sich heftig mit dem Handrücken über die

Lippen. Sein von Verlangen und Schlaf umnebeltes Hirn benötigte mehrere Sekunden, die Tatsache zu verarbeiten, dass es nicht Nacht sondern Morgen war und das überschwängliche Wesen in seinem Bett auf keinen Fall seine Pflegerin.

„Ach, wie schön!“, rief Samantha von irgendwo in Nähe des Fußendes seines Bettes, und in ihrer Stimme schwang Stolz mit. „Sie beide haben sich gerade erst kennengelernt, und schon hat der Kleine Sie ins Herz geschlossen!“

„Was, zum Teufel, ist das?“, verlangte Gabriel zu erfahren, während er versuchte die Vorgänge um sich zu begreifen. „Ein Känguru?“ Er gab ein gedämpftes „Umpf!“ von sich, als der Eindringling über seine schmerzenden Lenden hüpfte.

Samantha lachte. „Seien Sie nicht albern! Er ist ein ganz reizender junger Collie. Ich ging gestern Abend an der Hütte Ihres Wildhüters vorüber, als der kleine Hund herausgesprungen kam und mich begrüßt hat. Mir war auf der Stelle klar, dass er perfekt sein würde.“

„Wofür?“, erkundigte sich Gabriel düster, während er das sich windende Geschöpf auf Armeslänge von sich zu halten versuchte. „Den Sonntagsbraten?“

„Ganz bestimmt nicht!“, lautete Samanthas empörte Antwort, und sie entriss ihm das Tier. Aus dem zärtlichen Geraune, das darauf zu hören war, schloss er, dass sie das kleine Ungeheuer tatsächlich auf den Arm genommen hatte und vermutlich auch noch mit ihm schmuste. „Nein, mein süßer Kleiner ist doch kein Braten, was? Nein, nein, nein, nicht unser süßer kleiner Knuddelhund.“

In die Kissen zurückfallend schüttelte Gabriel ungläubig den Kopf. Wer hätte gedacht, dass Miss Wickershams spitze Zunge solchen Unsinn von sich geben könnte? Wenigstens musste er nicht mit ansehen, wie sie dem sich windenden Welpen den rosa Bauch streichelte oder, schlimmer noch, ihre Nase an dem weichen Hundegesicht rieb. Das Gefühl, das ihn erfasste, war ihm so fremd, dass er eine Minute benötigte, es zu erkennen. Er war eifersüchtig! Eifersüchtig auf einen räudigen kleinen Köter mit struppigem Fell und dem Mundgeruch eines drei Tage alten Leichnams.

„Vorsicht“, warnte Gabriel, als das Gesäusel und Geschmuse kein Ende nehmen wollte. „Sie könnten sich Flöhe bei ihm holen. Oder die Franzosenkrankheit“, fügte er tonlos hinzu.

„Sie brauchen sich wegen der Flöhe keine Sorgen zu machen. Ich habe ihn von Peter und Phillip in einem von Megs alten Waschtrögen draußen auf dem Hof baden lassen."

„Wo er hätte bleiben sollen, soweit es mich betrifft."

„Aber dann wären Sie doch seiner Gesellschaft beraubt. Als ich ein kleines Mädchen war, haben wir neben einem alten Mann gewohnt, der nicht mehr sehen konnte. Er hatte einen kleinen Terrier, der sein ständiger Begleiter war. Wenn sein Lakai ihn zu einem Spaziergang geleitete, dann lief der Hund immer an seiner juwelenbesetzten Leine voraus, führte ihn um lockere Pflastersteine oder Pfützen herum. Als einmal eine glühende Kohle aus dem Kamin auf den Vorleger fiel, hat der Hund gebellt und so die Dienerschaft alarmiert." Als habe er nur auf sein Stichwort gewartet, stieß der Hund auf ihrem Arm ein schrilles Bellen aus.

Gabriel zuckte zusammen. „Was für ein kluges Tier. Obwohl ich mir vorstellen kann, im eigenen Bett zu verbrennen, wäre am Ende sogar besser gewesen. War der arme alte Mann am Ende nicht nur blind, sondern auch taub?"

„Lassen Sie sich versichern, der Hund war ihm ein treuer Freund bis zu dem Tag, an dem der Mann starb. Sein Lakai hat unserem Stubenmädchen erzählt, der Hund habe tagelang vor der Familiengruft gesessen und auf seinen geliebten Herrn gewartet." Ihre Stimme klang gedämpft, als ob sie ihr Gesicht im Fell des Hundes barg. „Ist das nicht die rührendste Geschichte, die Sie je gehört haben?"

Gabriel fand die Tatsache überaus faszinierend, dass Samanthas Familie einmal wohlhabend genug gewesen war, ein Stubenmädchen zu beschäftigen. Aber als er sie schnüffeln und in ihren Rocktaschen nach einem Taschentuch suchen hörte, wusste er, dass er verloren hatte. Wenn seine Pflegerin rührselig wurde, war er ihr völlig hilflos ausgeliefert.

Er seufzte. „Wenn Sie schon darauf bestehen, dass ich einen Hund habe, kann es dann nicht wenigstens ein richtiger sein? Ein irischer Wolfshund zum Beispiel, oder vielleicht eine Dogge?"

„Zu schwerfällig. Dieser kleine Kerl hier kann Ihnen überallhin folgen." Ihre Behauptung unterstreichend setzte sie das Tier zurück auf Gabriels Schoß.

Ihr Zitronenduft haftete dem Fell an, was seinen Verdacht bestätigte, dass die Lakaien den Hund mit Samanthas Lieblingsseife gewaschen hatten. Der Welpe entwand sich seinem Griff und sprang zum Fußende des Bettes. Mit einem tiefen Knurren stürzte er sich auf Gabriels Zehen und begann durch die Daunendecke daran zu knabbern. Gabriel fletschte die Zähne und knurrte zurück.

„Wie wollen Sie ihn nennen?“, fragte Samantha.

„Das ist nicht geeignet, in Anwesenheit von Damen wiederholt zu werden“, sagte er und befreite seine Zehen aus dem Hundemaul.

„Er ist ein hartnäckiger kleiner Kerl“, verkündete sie, als der Hund auf den Boden plumpste. Spürend, wie seine Bettdecke ins Rutschten geriet, fasste Gabriel hastig danach. Ein paar Zoll weiter und Miss Wickersham würde sich selbst von der schockierenden Wirkung überzeugen können, die sein Traum und das heisere Säuseln ihrer Stimme auf ihn hatten.

„Er ist ziemlich störrisch und widerspenstig“, pflichtete ihr Gabriel bei. „Sturköpfig. Ihm ist weder mit Vernunft beizukommen, noch kann man es ihm je recht machen. Entschlossen, den eigenen Willen durchzusetzen, selbst wenn das heißt, sich über die Wünsche aller anderen hinwegzusetzen. Hm. Ich denke, ich sollte ihn ...“ Gabriels Lippen verzogen sich zu einem Lächeln, während er Samanthas erwartungsvolles Schweigen genoss. „*Sam* nennen.“

In den folgenden Tagen erhielt Gabriel ausreichend Gelegenheit, den Hund alles zu rufen, nur nicht mit seinem Namen. Statt artig vorauszulaufen, um Hindernisse und möglichen Gefahren auszukundschaften, schien das höllische Geschöpf ausnehmend Gefallen daran zu finden, in Kreisen um ihn herum zu hüpfen, ihm zwischen den Beinen hindurchzurennen und den Stock aus der Hand zu schlagen. Hätte seine Pflegerin Grund für ernsthaften Groll gegen ihn gehabt, Gabriel hätte glauben können, sie versuche einen tödlichen Sturz für ihn zu arrangieren.

Wenigstens konnte ihr niemand den Vorwurf des Übertreibens machen. Der Hund war zweifellos ein *ständiger* Begleiter. Egal, wohin Gabriel seine Schritte lenkte, das eifrige Keuchen und das Klicken der kleinen Krallen auf Parkett oder Marmorboden folgten ihm. Die Lakaien mussten den Speisesalon nicht länger nach Gabriels Mahlzeiten fegen. Sam saß direkt unter dem Stuhl seines Herrn und fing jeden herunterfallenden Bissen noch in der Luft auf. Wenn Gabriel sich des Nachts in sein Bett legte, fand er es gewöhnlich schon von einem warmen Fellknäuel belegt.

Wenn der Hund ihm nicht im Nacken saß, schnarchte er ihm ins Ohr. Als Gabriel das Keuchen und Schnaufen nicht länger ertrug, nahm er seine Decke und verzog sich zum Schlafen in den Salon.

Er wachte am Morgen auf, um zu entdecken, dass der Hund verschwunden war. Unglücklicherweise galt das auch für die Hälfte seines besten Paares Stulpenstiefel.

Gabriel stieg die Treppe hinab und benutzte seinen Gehstock, um die Stufen zu finden. In Wahrheit war er ziemlich stolz auf die Fortschritte, die er damit machte, und wollte Samantha mit seinem wachsenden Geschick beeindrucken. Aber der elegante Stock konnte nicht verhindern, dass er in die warme Pfütze am Fuß der Treppe trat.

Er hob seinen bestrumpften Fuß an und bemühte sich, zu begreifen, was geschehen war. Den Kopf in den Nacken werfend, brüllte er aus Leibeskräften: „Sam!“

Beide, der Hund und seine Pflegerin, erschienen auf seinen Ruf hin. Der Hund sprang dreimal um ihn herum, ehe er sich auf seinen trockenen Fuß fallen ließ, während Samantha rief: „Ach du meine Güte! Das tut mir ja so leid! Phillip sollte heute Morgen mit ihm in den Gärten spazieren gehen. Oder war es Peter?“

Den Hund von seinem Fuß schubsend wandte sich Gabriel in Richtung ihrer Stimme, und sein nasser Strumpf gab bei jedem Schritt ein schmatzendes Geräusch von sich. „Es kümmert mich nicht, ob der Erzbischof höchstpersönlich aus London hätte kommen sollen und das kleine Biest Gassi führen. Ich will ihn keine Minute länger um die Füße haben. Und besonders nicht um *meine* Füße!“ Er deutete mit einem Finger, wie er hoffte, auf die Tür, obwohl er befürchtete, es war nur die Topfpflanze. „Ich will ihn nicht mehr im Haus haben!“

„Ach kommen Sie. Es ist nicht wirklich die Schuld des kleinen Kerls. Außerdem sollten Sie es eigentlich besser wissen, als in Strümpfen durchs Haus zu wandern.“

„Darf ich Sie informieren, dass ich gerne meine Stiefel angezogen hätte, die mir Beckwith herausgestellt hat“, erklärte er mit übertriebener Geduld, „wenn ich beide hätte finden können. Aber als ich aufwachte, war der rechte geheimnisvollerweise verschwunden.“

Eine Männerstimme, die sich vor Aufregung beinahe überschlug, ertönte aus der Richtung der Tür. „Das werden Sie nicht glauben, Miss. Sehen Sie nur, was der Gärtner gerade ausgegraben hat!“

Kapitel 11

Meine liebste Cecily,

vielleicht hat meine Schüchternheit mich daran gehindert, so kühn zu sprechen, wie ich es hätte tun sollen – ich möchte dich für mich haben …

„Was ist es?", verlangte Gabriel zu erfahren, den eine ungute Ahnung beschlich.

„Oh, nichts", erwiderte Samantha hastig. „Es ist nur Peter, der irgendeinen Unsinn macht."

„Es ist nicht Peter, sondern Phillip", verbesserte Gabriel sie.

„Wie können Sie das wissen?" Sie klang aufrichtig verwundert, dass er den einen Zwilling von dem anderen unterscheiden konnte.

„Peter bevorzugt nur einen Tropfen Rosenwasser bei seiner Toilette, während Phillip sich damit überschüttet in der Hoffnung, von Elsie bemerkt zu werden. Und ich brauche nicht mein Augenlicht, um zu wissen, dass er im Moment im Gesicht vermutlich rot wie eine Pfingstrose ist. Was hast du da, mein Junge?", fragte er, sich direkt an den jungen Lakai wendend.

„Nichts von Bedeutung, Mylord", versicherte ihm Samantha an dessen Stelle. „Nur eine besonders große … Mohrrübe. Warum bringst du sie nicht zu Étienne in die Küche, damit er sie für das Mittagessen nimmt?"

Die Verwirrung des Dieners war deutlich aus seiner Stimme zu hören. „Sieht mir mehr wie ein alter Stiefel aus. Ich frage mich nur, wer ihn so angeknabbert hat und wie er dann in den Garten gelangt ist?“

Sich daran erinnernd, wie elegant und anschmiegsam das korinthische Leder seine Unterschenkel umschlossen hatte, konnte Gabriel ein Stöhnen kaum unterdrücken.

Als er schließlich wieder Gewalt über seine Stimme hatte, war sie leise und mühsam beherrscht. „Ich werde es Ihnen ganz leicht machen, Miss Wickersham. Entweder geht der Hund“ – er lehnte sich weit genug vor, um ihren minzeduftenden Atem zu riechen – „oder Sie.“

Sie rümpfte die Nase. „Nun gut, wenn Sie unbedingt wollen. Phillip, würdest du Sam bitte nach draußen bringen?“

„Gewiss, Miss. Aber was soll ich hiermit tun?“

„Seinem rechtmäßigen Besitzer zurückgeben.“

Ehe Gabriel begriff, was sie vorhatte, traf ihn der lehmverkrustete Stiefel an der Brust.

„Danke“, sagte er steif und hielt ihn auf Armeslänge von sich.

Den Gehstock vor sich schwingend drehte er sich um und ging zur Treppe zurück. Doch sein würdevoller Abgang wurde verdorben, als er die erste Stufe einen Schritt eher erreichte als gedacht. Er erstarrte, als ihm klar wurde, dass sein rechter Strumpf nun genauso nass war wie sein linker.

Miss Wickershams belustigten Blick in seinem Rücken fühlend stieg er die Treppe hinauf, jeder Schritt von einem leisen Schmatzen begleitet.

Gabriel zog sich sein Kissen über die Ohren, aber noch nicht einmal die üppige Daunenfüllung konnte das jämmerliche Jaulen dämpfen, das durch das Schlafzimmerfenster zu ihm drang. Es hatte in dem Augenblick begonnen, da sein Kopf das Kopfkissen berührt hatte, und bis zum Morgengrauen war kein Anzeichen zu erkennen, dass es nachlassen wollte. Der Hund hörte sich an, als sei ihm das Herz gebrochen worden.

Sich auf den Rücken drehend warf Gabriel sein Kissen in Richtung Fenster. Missbilligende Stille hing über dem Rest des Hauses. Miss Wickersham lag bestimmt gemütlich unter ihren Decken und schlief den gesegneten Schlaf der Tugendhaften. Er konnte sie fast vor sich sehen, die seidenweichen Strähnen ihres losen Haares fächerförmig über das Kissen gebreitet, die blütenzarten Lippen bei jedem Atemzug öffnend. Aber selbst in seiner Phantasie verhüllten Schatten ihre zarten Züge.

Sie hatte sich vermutlich den Zitronenduft von der Haut gewaschen, als sie sich fürs Bett zurecht machte, sodass ihr nur der ihr eigene süße Duft anhaftete. Er war satter und betörender als irgendein käufliches Parfüm je sein könnte, versprach einen Garten irdischer Gelüste, denen kein Mann widerstehen konnte.

Gabriel stöhnte. Sein Körper spannte sich in Frustration und Sehnen. Wenn der Hund nicht bald Ruhe gab, würde er selbst mitjaulen.

Die Decke zurückschlagend stand er auf und trat ans Fenster. Er suchte nach dem Riegel, wobei er sich einen Splitter in den Daumen jagte.

„Psst! Sei ruhig!", zischte er in die Leere unter seinem Fenster, nachdem es ihm gelungen war, es zu öffnen. *„Um Himmels willen, sei jetzt bitte endlich still!"*

Das Jaulen des Hundes brach jäh ab. Ein hoffnungsvolles Winseln war zu hören, dann war es ruhig. Erleichtert aufatmend kehrte Gabriel zum Bett zurück.

Das Jaulen setzte von neuem ein, diesmal aber doppelt so herzerweichend wie zuvor.

Gabriel schloss das Fenster, schritt zum Bett zurück und tastete nach seinem Morgenrock, den er über den Bettpfosten gehängt hatte. Er verließ sein Schlafzimmer, ohne sich die Mühe zu machen, seinen Stock mitzunehmen.

„Geschieht ihnen allen recht, wenn ich die Treppe herunterfalle und mir den Hals breche", murmelte er erbost vor sich hin, während er sich vorsichtig Stufe um Stufe seinen Weg nach unten suchte. „Statt an meinem Grab zu weinen, würde der Hund vermutlich nur draufpinkeln. Ich sollte dem Wildhüter auftragen, das verfluchte Vieh einfach zu erschießen."

Nachdem er über eine Ottomane gestolpert war und sich das Schienbein an den klauenförmigen Füßen einer Kommode gestoßen hatte, gelang es ihm schließlich, den Riegel einer der Terrassentüren in der Bibliothek zu finden.

Als er die Tür öffnete, strich ihm die kühle Nachtluft zärtlich über die Haut. Er zögerte, schreckte davor zurück, sein zerstörtes Gesicht dem gnadenlosen Mondlicht auszusetzen.

Aber das jämmerliche Jaulen wollte nicht aufhören, ließ ihm keine Ruhe. Und woher wollte er wissen, dass heute überhaupt der Mond schien?

Langsam überquerte er die Terrasse, und die Kiesel zwischen den losen Steinplatten bohrten sich in seine Fußsohlen. Dann ging er über das taufeuchte Gras, dem Jaulen folgend. Er war fast da, als es plötzlich verstummte. Die Nacht war so still, dass er das entfernte Quaken eines Frosches hören konnte und seinen eigenen Atem.

Sich auf die Knie niederlassend tastete er den Boden vor sich mit den Händen ab. „Du kleiner Köter, wo, zur Hölle, steckst du nur? Wenn ich dich gar nicht finden wollte, würdest du bestimmt sabbernd um mich herumhüpfen.“

Ein Busch in der Nähe raschelte, und ein Fellknäuel kam herausgeschossen, sprang geradewegs in seine Arme, als sei es von einer Kanone abgefeuert worden. Freudig winselnd stand der kleine Collie auf seinen Hinterbeinen und leckte überglücklich Gabriels Gesicht.

„Ist ja gut, ist ja gut“, murmelte er und nahm das zitternde Tier auf den Arm. „Es gibt keinen Grund, jetzt sentimental zu werden. Alles, was ich möchte, ist eine Nacht ungestörten Schlafes.“

Ohne den Hund abzusetzen richtete Gabriel sich auf und machte sich auf den langen Weg zurück ins Haus in sein Zimmer. Er musste zugeben, mit einem kleinen warmen Körper im Arm schien die Nacht wesentlich weniger dunkel und der Weg viel kürzer.

Noch nicht einmal Samantha wagte am nächsten Tag etwas zu sagen, als Gabriel nach unten kam, einen munteren Sam auf den Fersen. Obwohl er sich immer noch mürrisch beschwerte, der Hund sei ständig im Weg, sah sie, wie er, wenn er sich unbeobachtet glaubte, dem Collie die seidenweichen Ohren kraulte oder einen besonderen Leckerbissen für ihn unter den Tisch fallen ließ.

Am Ende der Woche war Gabriel in der Lage, das Labyrinth aus Möbeln zu meistern, ohne gegen ein Tischbein zu stoßen oder eine Marmorgöttin oder Porzellanschäferin ins Verderben zu stürzen. Mit seinen Fortschritten mehr als zufrieden, beschloss Samantha, dass es Zeit für die nächste Lektion sei.

An diesem Abend schritt Gabriel vor den verschlossenen Türen zum Speisesalon auf und ab, und mit seinem immer lauter knurrenden Magen kam er sich wie ein eingesperrtes Tier vor. Er war zur gewohnten Stunde nach unten gekommen, nur um von einem stammelnden Beckwith davon in Kenntnis gesetzt zu werden, dass sich das Dinner verzögere und er bitte vor der Tür warten solle, bis er gerufen würde.

Seinen Gehstock fester fassend legte Gabriel ein Ohr an die Tür, durch das gelegentliche Rascheln und Klappern neugierig geworden, die durch das Holz drangen. Seine ungute Vorahnung und seine Neugier steigerten sich nur noch, als er die leise, aber energische Stimme seiner Pflegerin erkannte.

Gabriel war so darauf konzentriert, ihre Worte zu verstehen, dass es ihm völlig entging, als Beckwith zur Tür kam. Als der Butler sie aufzog, stolperte er beinahe kopfüber ins Zimmer.

„Guten Abend, Mylord", sagte Samantha irgendwo links von ihm, und ihre Belustigung war ihrer Stimme deutlich anzuhören. „Ich hoffe, Sie verzeihen die Verzögerung. Ihre Geduld ist in höchstem Maße löblich."

Stirnrunzelnd setzte Gabriel die Stockspitze auf den Boden, rang darum, sowohl Halt, als auch Würde zu bewahren. „Ich habe schon begonnen mich zu wundern, ob das hier ein Mitternachtsimbiss werden soll. Oder gar ein frühes Frühstück." Er hielt den Kopf schief, konnte aber nicht das vertraute Hecheln vernehmen, das gewöhnlich jede seiner Mahlzeiten begleitete. „Und was haben Sie mit Sam getan? Ist es zu viel erwartet, wenn ich hoffe, dass er auf dem Tisch auf einem Silbertablett liegt, einen Apfel im Maul?"

„Sam speist heute Abend mit der Dienerschaft. Aber machen Sie sich seinetwegen keine Sorgen. Peter und Phillip haben versprochen, eine angemessene Menge Essen für ihn unter ihre Stühle fallen zu lassen. Ich hoffe, Sie sehen es mir nach, dass ich ihn von hier verbannt habe, aber ich dachte, es sei an der Zeit, Sie wieder mit den Zwängen der Gesellschaft zu konfrontieren." Ein Lächeln wärmte ihre Stimme. „Zu diesem Zweck ist der Tisch mit einem Tuch schneeweißen Leinens bedeckt. Es gibt drei silberne Kerzenleuchter, in jedem brennen vier schlanke Wachskerzen, die ihren gastfreundlichen Schein über Mrs Philpots feinstes Porzellan, Gläser und Silberbesteck verströmen."

Gabriel musste seine Phantasie nicht sonderlich anstrengen, um sich das Bild auszumalen, das Samantha beschrieb. Es gab nur ein Problem. Selbst mit seinem Stock in der Hand hatte er Angst, auch nur einen Schritt auf den Tisch zuzumachen aus Sorge, über etwas Zerbrechliches zu stolpern oder sich selbst in Brand zu stecken.

Sein Zögern spürend fasste ihn Samantha sanft am Ellbogen.

„Wenn Sie gestatten, bringe ich Sie zu Ihrem Stuhl. Ich habe mir erlaubt, Sie an den Kopf des Tisches zu setzen, wo Sie hingehören."

„Soll das heißen, dass Sie bei den Dienstboten speisen, wo *Sie* hingehören?", fragte er, während sie ihn um den Tisch herumführte.

Sie tätschelte ihm den Arm. „Seien Sie nicht albern. Mir würde es nicht im Traum einfallen, Sie meiner Gesellschaft zu berauben."

Ihrem Drängen folgend glitt er auf seinen Stuhl. Als er hörte, dass sie zu seiner Rechten Platz nahm, faltete er unbehaglich die Hände im Schoß. Er hatte vergessen, was er mit ihnen tun sollte, wenn er nicht sein Essen damit suchte. Mit einem Mal kamen sie ihm zu groß und ungeschickt für seine Handgelenke vor.

Zu seiner Erleichterung traf unverzüglich ein Diener mit dem ersten Gang ein.

„Gebratene Truthahnbrust mit Pilzen", erklärte Samantha, während ihm der Lakai eine Portion auftat.

Das köstliche Aroma stieg Gabriel in die Nase, ließ ihm das Wasser im Mund zusammenlaufen. Er wartete, bis er den Lakaien gehen gehört hatte, ehe er die Hand zum Teller ausstreckte. Samantha räusperte sich mahnend.

Erschreckt riss er seine Hand zurück.

„Ihre Gabel befindet sich zu Ihrer Linken, Mylord. Ihr Messer ist rechts."

Seufzend tastete Gabriel die Tischdecke um seinen Teller herum ab, bis er die Gabel fand. Sie fühlte sich schwer und fremd in seiner Hand an. Beim ersten Stich verfehlte er das Essen vollkommen. Das Silber stieß laut klirrend auf das feine Porzellan, sodass er zusammenzuckte. Er benötigte drei weitere Versuche, bevor er einen Pilz erwischte. Nachdem er das verflixte Ding fast eine Minute über den Teller gejagt hatte, gelang es ihm schließlich, ihn aufzuspießen und sich in den Mund zu stecken.

Den würzigen Geschmack genießend, erkundigte er sich: „Was tragen Sie, Miss Wickersham?"

„Wie bitte?", stieß sie aus, offensichtlich von der Frage vor den Kopf gestoßen.

„Sie haben alles andere im Speisezimmer ausführlich beschrieben. Warum nicht auch sich selbst? Himmel, Sie könnten hier in Ihrem Unterhemd und Strümpfen sitzen, ohne dass ich es ahne." Einen weiteren Pilz erlegend senkte Gabriel den Kopf, um seine Belustigung angesichts dieses köstlichen Bildes zu verbergen.

„Ich glaube kaum, dass meine Aufmachung für Ihren Genuss der Mahlzeit von Bedeutung ist“, entgegnete Samantha mit eiskalter Stimme. „Vielleicht hätten wir den Abend mit einer Wiederholung der Grundregeln höflicher Konversation beginnen sollen.“

Gabriel hätte es vorgezogen, das Tischtuch herunterzureißen, sie darauf zu betten und ihr zu zeigen, …

Er schluckte den Pilz herunter und zwang seine Gedanken aus dieser gefährlichen Richtung fort. „Tun Sie es mir zu Liebe, ja? Wie soll ich mich mit einer Dame unterhalten, wenn ich sie mir noch nicht einmal vorstellen kann?“

„Nun gut“, antwortete sie steif. „Heute Abend trage ich zufälligerweise ein Abendkleid aus schwarzem Bombazin. Es hat einen ziemlich hohen Kragen im elisabethanischen Stil und wird durch einen wollenen Schal ergänzt, der vor Zugluft schützen soll.“

Er erschauerte. „Klingt mir mehr nach etwas, das man zu einer Beerdigung anziehen würde. Besonders der eigenen. Hatten Sie schon immer eine Vorliebe für düstere Farben?“

„Nicht immer“, erwiderte Samantha leise.

„Was ist mit Ihrem Haar?“

„Wenn Sie es unbedingt wissen müssen“, versetzte sie leicht ungeduldig, „ich habe es zu einem Knoten aufgesteckt und ein schwarzes Haarnetz darüber befestigt. Das ist eine Frisur, die ich sehr praktisch finde.“

Gabriel dachte einen Augenblick nach, ehe er den Kopf schüttelte. „Es tut mir leid. So geht es einfach nicht.“

„Wie bitte?“

„Es ist mir unerträglich, Sie mir in Witwenkleidern vorzustellen. Das verdirbt mir den Appetit. Wenigstens ist mir die Beschreibung Ihrer Schuhe erspart geblieben, die, da bin ich sicher, ein Paradebeispiel für vernünftiges Schuhwerk darstellen.“

Er hörte ein leises Rascheln, als höbe Samantha die Tischdecke an, um unter den Tisch zu spähen, aber sie widersprach nicht.

Sich über das Kinn streichend lehnte er sich im Stuhl zurück. „Ich denke, Sie tragen etwas in der skandalösen neuen französischen Mode – aus cremefarbenem Musselin vielleicht, mit hoch angesetzter Taille und tiefem, geradem Ausschnitt, dazu geschaffen, die weiblichen Formen in all ihrer Pracht zu betonen.“ Er kniff die Augen zusammen. „Und ich sehe Sie auch keinen Schal tragen, sondern eine Stola aus feinstem Kaschmir, so weich wie Engelsflügel, die direkt über dem verführerischen Grübchen an ihrem Ellbogen endet. Der Rocksaum streift ihre Knöchel, gerade hoch genug, um bei jedem Schritt einen verlockenden Blick auf rosarote Strümpfe zu gewähren."

Er hätte eigentlich damit gerechnet, dass sie seine schockierende Aufzählung mit einem empörten Protest unterbrechen würde, aber es war fast, als sei sie von seiner leisen, rauchigen Stimme hypnotisiert.

„An den Füßen tragen Sie ein Paar rosa Seidenschuhe, vollkommen frivol und für alles ungeeignet, außer um in einen Ballsaal zu trippeln und die Nacht durchzutanzen. Ein farblich abgestimmtes Band ist durch die kunstvoll zu einem Krönchen aufgesteckten Locken gewunden, wobei ein paar davon gestattet wurde, ihre Wangen zu umschmeicheln, fast so, als seien Sie eben erst Ihrem Bade entstiegen."

Einen langen Augenblick war kein Geräusch zu hören. Als Samantha schließlich sprach, klang ihre Stimme leicht atemlos, was Gabriel innerlich grinsend zur Kenntnis nahm. „Gewiss kann Sie niemand mangelnder Phantasie beschuldigen, Mylord. Oder dass Sie sich nicht mit weiblicher Bekleidung auskennen."

Er zuckte leicht verlegen mit den Achseln. „Eine Folge davon, dass ich zu viel Zeit meiner Jugend darauf verwandt habe, sie zu entfernen."

Ihr Schlucken war deutlich hörbar. „Vielleicht sollten wir jetzt lieber essen, ehe Sie sich genötigt fühlen, zu mutmaßen, wie wohl meine Unterwäsche aussieht."

„Das wird nicht nötig sein", erwiderte er mit seidenglatter Stimme. „Sie tragen keine."

Samanthas scharfes Luftholen und das laute Klappern von Silber auf Porzellan verriet ihm, dass sie sich rasch Essen in den Mund geschoben hatte, um der Antwort auf weitere Unverschämtheiten zu entgehen.

Sich wünschend, dasselbe tun zu können, stach Gabriel mit der Gabel auf seinen Teller. Es gelang ihm, ein Stück Fleisch aufzuspießen, aber dessen Gewicht verriet ihm, dass es zu groß war, um es sich in den Mund zu stecken, ohne dafür getadelt zu werden. Die Zähne zusammenbeißend seufzte er. Der Truthahn war für ihn genauso leicht zu verzehren, wie wenn das Tier kreischend und mit flatternden Flügeln auf dem Tisch herumgelaufen wäre. Wenn er nicht bis morgen früh verhungern wollte, blieb ihm anscheinend keine andere Wahl, als die Dienste seines Messers in Anspruch zu nehmen.

Er tastete die Gegend rechts von seinem Teller ab, doch bevor er den Griff des Messers finden konnte, grub sich die scharfe Schneide in seinen Daumen.

„Verdammt!“, fluchte er und hob das verwundete Körperteil an seine Lippen.

„Oh je!“, rief Samantha ehrlich bekümmert. „Tut es weh?“ Er hörte ihren Stuhl über den Boden scharren, als sie aufstand.

„Nicht!“, fuhr er sie an und schwenkte die Gabel in ihrer Richtung, als wäre es ein Säbel. „Ich brauche Ihr Mitleid nicht. Was ich dagegen dringend brauche, ist Essen in meinem Magen, denn wenn ich noch hungriger werde, verspeise ich am Ende Sie.“

An dem Rascheln ihrer Röcke erkannte er, dass sie sich wieder setzte. „Ich habe nicht nachgedacht“, erklärte sie entschuldigend. „Werden Sie mir wenigstens erlauben, Ihr Fleisch zu schneiden?“

„Nein, danke. Wenn Sie nicht vorhaben, mir den Rest meines Lebens hinterherzulaufen, Fleisch klein zu schneiden und den Mund abzuwischen, dann sollte ich es selbst lernen.“

Die Gabel hinwerfend, griff Gabriel nach seinem Weinglas, in der Hoffnung, dass ein großzügiger Schluck Wein die Verlegenheit darüber mildern würde, so ungeschickt zu sein. Doch seine ungelenke Suche führte nur dazu, das Glas umzuwerfen. Er brauchte nicht sehen zu können, nur Samantha bestürztes Aufkeuchen zu hören, um zu wissen, dass der Wein sich über das schneeweiße Tischtuch und in ihren Schoß ergossen hatte.

Er sprang auf, von Scham, Hunger und Frustration schließlich doch überwältigt. „Das hier ist Wahnsinn! Ich wäre besser dran, wenn ich an der Straßenecke betteln müsste, statt so zu tun, als bestünde noch die Hoffnung, weiterhin als Gentleman durchzugehen!“ Er schlug der Faust auf den Tisch, sodass das Geschirr schepperte. „Wussten Sie, dass Damen früher um das Vorrecht gestritten haben, bei Tisch neben mir zu sitzen? Dass sie um meine Aufmerksamkeit gebuhlt haben, als wäre sie die erlesenste Köstlichkeit? Welche Frau sollte sich jetzt noch meine Gesellschaft wünschen? Sie hat nichts, worauf sie sich freuen kann, bis auf dann und wann ein mürrisches Knurren und den Schoß voller Claret. Aber nur, wenn ich nicht schon vor dem Supper versehentlich ihre Frisur in Brand gesetzt habe!“

Das Tischtuch mit beiden Händen fassend zog er mit einem Ruck daran, sodass all das gute Geschirr, die eleganten Kristallkelche und das Ergebnis Samanthas ganzer Bemühungen krachend auf dem Boden landeten.

Gabriel spürte einen Luftzug in seinem Nacken, als jemand ins Zimmer gestürzt kam.

„Es ist gut, Beckwith“, erklärte Samantha ruhig. Der Butler musste gezögert haben, denn sie fügte in einem Ton hinzu, der keinen Widerspruch duldete: „Darum kümmere ich mich.“

Dann waren Beckwith und die Zugluft wieder fort, ließen sie allein. Gabriel stand da am Kopf des Tisches, mit geröteten Wangen und schwer atmend. Er wollte, dass Samantha ihn anschrie, ihm sagte, in was für ein Ungeheuer er sich verwandelt hatte. Er wollte, dass sie ihm sagte, ihm sei nicht mehr zu helfen, es gäbe keine Hoffnung für ihn. Vielleicht konnte er dann aufhören zu versuchen, zu kämpfen …

Stattdessen fühlte er ihre Schulter seinen Oberschenkel streifen, als sie sich vor ihn kniete. „Wenn ich das alles weggeräumt habe“, teilte sie ihm über das leise Klirren von zerbrochenem Glas, Geschirr und Besteck hinweg, „lasse ich einen neuen Teller kommen.“

Ihre ruhige Gelassenheit, ihre Weigerung, sich von ihm aus der Fassung bringen zu lassen, machte ihn nur noch wütender. Nach ihrem Handgelenk fassend zog Gabriel sie hoch und an seine Brust. „Sie scheinen sich richtig ereifern zu können, wenn es darum geht, die einfältigen Narren zu verteidigen, die König und Vaterland dienen, aber sich selbst verteidigen Sie überhaupt nicht. Haben Sie kein Herz?“, fragte er barsch. „Überhaupt keine Gefühle?“

„Oh, ja, ich habe Gefühle!“, entgegnete sie scharf. „Ich fühle jede Spitze, die Sie gegen mich richten, jede schneidende Bemerkung. Wenn ich keine Gefühle hätte, hätte ich gewiss nicht meinen ganzen Tag darauf verwandt, das Supper zu planen, damit es zu einer angenehmen Erfahrung für Sie wird. Ich wäre nicht schon im Morgengrauen aufgestanden, um Ihren Koch nach Ihren Lieblingsgerichten zu befragen. Ich hätte nicht den ganzen Vormittag damit verbracht, mir den Kopf über besonders schmackhafte Gerichte zu zerbrechen. Und ganz gewiss hätte ich nicht den halben Nachmittag lang über der Entscheidung gebrütet, welches Geschirr Ihren Tisch zieren sollte – das Worcester oder das Wegdewood.“ Gabriel konnte spüren, dass sie zitterte, so aufgebracht war sie. „Ja, ich habe Gefühle. Und ein Herz auch, Mylord. Ich habe nur nicht vor, es mir von Ihnen brechen zu lassen!“

Als sie sich von ihm losriss, tropfte etwas Heißes, Nasses auf seine Hand. Er hörte ihre sich rasch entfernenden Schritte über die Scherben knirschen, dann das Schlagen der Tür.

Wissend, dass er nun wirklich und wahrhaftig allein war, hob Gabriel seine Hand und berührte die Stelle mit der Zunge. Es schmeckte salzig.

Sich schwer auf seinen Stuhl fallen lassend stützte er den Kopf in die Hände. „Mit einer Sache hatte sie recht, du dummer Ochse", murmelte er vor sich hin. „Du könntest wirklich eine Lektion in Benehmen bei Tisch gebrauchen."

Es verging eine Weile, ehe Gabriel eine warme Hand auf seiner Schulter spürte. „Mylord? Kann ich Ihnen helfen?", erkundigte sich Beckwith mit leicht unsicherer Stimme, als wappnete er sich für eine barsche Zurückweisung.

Gabriel hob langsam den Kopf. „Wissen Sie, Beckwith", erklärte er und tätschelte dem ergebenen Diener die Hand, „ich glaube fast, das können Sie."

Kapitel 12

Meine liebste Cecily,

ich kann dir gar nicht sagen, wie erleichtert ich bin, zu erfahren, dass du Kühnheit in einem Mann bewunderst …

Samantha schmollte.

Sie war nicht wirklich gut darin. Selbst als kleines Mädchen hatte sie sich selten auf Bockigkeit verlegt, um ihren Willen durchzusetzen. Gewöhnlich waren nur ein süßes Lächeln und eine logische Begründung nötig, um von Mama und Papa zu bekommen, was sie wollte. Aber jetzt hatte sie keine Hoffnung, jemals zu bekommen, was sie wollte.

Drei Tage lang hatte sie kaum ihr Schlafzimmer verlassen, es sei denn, um ihre Mahlzeiten mit der restlichen Dienerschaft im Gesindespeisezimmer im Keller einzunehmen. Sie hatte immer ein Buch bei sich. Wenn jemand auch nur so aussah, als wolle er sie ansprechen, steckte sie die Nase in das Buch, bis derjenige schließlich ging, seine besorgten Seitenblicke und bekümmerten Seufzer mit sich nehmend.

Sie wusste, sie benahm sich kindisch, dass sie indem sie ihre Pflichten Gabriel gegenüber nicht erfüllte, Beckwith mehr als guten Grund gab, eine Nachricht an den Marquis zu schicken und sie zu entlassen. Aber sie konnte sich nicht länger dazu aufraffen, dass es ihr etwas ausmachte.

Es verbesserte ihre Laune nicht gerade, entdecken zu müssen, dass er ihr ebenso sorgsam aus dem Weg ging wie sie ihm. Offenbar schreckte ihn der Gedanke, ihr zufällig zu begegnen so sehr, dass er angeordnet hatte, die Türen zum Salon abzuschließen, wann immer er dort Zuflucht suchte. Samantha ging dann immer hoch erhobenen Hauptes an den Türen vorüber, entschlossen, das seltsame Poltern oder aufgeregte Rufen nicht zu beachten, die gelegentlich dahinter erklangen.

Beckwith und Mrs Philpot schien ihr Elend völlig gleichgültig zu sein. Zweimal entdeckte sie sie, wie sie in einer Ecke dicht beieinander standen und sich leise miteinander unterhielten. In dem Moment, da sie sie sahen, schlossen sie schuldbewusst die Münder und eilten auseinander, erklärten verlegen, sie müssten sich dringend um so wichtige Sachen kümmern wie die Suppenkelle zu polieren oder zu überprüfen, ob Meg genug Stärke für die Tischtücher in die Wäsche getan hatte. Samantha nahm an, sie beratschlagten sich, wie sie ihr am schonendsten beibringen konnten, dass sie sich besser schon einmal nach einer anderen Stellung umsehen sollte.

Schlaf blieb ihr genauso versagt wie innerer Frieden. In der dritten Nacht nach ihrem Streit mit Gabriel lag sie im Bett und blickte stirnrunzelnd zur Decke empor, als ihr Magen plötzlich zu knurren begann. Da sie bereits die halbe Nacht darauf verschwendet hatte, sich unter der Bettdecke von der einen auf die andere Seite zu rollen, beschloss sie, nach unten zu schleichen und sich etwas zu essen aus der verlassenen Küche zu stibitzen.

Sie ging gerade am Empfangssalon vorüber, als gedämpft Musikfetzen an ihr Ohr drangen. Sich wundernd, wie seltsam es war, dass die Türen weit nach Mitternacht geschlossen waren, drückte sie ihr Ohr an das mit Blattgold verzierte Holz.

Sie verlor nicht langsam den Verstand. Das Geräusch, das sie gehört hatte, war wirklich Musik gewesen. In gewisser Weise. Ein Mann summte, während eine trillernde Frauenstimme ihn begleitete.

Ehe sie die Worte verstehen konnte, begann der Mann rhythmisch zu zählen: „Eins, zwei, drei, vier … eins, zwei, drei, vier …"

Ein lautes Krachen folgte. Nach einer geheimnisvollen, langen Stille näherten sich ungeduldige Schritte der Tür.

Samantha hastete durch die Eingangshalle; nur mit Müh und Not erreichte sie eine lebensgroße Marmorstatue von Apoll, hinter die sie sich duckte, ehe eine der Türen aufschwang.

Beckwith tauchte aus dem dunklen Raum auf, keuchte leise, die spärlichen Haare unordentlich, als wäre eine Frau mit den Fingern hindurchgefahren. Samantha blieb vor Schock der Mund offen stehen, als ihm Mrs Philpot folgte, ihre Schürze glatt strich und sich eine lose Haarsträhne hinters Ohr steckte.

Die Haushälterin reckte ihr Kinn. „Gute Nacht, Mr Beckwith."

„Schlafen Sie gut, Mrs Philpot", erwiderte er und machte eine förmliche Verbeugung.

Während sie in verschiedene Richtungen davonschritten, trat Samantha mit immer noch offenem Mund hinter Apoll hervor. Sie wäre nicht überrascht gewesen, wären Elsie und Phillip aus dem Salon gekommen, mit geröteten Gesichtern und kichernd, aber sie hätte nie den steifen Butler und die strenge Haushälterin verdächtigt, ein mitternächtliches Rendezvous im Salon abzuhalten. Es sah so aus, als hätten die älteren Angestellten des Haushaltes mehr Glück in der Liebe als sie. Kopfschüttelnd stieg sie die Treppe wieder hinauf; der Appetit war ihr vergangen.

Am nächsten Nachmittag begann Samantha ihre Verdrießlichkeit selbst auf die Nerven zu gehen. Sich ihren Schal umlegend beschloss sie, einen ausgedehnten Spaziergang im Park zu unternehmen in der Hoffnung, der kräftige Aprilwind und die über den Himmel jagenden Wolken würden alle Gedanken an Gabriel aus ihrem Kopf fortwehen.

Als sie zurückkam, lag eine große flache Holzkiste auf ihrem Bett.

Ihren Schal auf den nächsten Stuhl werfend näherte sie sich dem Bett misstrauisch. Vielleicht hatte Beckwith angeordnet, die Kiste nach oben zu bringen, damit sie darin ihre Habseligkeiten verstaute, ehe sie in hohem Bogen als Pflegerin hinausgeworfen wurde.

Vorsichtig hob sie den Deckel an und keuchte unwillkürlich auf. Die nach Sandelholz duftende Kiste enthielt ein elegantes Kleid aus zartem Musselin in der Farbe von Buttercreme. Unfähig, der Versuchung zu widerstehen, nahm Samantha das Kleid, hielt es an sich und strich es glatt.

Sie hatte lange Zeit nichts mehr gesehen, was so schön war. Die kurzen Puffärmel des Kleides waren mit hellgelbem Spitzenbesatz gepaspelt, während ein breites Satinband den Stoff unterhalb des Busens raffte. Der rechteckige Ausschnitt war gerade tief genug ausgeschnitten, um die Reize der Trägerin zur Schau zu stellen, ohne zu viel zu zeigen. Weil der Stoff so zart war, dass er beinahe durchsichtig war, konnte unter dem klassisch drapierten Rock nur die feinste und weiblichste Unterwäsche getragen werden.

Von den hauchdünnen Schultern bis zur anmutigen Schleppe, in die der wellenförmige Saum auslief, hätte das Kleid Samantha nicht besser passen können, wenn es eigens für sie von einer der führenden Modistinnen angefertigt worden wäre.

Ich denke, Sie tragen etwas in der skandalösen neuen französischen Mode.

Während die Erinnerung an Gabriels rauchigen Bariton ihre Sinne umschmeichelte, entdeckte sie die Pergamentkarte, die aus den Falten des Kleides gefallen war.

Ohne das Kleid wegzulegen, beugte sie sich vor und nahm die Karte aus der Schachtel, erkannte Beckwiths ordentliche Handschrift. „Lord Sheffield erbittet das Vergnügen Ihrer Gesellschaft zum Supper heute Abend um acht Uhr“, las sie halblaut.

Die Karte entglitt ihren Fingern. Langsam breitete sie das Kleid über das Bett und musste daran denken, wie albern es über ihrem praktischen braunen Kleid aus Kammgarn ausgesehen haben musste.

Ihr blieb keine andere Wahl, als Gabriels Geschenk zurückzuweisen und seine Einladung abzulehnen. Sie war keine seiner früheren Mätressen, die man mit kostspieligen Geschenken und süßen Worten aus dem Schmollwinkel hervorlocken musste. Ihr Blick wanderte sehnsüchtig zu der Kiste. Sie war so begeistert von dem Kleid gewesen, dass sie gar nicht weiter ausgepackt hatte.

Sie griff hinein, spürte unter ihren Fingern …

… eine Stola aus feinstem Kaschmir, so weich wie Engelsflügel, die direkt über dem verführerischen Grübchen an ihrem Ellbogen endet.

Samantha riss die Hand zurück. Wie konnte ein blinder Mann von dem Grübchen wissen? Weil jede Frau eines besaß, ermahnte sie sich streng. Wahrscheinlich hatte Gabriel unzählige geküsst, bevor er sein Augenlicht verlor.

Sie nahm den Deckel, entschlossen, diese Büchse der Pandora zu verschließen, ehe eine noch verlockendere Versuchung daraus zum Vorschein kam.

An den Füßen tragen Sie ein Paar rosa Seidenschuhe, vollkommen frivol und für alles ungeeignet, außer um in einen Ballsaal zu trippeln und die Nacht durchzutanzen.

„Nicht die Schuhe“, flüsterte Samantha, die Finger um den Deckelrand legend. „Er kann unmöglich so teuflisch sein.“

Den Deckel aufs Bett legend schob sie vorsichtig die Stola zur Seite. Ein hilfloses Stöhnen entrang sich ihren Lippen. Die

Seidenschuhe in der Schachtel waren von einem so zarten Rosa wie die geröteten Wangen einer Frau, so zierlich und reizend, dass sie eher für Feenfüße gemacht schienen als für die von Menschen.

Samanthas Blick senkte sich auf ihre Halbstiefel aus derbem Leder. Sie waren im Augenblick noch abgestoßener und staubiger als sonst, nachdem sie missmutig durch den Park gelaufen war. Nachdenklich biss sie sich auf die Lippe. Was konnte es schon schaden, sie überzuprobieren? Vermutlich passten sie ohnehin nicht. Einen Knöpfhaken nehmend setzte sich Samantha auf den Teppich und begann ihre Stiefel aufzuknöpfen.

Samantha hatte sich daran gewöhnt, in ihren praktischen schweren Schuhen durch das Haus zu gehen. Mit den zierlichen, flachen Seidenschuhen, deren Bänder um ihre Knöchel gebunden waren, hatte sie das Gefühl, als schwebte sie die lange geschwungene Treppe hinunter. Verstohlen musterte sie ihr Spiegelbild, als sie das Foyer durchquerte. Es hätte sie nicht wirklich überrascht, ein Paar spinnwebfeiner Flügel an ihren sahnigen Schultern zu entdecken, die von dem eleganten Kleid halb entblößt wurden.

Mit den sich anmutig um ihre Knöchel bauschenden Röcken fühlte sie sich nicht wie Gabriels vernünftige Pflegerin, sondern wie ein närrisches junges Ding, das Herz randvoll mit Hoffnung. Nur sie selbst wusste, wie gefährlich diese Hoffnung sein konnte. Als sie in Richtung Speisesaal schritt, zog Samantha ihre hässliche Brille aus der Rocktasche und setzte sie sich fast trotzig auf.

Obwohl kein einziger Diener zu sehen war, konnte sie das Gefühl nicht abschütteln, beobachtet zu werden, als öffneten und schlössen sich Türen lautlos hinter ihr. Als sie am Empfangssalon vorbeiging, hätte sie schwören können, ein wehmütiges Seufzen zu hören, gefolgt von Elsies Kichern, rasch erstickt. Sie wirbelte herum und entdeckte, dass die Salontüren einen Spalt breit offen standen. Der dunkle Raum dahinter schien verlassen.

Sie traf im Speisezimmer ein, gerade als die Standuhr acht zu schlagen begann. Die schweren Mahagonitüren waren geschlossen. Samantha zögerte, unsicher, wie sie empfangen werden würde, was sie erwartete. Gabriel musste sich neulich wie ein Bettler vorgekommen sein, als er darauf wartete, dass sie ihn hineinrief.

Sich zusammenreißend zog sie ihre Stola zurecht und klopfte

dann entschlossen an die Tür.

„Herein!“

Samantha folgte der heiseren Aufforderung, nur um am Kopfende des Tisches inmitten eines flackernden Kreises Kerzenlicht den jungen Märchenprinzen aus dem Portrait zu entdecken.

Kapitel 13

Meine liebste Cecily,

ich sollte dich warnen; wenn du mich zur Kühnheit ermutigst, dann geschieht das auf eigene Gefahr …

Der Mann am Kopfende des langen Tisches hätte einem jeden Speise- oder Empfangssalon in London zur Ehre gereicht. Von der funkelnden Diamantnadel, die die tadellosen Falten seines schneeweißen Halstuches zusammenhielt, zu den baumelnden Lederquasten an seinem zweitbesten Paar Stiefel bot er einen Anblick, der jeden Kammerdiener mit Stolz erfüllen würde. Der Spitzenbesatz seines Hemdes und seiner Manschetten wurden perfekt umrahmt von einem dunkelblauen Überrock und einem Paar biskuitfarbener Hosen, die seine Hüften wie eine zweite Haut umschlossen.

Sein unmodisch langes Haar war mit einem Samtband im Nacken zusammengebunden, wodurch sein kräftiges Kinn und seine Wangenknochen betont wurden. Der Kerzenschein glättete die scharfen Zacken seiner Narbe, verbarg die Leere in seinem Blick.

Samantha schnürte es die Kehle zu, als eine Sehnsucht sie erfasste, die sie sich nicht leisten konnte.

„Ich hoffe, ich habe Sie nicht warten lassen, Mylord", erklärte sie und machte einen Knicks, den er nicht sehen konnte. „Ich hatte geplant bei der Dienerschaft zu speisen. Wohin ich gehöre."

Sein rechter Mundwinkel zuckte. „Das wird nicht nötig sein. Heute Abend sind Sie nicht meine Pflegerin, sondern mein Gast."

Vorsichtig bewegte sich Gabriel zu dem Stuhl zu seiner Rechten und zog ihn unter dem Tisch vor, hob dabei eine Augenbraue einladend. Samantha zögerte, wusste, sie wäre viel sicherer, wenn sie am anderen Ende des Tisches säße, außerhalb seiner Reichweite. Aber Gabriels Miene war so jungenhaft hoffnungsvoll, dass sie nicht anders konnte, als zu ihm zu gehen. Als er sich vorlehnte, um den Stuhl für sie zurechtzurücken, war sie sich überdeutlich der Kraft in seinen muskulösen Armen bewusst, der Hitze, die seine breite Brust ausstrahlte.

Er setzte sich auf seinen eigenen Stuhl. „Ich hoffe, Sie haben keine Einwände gegen das Worcester-Porzellan. Ich fürchte, das von Wedgewood ist einem unglückseligen Unfall zum Opfer gefallen."

Um Samanthas Lippen zuckte es. „Wie überaus bedauerlich." Sich umsehend bemerkte sie, dass das Sideboard leer war und der Tisch mit dem Tischtuch aus feinstem Leinen mit verschiedensten Gerichten gedeckt war, die alle leicht zu erreichen waren. Sie betrachtete einen Teller mit köstlich frischen Erdbeeren argwöhnisch. „Ich sehe niemanden, der uns bedient. Haben Sie den restlichen Dienstboten ebenfalls frei gegeben?"

„Ich dachte, sie haben sich eine Pause von ihren anstrengenden Pflichten verdient. Diese Woche waren sie sehr fleißig."

„Das kann ich mir denken. Es muss allein Stunden gedauert haben, dieses Kleid zu nähen."

„Glücklicherweise ist der Stoffbedarf für die neue Mode sehr begrenzt, sodass Meg in der Lage war, das Kleid fertigzustellen, ohne mehr als ein oder zwei schlaflose Nächte zu erleiden."

„Und wie viele schlaflose Nächte haben Sie erlitten, Mylord?"

Statt einer Antwort griff Gabriel nach der Flasche Claret, die zwischen ihnen stand. Samantha nahm sich rasch ihre Serviette und fürchtete schon das Schlimmste, doch seine Finger schlossen sich ohne Zwischenfall um den anmutigen Flaschenhals. Mit vor Erstaunen offenem Mund verfolgte sie, wie er ihnen beiden von dem Rotwein einschenkte, ohne auch nur einen Tropfen auf das Tischtuch zu kleckern.

„Ich kann sehen, die Diener sind nicht die Einzigen, die in der letzten Woche fleißig waren", bemerkte sie leise und nahm einen Schluck von dem dunkelroten Wein.

„Darf ich Ihnen vorlegen?", erkundigte er sich und fasste nach dem Löffel in einer Silberschüssel mit dampfendem Hühnerfrikassee.

„Sicher", antwortete sie und beobachtete fasziniert, wie er auf beide Teller eine Portion tat.

Messer und Gabel verschmähend nahm er seinen Löffel und begann zu essen. „Darf ich annehmen, dass Ihnen das Kleid zusagt?“

Samantha strich das betreffende Gewand glatt. „Es ist fast so hübsch, wie es unpraktisch ist. Wie hat Meg es fertig gebracht, dass es so gut passt?“

„Sie hat ein Auge für so etwas. Sie sagte, Sie seien nicht viel größer als meine jüngste Schwester Honoria.“ Ein Lächeln spielte um seine Lippen. „Wenn ich mich ausschließlich auf Beckwiths Angaben verlassen hätte, hätten Sie das Kleidungsstück als Zelt tragen können.“

„Und was ist mit den Seidenschuhen? Soll ich annehmen, dass Sie einen ebenso talentierten Schmied haben?“

„Es hat Vorteile, so nah bei London zu wohnen. Beckwith tut es gut, von Zeit zu Zeit die Geschäfte in der Oxford Street aufzusuchen. Und es war für Mrs Philpot nicht schwer, in Ihr Zimmer zu gehen und Ihre Stiefel auszumessen, während Sie zum Essen unten waren.“

„Die Dienerschaft in Fairchild Park ist so findig wie ihr Herr. Aber Sie müssen wissen, dass ich natürlich all diese schönen Dinge nicht behalten kann. Das würde sich nicht gehören.“

„Ach, kommen Sie. So sehr habe ich Sitte und Anstand nun auch nicht missachtet. Sie haben vielleicht bemerkt, dass keinerlei Unterwäsche dabei war.“

„Das ist gut und schön“, erwiderte Samantha süßlich und steckte sich einen wohlschmeckenden Bissen Hühnchen in den Mund. „Denn ich trage keine.“

Gabriels Löffel fiel scheppernd auf den Tisch. Er nahm einen tiefen Zug aus seinem Weinglas, schien aber Probleme mit dem Herunterschlucken zu haben. „Ich muss gestehen, dass ich mein Gebrechen nie mehr bereut habe als jetzt“, gelang es ihm schließlich hervorzustoßen. Er räusperte sich, und seine Miene wurde ernster. „Ich hoffe, Sie nehmen mehr als meine Geschenke an. Ich hoffe, Sie akzeptieren auch meine Entschuldigung für mein abscheuliches Benehmen neulich Abend.“

Während Samantha verfolgte, wie er mit der Hand geduldig die Tischdecke nach seinem Löffel abtastete, verblasste ihr Lächeln. Der Löffel lag nur wenige Zoll von seinen suchenden Fingern entfernt, hätte aber genauso gut im Nebenraum sein können. „Ich fürchte, ich bin es, der um Vergebung bitten muss. Ich hatte nicht begriffen, wie schwierig Essen für Sie sein muss.“

Er zuckte mit den Achseln. „Ein Messer und eine Gabel sind knifflig zu handhaben. Wenn ich das Essen nicht *fühlen* kann, kann ich es nicht *finden.*“ Ein nachdenkliches Stirnrunzeln krauste ihm die Stirn. „Warum zeige ich es Ihnen nicht einfach?“

Seinen Stuhl zurückschiebend erhob er sich, die Serviette in der Hand, und trat hinter sie. Samanthas Puls beschleunigte sich, als er sich über sie beugte. Sein Atem strich warm über den zarten Haarflaum in ihrem Nacken, sodass sie es bereute, ihre Locken hochgesteckt zu haben.

Ehe sie widersprechen konnte, hatte er ihr die Brille abgenommen. Strikt nach Gefühl vorgehend, rollte er die Serviette zusammen, legte sie ihr über die Augen und verknotete sie locker hinter ihrem Kopf.

Ohne das Kerzenlicht, um sie zu leiten, musste Samantha sich ganz auf Gabriel verlassen – seine Wärme, seinen Geruch, seine Berührung. Mit der Rückseite seiner Finger streifte er ihren Hals, weckte einen hilflosen Schauer, als sie erkannte, wie sehr sie ihm ausgeliefert war.

„Wollen Sie sich an mir rächen, indem ich mein Frikassee mit den Fingern essen muss?“, fragte sie.

„Ich wäre nie so grausam. Nicht wenn ein Blinder den anderen füttern soll.“ Sie hörte das Rutschen von Porzellan, als er um sie herumgriff und eine Schüssel zur Seite schob, eine andere heranzog. „Versuchen Sie dies hier“, sagte er und drückte ihr die Gabel in die Hand.

Sich mehr als ein wenig lächerlich vorkommend stach Samantha in das Gericht vor sich. Sie war sich nicht sicher, was ihr Ziel sein sollte, denn es rollte immer wieder weg. Nachdem sie es ein paar Mal durch die Schüssel gejagt hatte, gelang es ihr schließlich, es aufzuspießen. Als sie die Gabel hob, stieg ihr das köstliche Aroma frischer Erdbeeren in die Nase. Das Wasser begann ihr im Mund zusammenzulaufen. Die mühsam erlegte Frucht war nur noch einen Zoll von ihren Lippen entfernt, als sie ihr von der Gabel fiel und mit einem leisen Plumps auf dem Tisch landete.

„Verflixt!“, schimpfte sie, wartete auf Gabriels spöttisches Gelächter.

Aber er fasste einfach um sie herum und nahm ihr sanft die Gabel ab. „Sehen Sie, Miss Wickersham, wenn man nicht sehen kann, muss man sich auf andere Sinne verlegen. Wie Riechen …“ Der frische Duft der Erdbeere flutete ihren Geruchssinn, und Samantha hätte geschworen, dass sie Gabriels Nase an ihrem Hals spürte in einer flüsterzarten Liebkosung. „Tasten …“ Seine warmen Finger legten sich besitzergreifend um ihren Nacken, als er die Erdbeere über ihre prickelnden Lippen rieb, sie lockte, sie zu öffnen. Seine Stimme senkte sich. „Schmecken …“

Von einer seltsamen Trägheit übermannt, konnte sie nicht anders, als sich ihm zu öffnen. Nicht seit sich die Schlange im Garten Eden Eva genähert hatte, war eine Frau von einer verbotenen Frucht derart in Versuchung geführt worden. Ihre unausgesprochene Einladung annehmend schob Gabriel die reife Erdbeere über ihre Lippen, und die Süße des Fruchtfleisches schien auf ihrer Zunge zu explodieren. Ein leises Stöhnen der Befriedigung entschlüpfte ihr.

„Mehr?“, fragte er, und seine heisere Stimme war so verlockend wie die des Teufels.

Samantha wollte mehr. Viel mehr. Aber sie schüttelte den Kopf und stieß seine Hand zur Seite, aus Angst, er könnte einen Hunger in ihr wecken, der niemals gestillt werden konnte. „Ich bin kein Kind“, erklärte sie, ihn absichtlich nachahmend. „Und ich werde mich nicht wie eines füttern lassen.“

„Gut. Wie Sie wünschen.“ Sie hörte ihn erneut Schüsseln verrücken, wie er sich die Lippen leckte, nachdem er daraus gekostet hatte. „Hier“, sagte er schließlich und drückte ihr die Gabel wieder in die Hand. „Versuchen Sie das hier.“

Obwohl sie durch die seidenweiche Note in seiner Stimme hätte gewarnt sein sollen, stach sie mit der Gabel in die Schale, entschlossen zu zeigen, dass sie beim ersten Versuch treffen konnte, was auch immer darin war. Sie keuchte auf, als ihre Hand bis zum Handgelenk in einer kalten gelartigen Masse versank.

„Étiennes Syllabubs sind legendär“, murmelte Gabriel ihr ins Ohr. „Es heißt, er brächte Stunden damit zu, die Creme zu schlagen, bis sie genau die richtige Beschaffenheit hat.“

„Sie hinterhältiger Schuft!“ Samantha zog ihre Hand aus der klebrigen Nachspeise. „Das haben Sie absichtlich getan!“

Sie tastete nach ihrer Serviette, als sich Gabriels Finger um ihr Handgelenk schlossen. „Gestatten Sie“, sagte er und hob ihre Hand an seinen Mund.

Samantha war nicht im Mindesten auf den Schock gefasst, zu spüren, wie ihr Zeigefinger zwischen Gabriels Lippen glitt. Die feuchte Hitze seines Mundes war ein starker Gegensatz zu der Kälte des

Syllabubs. Er leckte und saugte die sahnige Creme von ihren Fingern mit einer sinnlichen Hingabe, die ihren Widerstand dahinschmelzen ließ. Es war nur zu leicht, sich vorzustellen, wie sich dieselbe geschickte Zunge an anderen, noch empfindsameren Stellen ihres Körpers zu schaffen machte.

Samantha entriss ihm ihre Hand, und ihre Wangen unter der Augenbinde brannten. „Als Sie mich einluden, mit Ihnen zu dinieren, Mylord, war mir nicht bewusst, dass ich das Hauptgericht sein sollte."

„Ganz im Gegenteil, Miss Wickersham. Sie geben ein viel köstlicheres Dessert ab."

„Wegen meines süßen Wesens?", konnte sie sich nicht verkneifen, in ihrem strengsten Ton zu fragen.

Er lachte laut auf. Dieses seltene Ereignis musste sie sehen. Samantha zog die behelfsmäßige Augenbinde ab. Gabriel saß lässig in seinem Stuhl, die kleinen Fältchen um seine Augen in einem schiefen Grinsen vertieft.

Den Rest des Abends war er der ideale Gesellschafter für ein Dinner und gewährte ihr so einen Blick auf den Charme, der so viele Frauen dazu verleitet hatte, um seine Gunst zu buhlen. Nachdem sie den Rest des Syllabub verspeist hatten, diesmal aber mit Löffeln statt Fingern, erhob er sich und bot ihr seine Hand.

Samantha betupfte sich die Lippen mit ihrer Serviette und überlegte besorgt, dass sie ihm überallhin folgen würde. „Es ist reichlich spät, Mylord. Ich sollte mich wirklich zurückziehen."

„Gehen Sie noch nicht. Ich möchte Ihnen erst noch etwas zeigen."

Unfähig, ihm seine Bitte abzuschlagen, erhob sich Samantha und legte ihre Hand auf seine, konnte aber ihren Argwohn nicht abschütteln. Seinen Gehstock benutzend, geleitete er sie aus dem Speisesalon einen langen schattigen Flur hinab zu einer vergoldeten Flügeltür, die ihr nie zuvor aufgefallen waren.

Er tastete nach den Messingklinken und stieß die Türen auf.

„Himmel!", hauchte Samantha, die ein Bild direkt aus ihren Träumen vor sich sah.

Es war der Ballsaal, den sie bei ihrer ersten Erkundung des Herrenhauses entdeckt hatte. Aber statt von der Empore in ihn hinab zu blicken, befand sie sich im Mittelpunkt seiner Pracht. Jede Kerze in den schimmernden Kerzenständern war entzündet worden, warf ihren Schein auf die blau glasierten venezianischen Fliesen Eine Reihe

Bogenfenster im französischen Stil gingen auf den mondhellen Garten hinaus.

Gabriel lehnte seinen Gehstock gegen die Wand. Hier brauchte er ihn nicht. Es gab keine Möbel, über die er stolpern, oder zierliche Porzellanfiguren, die er zerbrechen konnte.

„Darf ich Sie um das Vergnügen dieses Tanzes bitten, meine Dame?“, fragte er und bot ihr seinen Arm.

„Sie haben geübt, nicht wahr?“, sagte Samantha vorwurfsvoll, der wieder die geheimnisvolle Musik und der rätselhafte Krach einfielen, die sie aus dem Salon gehört hatte. „Ich dachte schon, Mrs Philpot und Mr Beckwith hätten sich zu einem mitternächtlichen Stelldichein getroffen.“

Gabriel lachte, während er sie in die Mitte der glänzenden Tanzfläche führte. „Ich bezweifle, dass ich ihnen die nötige Kraft gelassen habe. Beckwith und ich sind öfter mit den Köpfen zusammengestoßen, als ich zählen mag, und Mrs Philpots arme Zehen hätten sich nie erholt, wenn ich nicht in Socken statt Stiefeln getanzt hätte. Wir haben nicht lange gebraucht, um herauszufinden, dass ich eine erbärmliche Enttäuschung bei Menuetten und Ländlern bin.“

„Wenn Sie Ihre Partnerin nicht *spüren* können“, begann sie, als ihr wieder seine Worte von vorhin einfielen

„… kann ich meine Partnerin nicht finden. Was der Grund dafür ist, weswegen ich den größten Teil der Nacht gestern mit Beckwith Walzer getanzt habe.“ Er seufzte. „Es ist eine Schande, dass Mrs Philpot nicht Walzer tanzt.“

„Walzer?“ wiederholte Samantha, unfähig, ihr Entsetzen zu verbergen. „Himmel, der Erzbischof persönlich hat es als Gipfel der Sittenlosigkeit bezeichnet.“

Gabriels Augen funkelten belustigt. „Stellen Sie sich nur vor, was er gedacht hätte, wenn er mich mit meinem Butler tanzen gesehen hätte.“

„Selbst der Prinz von Wales erklärt, es sei völlig unanständig für einen Mann, eine Frau so dicht an sich gedrückt zu halten. Solche Nähe zwischen Tanzpartnern kann nur zu unschicklichem Benehmen führen.“

„In der Tat?“, murmelte Gabriel und klang vielmehr fasziniert als abgestoßen. Er verschränkte seine Finger mit ihren und zog sie noch näher.

Samanthas Atem ging abgehackt, als wäre sie mehrmals schon

durch den Saal gewirbelt. „So ein moderner Tanz mag in Wien oder Paris akzeptiert werden, Mylord, aber er ist in jedem Londoner Ballsaal verboten."

„Wir sind aber nicht in London", erinnerte Gabriel sie und nahm sie in die Arme.

Er nickte in Richtung der Galerie für die Musiker. Als ein nicht zu sehender Diener das Cembalo zu spielen begann, legte ihr Gabriel die Hand auf den Rücken und bewegte sich mit ihr zu den zarten Noten von „Barbara Allen" im Takt. Die sehnsüchtige Ballade über vertane Gelegenheiten und verlorene Liebe war immer schon eines von Samanthas Lieblingsliedern gewesen. Sie hatte es nie zuvor als Walzer spielen gehört, aber es passte perfekt zu dem gleitenden Dreivierteltakt des Tanzes.

Als sein Körper sich in den unwiderstehlichen Rhythmus fand, gewann Gabriel seine angeborene Anmut zurück. Er schloss die Augen, und andere, noch köstlichere Empfindungen kehrten ebenfalls zurück – die Erregung, einen warmen Frauenkörper gegen seinen zu drücken, das seidige Rascheln ihrer Röcke, das Vertrauen, mit dem sie sich seiner Führung überließ. Zum ersten Mal seit Trafalgar beklagte Gabriel den Verlust seiner Sehkraft nicht. Wenn er mit Samantha im Arm durch den Ballsaal tanzte, fühlte er sich wieder ganz.

Den Kopf übermütig lachend in den Nacken werfend, wirbelte Gabriel mit ihr mehrmals durch den Saal.

Zu dem Zeitpunkt, da die letzten Noten von „Barbara Allen" verklangen, waren sie beide atemlos vor Lachen. Als das Cembalo „Komm, leb mit mir", anstimmte, eine gefällige Weise, die mehr zu einer Allemande passte als zu einem Walzer, blieben sie stehen. Gabriel hielt Samantha fest, wollte weder sie noch den Augenblick aufgeben.

„Wenn Sie versuchen wollen, mich damit zu beeindrucken, wie zivilisiert Sie sind, dann scheitern Sie kläglich", erklärte sie.

„Vielleicht sind wir unter unseren geschliffenen Manieren und unserer feinen Seide im Herzen doch nur Barbaren." Ihre Hand an seinen Mund bringend drückte er einen Kuss auf die Handfläche, erlaubte seinen Lippen, länger auf ihrer zarten Haut zu verweilen, als es schicklich war. „Selbst Sie, meine prüde Miss Wickersham."

Das leise Zittern in ihrer Stimme war nicht zu überhören. „Wenn ich ein zynischeres Wesen hätte, Mylord, könnte mir der Verdacht kommen, dass Sie diese Bühne nicht für eine Entschuldigung aufgebaut haben, sondern für eine Verführung."

„Was wäre Ihnen lieber?“ Nicht länger in der Lage, der Versuchung zu widerstehen, senkte Gabriel den Kopf, suchte die Antwort direkt auf ihren Lippen.

Samantha schloss die Augen, als könnte sie so jede Mitschuld an dem, was gleich geschehen würde, leugnen. Aber den sehnsüchtigen Schauer konnte sie nicht leugnen, der sie durchlief, als Gabriels Lippen ihre in einer federleichten Liebkosung streiften. Das hier glich in nichts dem Kuss, den sie in der Bibliothek geteilt hatten. Das war ein leidenschaftlicher Angriff auf ihre Sinne gewesen. Dies hier dagegen war der Kuss eines Liebhabers – eine bedächtige Kostprobe all der Vergnügen, der Lust, die er ihr bereiten konnte, was noch verführerischer und gefährlicher war für ihr einsames Herz.

Er liebkoste ihre vollen Lippen, überredete sie, sie zu öffnen, das Eindringen seiner Zunge zu begrüßen. Deren samtige Hitze in ihrem Mund spürend, fühlte Samantha, wie sie dahinschmolz, sich an ihn schmiegte und der letzte Rest ihres Widerstandes zu Asche verglühte. Plötzlich war sie Bettlerin bei einem Festmahl – einem Festmahl für ihre Sinne, die Sinne, die ihr Körper zu lange missachtet hatte. Sie wollte ihn verschlingen, jedes Verlangen in sich mit der herrlichen Leidenschaft seines Kusses stillen.

Als ihre Zunge sich an dem uralten Tanz beteiligte, seinen Geschmack genoss, stöhnte er tief in der Kehle. Er musste nicht sehen können, um seine Hand in ihren Ausschnitt zu schieben und ihre weiche Brust unter dem Seidenhemd zu finden, seinen Daumen leicht über die harte Brustwarze zu reiben, bis sie an seinem Mund stöhnte, von einer Sehnsucht überwältigt, die so durchdringend war wie verboten.

Von dem hilflosen Stöhnen beschämt und voller Sorge, wo seine Finger als Nächstes hinwandern würden, nahm Gabriel seine Hände und Lippen von Samantha.

Um Atem ringend, lehnte er seine Stirn gegen ihre. „Sie sind nicht ganz aufrichtig mit mir gewesen, nicht wahr, Miss Wickersham?“

„Warum sagen Sie das?“

Davon ausgehend, dass das Entsetzen in ihrer Stimme auf seine Vertraulichkeit von eben zurückzuführen war, brachte er seinen Mund dicht an ihr Ohr und wisperte: „Weil Sie, sehr zu meinem Missfallen, sehr wohl Unterwäsche tragen.“

Das Lied hörte in dem Moment auf, und die plötzliche Stille

erinnerte sie beide daran, dass sie oben auf der Galerie Zuschauer hatten

„Soll ich noch ein Lied spielen, Mylord?“ Beckwiths heiter-unbekümmerte Stimme klang über das vergoldete Geländer zu ihnen herab, gab ihnen die Gewissheit, dass der Butler das Schauspiel auf der Tanzfläche nicht mitbekommen hatte.

Es war Samantha, die die Kraft aufbrachte, sich aus seinen Armen zu lösen. Samantha, die nach oben rief: „Nein, danke, Beckwith. Lord Sheffield benötigt Ruhe. Morgen wird er pünktlich um zwei Uhr seine Stunden aufnehmen.“ Ihre Stimme klang nicht weniger kühl, als sie sich wieder zu Gabriel umdrehte und artig sagte: „Danke für das Dinner, Mylord.“

Von ihrer Verwandlung zurück in seine gestrenge Pflegerin amüsiert, machte er eine förmliche Verneigung. „Und Ihnen ebenfalls danke, Miss Wickersham … für den Tanz.“

Mit schief gelegtem Kopf lauschte er auf ihre fliehenden Schritte und fragte sich nicht zum ersten Mal, welche anderen Geheimnisse seine Pflegerin noch hütete.

Beckwith kehrte in die Gesindestube zurück, wo er Mrs Philpot vorfand, die allein vor dem Feuer saß und eine warme Tasse Tee genoss.

„Wie verlief der Abend?“, erkundigte sie sich.

„Ich würde sagen, es war ein durchschlagender Erfolg. Genau, was die zwei brauchten. Allerdings waren wir beide offenbar nicht ganz so diskret, wie wir dachten. Wie es scheint, hat uns Miss Wickersham letzte Nacht im Salon gehört.“ Er schmunzelte. „Sie dachte, wir hätten ein mitternächtliches Rendezvous gehabt.“

„Stell sich das einer vor.“ Mrs Philpot hob ihre Teetasse an die Lippen, um ihr Lächeln zu verbergen.

Beckwith schüttelte den Kopf. „Wer würde schon glauben, dass ein pingeliger alter Butler und eine gesetzte Witwe sich im Dunkeln begrapschen wie zwei liebeskranke Kinder?“

„Ja, wer wohl?“ Die Teetasse auf den Ofen stellend begann Mrs Philpot sich eine nach der anderen die Haarnadeln aus der Frisur zu ziehen.

Als die schwarzen Seidensträhnen auf ihre Schultern fielen, fuhr Beckwith mit den Fingern hindurch. „Ich habe schon immer dein Haar geliebt, weißt du.“

Sie fasste seine Hand und drückte sie an ihre Wange. „Und ich habe immer schon dich geliebt. Mindestens seit du den Mut aufgebracht hast, eine einsame junge Witwe ‚Lavinia' zu nennen statt ‚Mrs Philpot'."

„Ist dir eigentlich klar, dass das fast zwanzig Jahre her ist?"

„Mir ist, als sei es erst gestern gewesen. Also, welche Lieder hast du für sie gespielt?"

„‚Barbara Allen' und dein Lieblingslied ‚Komm, leb mit mir'."

„‚Komm, leb mit mir und lass dich lieben'", zitierte sie Marlowes zeitloses Liebesgedicht.

„‚Und uns wird alle Lust beschieden'", beendete er den Vers, zog sie auf die Füße.

Sie lächelte zu ihm empor, und ihre Augen funkelten wie die eines jungen Mädchens. „Denkst du, der Herr würde uns entlassen, wenn er es wüsste?"

Beckwith schüttelte den Kopf, ehe er sie sanft küsste. „Von dem, was ich heute Nacht mit angesehen habe, glaube ich, er würde uns beneiden."

Kapitel 14

Meine liebste Cecily,

wie kannst du nur andeuten, dass meine Familie dich als unter mir stehend ansehen könnte? Du bist mir Mond und die Sterne. Ich bin nichts als Staub unter deinen zierlichen Füßen …

Pünktlich um zwei Uhr am nächsten Nachmittag schritt Samantha wieder in ihren vernünftigen Halbstiefeln durch die Eingangshalle, und ihre Miene war so entschlossen, dass die anderen Diener sich beeilten, ihr aus dem Weg zu gehen. Ihr Haar hatte sie erneut zu dem alten strengen Knoten im Nacken aufgesteckt, und ihre Lippen zusammengepresst, als hätte sie eine Zitrone gelutscht, statt sich mit ihrem Duft zu parfümieren. Der wenig schmeichelhafte Schnitt ihres dunkelgrauen Morgenkleides verdeckte wirkungsvoll jeden Hinweis auf schlanke Knöchel oder weibliche Formen.

Sie ging im Empfangssalon auf und ab, während sie auf Gabriel wartete, und ihre altmodischen Unterröcke raschelten, als seien sie in Stärke eingeweicht worden. Das Wissen, dass alle ihre Bemühungen, respektabel auszusehen, an Gabriel verschwendet sein würden, hob ihre Laune nicht unbedingt. Denn sie konnte auch mit nichts als Strümpfen und ihrem neuen Unterhemd aus Seide bekleidet auf ihn warten, ohne dass er es merken würde. Sie fächelte sich mit der Hand Luft zu, da ihre zügellose Phantasie einen schwindelerregenden Reigen von Bildern heraufbeschwor, was er tun könnte, wenn sie das täte.

Um halb drei endlich kam er in den Empfangssalon geschlendert, seinen Gehstock fröhlich vor sich schwingend. Sam folgte ihm auf dem Fuße, einen arg mitgenommenen Stiefel im Maul.

Ungeduldig mit dem Fuß auf den Boden klopfend, starrte Samantha auf die Uhr auf dem Kaminsims. „Ich vermute, Sie haben keine Ahnung, wie spät Sie sind."

„Nicht die geringste. Ich kann die Uhr nicht sehen", erinnerte er sie glatt.

„Oh", sagte sie, momentan aus dem Konzept gebracht. „Ich vermute, dann fangen wir besser an." Weil sie zögerte, ihn zu berühren, fasste sie ihn am Ärmel seines Hemdes und zog ihn an den Eingang ihres behelfsmäßigen Labyrinths.

Er stöhnte. „Nicht schon wieder die Möbel. Hier bin ich schon hundert Mal entlang gegangen."

„Und Sie werden es noch hundert Mal tun, bis Ihnen das Gehen mit dem Stock zur zweiten Natur geworden ist."

„Ich würde viel lieber Tanzen üben", erklärte er, und die seidenweiche Note in seiner Stimme war unverwechselbar verführerisch.

„Warum etwas üben, das Sie bereits bis zur Vollkommenheit beherrschen?", erwiderte Samantha und gab ihm einen leichten Schubs in Richtung Sofa.

Als Gabriel tonlos etwas von einem Minotaurus murmelnd das Ende des Labyrinths erreichte, traf er auf Luft.

Stirnrunzelnd beschrieb er mit dem Stock einen weiteren Bogen. „Wo, zum Teufel, ist der Davenport hin? Ich hätte schwören können, dass er vor ein paar Tagen noch hier stand."

Statt einer Antwort trat Samantha vor ihn und stieß die bodenlangen französischen Fenster auf, sodass er auf die Terrasse treten konnte. Mit einem vor Begeisterung schrillen Bellen ließ Sam den Stiefel fallen und rannte an ihnen vorbei, um sich draußen auf die Fährte eines imaginären Hasen zu stürzen. Eine milde, nach Flieder duftende Brise wehte ins Zimmer.

„Da Sie nun sowohl den Empfangssalon als auch den Ballsaal gemeistert haben", erläuterte sie, „dachte ich, es sei an der Zeit, heute Nachmittag einen kleinen Spaziergang durch die Gartenanlagen zu wagen."

„Nein, danke", antwortete er ausdruckslos.

Überrascht fragte sie: „Und warum nicht? Sie haben doch gerade selbst gesagt, der Salon langweilte Sie. Ich dachte, Sie würden sich freuen, etwas anderes auszuprobieren und dabei ein bisschen frische Luft zu schnappen."

„Ich habe hier im Haus all die frische Luft, die ich brauche."

Verwirrt blickte Samantha nach unten. Er umklammerte den Gehstock mit weiß hervortretenden Knöcheln, als wäre es sein Rettungsanker. Sein ausdrucksvolles Gesicht war wie erstarrt, sein linker Mundwinkel nach unten gebogen. Der mühelose Charme von gestern Abend war verschwunden, ersetzt durch eine düstere Maske.

Der Atem stockte ihr, als sie begriff, dass Gabriel nicht verärgert war. Er hatte Angst. Zurückblickend fiel ihr auf, dass sie seit ihrer Ankunft auf Fairchild Park nicht gesehen hatte, wie er sich dem Sonnenlicht stellte.

Sanft befreite sie den Gehstock aus seinem Griff und lehnte ihn gegen die Wand. Kühn legte sie ihm die Hand auf den verkrampften Unterarm. „Ihre Lungen brauchen vielleicht keine frische Luft, Mylord, meine jedoch schon. Und Sie können kaum von einer Dame erwarten, dass sie an einem so herrlichen Frühlingstag einen Nachmittagsspaziergang ohne die Begleitung eines Gentlemans unternimmt."

Samantha wusste, dass sie ein Wagnis einging, an eine Ritterlichkeit zu appellieren, die er nicht länger besaß. Aber zu ihrer Überraschung bedeckte er zögernd ihre Hand mit seiner und senkte den Kopf, um eine spöttische Verbeugung anzudeuten. „Niemand soll sagen können, Gabriel Fairchild würde einer Dame einen Wunsch abschlagen."

Er machte erst einen Schritt nach vorne, dann noch einen. Sonnenlicht ergoss sich wie geschmolzenes Gold über sein Gesicht. Als sie über die Schwelle schritten, blieb er jäh stehen. Sie fürchtete, er wollte doch noch ablehnen, aber es schien, als sei er bloß stehen geblieben, um tief einzuatmen. Samantha tat es ihm nach, genoss in vollen Zügen den Geruch der frisch umgegrabenen Erde und das betörende Parfum der prallen Gylzinienblütentrauben an dem Spalier in der Nähe.

Als Gabriel die Augen schloss, war sie in Versuchung geführt, es ihm nachzutun, ihre Sinne ganz auf die Liebkosung durch die sonnenwarme Brise und das empörte Zwitschern eines Rotkehlchens zu konzentrieren, das mit seinem Partner schimpfte, während die beiden ein Nest in den Zweigen eines nahen Weißdornes bauten. Aber wenn sie das getan hätte, hätte sei den Ausdruck puren sinnlichen

Vergnügens auf Gabriels Gesicht verpasst.

Ihre Geister hoben sich, und sie drängte ihn loszugehen, führte ihn zu dem Stück smaragdgrünen Rasens, das sich zu einem halb verfallenen, steinernen Gemäuer am Rande eines weitläufigen Waldes absenkte. Jede Einzelheit in dem sorgfältig geplanten Park, von den frisch gehauenen Felsen bis zu den sich dahin schlängelnden Bächen, war mit dem Ziel angelegt, den Eindruck unberührter Wildnis zu erwecken.

Ohne seine Finger von ihren zu nehmen, hielt Gabriel mühelos mit ihr Schritt, gewann mit jedem zurückgelegten Yard an Zuversicht und Anmut. „Wir sollten uns nicht zu weit vom Haus entfernen. Was, wenn mich jemand aus dem Dorf sieht? Ich will schließlich keine kleinen Kinder erschrecken."

Trotz seines trockenen Tonfalles wusste Samantha, dass seine Worte nur halb scherzhaft gemeint waren. „Kinder fürchten nur das Unbekannte, Mylord. Je länger Sie sich auf Fairchild Park einsperren, desto furchteinflößender wird Ihr Ruf."

„Und wir wollen ja wirklich nicht, dass alle glauben, ich sei ein missgestaltetes Scheusal, das im Dunkeln herumlungert, nicht wahr?"

Samantha schaute zu ihm auf, aber es war unmöglich zu sagen, ob er sich über sie oder sich selbst lustig machte. Seine Augen hatten vielleicht ihr Sehvermögen verloren, aber nicht ihr amüsiertes Funkeln. Im Sonnenlicht waren sie sogar noch aufsehenerregender, ihre goldgeränderten Tiefen so klar und hell wie ein Kristallsee. Und sein Haar glänzte im Sonnenschein wie frisch geprägte Goldmünzen.

„Es besteht wirklich keine Notwendigkeit für Sie, in Ihrem eigenen Hause als Gefangener zu leben, wenn Sie doch diese wunderschönen Gärten haben. Ich kann mir vorstellen, Sie waren früher sehr unternehmungslustig. Es muss doch irgendetwas an der frischen Luft zu tun geben, was Ihnen Spaß macht."

„Wie wäre es mit Bogenschießen?", spottete er. Sam kam aus dem Wald gelaufen und zwang sie, langsamer zu gehen, da er ihnen freudig um die Füße sprang. „Oder Jagen. Wenigstens könnte es mir niemand verdenken, wenn ich einen jungen Hund für einen Fuchs halte."

„Sie sollten sich schämen", schalt sie ihn. „Es ist gut möglich, dass Sam eines Tages Ihre Rettung sein wird. Er ist ein sehr kluger Hund, wissen Sie?"

Da er seinen Namen hörte, warf sich der Hund ins Gras, rollte sich auf den Rücken, verdrehte wohlig die Augen und ließ die Zunge aus dem Maul hängen. Samantha hob ihre Röcke und machte einen Schritt über ihn hinweg, in der Hoffnung, ihr Begleiter würde es nicht bemerken.

Aber Gabriel schien in Gedanken mit anderen Dingen beschäftigt. „Vielleicht haben Sie recht, Miss Wickersham.“ Samantha blickte zu ihm auf, erstaunt über sein rasches Einlenken. „Vielleicht gibt es etwas, das mir immer noch Spaß machen würde. Etwas, bei dem ich nicht im Nachteil bin.“

Gabriel gewann jede einzelne Runde bei „Blinde Kuh“.

Er war einfach nicht zu schlagen. Er fing nicht nur selbst die flinksten Dienstboten, ehe sie außer Reichweite laufen konnten, es war ihm auch noch ein Leichtes, sie mit nicht mehr als einem leichten Schnuppern an Haar oder Kleidung beim Namen zu nennen. Seine Reflexe waren immer noch so gut, dass er zudem jedem ausweichen konnte, der die Augenbinde trug, entwischte ihren ausgestreckten Händen, einen Augenblick, bevor sie ihn packen konnten.

Als Samantha zuerst die Dienerschaft nach draußen hatte rufen lassen, damit sie sich an dem Spiel beteiligten, waren sie alle schockiert gewesen, ihren Herrn auf einen Ellbogen gelehnt auf der sonnenbeschienenen Wiese zu entdecken, das Haar aus dem Zopf im Nacken gerutscht und einen Grashalm zwischen den Lippen. Und noch mehr waren sie schockiert, als seine Pflegerin ihnen erklärte, was von ihnen verlangt wurde. Während die anderen Diener sich steif in einer Reihe aufstellten, als gälte es zu Besuch kommende Würdenträger zu begrüßen, schnalzte Beckwith missbilligend mit der Zunge, und Mrs Philpot erklärte, sie habe nie zuvor etwas so Anstößiges erlebt.

Peter und Phillip waren die ersten, die aus der Reihe traten. Erfreut, ihren Pflichten an einem so prächtigen Frühlingstag zu entkommen, straften die Zwillinge die Feinheiten des Spiels mit Missachtung und zogen es vor, bei jeder sich bietenden Gelegenheit ihre sommersprossigen Fäuste zu schwingen und miteinander zu raufen. Wann immer es ihm gelang, seinen Zwillingsbruder zu überwältigen und sich rittlings auf ihn zu setzen, warf Phillip Elsie einen verstohlenen Blick zu, um sich zu vergewissern, dass das hübsche junge Stubenmädchen zusah.

Verführt von der milden Brise und der guten Laune ihres Herrn, legten auch die anderen Diener allmählich ihre Zurückhaltung ab. Als er an der Reihe war, die Binde zu tragen, endete es damit, dass der drahtige Wildhüter Willie der Wäscherin Meg nachsetzte, die knorrigen Hände wie Klauen ausgestreckt. Wie ein Schulmädchen kreischend raffte Meg ihre Röcke und rannte den flachen Abhang hinunter, ihre stämmigen Beine deutlich zeigend, und Sam kläffend auf den Fersen. Als sie statt nach rechts einen Haken nach links schlug, stürzte Willie an ihr vorbei, stolperte über seine Stiefel und rollte den Rest des Hanges hinunter in den Bach.

„Da Willie Meg nicht fangen konnte, ist der Herr wieder dran!", rief Hannah und klatschte freudig in die Hände.

Während Meg den tropfnassen, fluchenden Wildhüter aus dem Bach zog, wandte Beckwith Gabriel sachte in Richtung Haus um. Selbst Mrs Philpot hatte Gefallen an dem Spiel gefunden. Ohne gefragt werden zu müssen, machte sie einen Schritt nach vorne und drehte ihren Dienstherrn dreimal um die eigene Achse, ehe sie außer Reichweite sprang, mit einer so übermütigen Anmut, dass die Schlüssel an ihrer Taille fröhlich klimperten.

Als Gabriel sein Gleichgewicht wiedergefunden hatte, blieben die Dienstboten wie erstarrt auf dem sonnigen Abhang stehen. Keiner von ihnen durfte sich auch nur einen Zoll bewegen, ehe Gabriel nicht so nah war, dass er sie berühren konnte. Erst dann war ihnen gestattet, wegzulaufen. Samantha stellte sich absichtlich an den äußeren Rand des Kreises, so wie sie es immer getan hatte, wenn Gabriel an der Reihe war. Sie war entschlossen, ihm keine Ausrede zu bieten, sie anzufassen.

Gabriel drehte sich langsam um sich selbst, die Hände in die schmalen Hüften gestemmt. Erst als der Wind Samanthas Haare durcheinander wehte und eine widerspenstige Strähne aus ihrem Haarknoten rutschte, erkannte sie, dass sie den Fehler begangen hatte, sich in den Wind zu stellen. Seine Nasenflügel blähten sich. Seine Augen verengten sich auf eine Art und Weise, die sie nur zu gut kannte.

Er wandte sich um und kam geradewegs auf sie zu, seine langen Schritte machten kurzen Prozess mit der Entfernung zwischen ihnen. Als er an Elsie und Hannah vorbeiging, ohne langsamer zu werden, schlugen sich die Mädchen die Hände vor den Mund, um ihr Kichern zu unterdrücken.

Samanthas Füße schienen wie in der Erde verwurzelt. Sie hätte nicht fortrennen können, selbst wenn Gabriel ein angreifendes

Raubtier gewesen wäre, das sie verschlingen wollte. Der eindringlichen Blicke der anderen Dienstboten war sie sich deutlich bewusst, und ein Rinnsal aus Schweiß bildete sich zwischen ihren Brüsten. Das Blut schien ihr dick und schwer wie Honig durch die Adern zu fließen.

Wie immer blieb Gabriel einen Herzschlag, bevor er sie umrennen würde, stehen. Als seine Hand ihren Ärmel streifte, stöhnten Peter und Phillip verächtlich wegen des völligen Fehlens von Gegenwehr auf ihrer Seite. Es war zu spät zu fliehen. Alles, was er jetzt noch tun musste, war ihren Namen zu sagen und die Spielrunde wäre zu Ende.

„Den Namen! Den Namen!“, begannen die Mädchen zu rufen.

Gabriel hielt seine freie Hand hoch, bat um Schweigen. Er hatte die anderen Dienstboten an nicht mehr als einem Hauch von Holzrauch oder Wäscheseife erkannt. Aber er durfte seine Gefangenen auch durch Berührung identifizieren.

Sein Mundwinkel verzog sich zu einem trägen Halblächeln. Währenddessen stand Samantha wie festgefroren, hilflos, seine sich nähernde Hand aufzuhalten. Es war, als ob die anderen verschwunden und sie auf dem Abhang in der milden Frühlingsbrise alleine wären.

Ihre Augenlider senkten sich flatternd, als Gabriels Finger ihr Haar streiften, dann leicht über ihr Gesicht glitten. Sanft fuhr er um ihr Brillengestell herum, tastete jede Höhlung und Kurve ab, als wollte er sie sich fest ins Gedächtnis einprägen. Wie konnten seine Hände so rau und männlich und gleichzeitig so zärtlich sein? Als seine Fingerspitzen über ihre weichen Lippen strichen, schmolz ihr Unbehagen dahin, wurde von einem anderen Gefühl ersetzt, das sogar noch gefährlicher war. Sie ertappte sich bei dem Wunsch, sich an ihn zu lehnen, ihren Kopf in den Nacken zu legen und sich ihm als Opfer darzubieten. Sie schwankte, überwältigt von dem süßen Sehnen, dass sie einen Moment benötigte, ehe sie bemerkte, dass er aufgehört hatte, sie zu berühren.

Ihre Augen flogen auf. Obwohl Gabriel den Kopf gesenkt hatte, verriet ihr das rasche Heben und Senken seiner Brust, dass ihn ihr kurzer Kontakt nicht unberührt gelassen hatte.

„Ich bin mir nicht ganz sicher“, rief er, dass es alle auf der Wiese hören konnten, „aber von der Weichheit der Haut und dem zarten Parfum her zu urteilen, würde ich sagen, ich habe vermutlich …“ Er machte eine Pause, um die Spannung zu steigern. „Warton, den Stalljungen, gefangen.“

Die Diener brachen in lautes Gelächter aus. Einer der

Pferdeknechte versetzte dem stotternden Warton einen Schlag auf die Schulter.

„Sie dürfen nur noch zwei Mal raten, Mylord“, erinnerte ihn Millie.

Gabriel tippte sich mit dem Finger nachdenklich auf die Lippen. „Nun, wenn es nicht Warton ist“, erklärte er gedehnt und mit leiser Stimme, „dann muss es meine liebe … meine pflichtbewusste … meine ergebene …“

Als er sich eine Hand aufs Herz legte, erntete er frisches Gekicher von den Mägden, und Samantha hielt den Atem an, überlegte, was genau er über sie verraten wollte.

„… Miss Wickersham sein!“

Die Dienstboten klatschten begeistert Beifall; Gabriel fuhr mit der Hand anmutig durch die Luft und verbeugte sich vor Samantha.

Sie lächelte und knickste spöttisch, sprach durch zusammengebissene Zähne. „Wenigstens haben Sie in mir nicht eines Ihrer Kutschpferde erkannt.“

„Seien Sie nicht albern“, flüsterte er. „Ihre Mähne ist viel seidiger.“

Ein strahlender Beckwith klopfte ihm auf die Schulter, ehe er ihm ein gefaltetes Taschentuch in die Hand legte. „Die Augenbinde, Mylord.“

Gabriel drehte sich wieder zu Samantha um, eine seiner Augenbrauen teuflisch in die Höhe gezogen.

„Oh, nein, das tun Sie nicht!“ Sie ging rückwärts, während er unbeirrt auf sie zuschritt, die Binde bedrohlich schwingend. „Ich habe genug von Ihren lächerlichen Spielchen. Von allen“, fügte sie hinzu, wusste, die Betonung würde ihm nicht entgehen.

„Ach, kommen Sie, Miss Wickersham“, erwiderte er tadelnd. „Sie würden doch nicht einen Blinden zwingen, Ihnen nachzulaufen, oder?“

„Nein?“ Ihre Röcke raffend rannte Samantha über das Gras, hilflos lachend, als sie Gabriels Schritte hinter sich näher kommen hörte.

Die Stimmung in der gemächlich vor sich dahin schaukelnden Stadtkutsche des Marquis of Thornwood reichte von düster bis verdrießlich. Nur die siebzehnjährige Honoria wagte es, sich ihre

Hoffnung und Vorfreude anmerken zu lassen. Sie setzte sich auf und spähte aus dem Fenster auf die vorüberziehenden Hecken, während das Gefährt auf der breiten Straße schwankend nach Fairchild Park fuhr.

Ihre beiden älteren Schwestern folgten der herrschenden Mode und verrieten gepflegte Langweile, die jungen Damen eines gewissen Alters so wichtig wie Schönheit und Abstammung war. Die achtzehnjährige Eugenia war versunken in eine verliebte Betrachtung ihres Spiegelbildes in dem kleinen, eleganten Handspiegel, den sie aus ihrem seidenen Retikül geholt hatte, während die neunzehnjährige Valerie jedes Holpern und Schütteln mit einem leidgeprüften Seufzen quittierte. Valerie war besonders unerträglich geworden, seit sie sich am Ende der Saison letztes Jahr mit dem jüngsten Sohn eines Duke verlobt hatte. Gleichgültig, welche Wendung die Unterhaltung nahm, es gelang ihr stets jeden zweiten Satz mit „Wenn Anthony und ich erst einmal verheiratet sind …“ zu beginnen.

Ihnen gegenüber saß ihr Vater und wischte sich die gerötete Stirn mit einem spitzengesäumten Taschentuch.

Mit einem besorgten Blick auf seine kräftig rote Gesichtsfarbe erkundigte sich seine Gattin: „Bist du dir ganz sicher, dass dies eine weise Entscheidung war, Teddy? Wenn wir ihn vorgewarnt hätten, dass wir kommen …“

„Wenn wir ihn vorgewarnt hätten, hätte er nur wieder den Dienstboten aufgetragen, uns abzuwimmeln.“ Da es nicht seine Art war, in scharfem Ton mit seiner Gattin zu sprechen, milderte Theodore Fairchild seine Worte, indem er sich vorbeugte und ihr besänftigend die behandschuhte Hand tätschelte.

„Soweit es mich betrifft, wäre das ein Segen.“ Eugenia riss sich widerwillig von ihrem Spiegelbild los. „Dann hätte er nicht die Gelegenheit, nach uns zu schnappen und uns anzuknurren wie ein tollwütiger Wolf.“

Valerie nickte bekräftigend. „Bedenkt man, wie scheußlich er sich letztes Mal aufgeführt hat, hätte man meinen können, er sei nicht nur blind sondern auch verrückt. Es ist nur gut, dass Anthony und ich noch nicht verheiratet sind. Himmel, wenn er gehört hätte, wie rüde Gabriel mit mir gesprochen hat …“

„Ihr solltet euch schämen, so über euren Bruder zu reden!“ Honoria fuhr abrupt herum und starrte sie finster an, und ihre sherrybraunen Augen unter der modisch aufgeschlagenen Krempe ihres Hutes funkelten wütend.

Nicht an eine so strenge Zurechtweisung von ihrer sonst stets gutmütigen kleinen Schwester gewöhnt, tauschten Valerie und Eugenia erstaunte Blicke.

Als die Kutsche durch ein schmiedeeisernes Tor auf die Auffahrt zum Herrensitz einbog, fuhr Honoria fort: „Wer hat dich aus dem eiskalten Wasser gezogen, als du auf Tillmans Pond eingebrochen warst, obwohl du gewarnt worden warst, dass das Eis zu dünn zum Schlittschuhlaufen sei? Und wer hat deine Ehre verteidigt, Valerie, als dieser grässliche Junge auf Lady Marbeths Gesellschaft behauptet hat, du hättest ihm erlaubt, einen Kuss zu stehlen? Gabriel war immer der beste große Bruder, den sich ein Mädchen nur wünschen kann, und doch sitzt ihr beide da, verspottet und beleidigt ihn wie ein Paar undankbarer Kühe!“

Valerie lehnte sich vor, drückte Eugenia die Hand, und in ihren hellgrünen Augen glitzerten Tränen. „Das ist ungerecht, Honoria! Wir vermissen Gabriel genauso sehr wie du. Aber dieser schlecht gelaunte Grobian, der gewütet und uns beschimpft hat, als wir letztes Mal herkamen, war nicht unser Bruder. Wir wollen unseren Gabriel zurück.“

„Ruhig, ruhig, Mädels“, murmelte ihr Vater. „Es gibt keinen Grund, eine ohnehin schon schwierige Situation schlimmer zu machen, indem ihr auch noch streitet.“ Während Honoria sich gekränkt abwandte und wieder aus dem Fenster blickte, bemühte er sich um einen Abklatsch seines gewohnt fröhlichen Lächelns. „Wenn euer Bruder sieht, was wir ihm diesmal mitgebracht haben, ist er uns vielleicht gewogener gesonnen.“

„Aber das ist doch genau das Problem“, platzte Lady Thornwood heraus. „Nach dem, was deine teuren Ärzte gesagt haben, wird er nichts sehen, oder? Nicht heute und nie mehr wieder.“ Ihr rundliches Gesicht legte sich in betrübte Falten, und in der Schicht Gesichtspuder hinterließen ihre Tränen eine glänzende Spur. Sie nahm das Taschentuch, das ihr ihr Gemahl hinhielt, und betupfte sich die überfließenden Augen. „Vielleicht haben Valerie und Eugenia recht. Vielleicht hätten wir gar nicht kommen sollen. Ich weiß nicht, ob ich es ertragen kann, meinen lieben Jungen in dieses dunkle Haus gesperrt zu sehen, als ob er irgendein Tier wäre.“

„Mama?“ Honoria rieb an dem fleckigen Glas des Kutschenfensters, und in ihrer Stimme schwang Verwunderung mit.

„Lass Mama in Ruhe“, fuhr Eugenia sie an. „Kannst du nicht

sehen, wie verzweifelt sie ist?“

Valerie holte etwas Hirschhornsalz aus ihrem Retikül und hielt es ihrer Mutter hin. „Hier, Mama. Bitte nimm das gleich, wenn du einen Anflug von Unwohlsein verspürst.“

Lady Thornwood winkte ab, ihre Aufmerksamkeit galt der verblüfften Miene ihrer jüngsten Tochter. „Was ist, Honoria? Du siehst aus, als hättest du einen Geist erblickt.“

„Vielleicht habe ich das. Ich denke, du solltest besser selbst sehen.“

Als Honoria das Fenster öffnete, kletterte Lady Thornwood über die Beine ihres Mannes, wobei sie ihm unabsichtlich auf die Zehen trat, um an die Seite ihrer Tochter zu gelangen. Ihre Neugier geweckt, drängten sich Eugenia und Valerie hinter ihr.

Es schien irgendeine Art von Lustbarkeit im Gange zu sein. Die Teilnehmer standen verstreut auf der grasbewachsenen Anhöhe, die sich vor dem Herrenhaus erstreckte, und ihr Gelächter und ihr Rufen klangen wie Musik in der Luft. Sie waren zu sehr mit dem fröhlichen Treiben beschäftigt, um die herannahende Kutsche zu bemerken.

Den Hals reckend, um über die Mauer aus modischen Damenhüten hinweg etwas erkennen zu können, blieb dem Marquis der Mund offen stehen. „Was, in drei Teufels Namen, verschwenden die Dienstboten da ihre Zeit bei einem solchen Unsinn, wo sie doch arbeiten sollten? Was denken die, was wir haben – Weihnachten? Himmel, ich werde Beckwith beauftragen, die ganze Bande zu entlassen!“

„Dazu wirst du ihn erst fangen müssen“, erklärte Valerie, als der Butler gerade den Abhang hinunterlief, einer kreischenden Mrs Philpot nachsetzte.

Eugenia schlug sich eine Hand vor den Mund, um das entsetzte Kichern zu unterbinden. „Sieh dir das nur an, Valerie! Wer hätte gedacht, dass der steife alte Klotz dazu in der Lage ist?“

Die Marchioness wollte sich gerade umdrehen und ihre Tochter für eine derart undamenhafte Ausdruckweise tadeln, als ihr Blick auf den Mann fiel, der sich am Rande des ausgelassenen Treibens bewegte. Sie wurde so blass, dass es aussah, als benötigte sie das Hirschhornsalz am Ende doch noch.

Als er auf der Anhöhe oben stehen blieb, seine herrische Gestalt umrahmt von dem strahlend blauen Himmel, legte sie sich unwillkürlich eine Hand aufs Herz, glaubte einen wunderbaren Augenblick lang, ihr Sohn sei ihr zurückgegeben. Er stand hoch aufgerichtet dort, die Schultern gerade, das goldene Haar im Sonnenlicht glänzend.

Aber dann drehte er sich um, und sie sah die gezackte Narbe, die seine makellosen Züge verunstaltete – die grimmige Erinnerung daran, dass der Gabriel, den sie gekannt und geliebt hatte, für immer gegangen war.

Samantha wusste, sie konnte Gabriel nicht für immer ausweichen. Aber sie musste es ihm auch nicht unnötig leicht machen, sie zu erwischen. Diesem Vorsatz folgend hielt sie sich hinter den anderen Dienstboten, während sie ihr Spiel begannen. Er mochte nicht mehr sehen können, aber er war immer noch so behände wie ein Berglöwe, weshalb sie erschrak, als er über ein Grasbüschel stolperte und wie ein Stein zu Boden fiel.

„Gabriel!", rief sie, ohne es zu merken, seinen Vornamen benutzend.

Sie raffte ihre Röcke und eilte an seine Seite zurück. Neben ihm angekommen ließ sie sich auf die Knie nieder und malte sich unwillkürlich das Schlimmste aus. Was, wenn er sich den Knöchel gebrochen hatte? Oder sich den Kopf an einem Stein unter der Grasnabe gestoßen hatte?

Verfolgt von der Erinnerung an seinen blutüberströmten Körper auf dem Fußboden seines Schlafzimmers bettete sie seinen Kopf in ihrem Schoß und strich ihm zärtlich das Haar aus der Stirn. „Kannst du mich hören, Gabriel? Geht es dir gut?"

„Jetzt schon." Ehe Samantha auf das heisere Flüstern reagieren konnte, hatte er seine Arme um sie geschlungen und sie zu sich auf die Erde gezogen, wobei ihre Brille verrutschte.

Nie hätte sie gedacht, dass er so vermessen sein könnte, sich mit ihr vor der versammelten Dienerschaft im Gras zu rollen, als sei er ein Schäferjunge und sie ein Milchmädchen, das nur darauf wartete, vernascht zu werden. Aber genau das tat er, und seine Beine verfingen sich in ihren Röcken, worauf sie beide in hilfloses Gelächter ausbrachen.

Das nächste, was sie wusste, war, dass sie auf dem Rücken lag, Gabriels großer, warmer Körper sie bedeckte. Sein Griff wurde sanfter, ihr Lachen erstarb.

Zu spät bemerkte Samantha, dass auch alle anderen verstummt

waren.

Sie blickte über Gabriels Schulter und blinzelte durch ihre verrutschten Brillengläser nach oben. Ein Fremder stand über ihnen – ein stämmiger Mann mit breitem Brustkorb, bekleidet mit gold und grün gestreiften Strümpfen und einer eher altmodischen Kniehose. Das verblasste Goldblond seiner Haare war leicht gepudert, sodass sein Alter nur schwer zu schätzen war. Manschetten aus edler venezianischer Spitze umrahmten seine kräftigen Handgelenke. Als er ihr eine Hand hinhielt, funkelte der enorme Rubinring, der seinen Mittelfinger zierte, wie ein frischer Blutstropfen im Sonnenlicht.

„M-m-mylord", stammelte Beckwith. Seine Augenbinde war verrutscht und hing nun schief, sodass er wie ein dicklicher, bleicher Pirat aussah. „Wir haben keine Nachricht von Ihrem Besuch erhalten. Wir haben Sie nicht erwartet."

„Das kann ich sehen", fuhr ihn der Mann in einem herrischen Ton an, den Samantha nur zu gut kannte.

Erst da begriff sie, dass sie in das gestrenge Antlitz von Theodore Fairchild blickte, dem Marquis von Thornwood, Gabriels Vater und ihr Dienstherr.

Kapitel 15

Meine liebste Cecily,

ich kann dir versichern, dass meine Familie dich anbeten wird – so sehr wie ich es tue …

Die ausgestreckte Hand des Marquis verschmähend schob Samantha Gabriel von sich und kam umständlich auf die Füße. Gabriel verschwendete keine Zeit, selbst aufzustehen. Er stand steif und mit versteinerter Miene neben ihr. Der Rest der Dienerschaft hatte sich in Grüppchen um sie versammelt, und sie sahen allesamt aus, als würden sie es vorziehen, Nachttöpfe auszuleeren oder die Ställe auszumisten, statt hier zu sein.

Samantha rückte ihre Brille gerade und versank in einem tiefen Knicks. „Es ist mir eine große Ehre, Ihre Bekanntschaft zu machen, Mylord. Ich bin Samantha Wickersham, die Pflegerin Ihres Sohnes."

„Ich kann verstehen, warum er so bemerkenswerte Fortschritte gemacht hat seit unserem letzten Besuch hier." Obwohl seine Stimme schroff klang, hätte sie schwören können, dass sie einen Funken Humor in seinen Augen aufglimmen sah.

Sie war sich nur zu bewusst, was für ein skandalöses Bild sie bieten musste. Mit ihrem zerknitterten und mit Grasflecken übersäten Kleid, den geröteten Wangen und den Haaren, die sich aus dem Knoten im Nacken gelöst hatten und ihr nun lose halb auf den Rücken fielen, sah sie vermutlich mehr wie die Dorfschlampe aus als wie eine anständige Frau, die man anstellen konnte, damit sie sich um den eigenen Sohn kümmerte.

Vier elegant gekleidete Frauen standen dicht zusammengedrängt hinter dem Marquis auf dem Rasen. Jede ihrer Locken befand sich genau an der Stelle unter den reich verzierten Hüten, an die sie gehörte, jede Schleife, jedes Band und jeder Spitzenbesatz waren perfekt gestärkt. Samantha fühlte, wie sich ihre Lippen zusammenpressten. Diese Sorte Frauen kannte sie nur zu gut.

Obwohl sie sich angesichts ihrer Anwesenheit noch mehr wie ein Wildfang vorkam, hob sie ihr Kinn und weigerte sich, vor ihnen Demut zu heucheln. Wenn Gabriels Familie ihre Verantwortung für ihn nicht grob vernachlässigt hätte, wäre es nicht nötig gewesen, sie einzustellen. Und wenn sein Vater sie nun entließ, wäre niemand da, auf ihn aufzupassen.

„Sie mögen meine Behandlungsmethoden vielleicht ungewöhnlich finden, Lord Thornwood“, begann sie. „Aber ich glaube, dass frische Luft und Sonnenschein, in ausreichender Menge genossen, die Kraft haben, die Verfassung von Körper und Geist zu verbessern.“

„Und der Himmel weiß, ich biete in diesen Bereichen mehr als genug Verbesserungspotenzial“, steuerte Gabriel leise bei.

Als der Marquis sich zu seinem Sohn umdrehte, schien seine Arroganz dahinzuschmelzen. Er konnte sich nicht dazu bringen, Gabriel direkt ins Gesicht zu sehen. „Hallo mein Junge. Es ist gut, dich so wohlauf zu sehen.“

„Vater“, erwiderte Gabriel förmlich. „Ich wünschte, ich könnte dasselbe sagen.“

Eine der Frauen kam mit raschelnden Seidenröcken über den Rasen zu ihnen. Obwohl ihre Haut blass war und so weich wie alte Spitze, hatte das Alter ihr kaum etwas von ihrer molligen Schönheit genommen.

Gabriel stand steif, sein Gesicht eine Maske des Argwohns, als sie sich auf die Zehenspitzen stellte und einen Kuss auf seine unversehrte Wange hauchte. „Ich hoffe, du verzeihst uns, wenn wir so hereinplatzen. Es war ein so schöner Tag – einfach perfekt für eine Kutschfahrt aufs Land.“

„Sei nicht albern, Mutter. Wie könnte man erwarten, dass du deine christliche Pflicht der Nächstenliebe vernachlässigst? Vielleicht kannst du auf dem Rückweg auch noch am Waisenhaus oder dem Arbeitshaus anhalten und die Armen und vom Schicksal Benachteiligten aufheitern.“

Obwohl Samantha zusammenzuckte, seufzte Gabriels Mutter nur

leidgeprüft, als sei diese garstige Begrüßung nicht mehr, als sie erwartet hatte.

Die beiden gertenschlanken, goldblonden Mädchen hielten sich abseits, als hätten sie Angst, Gabriel könnte beißen, aber die eher pummelige Brünette lief herbei und warf ihm die Arme so stürmisch um den Hals, dass sie ihn beinahe umstieß. „Oh, Gabriel, ich konnte es keinen Moment länger aushalten, von dir getrennt zu sein! Ich habe dich so vermisst!“

Zum ersten Mal Anzeichen dafür verratend, dass er auftaute, tätschelte er ihr ungelenk die Schulter. „Hallo Kleines. Oder sollte ich dich besser Lady Honoria nennen? Wenn du nicht Valeries Schuhe mit Absätzen trägst, dann musst du wenigstens zwei Zoll gewachsen sein seit deinem letzten Besuch hier.“

„Kannst du glauben, dass ich in weniger als zwei Wochen bei Hof vorgestellt werde? Und ich habe dein Versprechen nicht vergessen, weißt du.“ Sich bei ihm unterhakend, als fürchtete sie, er würde weglaufen, wandte sie sich lächelnd an Samantha. Einer ihrer Vorderzähne stand leicht schief, was ihren Liebreiz jedoch nur steigerte. „Immer schon seit ich ein kleines Mädchen und noch im Kinderzimmer war, hat mir mein Bruder versprochen, dass er den ersten Tanz auf meinem Einführungsball mit mir tanzen wird.“

„Wie ritterlich von ihm“, antwortete Samantha leise, der das kurze Aufflackern von Schmerz auf Gabriels Zügen nicht entging.

Der Marquis räusperte sich. „Beleg deinen Bruder nicht völlig mit Beschlag, Honoria. Hast du vergessen, dass wir eine Überraschung für ihn haben?“

Als Honoria Gabriel zögernd losließ und zu ihren Schwestern ging, drehte sich ihr Vater um und winkte den livrierten Lakaien, die die eindrucksvolle Stadtkutsche begleiteten. Sie sprangen von ihren Plätzen und begannen die Seile zu lösen, die einen großen und in Leinentücher gehüllten Gegenstand hinten auf der Kutsche hielten.

Während die beiden ihre schwere Last die Anhöhe hinauf schleppten und unter dem Gewicht wankten, rieb sich Gabriels Vater in Vorfreude die Hände. Als die Lakaien den Gegenstand vor Gabriel im Gras abstellten, war Samantha genauso neugierig wie der Rest der Dienstboten.

„In dem Augenblick, da deine Mutter und ich dies erblickten, wussten wir, dass es genau das Richtige sein würde.“ Mit einem strahlenden Lächeln zu seiner Gattin trat der Marquis vor und zog schwungvoll das Leinentuch fort.

Samantha kniff die Augen zusammen und versuchte das unbekannte Gebilde zuzuordnen. Als es ihr schließlich gelang, wünschte sie sich fast, ihr wäre kein Erfolg beschieden gewesen.

„Was ist das?", hörte sie Elsie Phillip zuflüstern. „Ein Folterinstrument?"

Mrs Philpot richtete ihren Blick auf den fernen Horizont, und Beckwith trat näher zu ihr, ein plötzliches Interesse an seinen Schuhspitzen entwickelnd.

Von der unbehaglichen Stille der Dienstboten vorgewarnt, fragte Gabriel scharf: „Und, was zur Hölle, ist es?"

Als niemand antwortete, ließ er sich auf ein Knie fallen und begann mit den Händen das Ding abzutasten. Als seine suchenden Finger die Umrisse eines Eisenrades nachfuhren, dämmerte ihm langsam, worum es sich handelte.

Er richtete sich auf, seine Bewegungen unnatürlich steif. „Ein Krankenstuhl auf Rädern. Ihr habt mir einen Stuhl für einen Krüppel gekauft." Seine Stimme war leise und gefährlich genug, dass sich Samanthas Nackenhaare aufstellten.

Sein Vater strahlte immer noch. „Verflixt klug, nicht wahr? So musst du dir nicht länger Sorgen machen, über alles Mögliche zu stolpern oder gegen Sachen zu rennen. Du setzt dich einfach hinein, wirfst dir eine Decke über den Schoß und irgendjemand kann dich einfach dahin schieben, wo du hin willst. Jemand wie Beckwith oder auch deine Miss Wickersham hier."

Samantha verspannte sich, wartete auf den unvermeidlichen Ausbruch. Aber als Gabriel schließlich sprach, war seine sorgfältig beherrschte Stimme wesentlich vernichtender als jedes Brüllen. „Vielleicht ist es dir entgangen, Vater, aber ich besitze noch zwei vollkommen unversehrte Beine. Wenn du mich jetzt bitte entschuldigen willst, denke ich, werde ich sie gleich benutzen."

Mit einer knappen Verbeugung machte er auf dem Absatz kehrt und schritt in die entgegengesetzte Richtung vom Haus davon. Obwohl er noch nicht einmal seinen Gehstock als Hilfe hatte, konnte Samantha sich nicht dazu bringen, ihn noch weiter in Verlegenheit zu bringen, indem sie ihm nachging oder einen der Diener damit beauftragte. Selbst Sam wagte es nicht, seinem Herrn hinterherzujagen. Der kleine Collie ließ sich neben Samantha auf den Boden fallen, und sein betrübter Blick folgte Gabriel, bis er im Wald verschwunden war.

Wie Beckwith ihr einmal warnend gesagt hatte, gab es Wege, die ein Mann alleine gehen musste.

Samantha saß in dem kleinen Frühstückssalon, wo Beckwith sie bei ihrer Ankunft empfangen hatte, und lauschte dem Ticken der französischen Kaminuhr. Gabriels Verschwinden hatte ihr keine andere Wahl gelassen, als für seine Familie die Gastgeberin zu spielen. Sie hatte sich gerade lang genug entschuldigt, um sich das Haar zu richten und ein frisches Kleid anzuziehen, eine düstere Angelegenheit aus tief kastanienbraunem Bombazine, ohne irgendwelchen modischen Schnickschnack, um die Strenge zu mildern.

Die Marchioness thronte ganz auf der Kante des Lehnstuhles, die Lippen missbilligend geschürzt und die behandschuhten Hände im Schoß gefaltet, während der Marquis zusammengesunken dasaß, derweil sein beträchtlicher Bauchumfang die Knöpfe seiner Paisley-Weste abzusprengen drohte. Valerie und Eugenia hockten dicht nebeneinander auf einem griechischen Sofa und sahen so unglücklich aus, dass Samantha fast Mitleid mit ihnen empfand. Honoria hatte auf einer Ottomane zu ihren Füßen Platz genommen und die Beine angezogen, sodass sie mehr wie eine Sieben- als eine Siebzehnjährige wirkte. Der unförmige Rollstuhl stand in der Ecke, und sein finsterer Schatten schien sie alle zu verdammen.

Während das goldene Tageslicht verblasste und schließlich ganz schwand, brach nichts als ein gelegentliches Seufzen oder das gedämpfte Klirren einer Teetasse das quälende Schweigen.

Samantha hob ihre Tasse an die Lippen und entdeckte, dass Gabriels Mutter sie offen anstarrte. „Was für eine Sorte Pflegerin sind Sie eigentlich, Miss Wickersham? Ich kann einfach nicht glauben, dass Sie ihn einfach so davon spazieren lassen, ohne wenigstens einen Diener hinterherzuschicken. Was, wenn er in eine Schlucht gefallen ist und sich den Hals gebrochen hat?"

Samantha stellte die Tasse auf die Untertasse zurück und versuchte sich nicht anmerken zu lassen, dass die Frau ihre eigenen Befürchtungen in Worte fasste. „Ich kann Ihnen versichern, Mylady, es besteht kein Grund zur Sorge. Ihr Sohn ist wesentlich selbstständiger, als man glauben könnte."

„Aber es sind inzwischen fast drei Stunden. Warum ist er noch nicht zurück?“

„Weil wir noch hier sind.“ Bei der unwirschen Äußerung ihres Gatten drehte sich die Marchioness zu ihm um und bedachte ihn mit einem vorwurfsvollen Blick. Er sank tiefer in seinen Stuhl.

„Warum können wir dann nicht heimfahren?“, fragten Valerie und Eugenia beinahe einstimmig.

„Oh, bitte, Papa“, flehte Valerie. „Uns ist so langweilig.“

Eugenia knetete das Spitzentaschentuch in ihrer Hand zu einem Ball, ihre Miene hoffnungsvoll. „Valerie hat recht, Mama. Wenn Gabriel uns nicht hier haben will, warum fügen wir uns dann nicht einfach seinen Wünschen und gehen wieder? Miss Wickersham ist ja immer noch da, um sich um ihn zu kümmern.“

„Ich kann nicht verstehen, warum er überhaupt eine Pflegerin braucht“, platzte Honoria heraus, blickte Samantha aber sofort entschuldigend an. „Ihr könntet mich hier lassen, dann sorge ich für ihn!“

„Und was ist mit deiner Vorstellung bei Hofe?“, erinnerte ihr Vater sie sanft. „Und mit deinem Einführungsball?“

Honoria zog den Kopf ein, sodass ihr weiches braunes Haar ihre nachdenklichen Züge verdeckte. Sie mochte ihrem Bruder ergebener sein als ihre Schwestern, aber sie war auch siebzehn Jahre alt. „Gabriel braucht mich mehr als ich einen dummen Ball.“

„Ich habe keine Zweifel, dass Ihr Bruder in Ihren Händen bestens aufgehoben wäre“, erklärte Samantha und wählte ihre Worte mit Bedacht, „aber ich bin sicher, es wäre ihm viel lieber, wenn er weiß, dass Sie Ihr Debüt hatten und eine Chance erhalten, einen Ehemann zu finden, der Sie so liebt wie er selbst.“

Während Honoria ihr einen dankbaren Blick zuwarf, erhob sich Gabriels Mutter und trat an die Terrassentür, die einen Spalt breit offen stand, um die milde Frühlingsbrise in den stickigen Salon zu lassen.

Sie stand da, schaute in die fortschreitende Dämmerung, und ihre Augen waren umschattet. „Ich weiß nicht, wie er es ertragen kann, so zu leben. Manchmal denke ich, es wäre eine Gnade gewesen, wenn er einfach …“

„Clarissa!“, rief der Marquis empört, setzte sich aufrecht hin und klopfte mit seinem Gehstock auf den Boden.

Lady Thornwood wirbelte herum, und in ihrer Stimme schwang ein hysterischer Ton mit. „Oh, warum sprechen wir es nicht einfach aus, Theodore? Wir alle denken es doch, nicht wahr, jedes Mal, wenn wir ihn ansehen."

Samantha erhob sich. „Was denken Sie?"

Gabriels Mutter wandte sich um und schaute sie mit schmerzverzerrter Miene an. „Dass es eine Gnade gewesen wäre, wenn mein Sohn dort an Deck des Schiffes gestorben wäre. Eine Gnade für ihn, wenn sein Leben sauber und schnell beendet worden wäre. Dann würde er nicht weiter und weiter leiden müssen. Er würde nicht so weiterleben müssen – dieses elende Leben als nur ein halber Mann!"

„Und wie praktisch das für Sie gewesen wäre!" Ein bitteres Lächeln spielte um Samanthas Lippen. „Schließlich wäre Ihr Sohn als Held gestorben. Statt gezwungen zu sein, an einem wunderschönen Frühlingstag einem verbitterten Fremden gegenüber zu treten, hätten Sie herfahren können und hübsche Blumen auf seinen steinernen Sarg in der Gruft legen können. Sie könnten ganz reizend Tränen vergießen, seinen tragischen Tod beklagen und wären mit Ihrer Trauer dennoch fertig, ehe der erste Ball der Saison stattfindet. Sagen Sie, Lady Thornwood – ist es Gabriels Leiden, für das Sie sich ein Ende wünschen? Oder Ihr eigenes?"

Die Marchioness erbleichte, als hätte Samantha sie geohrfeigt. „Wie können Sie es wagen, so zu mir zu sprechen, Sie anmaßendes Geschöpf!"

Samantha weigerte sich, sich einschüchtern zu lassen. „Sie können es kaum ertragen, sein Gesicht zu sehen, nicht wahr? Weil er nicht länger der goldene Junge ist, den Sie angebetet haben. Er kann nicht mehr die Rolle des perfekten Sohnes für eine vernarrte Mutter spielen. Und darum sind Sie bereit für den letzten Vorhang. Warum, glauben Sie, ist er jetzt nicht hier?" Sie blickte vorwurfsvoll in die Runde, ehe sie wieder Gabriels Mutter ansah. „Weil er ganz genau weiß, was Sie alle denken, wenn Sie ihn anschauen. Ihr Sohn mag blind sein, Mylady, aber er ist nicht dumm."

Als Samantha so dastand, die zitternden Hände zu Fäusten geballt, wurde sie sich langsam bewusst, dass Valerie und Eugenia sie mit vor Entsetzen offenen Mündern anstarrten. Honorias Unterlippe bebte, als würde sie beim nächsten scharfen Wort in Tränen ausbrechen.

Scham erfasste Samantha. Dennoch konnte sie ihre Worte nicht bereuen, nur den Verlust dessen, was sie sie gekostet hatten.

Sie wandte sich zum Marquis um, hob ihr Kinn und blickte ihm ins Gesicht. „Verzeihen Sie mir meine Unverschämtheit, Mylord. Ich werde meine Sachen morgen früh gepackt haben und fertig zur Abreise sein.“

Als sie zur Tür ging, erhob sich der Marquis und verstellte ihr den Weg, seine buschigen Augenbrauen zu einer strengen Linie zusammengezogen. „Warten Sie mal, mein Mädchen. Noch habe ich Sie nicht entlassen!“

Samantha senkte den Kopf, wartete darauf, dass er ihr den Rüffel erteilte, den sie verdiente, weil sie so respektlos zu seiner Gattin gesprochen hatte.

„Und das werde ich auch nicht“, erklärte er. „Nach dem beeindruckenden Temperamentsausbruch eben zu urteilen, sind Sie vielleicht genau das, was mein starrsinniger Sohn braucht.“ Seinen Gehstock nehmend ging er an Samantha vorbei zur Tür, ließ sie stumm vor Schreck in der Zimmermitte stehen. „Kommt, Clarissa, Mädchen. Wir fahren nach Hause.“

Lady Thornwood keuchte auf. „Sicherlich erwartest du nicht von mir, dass ich fortgehe und Gabriel alleine hier lasse.“ Sie warf Samantha einen giftigen Blick zu. „Mit *ihr*.“

„Die Mädchen haben recht. Er wird nicht zurückkehren, solange wir hier sind.“ Die Lippen des Marquis verzogen sich zu einem trockenen Lächeln, wodurch er einen Moment lang Gabriel so ähnlich sah, dass Samanthas Herz einen Schlag aussetzte. „Ich kann ehrlich nicht sagen, dass ich es dem Jungen verübeln kann. Wer will schon eine Bande Geier um sich haben, wenn man um sein Leben kämpft? Kommt, Mädchen. Wenn wir uns beeilen, liegen wir vielleicht noch vor Mitternacht in unseren Betten.“

Valerie und Eugenia beeilten sich, dem Wunsch ihres Vaters nachzukommen, rafften hastig Retiküls und Fächer, Schals und Hüte zusammen. Mit einem letzten erbosten Blick auf Samantha, der die junge Frau warnte, dass sie ihre Frechheit weder vergessen, noch verzeihen würde, fegte die Marchioness mit wogendem Busen an ihr vorbei. Honoria verharrte auf der Türschwelle, gerade lange genug, um Samantha ein wenig wehmütig zu winken.

Als die Räder der Stadtkutsche über die Auffahrt ratterten, war Samantha – von der Gesellschaft des Rollstuhles einmal abgesehen – allein. Sie musterte das verhasste Gerät finster und wünschte sich nichts mehr, als das Polster mit bloßen Händen auf- und die Füllung aus Pferdehaar herauszureißen.

Stattdessen zündete sie eine Argand-Lampe an und stellte sie auf den Tisch neben dem Fenster. Sie hatte dort mehrere Minuten gestanden, besorgt mit den Augen die Schatten draußen abgesucht, ehe sie die Sinnlosigkeit ihres Tuns begriff. Es war schließlich nicht so, als ob die Lampe Gabriel den Weg nach Hause weisen könnte.

Vielleicht hatte seine Mutter recht. Vielleicht sollte sie jemanden schicken, nach ihm Ausschau zu halten. Aber es schien ihr nicht richtig, die Diener nach ihm suchen zu lassen, als sei er ein störrisches Kind, das sich schlecht behandelt fühlte und deswegen beleidigt von zu Hause fortgelaufen war.

Was, wenn er nicht gefunden werden wollte? Was, wenn er es schlicht herzlich leid war, von allen mit Erwartungen bedrängt zu werden? Seine Familie hatte klar gemacht, dass sie nur *ihren* Gabriel zurückhaben wollten – den Mann, der mit unerschütterlicher Zuversicht durchs Leben geschritten war, die Herzen aller gewinnend, denen er begegnete.

Trotz ihrer leidenschaftlichen Verteidigung – war sie tatsächlich besser als sie? Sie war hierher gekommen, in dem Glauben, ihm helfen zu wollen. Aber nun begann sie ihre Beweggründe zu hinterfragen, sich zu wundern, ob sich hinter ihrem selbstlosen Wunsch am Ende ein sehr selbstsüchtiges Herz verbarg.

Samantha schaute auf die Flamme der Lampe. Ihr flackerndes Licht konnte Gabriel nicht nach Hause führen.

Aber sie konnte das.

Sie nahm die Lampe und schlüpfte durch die Terrassentür ins Freie.

Samantha ging in Richtung Wald, da Gabriel in diese Richtung verschwunden war. Die Lampe, die ihr im Haus so hell vorgekommen war, hüllte sie in einen blassen Lichtschimmer, gerade hell genug, die Schatten auf Abstand zu halten. Ihre Flamme wurde von der samtigen Schwärze des mondlosen Nachthimmels und den verzweigten Ästen über ihrem Kopf beinahe verschluckt auf ihrem Weg zwischen den Bäumen. Sie konnte sich nicht vorstellen, Tag und Nacht in solcher Dunkelheit zu leben.

Als das Gewirr aus Zweigen dichter wurde, bis der Himmel überhaupt nicht mehr zu sehen war, verlangsamten sich ihre Schritte. Der Anbruch der Nacht hatte Fairchild Park von einem kunstvoll angelegten Lustgarten in eine unbekannte Wildnis voller Gefahren und Schrecken verwandelt. Sie stieg über den Stamm eines umgestürzten Baumes, beunruhigt durch rätselhaftes Rascheln und unheimliche Rufe unsichtbarer Nachtgeschöpfe. Sie begann sich aus mehr als einem Grund nach Gabriels großem kräftigen Körper zu sehnen.

„Gabriel?", rief sie verhalten, da sie es nicht riskieren wollte, dass die Dienstboten im Haus sie hörten.

Die einzige Antwort war ein erneutes Rascheln im Unterholz von irgendwo hinter ihr. Samantha blieb stehen. Das Rascheln hörte auf. Sie machte einen zögernden Schritt nach vorne, dann noch einen. Das Rascheln fing wieder an. Hoffend und betend, dass es nur ihre eigenen gestärkten Unterröcke seien, hob sie sie an und machte noch einen Schritt. Das Rascheln wurde nur lauter. Sie blieb wiederum stehen, die eiskalten Finger um den Griff der Lampe zu Klauen erstarrend. Das Rascheln erstarb, nur um von einem wilden Schnaufen ersetzt zu werden, so dicht bei ihr, dass Samantha hätte schwören können, den heißen Atem eines unsichtbaren Raubtieres im Nacken zu spüren.

Es konnte keinen Zweifel mehr geben.

Jemand … oder etwas … folgte ihr.

All ihren Mut zusammenraffend wirbelte sie herum und schwang die Lampe vor sich. „Zeigen Sie sich!"

Ein Paar feuchter brauner Augen tauchte aus den Schatten aus, gefolgt von einem sich sogleich um ihre Knöchel windenden Körper und einem wedelnden Schwanz.

„Sam!", stieß Samantha erleichtert aus und ließ sich neben dem kleinen Hund auf die Knie fallen. „Schäm dich, du schlimmer Hund!" Trotz ihres Tadels nahm sie den Collie auf den Arm und drückte ihn an ihr heftig klopfendes Herz. „Ich sollte nicht schimpfen, nicht wahr?" Sie richtete sich wieder auf und streichelte ihm die seidigen Ohren. „Vermutlich willst du ihn einfach auch nur finden."

Während sie tiefer in den Wald lief und immer wieder Gabriels Namen rief, umklammerte sie fest den warmen Hundekörper, unwillig, ihn loszulassen und damit den einzigen Trost aufzugeben, den sie hatte. Sie war schon weit gegangen, ehe sie erkannte, dass sie niemals den Weg zurück finden würde. Es war nicht auszuschließen, dass Gabriel die Diener schicken würde, sie zu suchen. Plötzlich tauchte vor ihr im Dunkeln der Umriss eines Gebäudes auf. Halb aus Holz, halb aus Ziegeln errichtet schien es sich um eine Art Stall oder Scheune zu handeln, seit Langem verlassen und in Vergessenheit geraten.

Vielleicht war es ein Ort, den Gabriel als Kind bei seinen Streifzügen durch die Wälder entdeckt hatte. Ein Ort, an dem er Schutz suchen würde, wenn er zufällig darauf stieß.

Immer noch Lampe und Hund festhaltend schob Samantha die schief in den Angeln hängende Tür mit dem Fuß auf, zuckte bei dem schrillen Quietschen zusammen.

Sie hielt die Lampe in die Höhe, sodass der matte Lichtschein auf alte Eichenbalken, Haufen mit verrottendem Heu, vermodernde Zügel und rostiges Zaumzeug an zersplitterten Holzhaken fiel.

Nicht länger in der Lage, sein Winden zu ignorieren, setzte Samantha Sam auf den Boden, sodass er herumlaufen und alles beschnüffeln konnte. Bis auf die im Heu raschelnden Mäuse schienen sie die einzigen Lebewesen hier zu sein.

„Gabriel?", rief sie, zögerte, die unnatürliche Stille zu brechen. „Bist du hier?"

Sie trat tiefer in das dämmerige Innere. Etwa in der Mitte des Stalles befand sich eine wackelige Holzleiter, die nach oben in die Dunkelheit führte.

Samantha seufzte. Sie verspürte nicht den geringsten Wunsch, Hals und Kragen zu riskieren, indem sie einen halbverfallenen Heuboden erkundete, aber es machte wenig Sinn, so weit gekommen zu sein und dann nicht jede Möglichkeit zu überprüfen. Gabriel mochte jetzt nicht hier sein, aber vielleicht entdeckte sie ein Zeichen, dass er es gewesen war.

Ihre langen Röcke raffend und sich über einen Arm legend, vorsichtig in einer Hand die heiße Lampe haltend begann sie die Leiter emporzusteigen. Bedrohliche Schatten tanzten vor ihr, flohen vor dem flackernden Lichtschein. Als sie schließlich oben angekommen war und sich auf die staubigen Bodendielen schwang, atmete sie erleichtert auf.

Der Dachboden erschien ebenso verlassen wie der Rest des Stalles. Es gab kein Anzeichen dafür, dass irgendjemand in den vergangenen zwanzig Jahren hier Schutz gesucht hatte. Durch die rechteckige Öffnung der Bodentür war der Nachthimmel zu sehen, mondlos, aber nicht völlig ohne Licht. Vereinzelt erschienen milchige Sterne auf dem dunklen Tintenblau.

Samantha drehte sich um, kniff die Augen zusammen, um die Schatten unter den Balken besser erkennen zu können. Bildete sie es sich nur ein, oder bewegte sich da wirklich etwas? Was, wenn Gabriel hier doch Unterschlupf gefunden hatte? Was, wenn er sich irgendwie verletzt hatte und auf ihren Ruf nicht antworten konnte? Sie trat näher und erschauerte, als sie mit dem Kopf in ein riesiges Spinnennetz geriet.

„Ist irgendjemand hier?", fragte sie flüsternd und schwang die Lampe vor sich.

Die Schatten explodierten in Bewegung. Samantha taumelte rückwärts, umschwirrt von wild schlagenden, ledrigen Flügeln und hohen Schreien. Als die aufgescheuchten Fledermäuse ihren Ruheplatz verließen und zu der offenen Bodentür schwärmten, hob sie unwillkürlich schützend die Arme, um ihr Haar und ihre Augen vor den Flügelschlägen zu schützen.

Die Lampe fiel ihr aus der Hand und segelte über den Rand des Heubodens, landete auf dem gestampften Lehmboden unten und zerbarst. Die letzten Fledermäuse verschwanden in die Nacht. Von Sams erschrecktem Jaulen und dem beißenden Gestank von brennendem Lampenöl aus ihrer Erstarrung gerissen, stürzte Samantha zur Leiter, von dem Gedanken beseelt, die Flammen zu löschen, ehe sie das Heu erreichten und den ganzen Stall erfassten.

Sie war etwa zu einem Drittel die Leiter hinabgeklettert, als ihr Fuß durch eine morsche Sprosse brach und sie das Gleichgewicht verlor. Sie hing, wie es ihr vorkam, eine Ewigkeit in der Luft, zwischen Hoffen und Bangen, ehe sie schließlich rückwärts fiel.

Sie hörte den dumpfen Aufprall, als sie auf dem Boden aufschlug, hörte Sam winseln, als er ihr die Wange leckte, mit seiner kalten, feuchten Schnauze ihr Ohr anstupste, hörte das hungrige Prasseln der Flammen, die das Heu erreicht hatten.

„Gabriel?", flüsterte sie, sah ihn im Sonnenschein auf sie herablächeln, unmittelbar bevor ihre Welt in Dunkelheit versank.

Kapitel 16

Meine liebste Cecily,

Du nennst mich hartnäckig und überzeugend, und doch widersetzt du dich mir in einem fort …

Gabriel saß an der Tür zu der künstlichen Ruine, lauschte dem Glucksen des Baches, der leise plätschernd um die Felsen umspülte. Das dachlose Bauwerk war so geplant, dass es wie der verfallene Turm einer alten Burg aussah. Als Junge hatte er viele aufregende Stunden damit verbracht, es mit einem hölzernen Schwert bewaffnet vor den angreifenden Horden irgendwelcher Barbaren zu verteidigen, die eine bemerkenswerte Ähnlichkeit mit seinen kleinen Schwestern aufwiesen.

Er hockte auf der Steinbank, den Rücken zur Wand, die langen Beine ausgestreckt. Ein milder Nachtwind fuhr ihm in die Haare, die sich zu großen Teilen aus dem Lederband gelöst hatten und so als schimmernder Vorhang seine gezackte Narbe verdeckten. Auch von den anderen Missgeschicken des Tages war er gezeichnet. Seine Stiefel waren abgestoßen und staubig, der Ärmel seines Hemdes von Dornenranken zerfetzt. Seinen Handrücken zierte eine frische Schramme und eine schmerzhafte Beule sein Knie.

Aber die tiefste Wunde, die er heute davongetragen hatte, hatte sein Herz getroffen, und zwar als er den Austausch zwischen seiner Mutter und Samantha mit angehört hatte.

Nachdem er stundenlang ziellos durch den Wald gestreift war, einen Ast als behelfsmäßigen Gehstock benutzend, hatte er schließlich den Fehler begangen, zum Herrenhaus zurückzukehren. Eigentlich hatte er irgendwo ungesehen ins Gebäude schlüpfen wollen und sich deswegen an der Mauer entlang getastet, auf der Suche nach einem offen stehenden Fenster. Aber sein Vorhaben war vergessen, als die Stimme seiner Mutter durch den Spalt der Tür zu ihm gedrungen war.

... dass es eine Gnade gewesen wäre, wenn mein Sohn dort an Deck des Schiffes gestorben wäre. Eine Gnade für ihn, wenn sein Leben sauber und schnell beendet worden wäre. Dann würde er nicht weiter und weiter leiden müssen. Er würde nicht so weiterleben müssen – dieses elende Leben als nur ein halber Mann.

Gabriel hatte sich gegen die Wand sinken lassen und den Kopf geschüttelt. Die Worte seiner Mutter besaßen nicht die Kraft, ihn zu verletzen. Sie bestätigten nur, was er lange schon vermutete.

Und wie praktisch das für Sie gewesen wäre!

Er wollte sich gerade von der Mauer abstoßen und fortgehen, als Samanthas Stimme erklang, laut und deutlich, ihn an Ort und Stelle bannte. Er legte den Kopf schief, betört von der Wut und der Leidenschaft ihrer Worte. Er hätte beinahe alles gegeben, das Gesicht seiner Mutter in diesem Augenblick sehen zu können. Er bezweifelte, dass jemand es je zuvor gewagt hatte, so unverblümt zu Clarissa Fairchild, Marchioness of Thornwood, zu sprechen.

Weil er ganz genau *weiß, was Sie alle denken, wenn Sie ihn anschauen. Ihr Sohn mag blind sein, Mylady, aber er ist nicht dumm.*

Als Samantha fertig war, musste er sich zurückhalten, um nicht Beifall klatschend ins Zimmer zu treten und laut *Bravo!* zu rufen.

„So ist's recht, mein Mädchen", hatte er geflüstert und mit seinem nächsten Atemzug erkannt, dass das stimmte.

Das war der Treffer, unter dem sein Herz getaumelt hatte. Der Treffer, der ihn stolpernd von dem Haus fortgetrieben hatte, um Zuflucht in der kühlen Abgeschiedenheit der Ruine zu suchen.

Gabriel wandte sein Gesicht zu einem Himmel empor, den er nicht sehen konnte, während ihn das fröhliche Plätschern des Baches zu verspotten schien. Fast kam es ihm vor, als hätte er sein Leben lang die Schönheit angebetet, nur um sich in eine Frau zu verlieben, die er nie gesehen hatte.

Es kümmerte ihn noch nicht einmal, wie Samantha aussah, begriff er verblüfft. Ihre Schönheit hatte nichts mit sahniger Haut, Wangengrübchen oder langem, schimmerndem Haar in der Farbe warmen Honigs zu tun. Sie konnte so unscheinbar wie ein Troll sein, aber sie wäre für ihn immer noch unwiderstehlich. Ihre Schönheit strahlte von innen – genährt von ihrer Intelligenz, ihrer Leidenschaft, ihrem trotzigen Beharren darauf, ihn zu einem besseren Mann zu machen, als er es je für möglich gehalten hätte.

Er war nicht länger willens, sich mit weniger zufrieden zu geben. Selbst seine geliebte Cecily hatte sich als nicht mehr als ein wunderschöner Traum entpuppt, der im grellen Tageslicht zur Bedeutungslosigkeit verblasst war. Er mochte sie nicht sehen können, aber er wusste in seinem Herzen, dass Samantha immer da sein würde, wenn er die Hand nach ihr ausstreckte.

Gabriel tastete nach seinem notdürftigen Gehstock. Er konnte einfach zum Haus zurückgehen und sich seine Schelte abholen. Zweifellos würde Samantha sein Lauschen als den Gipfel schlechter Manieren betrachten. Aber vielleicht würde es ihre Laune verbessern, wenn er ihr gestand, dass er sie mehr als das Leben selbst liebte. Als er sich erhob, musste er grinsen. Er wünschte, er könnte das Gesicht seiner Mutter sehen, wenn er sie von seiner Absicht in Kenntnis setzte, seine Pflegerin zu ehelichen.

Auf halbem Weg zum Haus hörte Gabriel dann ein vertrautes Bellen aus Richtung des Waldes.

„Was, zum Teufel …“, gelang es ihm auszustoßen, kurz bevor etwas Kleines, Stämmiges gegen seine Beine prallte und ihn beinahe umwarf.

Noch nicht einmal Sams ungeschickter Übermut konnte Gabriel die Stimmung verderben. „Du wirst noch einmal mein Untergang sein“, schalt er und stützte sich haltsuchend auf den Ast.

Während er weiter zum Haus ging, sprang der Hund im Kreis um ihn herum, kläffte wild und machte jeden Schritt zu einem Wagnis. „Was soll das werden, Sam? Willst du die Toten aufwecken?“

Anstelle einer Antwort packte der Collie das Ende des Astes und zerrte daran, riss ihn Gabriel fast aus der Hand. Obwohl Gabriel dagegenhielt, ließ sich Sam nicht dazu bringen loszulassen. Er grub seine Zähne tiefer ins Holz und knurrte leise.

Mit einem gereizten Fluch kniete sich Gabriel in das taufeuchte Gras. Doch statt in seine Arme zu springen, wie er es erwartet hatte, fasste der Hund Gabriels ohnehin schon mitgenommenen Ärmel mit den Zähnen und begann daran zu ziehen, abwechselnd winselnd und knurrend.

„Um Himmels willen, was ist los?“ Gabriel versuchte den Hund in seine Arme zu nehmen, aber Sam wehrte sich dagegen, bockte und wand sich wie ein wildes Tier.

Gabriel runzelte die Stirn. Der kleine Collie hasste es im Dunkeln draußen zu sein. Zu dieser Zeit lag er gewöhnlich zusammengerollt auf Gabriels Kopfkissen und schnarchte zufrieden. Warum sollte er plötzlich freiwillig alleine draußen im Wald sein wollen?

Das würde er nicht.

Die leise Stimme in Gabriels Kopf sprach die Wahrheit. Sam würde sich nur dann nachts in die Wälder trauen, wenn er mit jemandem mitging. Jemand, der hier draußen nach Gabriel suchte. Jemand wie Samantha.

Sein wildes Winden ignorierend roch Gabriel an dem Fell des Hundes. Wie erwartet haftete dem seidigen Hundehaar der Duft von Zitronenmelisse an. Aber die frische Süße wurde überlagert von einem anderen Geruch, bitter und dunkel.

Rauch.

Abrupt stand Gabriel auf, schnupperte. Jeder andere hätte den leichten Anflug von Asche in der Luft einer Rauchschwade aus einem Kamin zugeschrieben. Aber Gabriels Lungen füllte er wie ein dunkler Nebel düsterer Vorahnung.

Der Hund schlüpfte aus seinen Armen. Immer noch aufgeregt kläffend, rannte Sam ein Stück zum Wald, drehte um, kam zu Gabriel zurück und lief wieder voraus, als drängte er ihn, ihm zu folgen.

Gabriel stand da, hin und hergerissen zwischen dem Haus und dem Wald. Er musste Hilfe holen, aber Samantha brauchte ihn, und er konnte nicht wissen, wie viel Zeit er dabei verloren hatte, die Zeichen des Hundes zu deuten.

Schließlich drehte er sich – wie er hoffte, zum Haus um – und schrie so laut er konnte: „*Feuer! Feuer!*“ Er hätte schwören können, er hörte, wie ein Fenster geöffnet wurde und eine Frauenstimme etwas rief, aber er hatte keine Zeit, stehen zu bleiben und sich zu vergewissern.

„Bring mich zu ihr, Sam! Los!“, befahl er und folgte dem hysterischen Jaulen des Hundes.

Keiner weiteren Ermutigung bedürfend verschwand Sam im Wald. Gabriel lief ihm nach, seinen Ast wie ein Schwert schwingend.

Ohne auf die Kratzer der Dornenranken und den beißenden

Schmerz zu achten, wenn ihm ein Zweig ins Gesicht schlug, rannte Gabriel wie ein wild gewordenes Tier durch den Wald. Er fiel mehr als einmal hin, stolperte über verfaulende Baumstämme und hervorstehende Wurzeln. Aber er kämpfte sich immer wieder auf die Füße, ging immer weiter, blieb nur kurz stehen, um auf Sams Bellen zu lauschen.

Wenn er zu weit zurückfiel, kam der Hund zurückgelaufen, als wollte er sicherstellen, dass er noch folgte. Mit jedem Schritt, den Gabriel machte, wurde der Rauchgeruch stärker.

Nachdem er sich mühsam durch besonders dickes Unterholz gekämpft hatte, gelangte er auf eine Art Lichtung und blieb stehen. Er legte den Kopf schief und lauschte, hörte nichts, als die friedlichen Geräusche des nächtlichen Waldes. Die Panik in sich niederringend strengte er sich stärker an und konnte schließlich Sams Bellen ausmachen – entfernt, aber immer noch hörbar. Gabriel brach in die Richtung auf, wild entschlossen, Samantha zu erreichen, ehe der Hund wieder umkehren und ihn holen würde.

Der Rauch war nicht länger nur ein Geruch, sondern hing beinahe greifbar in der Luft, dick und erstickend. Als Gabriel blindlings weiterlief, stieß sein Ast gegen ein Hindernis, brach entzwei. Er schleuderte die Reste fort. Die Efeuranken vor sich fortreißend legte er eine Hand flach auf die raue Oberfläche darunter. Die Steinmauer war so heiß, dass er seine Hand erschreckt zurückriss.

Er musste an dem alten Stall sein, ganz am Rand der Fairchild-Ländereien. Das Gebäude war schon vor seiner Geburt aufgegeben und die ganze Zeit seitdem nicht mehr genutzt worden.

„Samantha!“, rief er und tastete verzweifelt nach einer Öffnung.

Sam kläffte inzwischen wild, fast schon hysterisch.

Gabriel folgte dem Laut zu einer offenen Tür. Der Hund rannte in den Stall, und Gabriel wusste, es blieb ihm nichts anderes übrig, als ihm zu folgen. Er konnte es sich nicht leisten, darauf zu warten, dass jemand aus dem Haus sie fand. Er war Samanthas einzige Hoffnung.

Tief Luft holend lief er dem Hund hinterher. Er konnte das Knistern und Zischen der Flammen hören, die an den alten Holzbalken über ihm leckten. Der beißende Rauch füllte seine Lungen, versuchte alle Luft zu verdrängen.

„Samantha!“, rief er heiser, betete, dass sie ihn noch hören konnte.

Er hatte nur ein paar Schritte gemacht, als er ein lautes Krachen hörte. Ehe er eine Hand abwehrend heben konnte, traf ihn etwas schwer an der Schläfe.

Gabriel begann zu fallen; als er aufkam, befand er sich wieder an Deck der *Victory*. Schrapnell-Geschosse pfiffen über ihn hinweg, und der bittere Gestank von Kanonenschüssen versengte ihm die Nase. Blut lief ihm über das Gesicht in Augen und Mund, und als er seinen schmerzenden Kopf hob, sah er Nelson mit verwunderter Miene ganz langsam zusammenbrechen, als verginge die Zeit nur noch im Schneckentempo.

Gabriels Hände ballten sich zu Fäusten. Nelson war während seiner Wache gestorben, Samantha würde das nicht.

Jede letzte Unze seiner Willenskraft zusammenraffend, kämpfte er sich auf die Füße, hielt sich eine Hand vors Gesicht, um sich gegen die vom Heuboden herabregnende Glut zu schützen. Sams Bellen war in ein jämmerliches Winseln übergegangen, das unheimlich menschlich klang.

Sich halb nach vorne werfend, halb kriechend bewegte er sich in Richtung des Lautes. Etwas knirschte unter seinen Schuhsohlen. Als er die Hand danach ausstreckte, ertastete er Samanthas zerbrochenes, verbogenes Brillengestell. Sie lag direkt daneben. Er zog ihren schlaffen Körper in seine Arme und erschauerte erleichtert, als er ihren Atem auf seinem Gesicht spürte.

„So ist es gut, Engel, mach weiter so“, flüsterte er und hauchte einen innigen Kuss auf ihre Stirn. „Halt dich an mir fest, und alles wird wieder in Ordnung kommen.“

Er hob sie wie ein Kind auf die Arme und trug sie in die Richtung, aus der er gekommen war, vertraute darauf, dass Sam ihnen folgen würde. Als er aus der Tür stolperte, brach der Stall hinter ihnen in einem brüllenden Flammeninferno zusammen, und die Druckwelle sandte Gabriel beinahe in die Knie.

Er verlangsamte seine ausholenden Schritte erst, als sie ein ganzes Stück weit von der erstickenden Wolke aus Rauch und Asche entfernt waren. Als Samantha ihre Lungen zum ersten Mal wieder mit der frischen Nachtluft füllte, begann sie zu husten – ein heiserer, quälender Laut, tief aus ihrer Brust. Sich neben sie auf ein Bett aus feuchten Blättern kniend zog Gabriel sie auf seinen Schoß. Ihre Wange war warm unter seiner Hand, aber er konnte unmöglich erfahren, welche Farbe ihre Haut hatte. Mit jedem ihrer gequälten Atemzüge selbst ein wenig sterbend wartete er, bis die heftigen Krämpfe aufhörten.

Etwas Kaltes, Feuchtes stieß gegen seinen Arm. Gabriels suchende

Hand ertastete Sams Fell. Sanft kraulte er den Collie, versuchte das wilde Zittern des Tieres zu besänftigen. „Du bist der beste Hund auf der Welt, Sam“, sagte er mit vor Kälte und den Nachwirkungen des Schrecks klappernden Zähnen. „Sobald wir zurück im Haus sind, schenke ich dir jeden einzelnen meiner Stiefel. Hölle, ich kaufe dir sogar dein eigenes Paar, wenn du willst.“

Als Samanthas Augen sich flatternd öffneten, erblickte sie Gabriel, der sich mit besorgter Miene über sie beugte. Selbst vernarbt und rußverschmiert war es der allerschönste Anblick, den sie je gesehen hatte.

„Ich habe dich gesehen“, krächzte sie und streckte eine Hand aus, um ihm zärtlich einen Rußfleck von der Wange zu wischen. „Du hast im Sonnenschein auf mich herabgelächelt, kurz bevor alles dunkel wurde.“

Er versuchte zu lächeln, aber seine Lippen verzogen sich in einem anderen Gefühl. Er barg sein Gesicht in ihrem Haar, hielt sie, als wollte er sie niemals mehr loslassen. Samantha stöhnte leise, so richtig fühlte es sich an, wieder von seinen Armen gehalten zu werden.

„Bist du verletzt?“ Er drückte sie auf seinen Schoß zurück und tastete ihre Arme und Beine ab. „Hast du dir etwas gebrochen? Hast du irgendwo Verbrennungen?“

„Ich glaube nicht.“ Sie schüttelte den Kopf, zuckte aber zusammen, als bei der Bewegung ein bohrender Schmerz durch ihren Hals fuhr. „Aber mein Kopf schmerzt.“

„Meiner auch“, gestand er mit einem reuigen Lachen.

Da erst entdeckte Samantha die blutige Schramme auf seiner linken Schläfe. „Oh!“, keuchte sie, und heiße Tränen stiegen ihr in die Augen, als sie begriff, wie dicht sie davor gestanden hatte, ihn zu verlieren. „Ich habe dich gesucht. Die Fledermäuse haben mich erschreckt, und dann ist mir die Lampe heruntergefallen. Es ist alles meine Schuld.“

Seine Augen funkelten in den Schatten. „Vermutlich wird mir nichts anderes übrig bleiben, als die Kosten für den Wiederaufbau des Stalles von deinem Gehalt abzuziehen. Es wird wahrscheinlich mehrere Jahre dauern, bis du deine Schulden bei mir abgearbeitet hast.“

„Wie hast du mich gefunden?“, fragte sie, und allmählich fiel ihr das Atmen und Sprechen leichter.

„Ich hatte Hilfe."

Seinem Nicken folgend hob Samantha den Kopf und sah Sam, der sich in einem Nest aus Blättern zusammengerollt hatte und immer wieder den Kopf hob, um besorgt an ihr zu schnuppern. Sein Fell war mit Ruß überzogen und an manchen Stellen schwarz versengt.

„Du hast mir einmal gesagt, er könnte noch einmal meine Rettung sein", sagte Gabriel. „Du hattest recht."

„Er hätte dein Tod sein können!" Die Hand zur Faust ballend, boxte ihn Samantha kraftlos in die Schulter. „Hat dir noch niemand gesagt, dass Blinde nicht einfach so in brennende Gebäude rennen?"

„Das hört sich ja fast so an, als wolltest du mich für meine Dummheit schelten."

Sie schüttelte heftig den Kopf, den daraus folgenden Schmerz tapfer ignorierend. „Keine Dummheit. Heldenmut." Die Tränen rannen ihr aus den Augen, als sie die Hand hob, um ihm die Wange zu streicheln, seine lange Narbe. „*Mein* Held."

Er musste schlucken und fing ihre Hand in seiner, brachte ihre Fingerspitzen an seine Lippen. „Ah, aber du bist doch die wahre Heldin, mein Liebes. Mit einem Kapitän, auch nur halb so kämpferisch wie du unter seinem Kommando hätte Nelson Napoleon den ganzen Weg bis nach Paris getrieben."

„Warum sagst du etwas so Albernes? Ich wurde von einer morschen Leiter und einem Schwarm Fledermäuse besiegt."

„Ich sprach eigentlich von einem viel furchteinflößenderen Gegner. Meiner Mutter."

Samantha blinzelte zu ihm empor, als sie langsam begriff. „Du hast es gehört?"

„Jedes großartige Wort. Es hat mich meine ganze Selbstbeherrschung gekostet, nicht nach einer Zugabe zu rufen."

Etwas in Gabriels Miene stahl Samantha langsam den Atem. Sie hatte ihn ihretwegen spöttisch und sarkastisch und wütend und belustigt gesehen, aber nie so … so entschlossen.

„Es ist sehr schlechtes Benehmen, vor Fenstern herumzulungern und andere Leute zu belauschen, weißt du", ermahnte sie ihn. „Selbst wenn man blind ist."

Er schüttelte den Kopf. „Ich wusste, diesem Tadel konnte ich nicht für immer entkommen. Habe ich je gesagt, wie sehr ich Sie bewundere, Miss Wickersham?"

Ein nervöses Lachen entschlüpfte ihr. „Bestimmt nicht. Und es ist auch nicht nötig. Ich bin ganz zufrieden mit Ihrer Achtung, Mylord. Ich verspüre weder den Wunsch, noch das Verlangen nach Bewunderung.“

Seine Hand streifte ihr Haar. „Was ist mit Anbetung? Würden Sie gerne angebetet werden?“

Ihr Herz begann in ihrer Brust zu hämmern. Vielleicht hatte sie voreilig gesprochen. Vielleicht war sie doch tödlich getroffen? „Ganz gewiss nicht! Nur dumme junge Mädchen, deren ansonsten leere Köpfe mit allerlei romantischem Unsinn voll gestopft sind, sehnen sich nach solcher Form von Aufmerksamkeit.“

„Und wonach genau sehnst *du* dich, … Samantha?“ Ehe sie ihn dafür zurechtweisen konnte, dass er ihren Vornamen benutzt hatte, fand seine warme Hand ihre sanft gerundete Wange. „Gibt es denn nichts, was du dir so sehr wünschst, dass es wehtut?“ Sein Daumen strich über ihre vollen Lippen, Lippen, die sich nach seinem Kuss sehnten.

„Dich“, flüsterte sie hilflos und schlang ihre Hand um seinen Nacken, zog seinen Mund auf ihren.

Trotzdem er nach Ruß und Tränen schmeckte, war es der süßeste Kuss, den Samantha je erhalten hatte. Gabriel hielt nichts zurück. Als er seine Arme um sie schlang, glitt seine Zunge in ihren Mund und entfachte ein Feuer, das viel verzehrender war als das, dem sie eben erst mit knapper Not entkommen waren. Um seine Flammen zu kosten, würde Samantha liebend gerne das Wagnis eingehen, zu Asche zu verbrennen.

Er drückte sie nach hinten, auf ein Bett aus Blättern, bewegte sich über ihr wie der Schatten eines Traumes. Sie schloss die Augen, nur zu willig, ihm in die Dunkelheit zu folgen.

Seinen Mund von ihrem lösend, küsste er sie auf den Hals, atmete ihren Duft tief ein, als röche sie nach dem betörendsten Parfum der Welt statt nach Zitronenmelisse und Rauch. „Ich kann nicht glauben, dass ich dich beinahe verloren hätte“, erklärte er heiser, drückte seine Lippen auf den Puls, der an ihrem Hals schlug.

Sie klammerte sich an seine breiten Schultern, schwamm in einem See aus Gefühlen. „Ich bin sicher, Beckwith hätte eine andere Pflegerin anstellen können. Vielleicht wäre es ihm sogar gelungen, die Witwe Hawkins dazu zu bewegen, zurückzukehren und sich um dich zu kümmern.“

Sie spürte Gabriel erschauern, konnte aber nicht sagen, ob vor

Lachen oder Entsetzen. „Hüte deine Zunge, Weib.“ Er hob den Kopf, ein teuflisches Glitzern in den Augen. „Oder besser noch, lass mich das machen.“

Als sich sein Mund wieder über ihrem schloss, unterstützte Samantha ihn nach Kräften dabei, alle Vorbehalte ignorierend. Er kostete einen honigsüßen Kuss nach dem anderen von ihren Lippen, bis sie atemlos vor Sehnsucht war und er vor Verlangen schwer atmete. Sie war sich kaum bewusst, als seine Hüften gegen ihre zu stoßen begannen, in einem aufreizenden Rhythmus, viel erregender als der des Tanzes im Ballsaal.

Die Wellen fordernder Lust, die sich von ihrem Unterleib aus ausbreiteten, ließen sich nicht ignorieren. Sie stöhnte an seinem Mund, als er sich an der schmerzenden Stelle zwischen ihren Beinen rieb. Es war sowohl schockierend als auch aufregend, endlich diesen Teil von ihm zu spüren, der sich so deutlich unter seinen Hosen abzeichnete, zu wissen, was genau er mit ihr tun wollte.

Unter ihren Röcken spreizte sie die Beine. Seine Hand umschloss sie dort, suchte sie durch die dicken Lagen Wolle und Leinen zu berühren.

Samantha stöhnte und wand sich unter seinen kühnen Liebkosungen, erstaunt wie schamlos sie geworden war, wie sehr sie sich nach den Zärtlichkeiten seiner Finger auf ihrer nackten Haut verzehrte. Als er seine Hand fortzog, hätte sie am liebsten vor Enttäuschung aufgeschrien. Aber dann spürte sie, wie sie unter ihren Rock glitt. Mit den Fingern fuhr er über ihre Wollstrümpfe nach oben, zu ihrem Strumpfhalter und weiter bis zu der seidigen Haut ihrer Schenkel. Seinem zärtlichen Drängen konnte sie nicht widerstehen.

Als sie seine Fingerspitzen die Locken zwischen ihren Beinen streifen fühlte, barg Samantha ihr Gesicht an seinem Hals, plötzlich von unerträglicher Schüchternheit überkommen.

Seine Berührung war nicht länger kühn, sondern ungewöhnlich zart. Seine Finger streiften immer wieder ihr geschwollenes Fleisch wie züngelnde Flammen, schmolzen ihre Bedenken fort.

Gabriel stöhnte. „Ich wusste, wenn ich erst einmal unter diese züchtigen Röcke von dir gelangen könnte, dann könnte ich beweisen, dass du nicht aus Eis bist. Schmilz für mich, mein Engel“, flüsterte er und liebkoste mit Zunge und Lippen ihr Ohr, während er gleichzeitig seinen Finger in ihre honiggetränkte Weichheit schob.

Sie keuchte auf, und ihr Körper erschauerte hilflos um seine forschenden Finger, ein schamloses Wesen, das sich gänzlich ihrer Kontrolle entzogen hatte. Sie hatte immer schon gewusst, dass er den Ruf besaß, ein geschickter Liebhaber zu sein, aber sie hatte nicht begriffen, dass er ihren Körper besser als sie selbst kennen würde, dass er in der Lage wäre, sich ganz darauf zu konzentrieren, ihr Lust zu schenken, ohne an sich zu denken.

Der Preis seiner Selbstbeherrschung verriet sich in seinem schwer gehenden Atem, dem Druck seines steifen Gliedes an ihrem Oberschenkel.

Er ließ einen zweiten Finger folgen, dehnte sie sanft, spreizte ihre Beine weiter, während sein Daumen immer wieder über die Stelle rieb, an der sich alle ihre Empfindungen zu sammeln schienen.

Seine geschickten Finger bereiteten ihr immer weiter Lust, bis sie sich wimmernd wand, beinahe besinnungslos von einem Verlangen, von dessen Existenz sie nichts geahnt hatte. Eine Welle dunkler Seligkeit schwoll über ihr an. Als sie brach, sandte sie Ekstase wie eine unerbittliche Flut durch ihren Körper. Er küsste sie fest, erstickte ihren gebrochenen Schrei mit seinem Mund.

Langsam wurde sein Kuss sanfter, als wollte er die köstlichen Nachbeben beschwichtigen, die sie durchliefen.

„Es tut mir so leid", keuchte sie, als sie endlich sprechen konnte.

Gabriel strich ihr eine schweißfeuchte Locke aus der Stirn. „Was?"

„Ich wollte nicht so selbstsüchtig sein."

Er lachte leise. „Sei nicht albern. Ich habe es genauso genossen wie du."

„Wirklich?"

Er nickte.

Von seinem Geständnis erkühnt streckte Samantha die Hand aus und streichelte sein immer noch hartes Glied durch das butterweiche Rehleder seiner Hosen. „Dann wirst du das hier vielleicht noch mehr genießen."

Gabriel sog scharf die Luft ein. „Ich bin sicher, das würde ich", erklärte er und zwang sich, jedes Wort zwischen zusammengebissenen Zähnen hervorzupressen, „aber ich fürchte, damit werden wir bis später warten müssen."

„Warum?"

Er küsste sie zärtlich auf die schmollenden Lippen. „Weil wir gleich Gesellschaft bekommen."

Immer noch halb benommen von der erlebten Lust setzte sich

Samantha im Schutz seiner Arme auf, nur um zu hören, wie sich etwas Großes durch das Unterholz auf sie zu bewegte.

Gabriel gelang es gerade noch rechtzeitig, ihre Röcke nach unten zu ziehen, Augenblicke, bevor Beckwith aus dem Wald brach, Peter und Phillip auf den Fersen.

„Dem Himmel sei Dank, dass Ihnen nichts geschehen ist, Mylord!“, rief der Butler und schwenkte seine Laterne über ihren Köpfen. „Als ich sah, dass der Stall eingestürzt war, befürchtete ich das Schlimmste.“

„Gütiger Himmel, Beckwith!“ Gabriel hielt sich schützend eine Hand vor das Gesicht und wandte den Kopf ab. „Würden Sie das verflixte Licht von meinen Augen wegnehmen? Sie blenden mich!“

Verblüfftes Schweigen legte sich über die Lichtung, als alle, Gabriel einschlossen, begriffen, was er da gesagt hatte.

Kapitel 17

Meine liebste Cecily,

wenn du mir nicht gestatten willst, dich zu verführen, dann lässt du mir keine andere Wahl …

„Muss *sie* auch dabei sein?“, fragte die Marchioness of Thornwood mit einem vernichtenden Blick zu Samantha.

Samantha wäre nichts lieber gewesen, als das überfüllte Arbeitszimmer zu verlassen. Es war schiere Folter, auf der Kante des hochlehnigen Stuhles zu sitzen und keine Miene zu verziehen, obwohl sie zwischen Hoffen und Bangen hin und hergerissen war.

Ehe sie aufstehen und eine Entschuldigung murmeln konnte, erklärte Gabriel fest: „Sicher muss sie. Sie ist schließlich meine Pflegerin, weißt du.“ Obwohl er seinen Kopf nicht zu ihr umdrehen konnte, versicherte ihr die Wärme in seiner Stimme, dass sie ihm viel mehr bedeutete.

Er saß an einem filzbespannten Kartentisch, den Kopf in einem Eisenapparat festgeschnallt, den Dr. Richard Gilby mitgebracht hatte, der einzige Arzt, der ihm überhaupt einen Funken Hoffnung gelassen hatte, dass er sein Sehvermögen zurückerlangen könnte. Der kleine Mann mit den freundlichen Augen und dem ordentlich gestutzten Backenbart hatte kein Wort der Klage verlauten lassen, dass er mitten in der Nacht von dem Marquis of Thornwood aus seinem Bett geholt worden war, nachdem der seinerseits von einem stotternden Beckwith aus seinem gerissen worden war. Der Arzt hatte einfach mehrere Gerätschaften, die eher an mittelalterliche Folterwerkzeuge als an medizinische Instrumente erinnerten, zusammengepackt und war mit Gabriels restlicher Familie nach Fairchild Park aufgebrochen.

Obwohl die Sonne schon vor mehreren Stunden aufgegangen war, dösten Valerie und Eugenie immer noch auf dem Brokatsofa. Honoria stand mit glänzenden Augen hinter dem Arzt und betrachtete wissbegierig jedes seiner Instrumente, das er aus seiner Ledertasche holte. Der Marquis schritt vor dem Kamin auf und ab, den Gehstock in der Hand, während seine Gattin in einem der gewaltigen Ohrensessel zu beiden Seiten des Kamins saß, als wäre es ein Thron, und mit nervösen Fingern an ihrem Taschentuch zupfte.

Samantha konnte sich nicht dazu bringen, sich dem missbilligenden Blick der Frau zu stellen. Trotzdem sie sich den Ruß von Haut und Haar gewaschen und sich ein frisches Kleid angezogen hatte, gab es nichts, was sie tun konnte, um die Erinnerung an Gabriels Berührung, die sich unauslöschlich in ihr Gehirn gebrannt hatte, und die erschütternden Gefühle, die sie ihr geschenkt hatte, fort zu waschen.

„Aha!“, rief der Arzt unvermittelt, sodass alle zusammenzuckten.

Sein wissendes Nicken und geheimnisvolles Räuspern begann an ihren Nerven zu zerren. Obwohl für ihn am meisten auf dem Spiel stand, schien nur Gabriel zufrieden, zu warten, bis der Mann seine Untersuchung beendet hatte, ehe er Antworten verlangte. Sam war der Einzige im Zimmer, den die Vorgänge noch weniger zu interessieren schienen. Der Collie lag zusammengerollt auf dem Kaminvorleger und knabberte genüsslich an einem glänzenden Reitstiefel.

Der Marquis klopfte mit seinem Stock auf den Boden, und auf seinem geröteten Gesicht schimmerte der Schweiß. „Was ist, guter Mann? Haben Sie etwas entdeckt?“

Ihn ignorierend fuhr Dr. Gilby herum und schnipste mit den Fingern zu den Fenstern. „Ziehen Sie die Vorhänge wieder zu. Sofort.“

Beide, sowohl Beckwith als auch Mrs Philpot, beeilten sich, dem Befehl nachzukommen, wobei sie sich beinahe gegenseitig umrannten. Zwar war der Rest der Dienerschaft aus dem Zimmer verbannt worden, doch Samantha hatte in der vergangenen Stunde mehr als einmal Peters oder Philips Kopf über einem der Fensterbretter auftauchen gesehen.

Das Dämmerlicht, das sich mit den geschlossenen Vorhängen über den Raum legte, bot ihr eine willkommene Pause. Wenigstens konnte sie Gabriel anschauen, ohne die Sehnsucht in ihrem Blick verbergen zu müssen. Jetzt, da sie nicht länger ihre Brille besaß, um sie abzuschirmen, hatte sie das Gefühl, als ob all ihre Empfindungen für alle offenkundig waren.

Dr. Gilby befestigte ein gewaltiges Vergrößerungsglas vorne an dem eisernen Kopfstück. Als er eine flackernde Kerze davor hielt, stellte sich Honoria hinter ihm auf die Zehenspitzen und spähte über seine Schulter.

„Was sehen Sie jetzt?“, fragte er Gabriel.

„Schatten, die sich bewegen? Umrisse?“ Gabriel schüttelte den Kopf, während er die Augen zusammenkniff und sich zu konzentrieren versuchte. „Um ehrlich zu sein, nicht viel.“

„Ausgezeichnet“, erwiderte der Arzt und reichte Honoria die Kerze.

Er zog den Schirm von der Öllampe neben sich und brachte die Lampe mit einer schnellen Bewegung vor Gabriels Gesicht. Gabriel zuckte sichtlich zusammen.

„Was jetzt?“

Gabriel wandte den Kopf ab, sodass er nicht direkt in die Lampe schauen musste. „Ein Flammenball, so hell, dass ich es kaum ertrage, hinzusehen.“

Es war unmöglich zu sagen, ob Dr. Gilbys tiefes Seufzen ein gutes oder ein schlechtes Omen war. Er öffnete die Schnallen an dem Apparat um Gabriels Kopf, dann drehte er sich um und schwenkte seine Arme wie ein Dirigent, der gerade sein Meisterwerk abgeliefert hatte. „Sie können die Vorhänge wieder aufziehen.“

Als Beckwith und Mrs Philpot die schweren Stoffbahnen zurückschoben, strömte Sonnenlicht in den Salon. Samantha studierte angelegentlich ihre gefalteten Hände, hatte Angst, Gabriel anzuschauen.

Der Marquis nahm die bebende Hand seiner Gattin und drückte sie fest. Selbst Eugenia und Valerie regten sich und sahen den Arzt hoffnungsvoll aus ihren grünen Augen an, die denen ihres Bruders zum Verwechseln ähnlich waren.

Aber es war Gabriel, der die gespannte Stille brach. „Warum die plötzliche Wende, Herr Doktor? Vor letzter Nacht konnte ich zwischen Licht und Schatten nicht unterscheiden.“

Den eisernen Apparat in seine Tasche packend, schüttelte Dr. Gilby den Kopf. „Das werden wir vielleicht nie erfahren. Ich vermute, durch den Schlag an die Schläfe hat sich ein Blutgerinnsel freigesetzt, das ansonsten noch Monate dazu benötigt hätte sich aufzulösen, wenn es das überhaupt je getan hätte."

Gabriel betastete vorsichtig die Schramme an seiner Schläfe. „Ich hätte wohl am besten schon vor langer Zeit meinem Butler auftragen sollen, mir mit meinem Gehstock eins überzuziehen."

Samantha wollte zu ihm gehen, ihre Arme um ihn legen und einen zärtlichen Kuss auf die Wunde hauchen, die er ihretwegen davongetragen hatte.

Sie hatte kein Recht, ihn zu berühren, aber sie konnte die eine Frage stellen, die unausgesprochen in der Luft hing. Die Frage, die zu stellen, alle anderen Angst hatten.

„Wird er wieder sehen können?"

Der Arzt klopfte Gabriel ermutigend auf die Schulter, und seine blauen Augen funkelten. „Es mag ein paar Tage oder auch Wochen dauern, ehe Ihr Gehirn in der Lage sein wird, mehr als Schatten und Umrisse zu erkennen, mein Sohn, aber ich habe allen Grund zu der Annahme, dass Sie vollkommen genesen werden."

Samantha schlug sich eine Hand vor den Mund, um den unwillkürlichen Schluchzer zu unterdrücken.

Einen Freudenschrei ausstoßend warf Honoria Gabriel die Arme um den Hals. Der Rest seiner Familie drängte sich um ihn – Eugenia, Valerie und seine Mutter drohten ihn in ihren wohlduftenden Umarmungen zu erdrücken, während sein Vater ihm herzlich auf die Schulter schlug. Als Sam aufsprang, um sich an dem fröhlichen Treiben zu beteiligen, steuerte sein schrilles Bellen die passende Untermalung für den ausgelassenen Lärm bei.

Samantha blickte sich um und entdeckte Mrs Philpot in Beckwiths Armen, ihr schmaler Rücken unter dem Ansturm der Gefühle bebend. Als der Butler Samanthas Blick über die Schulter der Haushälterin hinweg auffing, hätte sie fast beschwören können, ein Aufflackern von Mitleid in ihnen zu entdecken.

Sie erhob sich und schlüpfte aus dem Raum, wusste, sie hatte nicht länger das Recht, hier zu bleiben. Mit gereckten Schultern und hoch erhobenen Hauptes, für den Fall, dass einer der Dienstboten sie beobachtete, stieg sie die Treppe empor nach oben in den zweiten Stock. Als sie schließlich die Zuflucht ihres Schlafzimmers erreicht hatte, schloss sie die Tür hinter sich und verriegelte sie.

Eine Hand über dem Mund, um ihre Schluchzer zu dämpfen, ließ sie sich mit dem Rücken an die Tür gelehnt zu Boden sinken, von einer Mischung aus Freude und Trauer schier überwältigt. Selbst als die Tränen über ihre Hände zu rinnen begannen, hätte sie nicht sagen können, ob sie wegen Gabriel oder ihretwegen weinte.

Samantha saß in ihrem Nachthemd auf der Bettkante und flocht sich das Haar. Das war alles gewesen, was sie, seit sie sich heute Morgen in ihrem Schlafzimmer verschanzt hatte, getan hatte – das Lebensnotwendige, aber nicht mehr. Als Mrs Philpot ihr Elsie mit einem Tablett mit ihrem Supper nach oben geschickt hatte, hatte sie artig die herzhafte Kohlsuppe bis zum letzten Löffel verzehrt, obwohl sie nichts lieber getan hätte, als sie aus dem Fenster zu kippen. Wenn sie immer vom einen Augenblick zum nächsten lebte, dann musste sie sich nicht der trostlosen Zukunft stellen.

Einer Zukunft ohne Gabriel.

Ihre Finger stockten. Die halb geflochtenen Strähnen entglitten ihren Händen. Sie konnte die Wahrheit nicht länger leugnen. Ihre Arbeit hier war getan. Gabriel brauchte sie nicht mehr. Er war wieder dort, wo er hingehörte – in den Armen seiner Familie.

Sie rutschte vom Bett, ging zum Schrank und zog ihr abgestoßenes Lederportemanteau heraus. Sie stellte es neben das Bett und klappte es auf, dann hob sie den Deckel ihrer Truhe an.

Sie hätte nie gedacht, dass sie je ihren Kleidern aus hässlichem Serge oder den praktischen Wollstrümpfen nachweinen würde, die sie seit ihrer Ankunft auf Fairchild Park getragen hatte. Doch mit einem Mal wollte sie nichts lieber tun, als ihr Gesicht darein zu drücken und zu weinen. Sie sanft beiseite schiebend fischte sie ein sauberes Hemd und einen Unterrock heraus und verstaute sie in der Reisetasche, zusammen mit einem dünnen Band von Marlowes Gedichten. Sie wollte die Truhe gerade schließen, als eine Ecke cremefarbenes Briefpapier ihre Aufmerksamkeit erregte.

Gabriels Briefe.

Sie hatte versucht, sie so tief wie möglich in der Truhe zu vergraben, damit sie auf Nimmerwiedersehen verschwanden. Und doch waren sie wieder da, so verlockend und unwiderstehlich wie an dem Tag, da sie sie erhalten hatte.

Samantha zog das Bündel an dem Band heraus und ließ den Deckel der Truhe zufallen. Sie ging, um sich auf die Bettkante zu setzen, fuhr mit den Fingerspitzen über Papier, das von dem wiederholten Anfassen so dünn und brüchig war, dass es unter ihrer Berührung zu zerbröseln drohte. Sie konnte sich vorstellen, wie Gabriel das feine Leinenpapier mit seinen kräftigen Händen zärtlich streichelte, jedes Wort wog, als ob es aus Gold sei.

Sie wusste, sie würde sich später dafür hassen, aber sie konnte nicht widerstehen und öffnete das Band, das sie zusammenhielt. Gerade, als sie den ersten Brief auffaltete und ins Licht der Talgkerze auf dem Tisch neben ihrem Bett hielt, um besser lesen zu können, klopfte es an ihrer Tür.

Samantha sprang schuldbewusst auf. Wild schaute sie sich im Zimmer um, gab dem Portemanteau einen Tritt unters Bett. Sie war schon auf halbem Weg zur Tür, als ihr die Briefe in ihrer Hand wieder einfielen.

Es klopfte erneut, diesmal schon ungeduldiger.

„Einen Augenblick, bitte!", rief sie, ehe sie zum Bett zurückstürzte und die Briefe unter die Matratze steckte.

Sie öffnete die Tür. Gabriel stand auf der Schwelle, nur mit einem Morgenrock aus waldgrüner Seide bekleidet. Bevor sie auch nur ein Wort ausstoßen konnte, griff er nach ihr. Ihr Gesicht zwischen seine Hände nehmend, senkte er den Kopf und küsste sie mit solcher Leidenschaft und Zärtlichkeit, dass ihr der Atem stockte. Als er seine Lippen schließlich von ihren löste, war ihr schwindelig vor Verlangen.

„Auch Ihnen einen guten Abend, Mylord", flüsterte sie, leicht hin und her schwankend.

Sie zur Seite schiebend trat Gabriel ins Zimmer. Er warf die Tür hinter sich ins Schloss und lehnte sich dagegen.

„Was ist?" Samantha warf einen besorgten Blick zur Tür. „Wirst du von Barbarenhorden verfolgt?"

„Schlimmer. Es ist meine Familie." Er fuhr sich mit einer Hand durch das ohnehin schon wirre Haar. „Sie haben sich in dem Haus wie ein Schwarm Tauben eingenistet. Ich dachte schon, es würde mir nie gelingen, ihnen zu entkommen. Weißt du eigentlich wie schwer es ist, sich an jemandem vorbeizuschleichen, den man nicht sehen kann?"

Dankbar, dass er ihre verquollenen Augen und die Tränenspuren auf ihren Wangen ebenfalls nicht sehen konnte, sagte sie leichthin: „Glaubt man Dr. Gilby, musst du dir deswegen nicht länger Gedanken machen, nicht wahr?"

Er schüttelte den Kopf, als könne er sein Glück immer noch nicht fassen. „Erstaunlich, nicht? Aber willst du das Verwunderlichste überhaupt wissen?" Er fasste erneut nach ihr, und seine suchende Hand schloss sich um ihr schlankes Handgelenk. „Als Dr. Gilby mir erzählt hat, dass ich wieder völlig genesen würde, wurde mir klar, was ich am sehnlichsten in der Welt sehen wollte, war dein süßes Gesicht."

Samantha wandte eben dieses Gesicht ab. „Ich fürchte, du wirst ernstlich enttäuscht sein."

„Das ist ganz unmöglich." Alle Spuren von Humor verschwanden aus seinem Ton, ließen ihn merkwürdig ernst klingen. „Du könntest mich nie enttäuschen."

Sich auf die Lippen beißend entwand sie ihm ihr Handgelenk und entfernte sich ein paar Schritte. Sie hatte weniger Angst, dass er wieder anfangen könnte, sie zu küssen, als was sie tun würde, wenn er das täte. „Welchem Umstand verdanke ich die Ehre dieses eher unkonventionellen Besuches?"

Gabriel lehnte sich gegen die Tür und verschränkte die Arme vor seiner Brust, und sein übertrieben lüsternes Grinsen sandte ihr einen köstlichen Schauer über den Rücken. „Spielen Sie mir nicht die Unschuldige, Miss Wickersham. Ich bin wohl kaum der erste Herr des Hauses, der sich in das Schlafzimmer seiner begehrenswertesten Dienerin schleicht."

„Waren nicht Sie es, Mylord, der mir versichert hat, es sei nicht Ihre Gewohnheit, den weiblichen Mitgliedern Ihrer Dienerschaft Ihre Aufmerksamkeiten aufzudrängen?"

Sich von der Tür abstoßend bewegte sich Gabriel mit der Anmut eines Panthers auf der Jagd auf den Klang ihrer Stimme zu. „Warum sollte ich Zwang benutzen, wenn Verführung viel wirkungsvoller ist? Und so viel" – seine Lippen liebkosten das Wort – „lustvoller?"

Samantha begann rückwärts zu gehen, da sie fürchtete, dieser verspieltere Gabriel sei eine noch viel größere Bedrohung für ihr Herz. Doch zur selben Zeit konnte sie nicht widerstehen, sich auf sein Spiel einzulassen. „Sie sollten inzwischen erkannt haben, dass ich nicht zu den Frauen gehöre, die sich mit teurem Tand, ein paar blumigen Worten oder extravaganten Versprechen, in der Hitze des Augenblickes gemacht, verführen ließen. Weder mein Körper noch mein Herz sind so billig zu gewinnen."

Als Gabriels Schatten über sie fiel, stieß sie mit den Kniekehlen gegen die Bettkante. Er legte ihr seine Hand auf die Brust und gab ihr einen leichten Stoß, sodass sie rückwärts auf dem Bett landete. Ehe sie widersprechen konnte, folgte er ihr, umfing ihre Wange zärtlich mit einer seiner großen Hände. „Ich habe im Augenblick keinen Tand bei mir, aber was, wenn ich dir verspreche, dich zu meiner Frau zu machen und den Rest meiner Tage zu ehren und zu lieben?“

Kapitel 18

Meine liebste Cecily,

jede Minute, die ich auf deine Antwort warte, dehnt sich zur Ewigkeit …

„Bist du völlig übergeschnappt?“ Samantha stemmte die Hände gegen Gabriels Brust mit genug Kraft, ihn vom Bett zu schubsen.

Er setzte sich verblüfft auf. „Mir war gar nicht bewusst, wie viel sicherer es ist, einen Heiratsantrag schriftlich zu machen.“

Samantha sprang vom Bett und begann im Zimmer auf und ab zu laufen; ihre ausholenden Schritte legten beredtes Zeugnis von ihrem inneren Aufruhr ab. „Vielleicht hatte der Schlag gegen den Kopf doch auch noch eine schädliche Wirkung und nicht nur die Zurückerlangung Ihrer Sehkraft, Mylord. Vielleicht wurde dadurch Ihr Erinnerungsvermögen beeinträchtigt. Weil Sie vergessen zu haben scheinen, dass *Sie* ein Earl sind, ein Mitglied des Hochadels, während *ich* nicht mehr als ein Dienstbote bin.“

„Was du bist, Samantha …“

Sie wirbelte zu ihm herum. „*Miss* Wickersham!“

Ein Lächeln spielte um seine schön geformten Lippen, was sie nur noch wütender machte. „Was *Sie* sind, *Miss* Wickersham, ist die Frau, ich anbete und zu meiner Gattin zu machen gedenke.“

Sie warf die Hände in die Höhe. „Dann ist Ihnen nicht zu helfen, nicht wahr? Sie gewinnen Ihr Sehvermögen zurück, nur um den Verstand zu verlieren.“

„Ist Ihnen noch nicht in den Sinn gekommen, dass Sie vielleicht keine andere Wahl haben, als mich zu heiraten?"

„Warum sagen Sie das?"

„Weil ich Sie kompromittiert habe. Oder haben Sie das schon vergessen?"

Sie konnte an seinem herausfordernd vorgeschobenen Kinn erkennen, dass er wusste, sie würde niemals vergessen können, wie schamlos ihr Körper unter seiner Berührung geweint hatte, die Schauer der Lust, die sie bis ins Innerste erschüttert hatten. Die Erinnerung daran würde sie mit ins Grab nehmen.

„Ich spreche Sie von jeder Verpflichtung frei. Es gibt keinen Grund, weswegen Sie den Rest Ihres Lebens dafür bezahlen sollten … für eine dumme Indiskretion."

Er wölbte eine hellbraune Augenbraue. „Ist das alles, was Ihnen letzte Nacht bedeutet? Eine dumme Indiskretion?"

Unfähig, seinen Einwand überzeugend abzustreiten, begann Samantha wieder auf und ab zu gehen. „Ich bin sicher, Ihre Mutter wäre entsetzt gewesen, hätte sie davon erfahren, dass Sie der Tochter eines Baronets einen Heiratsantrag gemacht haben. Was würde sie sagen, wenn Sie ihr erklärten, Sie wollten Ihre Pflegerin ehelichen?"

Gabriel bekam sie am Saum ihres Nachthemdes zu fassen, als sie an ihm vorüberschritt, und zog sie auf seinen Schoß. Er schlang seine warmen Arme um sie und vereitelte so wirksam jeden Gedanken an Flucht. „Warum kommst du nicht gleich mit, und wir finden es heraus?"

Durch ihr Winden rieb sie sich mit ihrem Po nur noch fester an ihm. „Die Arme wird einen Herzanfall bekommen! Himmel, die Nachricht wird sie vermutlich umbringen! Oder sie mich", fügte sie grimmig hinzu.

Er lachte. „Sie ist nicht wirklich der Drachen, der sie zu sein vorgibt. Genau genommen ist mir sogar bei unserem ersten Zusammentreffen eine gewisse Ähnlichkeit …"

Samantha hielt ihm mit der Hand den Mund zu. „Sag es nicht. Wag es nicht, es zu auszusprechen!"

Immer noch lachend zog Gabriel ihre Hand von seinen Lippen. „Ich bin sicher, du wirst sie eines Tages lieben lernen." Seine Stimme und sein Griff wurden sanfter, und der Übermut in seinen Augen verblasste, ersetzt durch ein zärtliches Glitzern. „Schließlich wird sie die Großmutter deiner Kinder sein."

Gabriels Worte gruben sich wie ein Messer in Samanthas Herz, gewährten ihr einen flüchtigen Blick auf eine Zukunft, die sie nie mit ihm teilen konnte. Sie blinzelte die Tränen zurück, die ihr in den Augen brannten. Vielleicht besaß sie kein Morgen mit ihm, aber sie konnte heute Nacht haben.

„Ich habe mich geirrt", flüsterte sie.

Er runzelte die Stirn. „Worin?"

„Ich gehöre zu den Frauen, die sich verführen lassen durch blumige Worte und extravagante Versprechen." Ihre Hand auf seine Wange legend hob sie ihr Gesicht und küsste ihn auf den Mund.

Als Gabriel Samanthas weiche Lippen unter seinen spürte, war es, als ging in seiner Seele die Sonne auf. Einen Arm um ihre Hüften schlingend hob er sie auf das schmale Eisenbett und bettete sie auf die zerwühlten Laken.

Er wusste, er sollte warten, bis sie verheiratet waren. Aber er hatte so lange von diesem Augenblick geträumt – länger als ein Leben, schien es ihm.

„Einen Moment", sagte sie, und ihm blieb fast das Herz stehen. „Ich möchte nur die Kerze ausblasen."

Als sie wieder in seine Arme zurückgekehrt war, murmelte er: „Ich brauche die Kerze ohnehin nicht. Alles, was ich brauche, bist du."

Den Saum ihres Nachthemdes findend zog er es ihr vorsichtig über den Kopf. In dem Augenblick fühlte er sich wie ein Bräutigam. Bei dem Wissen, dass Samantha nackt unter ihm lag, dass er die ganze Nacht lang die köstlichen Geheimnisse ihres Körpers erkunden konnte, wurde ihm ganz trocken im Mund, und seine Hände fingen vor Verlangen an zu zittern.

Es war so lange her, seit er eine nackte Frau im Arm gehalten hatte. Sogar vor Trafalgar hatte er monatelang im selbst auferlegten Zölibat gelebt und sich nach Cecily gesehnt. Während die anderen Seeleute an Bord der *Victory* ihre körperlichen Bedürfnisse auf den kurzen Landgängen mit Hafendirnen gestillt hatten, war er an Bord des Schiffes geblieben und hatte wieder und wieder Cecilys Briefe gelesen. Obwohl sein Körper nach Erleichterung schrie, hatte er sich damit begnügt, sein Verlangen glimmen zu lassen, während er von dem Tag träumte, da sie wieder vereint waren. Wenn er geahnt hätte, dass der Tag niemals kommen würde, hätte er trotzdem gerne auf diesen Augenblick hier gewartet. Auf Samantha.

Gabriel knotete die Schleife seines Morgenmantels auf und schlüpfte hinaus, voller Sehnsucht, ihre Haut an seiner zu spüren, ihr

Fleisch an seinem. Während er sie küsste, als ob jeder Kuss ihr letzter wäre, glitt er an ihrem Körper hinab, stöhnte, als seine Brust auf ihren weichen Busen traf, als sein geschwollener Schaft die zarten Löckchen zwischen ihren Beinen streifte. Er wollte sich in sie versenken, alle Lust auf einmal greifen, die ihm in all den langen, einsamen Monaten versagt gewesen war.

Aber Samantha war keine Hafendirne. Sie verdiente mehr als eine hastige Vereinigung ihrer Körper ohne jede Finesse. Sie klammerte sich an seinen Schultern fest und stöhnte protestierend, als er seinen Mund von ihrem löste und sich von ihr rollte. Auf dem schmalen Bett war kaum Platz für sie beide, aber es gefiel Gabriel dennoch. Die behagliche Enge erleichterte es ihm, sein Bein über ihres zu legen, an ihrem Hals zu knabbern, während er mit seiner Hand ihre köstlich volle Brust umfing. Ihre Brustwarze war schon so verlockend fest wie eine saftige Beere, die darum flehte, von ihm in den Mund genommen zu werden.

Voller Eifer, ihr zu Gefallen zu sein, tat er genau das – er zupfte und neckte, saugte und streichelte mit Lippen und Zunge, bis sie sich unter ihm wand und sich verzweifelt an ihn klammerte. Ein vertrautes Hochgefühl ließ das Blut schneller durch seine Adern fließen. Hierfür brauchte er sein Augenlicht nicht. Eine Frau im Dunkeln zu lieben war ihm schon immer so leicht gefallen wie das Atmen.

„Ich kann das spüren“, flüsterte sie zwischen zwei keuchenden Atemzügen, irgendwie verwundert und schockiert.

„Das will ich doch hoffen“, erwiderte er und hob widerstrebend den Kopf von ihrer Brust. „Ich würde um nichts in der Welt deine Zeit verschwenden wollen.“

„Nein, ich meine …“

Gabriel war überzeugt, wenn er ihr Gesicht jetzt sehen könnte, dann wäre es mit zarter Schamröte überzogen.

„… *da unten*“, beendete sie den Satz.

Er schüttelte den Kopf, und ein hilfloses Lachen entwich ihm. „Ich kann dir versprechen, dass du, bevor ich mit dir fertig bin, wesentlich mehr als ‚da unten’ fühlen wirst.“

Wie um sein Versprechen wahr zu machen, ließ er seine Hand über die seidenweiche Haut auf ihrem Bauch streichen. Sie erschauerte unter seiner Berührung in Vorfreude, aber er zog die Wonne und die Folter in die Länge, indem er sich Zeit ließ, die sanfte Schwellung ihres Bauches zu erkunden, die empfindsamen Vertiefungen neben ihren Hüftknochen.

Als seine Finger schließlich die zarten Locken in ihrem Schritt streiften, war nur ein sanftes Drängen seines Knies nötig, dass sie für ihn die Schenkel spreizte, sich ihm darbot.

„Du gibst mir das Gefühl, völlig schamlos zu sein", gestand sie, und jeder ihrer Atemzüge war ein atemloser Seufzer. „Als ob ich alles für dich täte … mit dir."

Gabriel hätte es nicht für möglich gehalten, noch härter zu werden, als er schon war, aber ein schwindelerregender Reigen erotischer Bilder schoss ihm ungebeten durch den Kopf und bewies ihm, dass er sich geirrt hatte. „Ich bin mehr als glücklich, mein restliches Leben lang der Erfüllung dieses Wunsches zu widmen."

„Was aber, wenn wir kein Leben lang haben?" Sie schlang die Arme überraschend fest um ihn. „Was, wenn wir nur diesen Augenblick haben?"

„Dann würde ich keine Gelegenheit auslassen, dies zu tun", erklärte er und nahm ihren Mund in einem schmerzlich zärtlichen Kuss. „Oder dies." Er senkte seine Lippen auf ihre Brust, umkreiste ihre aufgerichtete Brustspitze mit der Zunge. „Oder das hier." Seine Stimme ging in ein Stöhnen über, als er seine Finger durch ihre Locken gleiten ließ und die empfindsame Stelle darunter streichelte.

Sie keuchte unter seiner Berührung auf, ein heiserer Willkommenslaut. Ihr Körper wurde schon feucht, um ihn aufzunehmen, blühte wie eine Blume unter dem Kuss der Sonne auf. Mit seinem Daumen setzte er die betörende Erkundung fort. Er wollte, dass sie für ihn brannte, sich nach dem Augenblick verzehrte, da sie ihn in sich aufnahm und mit ihm eins wurde.

„Bitte, Gabriel …" Sie bog sich seiner Hand entgegen, ihre Stimme ein heiseres Flüstern an seinem Ohr. „Ich kann nicht länger warten."

Als ihre Schenkel sich weiter spreizten, streckte sie die Hand aus und streichelte seine pochende Männlichkeit, bat ihn mit dieser Geste um etwas, dem kein Mann widerstehen konnte.

Als ihre Finger sich wie Bänder aus Samt um ihn schlossen, biss er die Zähne zusammen, um nicht die Beherrschung zu verlieren. „Nun gut, da du so nett bittest."

Er rollte sich auf sie. Sein steifes Glied strich über die feuchten Locken in ihrem Schritt.

„Gabriel, da gibt es etwas, das ich dir sagen muss." Sie umklammerte seinen Rücken, und die Panik in ihrer Stimme war nicht zu überhören.

Seine Fingerspitzen fanden ihre Lippen, brachten sie zum Schweigen mit einer zärtlichen Liebkosung. „Alles ist gut, Samantha. Ich brauche nicht mehr zu wissen. Ich bin mir darüber im Klaren, dass du nicht ganz offen mit mir warst. Eine Frau wie du hätte keine Stellung wie diese gesucht, wenn du nicht vor deiner Vergangenheit davonliefest. Aber das ist mir gleich. Mir ist egal, ob vor mir ein anderer Mann war. Mir ist egal, ob es ein Dutzend waren. Das Einzige, was mir wichtig ist, ist dass du jetzt, in diesem Augenblick, in meinen Armen liegst."

Um zu zeigen, dass er ein Mann war, der zu seinem Wort stand, zog Gabriel seine Hüften zurück und stieß sich tief in sie. Durch einen Nebel ungezügelter Lust vernahm er ihren gebrochenen Schrei, spürte etwas Zartes und Unersetzliches unter dem unaufhaltsamen Vordringen seines Körpers nachgeben.

Er war so tief in ihr, wie nur möglich, wagte es nicht, sich zu bewegen, wagte nicht zu atmen. „Samantha?"

„Hmm?", antwortete sie.

Gabriel focht mit sich, ganz still zu liegen, selbst wenn ihr Körper ihn in einem Griff roher Lust umfing. „Was genau wolltest du mir sagen?"

Er hörte sie schlucken. „Dass ich dies hier nie zuvor getan habe."

Einen Fluch unterdrückend barg er sein Gesicht an ihrem Hals. „Willst du, dass ich aufhöre?" Auch wenn er ihr das anbot, war sich Gabriel dennoch nicht sicher, ob er das überhaupt könnte.

Sie schüttelte heftig den Kopf. „Nein." Mit den Fingern durch sein Haar fahrend zog sie seinen Mund zurück auf ihre Lippen. „Niemals."

Während ihre Zungen sich aneinander rieben, bäumte sie sich unter ihm auf und sandte Gabriel in einen Strudel der Lust. Er hatte immer große Stücke auf seine Raffinesse bei der körperlichen Liebe gehalten. Doch die Erkenntnis entsetzte ihn, dass er noch barbarisch genug war, um den Drang zu verspüren, sich auf die Brust zu schlagen und triumphierend zu brüllen, und das allein, weil er der erste Mann war, sie zu nehmen – der einzige Mann. Er begann sich zu bewegen, glitt erst in sie, dann wieder heraus mit langen, tiefen Stößen, von dem Wunsch beseelt, ihr schmerzliches Wimmern in Laute der Lust zu verwandeln.

Jetzt, wo Samantha sie mit ihm teilte, war die Dunkelheit nicht länger sein Feind, sondern seine Geliebte. Alles maß sich in Empfinden, Wahrnehmen – Gegensätzen. Sie war weich. Er war hart. Sie war glatt. Er war rau. Sie gab. Er nahm.

In der Überzeugung, dass sie eine Wiedergutmachung für den Schmerz verdiente, den er ihr ungewollt bereitet hatte, schob Gabriel eine Hand zwischen ihre Beine. Ohne mit Zunge oder Hüfte aus dem Rhythmus zu kommen, streichelte er sie dort, bis sie sich mit einem heiseren Schrei um ihn verkrampfte, was beinahe sein Untergang war.

Seine Arme über ihren Kopf ziehend und seine Finger mit ihren verschränkend, bis ihre Handflächen sich berührten, flüsterte er drängend: „Halt dich fest, Engel. Lass niemals los."

Samantha gehorchte, wand ihre schlanken Beine um ihn. Dann gab es kein Halten mehr, kein Hinauszögern des Unvermeidlichen, kein Widerstand gegen den bezwingenden Rhythmus, der wie Buschtrommeln durch sein Blut rauschte. Gabriel ritt sie, hart und schnell und tief, bis sie beide trunken vor Lust waren, bis er erneut die Schauer in ihrem Körper spürte.

Als er selbst einen überwältigenden Höhepunkt erreichte, er sich in ihr verströmte, verschloss ihr Gabriel den Mund mit seinem, aus Sorge, ihrer beider Schreie würden den restlichen Haushalt alarmieren.

Samantha erwachte in Gabriels Armen. Das Bett war so schmal, dass nur genug Platz für sie beide war, wenn sie wie zwei Löffel in einer Schublade aneinander geschmiegt lagen.

Sie blickte zum Fenster, dankbar, dass der Nachthimmel noch völlig dunkel war, ohne Anzeichen von rosa Lichtstreifen am Horizont, die das Morgengrauen ankündigten. Sie wäre damit zufrieden gewesen, den Rest ihres Lebens so zu verbringen, mit Gabriels starken Armen um ihre Taille und seinem Atem in ihrem Haar, den nackten Po an seinem Schoß. Sie konnte den Schlag seines Herzens unter ihrem Rücken spüren, ein unvorstellbar süßes Wiegenlied.

Vor letzter Nacht hatte sie nur eine ungefähre Vorstellung von dem gehabt, was sich zwischen Mann und Frau im Schlafzimmer abspielte. Doch nichts hätte sie auf die Wirklichkeit vorbereiten können. Zum ersten Mal begriff sie, warum ein so trügerisch einfacher Akt Frauen dazu trieb, mit dem Ruin zu spielen, und Männer veranlasste, alles zu riskieren. Sie verstand, warum Sonette geschrieben und Duelle ausgefochten, Leben verwirkt wurden – alles für den Zauber, der entstand, wenn Mann und Frau zusammenkamen, sich in den Schatten der Nacht zu einem Wesen vereinigten.

Da war eine gewisse Empfindlichkeit zwischen ihren Schenkeln, ein frischer Schmerz, ähnlich dem in ihrem Herzen. Dennoch war es eine süße Qual und ein geringer Preis, der für das Wunder zu zahlen war, Gabriel tief in sich zu halten.

Fast, als ahnte er die Richtung ihrer Gedanken, regte sich Gabriel. Der Druck seines Arms verstärkte sich, als er sie noch dichter an sich zog.

Etwas stieß gegen ihren Po. Etwas Festes, Beharrliches. Samantha konnte nicht widerstehen, ein bisschen mit dem Hintern zu wackeln.

Gabriel knurrte schläfrig und murmelte: „Engel, weck keine schlummernden Drachen, es sei denn, du willst bei lebendigem Leib verschlungen werden." Er schob die Haare in ihrem Nacken zur Seite und streifte so zärtlich mit seinen Lippen die empfindsame Haut dort, dass sie verlangend erschauerte. „Ich hätte vorhin nicht so grob und gierig sein sollen. Du brauchst Zeit, dich zu erholen."

Da sie wusste, Zeit war der einzige Luxus, den sie nicht hatte, drückte sie sich an ihn, presste ihren weichen Po gegen sein erregtes Glied. „Alles, was ich brauche, bist du."

Gabriel stöhnte an ihrem Ohr. „Du spielst nicht fair, Frau. Du weißt, ich werde dir das nie verweigern können."

Aber er konnte seine eigene Erfüllung hinten anstellen, während er ihr Lust bereitete. Mit einer Hand liebkoste er ihre Brustspitzen, mit der anderen streichelte er sie zärtlich zwischen den Beinen, verwöhnte das überdehnte Fleisch. Nach kürzester Zeit schon ging Samanthas Atem keuchend, und sie schmolz unter einer Welle der Wonne dahin. Sie musste ins Kissen beißen, um nicht laut aufzuschreien.

Erst dann füllte er seine Hände mit ihrem weichen Busen und drang von hinten in sie ein. Sie wünschte sich nichts mehr, als sich mit ihm zu bewegen, aber er hielt sie fest, wartete, bis ihr Körper um ihn zu pulsieren begann in einem nachdrücklichen Rhythmus, ein Echo ihres wilden Herzschlages.

„Bitte …", stöhnte sie, beinahe ohnmächtig werdend. „Oh, Gabriel, *bitte* …"

Ihre zusammenhanglose Bitte war nicht an ihn verschwendet. Sie hätte es sich nie träumen lassen, dass es möglich wäre, so zärtlich und zugleich so unerbittlich geliebt zu werden. Als er mit ihr fertig war, hätte sie nicht sagen können, wo ihr Körper aufhörte und seiner begann. Sie wusste nur, dass ihr Herz sich anfühlte, als bräche es, und ihre Wangen tränennass waren.

„Du weinst", stellte er vorwurfsvoll fest und drehte sie sanft auf den Rücken.

Sie unterdrückte ein Schluchzen. „Nein, tue ich nicht."

Mit einem Finger berührte er ihre Wange, hob ihn an die Lippen und kostete, entlarvte sie als Lügnerin. „Es ist genauso, wie ich immer vermutet habe", erklärte er streng. „Du musst die Wahrheit nicht länger verbergen."

Entsetzt blinzelte Samantha ihn an.

Sanft legte er eine Hand über ihr heftig pochendes Herz. „Unter Ihrer praktischen Fassade schlägt das Herz einer wahren Romantikerin. Machen Sie sich keine Sorgen, Miss Wickersham. Ihr Geheimnis ist bei mir sicher." Er verzog seinen Mund zu einem lüsternen Lächeln, und seine Narbe ließ ihn nur noch mehr wie ein Wüstling aussehen. „Solange Sie dafür sorgen, dass es die Mühe lohnt, natürlich nur."

„Darauf können Sie sich getrost verlassen, Mylord." Seinen Mund auf ihre Lippen herabziehend besiegelte Samantha diesen Schwur mit einem leidenschaftlichen Kuss.

Samantha schob sich die letzte Haarnadel in die Frisur, die schwere Masse im Nacken feststeckend. Sie trug denselben braunen Rock und dieselbe Spencerjacke, die sie bei ihrer Ankunft in Fairchild Park angehabt hatte. Für den flüchtigen Betrachter mochte es den Anschein haben, als sei sie noch dieselbe Frau. Ein solcher Betrachter hätte nicht die zarte Röte in ihren Wangen bemerkt und nicht die wunde Stelle am Hals, wo Bartstoppeln ihre Haut zerkratzt hatten, nicht die von den Küssen ihres Liebhabers empfindlich geschwollenen Lippen.

Sich ihren Strohhut aufsetzend drehte sie sich zum Bett um.

Gabriel lag im Perlmuttlicht des anbrechenden Tages auf dem Bauch, und sein beeindruckender Körper nahm einen großen Teil des Platzes ein. Sein Kopf ruhte auf seinen verschränkten Armen, ein Knie hatte er angezogen, sodass das Laken beinahe von seinen schmalen Hüften rutschte. Das hellbraune Haar fiel ihm ins Gesicht und verbarg seine Züge.

Mein goldener Hüne.

Ihre Hände schmerzten vor Sehnsucht, ihn ein letztes Mal zu

berühren, aber sie wusste, sie durfte es nicht riskieren, ihn zu wecken. In dem vergeblichen Wunsch, die Versuchung zu verringern, zog sie sich ein Paar schwarzer Handschuhe an.

Ihr blieb keine andere Wahl, als die Truhe zurückzulassen. Die halbgepackte Reisetasche hatte sie schon unter dem Bett hervorgezogen. Jetzt blieb nur noch eine Aufgabe, die sie zu erledigen hatte, dann war sie fertig.

Sie näherte sich mit vorsichtigen Schritten dem Bett. Als sie sich hinkniete, nur ein paar Zoll von Gabriels Gesicht entfernt, regte der sich im Schlaf und murmelte etwas. Samantha hielt den Atem an, glaubte einen erschütternden Moment, dass er seine Augen öffnen und, statt durch sie hindurchzusehen, er sie anschauen und bis auf den Grund ihrer Seele blicken würde.

Doch er seufzte nur tief und rollte sich auf die andere Seite, mit der Hand das Bett abtastend, als suchte er etwas.

Ihre Hand behutsam unter die Matratze schiebend holte sie den Packen Briefe aus dem Versteck, in dem sie sie letzte Nacht so achtlos verstaut hatte. Ohne sich die Zeit zu lassen, sie mit dem Band zusammenzubinden, steckte sie das Bündel in ihre Reisetasche, ehe sie die Schnallen schloss.

Sie nahm ein zusammengefaltetes Blatt Papier aus ihrer Rocktasche. Ihre Hand zitterte leicht, als sie es auf das Kissen neben Gabriels Kopf legte.

Das nächste, was Samantha wusste, war, dass sie mit ihrem Portemanteau in der Hand an der Zimmertür stand.

Sie gestattete sich einen letzten Blick auf Gabriel. Sie hatte geglaubt, Wiedergutmachung leisten zu können, indem sie herkam, aber nun schien es ihr, als habe sie eine Sünde nur durch eine andere verschlimmert, eine, die noch unverzeihlicher war als ihre anfängliche Verfehlung. Aber vielleicht bestand ihre größte Sünde einfach darin, ihn so sehr zu lieben.

Den Blick vom Bett losreißend, schlüpfte sie aus dem Zimmer und zog die Tür hinter sich leise ins Schloss.

Kapitel 19

Meine liebste Cecily,

ich tragen deine Briefe und alle meine Hoffnungen für unsere Zukunft direkt über meinem Herzen …

„Beckwith!"

Als das vertraute Brüllen durch die Flure von Fairchild Park hallte, zuckten alle Mitglieder der Dienerschaft furchtsam zusammen. Ihre entsetzten Blicke flogen zur Decke, als von oben ein donnerndes Poltern zu hören war, gefolgt von einer ganzen Reihe Flüche, die so heftig waren, dass das Gold auf der Täfelung abzublättern drohte.

Kurz darauf erklangen Schritte, die die Treppe herunterstürmten, dann ein schrilles Jaulen, wiederum gefolgt von einem neuerlichen Fluch. „Himmel, wenn du mir nicht ständig vor den Füßen herumliefest, würde ich dir auch nicht auf deinen verdammten Schwanz treten."

Krallen klackten über den Marmorboden, als Sam so klug wie hastig sein Heil in der Flucht suchte.

Beckwith tauschte einen besorgten Blick mit Mrs Philpot, ehe er rief: „Im Speisesalon, Mylord."

Gabriel stürzte durch die Tür ins Speisezimmer, nur mit Morgenrock angetan und gerunzelter Stirn. Er fuchtelte mit seinem Gehstock herum, als sei es eine Waffe. „Hat jemand Samantha gesehen? Als ich aufgewacht bin, war sie fort."

Jemand keuchte schockiert auf. Gabriel drehte sich langsam zu dem Laut um, bemerkte offensichtlich zu spät, dass sie nicht alleine waren.

Mit geblähten Nasenflügeln sog er die Luft ein. „Alles, was ich riechen kann, ist gebratener Speck und frisch gebrühter Kaffee. Wer ist sonst noch hier?“

„Ach, n-n-nicht viele, wirklich“, stammelte Beckwith. „Nur Mrs Philpot. Elsie. Ihre Mutter. Ihr Vater. Und, äh …“ – er räusperte sich umständlich – „Ihre Schwestern.“

„Was? Wo steckt Wildhüter Willie? Was ist los? Konnte er sich nicht lang genug von der Jagd losreißen, um dem Rest des Haushaltes hier beim Frühstück Gesellschaft zu leisten?“ Gabriel schüttelte den Kopf. „Ach, egal. Der einzige Mensch, an dem mir liegt, ist Samantha. Hat jemand sie gesehen?“

Beckwith runzelte die Stirn. „Jetzt, da Sie es erwähnen, denke ich, nein. Was mich erstaunt, da es beinahe zehn Uhr ist und Miss Wickersham gewöhnlich früh aufsteht. Sie geht ihrer Arbeit überaus gewissenhaft nach.“

Gabriel von den ungekämmten Haaren bis zu den bloßen Füßen musternd schmunzelte sein Vater. „Das sieht mir auch so aus.“

Eugenia, Valerie und Honoria fingen an zu kichern.

„Mädchen!“, wies ihre Mutter sie scharf zurecht und bedachte sie mit einem strafenden Blick. „Ihr seid entschuldigt und könnt aufstehen. Lasst uns allein.“

Als die Mädchen mit hängenden Köpfen aufstanden, erklärte Gabriel: „Lass sie bleiben. Sie sind keine Kinder mehr. Es ist an der Zeit, endlich damit aufzuhören, sie jedes Mal aus dem Zimmer zu verbannen, wenn es ein Familiendrama gibt.“

„Seht ihr?“, flüsterte Honoria und stieß Valerie mit dem Ellbogen in die Rippen, als sie sich wieder auf ihre Stühle setzten. „Ich habe doch gesagt, dass er der beste große Bruder auf der ganzen Welt ist.“

„Ich werde überprüfen, ob ich Miss Wickersham finden kann, Mylord“, sagte Mrs Philpot. „Vielleicht hat einer der anderen Dienstboten sie gesehen.“

„Danke“, antwortete Gabriel.

Als sie gegangen war, lehnte sich der Marquis in seinem Stuhl zurück und verschränkte mit einem wehmütigen Seufzen die Hände über seinem runden Bauch. „Ich erinnere mich noch gut, als ich noch ein paar Jahre jünger war als Gabriel hier. Da gab es dieses bezaubernde Zimmermädchen …“

„Theodore!“ Seine Gattin blickte ihn vorwurfsvoll an.

Er streckte die Hand aus und tätschelte ihr den Arm. „Das war doch lange, ehe ich dich kennengelernt habe, Liebste. Nachdem ich dich erst einmal getroffen hatte, habe ich keine andere mehr eines Blickes gewürdigt. Ich wollte nur sagen, dass es den besten Männern passiert. Es ist sicherlich keine Schande, mit dem Personal zu schäkern."

Gabriel fuhr zu seinem Vater herum. „Ich schäkere nicht mit Samantha! Ich liebe sie und hege die Absicht, sie zu meiner Frau zu machen."

Sein Vater und seine Mutter quittierten diese Ankündigung mit einem entsetzten Aufkeuchen.

„Soll ich Hirschhornsalz holen?", erkundigte sich Eugenia mit gesenkter Stimme. „Mama sieht so aus, als ob sie gleich in Ohnmacht fiele."

„Eine Bürgerliche?" Valeries Stimme bebte vor Entsetzen. „Du willst eine gemeine Bürgerliche heiraten?"

„Ich kann dir versichern, dass an Miss Wickersham nichts Bürgerliches oder gar Gemeines ist", stellte Gabriel klar.

„Oh, das ist die allerromantischste Geschichte, die ich je gehört habe!", rief Honoria begeistert, und ihre braunen Augen funkelten. „Ich sehe geradezu vor mir, wie du auf deinem Schimmel angaloppiert kommst, sie vor einem Leben in vornehmer Armut zu retten."

Gabriel schnaubte abfällig. „Wenn hier irgendjemand gerettet wurde, dann bin ich das – und zwar durch sie."

„Nun, Sohn", begann sein Vater, „es besteht keine Notwendigkeit, überstürzte oder unüberlegte Entscheidungen zu treffen. Du hast erst letzte Nacht erfahren, dass du wieder sehen können wirst. Ich kann begreifen, dass deine Gefühle dadurch aus dem Gleichgewicht geraten sind. Dass du dich in die Arme dieses … dieses …"

„Ja?", fragte Gabriel in drohendem Ton.

„Reizenden Mädchens hast ziehen lassen", fuhr sein Vater hastig fort. „Aber das bedeutet nicht, dass du übereilt eine katastrophale Ehe eingehen musst. Himmel, wenn du wieder sehen kannst und nach London zurückkehrst, kannst du sie in einer netten kleinen Wohnung irgendwo in der Nähe deines Stadthauses unterbringen und zu deiner Mätresse machen, wenn du willst."

Gabriels Miene verfinsterte sich, aber bevor er antworten konnte, kam Mrs Philpot in den Salon zurückgeeilt. „Es tut mir leid, Mylord, aber ich kann keine Spur von ihr entdecken. Niemand hat sie gesehen. Allerdings habe ich diese Nachricht in ihrem Zimmer gefunden.“ Ihre Stimme senkte sich zu einem Flüstern, sodass sich alle fragten, was um Himmels willen sie gefunden hatte. „Auf ihrem Nachttisch.“

„Lesen Sie es vor“, verlangte Gabriel und tastete nach dem nächsten leeren Stuhl.

Während er darauf Platz nahm, reichte sie den Brief Beckwith.

Der Butler faltete zögernd und mit leicht zitternden Händen das schlichte weiße Blatt Papier auf. „Lieber Lord Sheffield“, las er laut. „Ich habe Ihnen immer gesagt, dass Sie mich eines Tages nicht mehr brauchen werden. Obwohl ich weiß, Sie sind ein Ehrenmann, erwarte ich nicht, dass Sie Versprechen halten, die gemacht wurden in der Hitze der ...“ Beckwith brach ab, warf Gabriel einen gequälten Blick zu.

„Weiter“, forderte Gabriel, seine Augen dunkel und leer.

„... erwarte ich nicht, dass Sie Versprechen halten, die gemacht wurden in der Hitze der Leidenschaft. Diese Flammen lodern zu hell, blenden selbst die, die in der Lage sein sollten zu sehen. Bald schon werden Sie Ihr Augenlicht – und Ihr vertrautes Leben – zurückerhalten. Ein Leben, an dem ich nicht teilhaben kann. Ich bitte Sie, nicht zu hart über mich zu urteilen. Vielleicht werden Sie eines Tages in einem Winkel Ihres Herzens freundliche Erinnerungen an mich hegen. In diesem Wunsch verbleibe ich als stets die Ihre, Samantha.“

Als Beckwith das Paper zusammenfaltete, trat Mrs Philpot zu ihm und tastete mit bebenden Fingern nach seinem Ärmel. Tränen rannen Honoria offen über die Wangen, und selbst Eugenia war gezwungen, sich mit der Ecke ihrer Serviette die Nasenspitze zu betupfen.

„Du hast recht“, bemerkte seine Mutter leise, und stellte ihre Teetasse auf den Tisch. „Sie ist ein ungewöhnliches junges Mädchen.“

Sein Vater seufzte. „Es tut mir leid, Junge, aber sicherlich siehst du ein, dass es so am besten für alle ist.“

Wortlos erhob sich Gabriel und ging zur Tür, den Gehstock vor sich schwingend.

„Wohin willst du?“, fragte sein Vater verblüfft.

Er drehte sich zu ihnen um. Seine Miene verriet eiserne Entschlossenheit. „Ich will sie finden, darum gehe ich sie suchen.“

Sein Vater wechselte einen besorgten Blick mit Gabriels Mutter, ehe er die eine Frage stellte, die sie alle beschäftigte: „Aber was, wenn sie nicht gefunden werden will?“

Samantha schlüpfte in das Schlafzimmer im obersten Stock des weitläufigen Landhauses im Tudorstil, ohne sich die Mühe zu machen, die Tür hinter sich zu schließen. Obwohl die Luft stickig war, es modrig roch und im Raum nur dämmeriges Licht herrschte, glaubte sie nicht, die schweren Vorhänge zurückziehen und die Sprossenfenster aufstoßen zu können. Der Morgensonnenschein würde ihr bloß in den Augen wehtun.

Sie stellte das Portemanteau auf ihr Bett, ließ müde die Schultern sinken. Nachdem sie das Gepäckstück auf mehreren schlaflosen Fahrten in der Postkutsche mit sich geschleppt hatte, fühlte es sich an, als sei es mit Wackersteinen beladen statt ein wenig Unterwäsche zum Wechseln, einem Bündel alter Briefe und einem schmalen Gedichtband. Wären nicht die Briefe gewesen, sie hätte sich vielleicht in Versuchung geführt gefühlt, es heute Morgen während ihres langen Fußmarsches vom Dorf hierher einfach im nächsten Tümpel zu versenken. Das fröhliche Gezwitscher der Vögel, die in den Hecken entlang der Auffahrt zum Haus brüteten, schien sie zu verspotten.

Sie trug immer noch dasselbe unscheinbare braune Kleid, das sie vor drei Tagen angezogen hatte, ehe sie Fairchild Park im Morgengrauen verließ. Staub bedeckte den Saum ihres Rockes, und ein Fleck getrockneter Milch zierte ihr Oberteil, wohin der Säugling einer in der Kutsche mitreisenden Frau auf der besonders holperigen Fahrt von Hornsey nach South Mims gespuckt hatte.

Samantha wusste, eigentlich hätte sie sich darüber ärgern müssen, aber eine gnädige Taubheit umfing sie. Selbst während sie sich noch fragte, ob sie wohl jemals wieder etwas empfinden würde, musste sie zugeben, dass die Taubheit dem beißenden Seelenschmerz vorzuziehen war, der ihr Herz durchbohrt hatte, als sie Gabriel schlafend in ihrem Bett zurückließ.

Sie sank auf den Hocker vor dem Frisiertisch. Dieses Zimmer hatte sie als Mädchen verlassen, doch es war eine Frau, die ihr aus dem Spiegel entgegenblickte. Von dieser ernsten Miene zu schließen würde niemand ahnen, dass ihre Augen vor Glück strahlen könnten oder dass sich beim Lächeln zwei bezaubernde Grübchen auf ihren Wangen bilden würden.

Ihre Arme schmerzten vor Erschöpfung, als sie sie hob, um eine nach der anderen die Nadeln aus ihrem Haar zu ziehen. Die schwere Masse fiel ihr schlaff auf die Schultern. Sie blinzelte ihr Spiegelbild aus müden Augen an, Augen in der Farbe von Meer unter einem Sommerhimmel.

Schritte klangen auf der Treppe – die Schritte ihrer Mutter, so energisch und vertraut, dass Samantha unvermittelt voller Wehmut an die Zeit dachte, da ihre Mutter jeden Seelenschmerz, gleichgültig wie schlimm, einfach durch eine zärtliche Umarmung und eine Tasse warmen Tees hatte vertreiben können.

„Man sollte doch meinen", beklagte sich ihre Mutter laut, während sie die Treppe emporstieg, „dass wenn eine Mutter ihrer Tochter erlaubt, ihre reiche Freundin auf eine ausgedehnte Reise auf den Kontinent zu begleiten, man doch wenigstens soviel Dankbarkeit erwarten darf, dass diese Tochter ihrer Mutter schreibt, damit die weiß, sie ist noch am Leben und schmachtet nicht in irgendeinem schmutzigen Kerker irgendwo in Frankreich. Noch sollte man es für möglich halten, dass eine solche Tochter sich bei ihrer Rückkehr wie ein Dieb klammheimlich ins Haus schleichen würde, statt ihre Eltern zu begrüßen, wie es sich gehört. Himmel, ich hätte überhaupt nicht erfahren, dass du wieder zu Hause bist, hätte deine Schwester nicht …"

Samantha drehte sich auf dem Hocker um.

Ihre Mutter stand auf der Türschwelle. Eine Hand hatte sie sich aufs Herz gelegt, und ihre Miene verriet Entsetzen. „Gütiger Himmel, Cecily! Was hast du nur mit deinem wunderschönen Haar angestellt?"

Kapitel 20

Mein liebster Lord Sheffield,

Sie behaupten, nichts als Staub unter meinen zierlichen Füßen zu sein, doch in Wahrheit sind Sie mir Sternenstaub, über einen samtigen Nachthimmel gesprenkelt, auf ewig in meinen Träumen, aber außerhalb meiner Reichweite …

„Sie kann sich nicht einfach in Luft aufgelöst haben. Das ist unmöglich!"

„Das sollte man meinen, Mylord. Aber es scheint, als sei genau das geschehen. Nachdem ihre Kutsche London an jenem Nachmittag erreicht hatte, verliert sich Miss Wickershams Spur. Meine Männer haben sie jetzt zwei Monate lang gesucht, und es ist ihnen nicht gelungen, auch nur den geringsten Hinweis auf ihren Verbleib zu entdecken. Es ist beinahe so, als hätte es sie nie gegeben."

„Oh, das hat es aber, ganz gewiss." Gabriel schloss einen Moment lang die Augen, erinnerte sich wieder daran, wie Samantha weich und warm in seinen Armen gelegen hatte, wirklicher als alles andere, was er je in seinem Leben berührt hatte.

Was, wenn uns kein Leben lang vergönnt wäre? Was, wenn wir nur diesen Augenblick hätten?

Ihre rätselhafte Frage verfolgte ihn, seit er Narr genug gewesen war, zuzulassen, dass sie ihm entwischte.

Er öffnete die Augen wieder und betrachtete den gepflegten, schmächtigen Mann, der ihm an seinem Schreibtisch gegenüber saß. Der Schleier über dem, was er erkennen konnte, hatte sich jeden Tag ein wenig mehr verzogen. In Kürze schon würde er das Haus verlassen können, um selbst die Straßen nach Samantha zu durchkämmen. Bis dahin blieb ihm keine andere Wahl, als diesem Mann zu vertrauen. Danville Steerforth war einer von einem halben Dutzend erfahrener Bow Street Runner. Er und seine Kollegen mit ihren auffälligen roten Westen und den leuchtend blauen Mänteln waren ihm sowohl für ihr Können als auch ihre Verschwiegenheit mit höchstem Lob empfohlen worden.

Der Mann schien noch nicht einmal durch Gabriels Narbe eingeschüchtert. Vermutlich hatte er in seinem Beruf schon Schlimmeres gesehen.

„Unsere Suche von Tür zu Tür in Chelsea hat kein Ergebnis gebracht", unterrichtete ihn Steerforth mit einem Zucken seines karamellbraunen Schnurrbartes. „Sind Sie sicher, dass sie keine anderen Hinweise zurückgelassen hat, wo sie herkommt? Wohin sie gegangen sein könnte?"

Mit dem Daumen über die Klinge des Brieföffners mit dem Messinggriff fahrend schüttelte Gabriel den Kopf. „Wir haben die Truhe, die sie da gelassen hat, Zoll für Zoll von oben bis unten mindestens ein Dutzend Mal durchsucht. Ich habe nichts gefunden, als ein paar unauffällige Gegenstände und eine Flasche mit Zitronenparfüm."

Er verriet nicht, was er empfunden hatte, als er die Tür ihres Schrankes geöffnet und entdeckt hatte, dass sie seine Geschenke nicht mitgenommen hatte. Geschenke, die er bis zu diesem Moment noch gar nicht gesehen hatte. Als er vorsichtig mit den Fingern über den zarten Musselin des Kleides strich, die weiche Kaschmirstola anfasste und die frivolen rosa Seidenschuhe, die nur zum Tanzen geschaffen waren, hörte er im Geiste wieder die wehmütige Melodie von „Barbara Allen". In seiner sachlichen Aufzählung hatte er weiterhin ausgelassen, dass er bei dem vertrauten Zitronenduft, der ihm aus den Kleidern entgegenströmte, rückwärts aus dem Zimmer gestrauchelt war, von schmerzlicher Sehnsucht überwältigt.

„Was ist mit ihren Empfehlungsschreiben? Sind die aufgetaucht?"

„Ich fürchte nein. Es scheint, als habe mein Butler ihr die Briefe noch an dem Tag wieder ausgehändigt, als sie ihre Stellung antrat."

Steerforth seufzte. „Das ist höchst bedauerlich. Selbst ein einziger Name hätte uns eine Spur gegeben, die wir verfolgen könnten."

Gabriel zerbrach sich den Kopf. Da war etwas, das am Rande

seines Bewusstseins nagte, eine Kleinigkeit, die sich ihm immer wieder entzog. „Während des ersten Abendessens, das wir gemeinsam eingenommen haben, erwähnte sie eine Familie, für die sie gearbeitet hatte. Carruthers? Carmichael?" Er schnippte mit den Fingern. „Carstairs! Das war es. Sie hat erzählt, sie habe zwei Jahre lang als Gouvernante für Lord und Lady Carstairs gearbeitet."

Steerforth erhob sich und strahlte erneute Zuversicht aus. „Ausgezeichnet, Mylord. Ich werde die Familie sogleich aufsuchen und befragen."

„Warten Sie", verlangte Gabriel, als der Mann seinen Gehstock und seinen Hut nahm. Jetzt, da sein Sehvermögen mit jedem Tag besser wurde, konnte er den Gedanken nicht ertragen, weiter untätig im Haus herumzusitzen und Fremde nach Samantha suchen zu lassen. „Vielleicht wäre es am besten, wenn ich selbst mit ihnen spräche."

Falls Steerforth enttäuscht war, dass er die Ermittlungen abgenommen bekam, so verbarg er das gut. „Wie Sie wünschen. Sollten Sie irgendwelche Hinweise erhalten, teilen Sie es mir bitte unverzüglich mit."

„Darauf können Sie sich verlassen", versicherte ihm Gabriel.

Steerforth zögerte an der Tür, wendete seinen Filzhut unbehaglich in den Händen. „Verzeihen Sie, wenn ich meine Grenzen überschreite, Lord Sheffield, aber Sie haben mir nie gesagt, warum Sie diese Frau so dringend finden wollen. Hat sie Sie beraubt, während sie für Sie gearbeitet hat? Ihnen etwas Unersetzliches gestohlen?"

„Ja, das hat sie, Mr Steerforth." Ein reuiges Lächeln spielte um Gabriels Lippen, während er den Mann anschaute. „Mein Herz."

Cecily Samantha March saß auf der gefliesten Terrasse von Carstair Hall und nahm mit ihrer besten Freundin und Mitverschwörerin, Lord und Lady Carstairs' einziger Tochter Estelle, den Tee ein. Die warme Junisonne liebkoste ihr Gesicht, während eine milde Brise ihre kurzen honigblonden Locken zauste.

Zwei Monate lang hatte sie ihr Haar täglich in Öl gebadet, aber zum Verdruss ihrer Mutter war es dennoch nicht gelungen, es völlig von den Rückständen der Hennafarbe zu befreien. Eines Tages hatte Cecily dann beschlossen, dass sie es einfach nicht länger ertrug, wenn ihr Samantha Wickersham aus dem Spiegel entgegenblickte, und erbittert das meiste davon kurzerhand abgeschnitten. Estelle hatte sie mit der Versicherung getröstet, dass kurze Locken der letzte Schrei in London seien. Und Cecily war ohnehin der Ansicht, dass ihr die neue Frisur stand – sie ließ sie reifer aussehen und weniger wie das dumme junge Mädchen, das sie einmal gewesen war.

Natürlich hatte ihre Mutter geweint, als sie entdeckt hatte, was Cecily getan hatte, und auch Papa hatte fast so ausgeschaut, als wollte er selbst jeden Moment in Tränen ausbrechen. Aber keiner von beiden hatte das Herz, sie zu auszuschimpfen. Ihre Mama hatte einfach einem der Zimmermädchen aufgetragen, die abgeschnittenen Locken aufzukehren und ins Feuer zu werfen. Cecily hatte dagesessen und zugesehen, wie sie verbrannten.

„Wundert deine Familie sich nicht langsam, warum du so viel Zeit hier verbringst?", erkundigte sich Estelle und bediente sich von dem Teekuchen-Tablett auf dem Tischchen.

„Ich bin sicher, sie sind froh, mich los zu sein. Ich fürchte, ich bin dieser Tage keine gute Gesellschaft."

„Unsinn. Du bist immer eine ganz reizende Gesellschaft. Sogar wenn du wegen deines gebrochenen Herzens Trübsal bläst." Estelle strich eine Schicht Sahne auf das hauchzarte Gebäckstück und steckte es sich in den Mund.

Wenigstens musste Cecily, solange sie bei Estelle war, nicht die ganze Zeit so tun, als sei alles so, wie es sein sollte. Sie musste nicht über die Witze ihres Bruders lachen oder Interesse heucheln an den neusten Stickarbeiten ihrer Schwester. Sie musste ihrer Mutter nicht versichern, dass sie völlig damit zufrieden war, in ihrem Schlafzimmer zu sitzen und bis in die frühen Morgenstunden zu lesen, oder dem bekümmerten Ausdruck in den Augen ihres Vaters ausweichen. Sie konnte an ihren besorgten Blicken erkennen, dass sie keine sonderlich überzeugende Vorstellung gab. Zwar hatte sie ihre schauspielerischen Fähigkeiten in zahllosen Laien-Theaterstücken vervollkommnet, die sie und ihre Geschwister als Kinder für ihre Eltern aufgeführt hatten, doch alles Können schien sie im Stich gelassen zu haben in dem Moment, da sie die Rolle als Gabriels Pflegerin aufgab.

Estelle leckte sich etwas Sahne aus dem Mundwinkel. „Ich hatte befürchtet, deinen Eltern könnte es merkwürdig vorkommen, dass wir so viel Zeit gemeinsam verbringen, nachdem wir angeblich den halben Frühling zusammen mit meinen Eltern auf einer Vergnügungsreise durch Italien waren."

„Pst!" Cecily stieß Estelle unter dem Tisch an, erinnerte sie daran, dass Lord und Lady Carstairs auf der anderen Seite der hohen Bogenfenster im Empfangssalon saßen und ihren Tee einnahmen.

Mit ihrer Geistesgegenwart, den schwarzen Locken und den unternehmungslustig blitzenden dunklen Augen war Estelle die Einzige von Cecilys Freundinnen, der sie genug vertraute, um ihr bei der Durchführung eines derart waghalsigen Unterfangens zu helfen. Aber leider waren Umsicht und Diskretion nie eine von Estelles Stärken gewesen.

„Es ist bloß gut, dass ich nur wenige Tage vor dir und deiner Familie nach Hause zurückgekehrt bin“, murmelte Cecily und hoffte, Estelle würde den Wink verstehen und auch die Stimme senken.

Estelle lehnte sich vor. „Uns blieb keine andere Wahl, wo dieser Schurke Napoleon mit der Blockade ganz Englands gedroht hat. Mama wollte nicht, dass wir am Ende in Italien festsitzen und dann die gesamte Saison versäumen. Sie hatte Angst, ein leidenschaftlicher, aber mittelloser italienischer Graf würde ein Auge auf mich werfen statt eines temperamentlosen englischen Viscounts, dem mehr an seinen Jagdhunden liegen wird als an mir.“

Cecily schüttelte den Kopf. „Das flößt mir höchstens noch mehr Widerwillen gegen diesen Tyrannen ein. Was, wenn ihr *vor mir* heimgekehrt wäret? Meine Eltern wären außer sich vor Sorge gewesen. Ich bin nur dankbar, dass unsere Familien sich nicht in denselben Gesellschaftskreisen bewegen. Ich kann mir die Katastrophe gut vorstellen, wenn sie sich über die Reise unterhielten.“

„Ich hatte versprochen, sobald wir englischen Boden betreten, eine Nachricht nach Fairchild Park zu senden, nicht wahr? Das hätte dir ausreichend Zeit gegeben, um dir eine neue Ausrede einfallen zu lassen.“

„Wie welche?“, erkundigte sich Cecily und nippte an ihrem Tee. „Vielleicht hätte ich einfach meiner Mutter schreiben können: ‚Es tut mir schrecklich leid, Mama, aber ich bin von zu Hause durchgebrannt, um mich als Pflegerin eines erblindeten Earls zu verdingen, der zufälligerweise auch noch einer der berüchtigtsten Schürzenjäger der feinen Gesellschaft ist.‘“

„*Ehemaliger* Schürzenjäger“, verbesserte Estelle sie, eine anmutig geschwungene, dunkle Augenbraue hochziehend. „Hat er nicht dem Verführen von Frauen und dem Brechen von Herzen in dem Augenblick abgeschworen, da er dich getroffen hat?“

„Das hat er behauptet. Und wäre ich nicht ein so unreifes

Dummerchen gewesen, hätte ich ihm geglaubt. Stattdessen habe ich ihn dazu getrieben, in die Königliche Marine einzutreten, damit er sich meiner Liebe würdig erweist." Sie schüttelte den Kopf, angewidert von dem selbstsüchtigen, naiven Kind, das sie gewesen war. „Wenn ich mit ihm nach Gretna Green gegangen wäre, als er mich darum bat, wäre er nie verletzt worden, hätte niemals sein Augenlicht verloren."

„Und du wärest nie nach Fairchild Park gefahren."

„Als ich die Gerüchte gehört hatte, dass er in dem Haus wie ein verwundetes Tier allein lebte, dachte ich, ich könnte ihm helfen", erklärte Cecily leise und beobachtete ein Pfauenpaar, das über die weite grüne Rasenfläche stolzierte.

„Hast du?"

Das helle Läuten der Türglocke enthob sie einer Antwort. Sie runzelte die Stirn. „Erwarten deine Eltern Gäste?"

„Außer dir niemanden." Estelle blinzelte in die Nachmittagssonne. „Seltsame Zeit für einen unangekündigten Besuch, oder?"

Beide Mädchen drehten ihre Köpfe zum Empfangssalon hinter ihnen um, gerade als der Butler verkündete: „Der Earl of Sheffield."

Cecily spürte, wie ihr alles Blut aus den Wangen wich. Obwohl ihr erster Impuls sie trieb, sich unter dem Tisch zu verstecken, wäre sie vermutlich wie gelähmt sitzen geblieben, hätte Estelle sie nicht am Handgelenk gepackt und hinter den ausladenden Rhododendron gezerrt, der zwischen den beiden Fenstern wuchs.

„Was, verflixt noch mal, tut er hier?", zischte sie Cecily zu.

Ihre Freundin schüttelte heftig den Kopf, während sie das Gefühl hatte, das Herz spränge ihr gleich aus der Brust. „Ich weiß es auch nicht!"

Sie kauerten hinter dem Busch, wagten es kaum zu atmen, als die Vorstellungen gemacht und Höflichkeiten ausgetauscht wurden.

„Ich hoffe sehr, Sie verzeihen die Störung", drang Gabriels tiefe, rauchige Stimme durch das Fenster und sandte Cecily einen Schauer der Sehnsucht über den Rücken. Sie brauchte nur die Augen zu schließen, und schon war er hinter ihr, über ihr … in ihr.

„Davon kann gar nicht die Rede sein!", wehrte Estelles Mutter ab. „Es ist uns eine große Ehre, einen gefeierten Helden begrüßen zu dürfen. Ganz London schwirrt vor Gerüchten über Ihre überraschende Genesung. Ist es wahr, dass Ihre Sehkraft zur Gänze wiederhergestellt ist?"

„Ich habe immer noch ein paar Schwierigkeiten, wenn die Dämmerung anbricht, aber ich finde mich von Tag zu Tag besser zurecht. Mein Arzt scheint zu glauben, dass mein Verstand eine Weile benötigt, um mit dem Fortschritt mitzuhalten, den mein Sehvermögen macht."

Cecily kniff ihre eigenen Augen zusammen, konnte nicht anders, als ein kurzes, aber tief empfundenes Dankgebet gen Himmel zu senden.

„Heute jedoch bin ich nicht gekommen, um über mich zu sprechen", verkündete Gabriel. „Ich habe die Hoffnung, dass Sie mir unter Umständen in einer persönlichen Angelegenheit helfen könnten. Ich bin auf der Suche nach einer Frau, die bis vor Kurzem in meinen Diensten stand und davor in Ihren – eine gewisse Miss Samantha Wickersham."

„Er sucht dich!", flüsterte Estelle und stieß Cecily mit dem Ellbogen so hart in die Rippen, dass sie vor Schmerz aufkeuchte.

„Nein, tut er nicht", erwiderte sie grimmig. „Er sucht *sie*. Weißt du nicht mehr? Es war deine Idee, dass wir ihm ein Empfehlungsschreiben deiner Eltern geben. Und du warst es, die die Unterschrift deines Vaters gefälscht hat."

„Aber wir sind davon ausgegangen, dass wenn er versuchen würde, mit ihnen in Kontakt zu treten, sie immer noch in Rom wären."

„Soll ich dir etwas verraten? Sie sind es nicht."

„Samantha Wickersham?", sagte Lord Carstairs im Salon. „Ich denke nicht, dass ich mich an den Namen erinnern kann. War sie ein Hausmädchen oder so?"

„Nicht direkt", antwortete Gabriel. „Dem Empfehlungsschreiben nach zu urteilen, das Sie ihr geschrieben haben, war sie Gouvernante Ihrer Kinder. Zwei Jahre lang."

Lady Carstairs klang noch verwunderter als ihr Ehemann. „Ich kann mich an keinen solchen Brief erinnern. Es muss zwar mehrere Jahre her sein, aber ich bin mir sicher, der Name würde mir etwas sagen."

„Ihre Anstellung kann nicht so lange zurückliegen", bemerkte Gabriel, und der Argwohn in seiner Stimme wurde offenkundiger. „Miss Wickersham ist eine junge Frau, vermutlich nicht älter als fünfundzwanzig."

„Nun, da haben Sie es. Das ist völlig ausgeschlossen. Unser Sohn

Edmund ist in Cambridge, während unsere Tochter … einen Moment bitte. Estelle, Liebes“, rief ihre Mutter in Richtung der offenen Fenster, „bist du noch irgendwo dort draußen?“

Estelle sah Cecily entsetzt an.

„*Los!* Geh schon!“ Cecily gab ihr einen verzweifelten Schubs. „Ehe sie dich suchen kommen.“

Estelle stolperte hinter dem Busch hervor. Sie strich den weißen Musselin ihres Rockes glatt und warf Cecily einen letzten schreckensstarren Blick zu, ehe sie fröhlich antwortete: „Ja, Mama. Ich bin hier.“

Als Estelle im Haus verschwand, kroch Cecily durch den Busch und setzte sich mit dem Rücken gegen die Ziegelsteinmauer unter das Fenster. Sie kniff die Augen zu und rang den schier übermächtigen Drang nieder, flüchtig zu Gabriel zu spähen. Es war eine wahre Folter, ihm so nahe zu sein, und doch Welten entfernt.

„Dies ist unsere Estelle“, erklärte Lord Carstairs mit unverhohlenem Stolz in der Stimme. „Wie Sie sehen können, ist sie schon vor ein paar Jahren der Obhut einer Gouvernante entwachsen.“

„Sie ist in genau dem richtigen Alter, das Kinderzimmer mit eigenem Nachwuchs zu füllen“, fügte seine Frau mit einem nervösen Lachen hinzu. „Nachdem wir den richtigen Ehemann für sie gefunden haben, natürlich erst.“

Ein Stöhnen unterdrückend lehnte Cecily den Kopf gegen die Mauer. Gerade, als sie gedacht hatte, die Dinge könnten nicht noch schlimmer werden, musste sie mit anhören, wie Lady Carstairs versuchte, ihre beste Freundin mit dem einzigen Mann zu verkuppeln, den sie selbst je lieben würde.

Während Gabriel eine höfliche Begrüßung murmelte, bemühte sie sich, sich nicht vorzustellen, wie er sich über Estelles Hand beugte, versuchte sich nicht auszumalen, wie er mit seinen geschickten Lippen ganz leicht die zarte weiße Haut streifte. Anders als Cecily wagte sich Estelle nur sehr selten ohne Handschuhe und Hut in die Sonne.

„Wo ist deine kleine Freundin?“, erkundigte sich Lady Carstairs. „Habt ihr nicht eben noch zusammen Tee getrunken?“

Cecilys Augen weiteten sich entsetzt. Das leiseste Wispern ihres Namens würde sie verraten und als die Lügnerin und Betrügerin bloß stellen, die sie war.

„Es gibt keinen Grund, weshalb wir nicht alle zusammen mit Lord Sheffield den Tee einnehmen“, verkündete Estelles Vater dröhnend.

„Warum gehst du nicht und holst Miss ...“

Estelle bekam plötzlich einen Hustenanfall. Erleichtert ließ sich Cecily zurücksinken. Nach mehreren Runden besorgten Gemurmels und ein paar Klapsen auf den Rücken gelang es Estelle herauszubringen: „Tut mir so leid. Ein Stück Scone muss sich verklemmt haben.“

„Aber Sie haben doch gar kein Scone gegessen“, bemerkte Gabriel.

„Vorhin“, antwortete sie. Ihr eiskalter Ton klang wie eine Kampfansage für den Fall, dass er ihr widersprach. „Und ich fürchte, Sie werden meine Freundin entschuldigen müssen. Sie ist überaus schüchtern. Sie ist wie ein verängstigtes Kaninchen fortgelaufen, als sie die Türglocke gehört hat.“

„Das ist völlig in Ordnung“, versicherte ihr Gabriel. „Ich habe wirklich nicht die Zeit, noch länger zu verweilen. Und während ich Ihre Gastfreundschaft sehr zu schätzen weiß, fürchte ich, muss ich Ihre Einladung zum Tee ablehnen.“

„Ich bedauere überaus, dass wir Ihnen nicht helfen konnten, Sheffield“, sagte Lord Carstairs und erhob sich, wobei sein Stuhl bedrohlich knirschte. „Es klingt, als seien Sie das Opfer einer skrupellosen Hochstaplerin geworden. Wenn Sie dieses Schreiben noch in Ihrem Besitz haben, rate ich Ihnen, es den Behörden zu übergeben. Vielleicht sind die in der Lage, diese Frau zu finden und ihrer gerechten Strafe zu überführen.“

„Es besteht keine Notwendigkeit, die Behörden einzuschalten.“ Die Entschiedenheit in Gabriels Tonfall sandte Cecily einen Schauer über den Rücken. „Wenn sie irgendwo dort draußen ist, dann werde ich sie finden.“

Als Estelle, nachdem Gabriel sich verabschiedet hatte, wieder aus dem Haus trat, saß Cecily auf dem Hügel oberhalb des kleinen Ententeiches. Eine Mutterente glitt durch die glatte Wasseroberfläche, sieben kleine braungelbe Federknäuel schwammen hinter ihr.

„Ich hätte mir nie träumen lassen, dass er meine Empfehlungsschreiben überprüfen würde“, gestand sie, als Estelle sich neben ihr im Gras niederließ und ihre Röcke anmutig um sich arrangierte. „Er hat sie nie gesehen.“ Sie wandte sich mit einem gequälten Ausdruck in den Augen zu Estelle um. „Ich verstehe nicht, warum er mich – *sie* – immer noch sucht! Sobald er sein Augenlicht wieder hatte, dachte ich, er würde zu dem Leben zurückkehren, das er geführt hat, ehe wir uns kennenlernten."

„Welches Mal kennenlernen?", fragte Estelle sanft.

Cecily zog ein Knie an und schlang die Arme darum, nicht länger fähig, die eine Frage zu unterdrücken, die sie sich selbst versprochen hatte, nie zu stellen. „Wie sah er aus?"

„Großartig, muss ich gestehen. Ich habe immer gedacht, dass du bei seinem Aussehen übertreibst – blind vor Liebe und so – aber ich kann nicht leugnen, dass er ein Bild von einem Mann ist. Und diese Narbe liebe ich einfach! Es verleiht ihm etwas Rätselhaftes." Estelle erschauerte wohlig. „Mit ihr sieht er wie ein Pirat aus, der sich einfach nimmt, was er will, sich die Frau, die ihm gefällt, über die Schulter wirft und davonträgt, bevor er sie verführt."

Cecily wandte ihr Gesicht ab, aber nicht ehe Estelle die Röte in ihren Wangen bemerkte.

„Himmel, Cecily Samantha March, er ist nicht der Einzige, vor dem du Geheimnisse hast, oder?"

„Ich weiß nicht, wovon du sprichst."

„Ich denke doch! Stimmt es? Ist er dein …" Mit einem verstohlenen Blick über die Schulter senkte Estelle ihre Stimme zu einem Flüstern. „Liebhaber?"

„Eine Nacht lang", gestand Cecily.

„Nur einmal?"

„Nein. *Nur eine Nacht*", wiederholte Cecily und sprach jedes Wort besonders deutlich aus.

Estelle keuchte auf, schien gleichermaßen entzückt wie entsetzt. „Ich kann gar nicht glauben, dass du *das* getan hast. Mit *ihm*! Du bist ziemlich fortschrittlich, weißt du? Die meisten Frauen warten bis nach der Hochzeit, ehe sie sich einen Liebhaber nehmen." Sie beugte sich weiter vor und fächelte sich mit einer Hand Luft zu. „Ich muss nur fragen: Ist er so geschickt, wie er aussieht?"

Cecily schloss die Augen, als Erinnerungen an Gabriels Geschick auf sie einstürmten und eine Welle heißen Verlangens durch ihre Adern sandte. „Mehr noch."

„Ach du meine Güte!" Estelle ließ sich ins Gras zurückfallen, die Arme weit von sich gestreckt, als sei sie ohnmächtig geworden. Aber dann setzte sie sich wieder genauso unvermittelt auf und musterte Cecilys schlanke Figur kritisch. „Himmel, du bist doch nicht etwa … in anderen Umständen, oder?“

„Ich wünschte zu Gott, ich wäre es!“ Das Geständnis drängte sich Cecily ohne Vorwarnung über die Lippen. „Beweist das nicht, was für eine schreckliche Person ich bin? Ich wäre bereit, meiner Familie das Herz zu brechen, die Verdammung der Gesellschaft zu erdulden und alles aufs Spiel zu setzen, wenn ich dafür nur ein winzig kleines Stück von ihm bekäme, das ich immer mit mir tragen kann.“ Sie barg ihr Gesicht an ihren Knien, nicht länger in der Lage, die Last des mitleidsvollen Blickes ihrer Freundin zu ertragen.

Estelle strich ihr übers Haar. „Es ist nicht zu spät, weißt du. Warum gehst du nicht einfach zu ihm? Erzählst ihm alles? Bittest ihn, dass er dir verzeiht?“

„Wie könnte ich das?“ Sie hob den Kopf und blickte Estelle durch einen Tränenschleier an. „Begreifst du nicht, was ich getan habe? Ich habe ihn beinahe umgebracht. Ich habe ihn schmählich im Stich gelassen, als er mich am meisten brauchte. Dann, bei dem Versuch, diese Sünde wieder gutzumachen, habe ich mir mit Lug und Trug Zutritt zu seinem Haus verschafft, um mit seinen Gefühlen und seinen Erinnerungen zu spielen.“ Ein gequälter Seufzer entrang sich ihrer Kehle. „Wie könnte er mich jemals mit etwas anderem ansehen als Verachtung?“

Doch als Estelle sie behutsam in den Arm nahm, damit sie die Tränen vergießen konnte, die sie in den vergangenen beiden Monaten zurückgehalten hatte, kam Cecily ein anderer schrecklicher Gedanke. Jetzt, da Gabriel wusste, Samantha hatte ihn angelogen, wie lange würde es dauern, ehe er sich zu fragen anfing, ob die Nacht, die sie in seinen Armen verbracht hatte, nicht auch nichts anderes als eine Lüge gewesen war?

Kapitel 21

Meine liebste Cecily,

ein einziges ermutigendes Wort von deinen Lippen – und ich würde niemals von deiner Seite weichen …

Der Fremde bahnte sich seinen Weg durch die drängend vollen Straßen Londons, seine Miene so unerbittlich, seine ausholenden Schritte so entschlossen, dass selbst die Bettler und Taschendiebe sich beeilten, ihm aus dem Weg zu gehen. Von dem scharfen Oktoberwind schien er nichts zu bemerken, der unter die Schulterkragen seines wollenen Mantels fuhr, so wenig wie von den eiskalten Regentropfen, die von der gebogenen Krempe seines hohen Biberhutes perlten.

Es war nicht die gezackte Narbe, die sein Gesicht verunzierte, die die Passanten dazu trieb, ihre Kinder dichter an sich zu ziehen und zur Seite auszuweichen. Es war der Ausdruck in seinen Augen. Sein brennender Blick glitt suchend über die Gesichter der Entgegenkommenden und sandte jedem, der ihm begegnete, einen Schauer über den Rücken.

Die Ironie war an Gabriel nicht verschwendet. Er konnte endlich wieder sehen, aber ihm blieb der eine Anblick verwehrt, den er sich am meisten ersehnte. Jeder Sonnenaufgang, gleichgültig wie atemberaubend die Gold- und Rosatöne auch waren, beleuchtete nur die dunkle Straße, die sich vor ihm erstreckte. Jeder Sonnenuntergang war Vorbote einer langen, einsamen Nacht.

Er schritt durch die anbrechende Dämmerung und war sich überdeutlich der Tatsache bewusst, dass die Dunkelheit jeden Tag früher begann. Bald schon würde es kein Regen sein, der seine Wangen benetzte, sondern Schnee.

Trotz der großzügigen Belohnung, die Gabriel ausgesetzt hatte, wenn sie weiter nach Samantha suchen würden, hatten sich Steerforth und seine Männer geschlagen geben müssen. Daraufhin hatte sich Gabriel selbst auf die Straße begeben, kehrte jede Nacht erst dann in sein Stadthaus am Grosvenor Square zurück, wenn er zu kalt und zu erschöpft war, noch einen Schritt zu machen. Er hatte jedes Krankenhaus in London aufgesucht, aber niemand erinnerte sich an eine ehemalige Gouvernante namens Wickersham, die verwundete Soldaten und Seeleute gepflegt hatte.

Er hatte nur eine Angst, die noch größer war, als Samantha nicht zu finden – was, wenn er sie nicht erkannte?

Er hatte Beckwith den ersten Monat seiner Suche mit sich geschleppt. Der schüchterne Butler hatte immer gleich elend ausgesehen, ob er nun mit hochgeschlagenem Kragen in irgendeiner Hafenschenke saß oder die Straßenverkäufer in Covent Garden befragte. Schließlich hatte sich Gabriel seiner erbarmt und ihn zurück nach Fairchild Park geschickt.

Jetzt war Gabriel, so wie die Männer, die er angeheuert hatte, sie zu finden, gezwungen, sich auf Beschreibungen zu verlassen, die von einander abwichen, je nachdem, wen man fragte. Soweit er es sagen konnte, suchte er nach einer schlanken Frau durchschnittlicher Größe mit dickem, kastanienbraunem Haar, zarten Zügen und Augen, deren Farbe von der dicken Brille verhüllt waren, die sie getragen hatte. Ein paar Dienstboten behaupteten, sie seien grün, während andere darauf beharrten, sie seien braun. Nur Honoria war der Ansicht, sie seien blau gewesen.

Er wusste, das hier war Irrsinn, aber Gabriel musste einfach daran glauben, dass wenn er vor Samantha stünde, etwas in seiner Seele sie wieder erkennen würde.

Er bog in eine schlecht beleuchtete Gasse ein, die sich zu den Docks hinunterschlängelte. Es waren weniger Menschen hier unterwegs und die Schatten tiefer. Wann immer Gabriel die schmierigere Unterwelt von Whitechapel oder Billingsgate erkundete, hatte er fast weniger Angst, Samantha nicht zu finden, als sie zu entdecken. Der Gedanke, dass sie irgendwelche dunklen Gassen entlangging, schwer an seinem Kind tragend, machte ihn wahnsinnig. Dann verspürte er den Drang, Türen einzutreten und Fremde am

Kragen zu packen, bis er jemanden erwischte, der ihm bewies, dass sie nicht nur ein Produkt seiner überreizten Phantasie war.

Seine Entschlossenheit, sie aufzuspüren, wankte nicht, aber die Zweifel, die ihn seit seinem Besuch auf dem Anwesen der Carstairs quälten, wollten nicht weichen. Er erinnerte sich an den verregneten Nachmittag, als sie ihm aus *Eile geboten* vorgelesen hatte. Sie hatte jede Rolle überzeugend gespielt. Was aber, wenn sie nur die Rolle einer Frau gespielt hatte, die sich in ihn verliebte? Doch wenn das der Fall war, wie hatte sie sich ihm so großzügig schenken können? Wie hatte sie ihm ihre Unschuld opfern können, ohne etwas im Gegenzug zu erbitten?

Als er eine schmale Straße überquerte, stieg ihm ein vertrauter Duft in die Nase. Abrupt blieb er stehen, schloss die Augen und atmete tief ein, die Dunkelheit willkommen heißend, statt sie zu fliehen. Da war es wieder – ein unverkennbarer Hauch von Zitronenmelisse, der sich deutlich von den vermischten Gerüchen von verbrannten Würsten und verschüttetem Ale abhob.

Die Augen öffnend, betrachtete er die schattenhaften Umrisse um sich herum. Eine Frau in einem Umhang war auf der anderen Straßenseite an ihm vorüber gegangen. Durch den Nieselregen, das hätte er schwören können, sah er eine kastanienbraune Strähne unter ihrer Kapuze vorlugen.

Ihr nachlaufend fasste Gabriel sie am Ellbogen und riss sie herum, sodass sie ihn ansah. Ihre Kapuze rutschte nach hinten, um ein beinahe zahnloses Grinsen und einen Hängebusen zu enthüllen, der aus dem klaffenden Ausschnitt zu quellen drohte. Gabriel wich zurück, als ihr nach Gin stinkender Atem ihm entgegenschlug.

„Nun mal langsam, Meister, kein Grund, grob zu werden zu einer Dame. Es sei denn, Sie mögen es so." Sie klimperte mit ihren spärlichen Wimpern, was nicht im Geringsten neckisch, sondern vielmehr grotesk wirkte. „Für ein paar Schilling extra bin ich vielleicht bereit, das herauszufinden."

Gabriel ließ seine Hand sinken und widerstand nur mit Mühe dem Drang, sie sich an seinem Mantel abzuwischen. „Verzeihen Sie, Madam, ich habe Sie mit jemandem verwechselt."

„He, nicht weglaufen!", rief sie ihm nach, als er sich umwandte und forthastete, einen Kaminkehrer beinahe umrennend, so eilig wollte er entkommen. „Für einen hübschen Kerl wie Sie gebe ich vielleicht sogar eine Kostprobe umsonst. Ich weiß, ich hab nicht mehr viele Zähne, aber manche Kerle sagen, das macht es nur umso süßer."

Müde bis ins Mark ließ Gabriel die Schatten der Gasse hinter sich, entschlossen, Zuflucht in seiner Kutsche zu suchen, die er um die Ecke hatte warten lassen.

Den Kragen seines Mantels gegen den eiskalten Wind und Regen hochschlagend überquerte er die belebte Straße, wich einer Kutsche voller kichernder Schönheiten und einem rotgesichtigen Laternenanzünder aus. Der junge Bursche eilte von Lampe zu Lampe, das Öl mit einer flüchtigen Berührung seiner wild flackernden Fackel entzündend.

Gabriel hätte die schäbige Gestalt, die auf dem Bürgersteig unter einer der Straßenlaternen kauerte, gar nicht bemerkt, hätte er den Mann nicht rufen hören: „Almosen, bitte! Gebt einen Kreuzer für die, die sich nicht selber helfen können."

„Warum kriechst du nicht ins Arbeitshaus und hilfst uns allen?", rief ein vorübergehender Herr verächtlich.

Immer noch unverzagt lächelnd hielt der Mann seine Blechtasse einer Frau mit langer Nase hin, der eine Zofe, ein Lakai und ein unglücklich aussehender afrikanischer Page folgten, der unter der Last unzähliger Päckchen und Pakete strauchelte. „Bitte einen Kreuzer für eine Tasse warme Suppe, Ma'am?"

„Sie brauchen keine Tasse warme Suppe. Sie brauchen Arbeit", teilte die Angesprochene dem Bettler kühl mit und hob ihre Röcke an, damit sie ihn nicht berührten. „Vielleicht hätten Sie dann keine Zeit mehr, anständige Christen zu belästigen."

Kopfschüttelnd zog Gabriel einen Sovereign aus seiner Tasche und warf sie in die Tasse des Mannes, als er an ihm vorüberging.

„Danke, Lieutenant."

Die leise gesprochenen Worte ließen Gabriel im Schritt verharren. Langsam drehte er sich um.

Als der Mann seine Hand zum Salutieren hob, war es unmöglich, sein unkontrollierbares Zittern oder das Aufblitzen von Intelligenz in seinen hellbraunen Augen zu übersehen. „Martin Worth, Mylord. Wir haben zusammen auf der *Victory* gedient. Wahrscheinlich werden Sie sich nicht an mich erinnern. Ich war nur Seekadett."

Den Mann genauer musternd erkannte Gabriel, dass das, was er auf den ersten Blick für Lumpen gehalten hatte, in Wahrheit eine zerrissene Marine-Uniform war. Die verblasste blaue Jacke hing lose über einer so knochigen Brust, dass sie zu einem Skelett gehören könnte. Die schmutzigen weißen Hosen waren über Worths Beinen – oder besser dem, was davon noch übrig war – festgesteckt worden. Für Strümpfe oder Schuhe hatte er nicht länger Verwendung.

Als Gabriel langsam die Hand hob, um den Gruß zu erwidern, wurde der Mann von einem quälenden Hustenanfall geschüttelt, sodass er beinahe umfiel. Er war klar zu sehen, dass die feuchte Kälte sich tief in seine Lungen eingenistet hatte. So würde er den kommenden Winter nicht überleben.

Manche Männer sind noch nicht aus dem Krieg heimgekehrt und manche werden es nie. Andere haben beide Arme und Beine verloren. Sie hocken bettelnd in der Gosse, ihre Uniform und ihr Stolz in Fetzen. Sie werden verspottet, mit Füßen getreten und die einzige Hoffnung, die Ihnen bleibt, ist, dass ein Fremder mit einem Funken christlicher Nächstenliebe einen halben Penny in ihre Blechtasse wirft.

Als er in Gedanken wieder die anklagende Stimme hörte, schüttelte Gabriel ungläubig den Kopf. Monatelang hatte er Samantha gesucht, doch hier an dieser Straßenecke, in die Augen eines Fremden blickend, hatte er sie schließlich gefunden.

„Sie haben recht, Kadett Worth. Ich habe mich nicht an Sie erinnert“, gestand er, während er seinen Umhang auszog und ihn dem Mann um die abgemagerten Schultern legte. „Aber jetzt tue ich es wieder.“

Worth blickte mit unverhohlener Verwunderung zu ihm auf, als er zur anderen Straßenseite winkte und einen schrillen Pfiff ausstieß, die wartende Kutsche zu sich rief.

„Ich kann nicht glauben, dass ich mich von dir dazu habe überreden lassen“, flüsterte Cecily, als sie neben Estelle die polierten Parkettstufen hinunterstieg, die in den überfüllten Ballsaal von Lady Apsleys elegantem Stadthaus in Mayfair führten. „Ich hätte mich nie von dir nach London schleifen lassen, wenn unsere Kirchengemeinde keinen neuen Hilfspfarrer bekommen hätte.“

„Ledig?“, fragte Estelle.

„Ich fürchte ja. Obwohl, wenn es nach meiner Mutter geht, das nicht lange so bleiben wird.“

„Entnehme ich deinem niedergeschlagenen Tonfall richtig, dass du ihn für keinen passenden Ehekandidaten hältst?“

„Ganz im Gegenteil. Er ist alles, was in den Augen meiner Familie bei einem Ehemann wünschenswert ist. Langweilig. Schwerfällig. Neigt zu endlosen Vorträgen über die Vorzüge des Züchtens von schwarzgesichtigen Schafen und dem Räuchern von Zungenwurst. Sie wären völlig damit zufrieden, wenn ich den Rest meines Lebens damit verbringen würde, seine Socken zu stopfen und seine dicken, trägen Kinder aufzuziehen." Sie seufzte. „Vielleicht sollte ich ihm gestatten, mir den Hof zu machen. Ich verdiene es nicht besser."

Noch nicht einmal Cecilys lange Abendhandschuhe konnten den Schmerz mildern, als Estelle sie fest kniff. „Wag es nicht, so etwas Schreckliches auch nur zu denken!"

„Und warum nicht? Was wäre dir lieber, wie ich den Rest meines Lebens verbringe? Mich an deiner Schulter ausweinen? Mich nach einem Mann verzehren, den ich niemals haben kann?"

„Ich kann nicht vorhersagen, wie du den Rest deines Lebens verbringst", erklärte Estelle, als sie die unterste Stufe erreichten und sich durch das Gedränge plaudernder Gäste zu schlängeln begannen, „aber ich weiß, wie du den heutigen Abend verbringen wirst. Lächeln, freundlich nicken, tanzen. Und mit völlig vernarrten jungen Männern anregende Unterhaltungen führen, denen Schafe und geräucherte Zungenwurst völlig egal sind."

„Welches würdige Ereignis begehen wir hier heute eigentlich? Hat Lord Apsleys Pferd wieder ein Rennen in Newmarket gewonnen?" Cecily wusste so gut wie Estelle, dass die gefeierten Gastgeberinnen Londons jede Gelegenheit ergriffen, die langen, öden Monate zwischen den Saisonen mit einem Fest zu beleben.

Estelle zuckte mit den Schultern. „Alles, was ich weiß, ist, dass es mit Napoleon und dem Wahrmachen seiner Drohung zu tun hat, England zu blockieren. Lady Apsley hat beschlossen, einen Ball zu Ehren der Offiziere zu geben, die morgen in See stechen, um uns vor einem Schicksal ohne belgische Spitze oder türkische Feigen zu bewahren. Warum siehst du heute Nacht nicht einfach als dein Opfer für die Unterstützung einer noblen Sache?"

„Du vergisst", erwiderte Cecily leichthin, um den plötzlichen Schmerz in ihrem Herzen zu überspielen, „ich habe bereits meine Pflicht für König und Vaterland erfüllt."

„Das hast du allerdings." Estelle seufzte wehmütig. „Du Glückliche. Oh, sieh mal!" rief sie dann, von dem Anblick eines livrierten Lakaien abgelenkt, der sich, ein Silbertablett mit Punschgläsern balancierend, durch die Menge bewegte. „Da wir noch nicht die Aufmerksamkeit eines umherschlendernden Gentlemans erregt haben, nehme ich an, wir müssen uns selbst unseren Punsch besorgen. Warte hier. Ich bin gleich wieder da."

Cecily verkniff sich ihren Protest, als Estelle mit der Menge verschmolz, die weiße Schleppe ihres Kleides fröhlich schwingend.

Sie sah sich in dem überfüllten Ballsaal um, ein gekünsteltes Lächeln auf ihre Lippen zwingend. Estelle hatte darauf bestanden, dass sie sich ein Band, das farblich zu ihrem Ballkleid in einem zarten Pfirsichton passte, durch die seidigen Locken wand.

Obwohl das Tanzen noch nicht begonnen hatte, spielte sich ein Streicherquartett auf der Empore am anderen Ende des Saales ein. Cecily hatte den hoffnungsvollen Blick eines jungen Offiziers aufgefangen, als ein Sologeiger die sehnsuchtsvolle Melodie von „Barbara Allen" anstimmte.

Cecily schloss die Augen, sich nur zu gut an einen anderen Ballsaal, einen anderen Mann erinnernd.

Als sie sie wieder öffnete, befand sich der junge Offizier auf dem Weg zu ihr. Sie drehte sich um, wollte nur noch fort.

Es war ein Fehler gewesen, sich von Estelle zum Mitkommen überreden zu lassen. Sie suchte mit den Augen die Menge ab, aber ihre Freundin war nirgends zu sehen. Sie würde eben einfach die Kutsche finden müssen und verlangen, dass der Kutscher sie unverzüglich zum Stadthaus der Carstairs brachte. Später konnte er dann wieder zurückkommen, um Estelle zu holen.

Über ihre Schulter blickend entdeckte sie, dass der Offizier immer noch auf sie zuhielt, und hastete blindlings zur Treppe, sodass sie aus Versehen jemandem auf den Fuß trat.

„Passen Sie doch auf, junge Frau", fuhr die betroffene Matrone sie an.

„Es tut mir leid", entschuldigte sie sich leise und drängte sich an einem Mann mit einer roten Knollennase vorbei.

Schließlich gelangte sie an den Rand der Menge und zitterte beinahe vor Erleichterung, dass sie am Fuß der Treppe angekommen war. Nur noch ein paar Stufen und sie wäre frei.

Fast spürend, wie die Last von ihren Schultern glitt, schaute sie nach oben … geradewegs in ein Paar spöttisch blickender, meergrüner Augen.

Kapitel 22

Mein liebster Gabriel!

(Da, ich habe es getan! Ich hoffe, du bist jetzt zufrieden.)

Gabriel Fairchild stand am oberen Ende der Treppe, in die Ausgehuniform eines Offiziers der Königlichen Marine gekleidet. Er trug einen dunkelblauen Rock mit Messingknöpfen und schmaler weißer Biese. Ein einfacher blauer Stoffstreifen ersetzte sein rüschenbesetztes Halstuch. Seine Weste, Hemd und Kniehosen waren schneeweiß, und ein Paar schimmernd schwarzer Stulpenstiefel umschloss seine muskulösen Schenkel. Sein hellbraunes Haar war immer noch unmodisch lang und im Nacken mit einem Lederband zusammengebunden.

Stimmengewirr und bewundernde Blicke begleiteten sein Eintreffen. Genau wie Estelle es vorhergesagt hatte, verlieh ihm die Narbe etwas Geheimnisvolles und ließ ihn noch schneidiger und heldenhafter erscheinen. Cecily allein wusste, wie heldenhaft er in Wahrheit war. Sie stünde nicht am Fuß der Treppe, hätte er nicht sein Leben gewagt, um ihres zu retten.

Ihr Herz erbebte unter dem Schlag, ihn so zu sehen. Sie hatte damit gerechnet, dass er sein ausschweifendes Leben wieder aufnehmen würde, das er genossen hatte, bevor sie sich bei Lady Langleys Hausgesellschaft kennengelernt hatten. Dies hier jedoch war ein vollkommen anderer Gabriel – ernster, aber dennoch unwiderstehlich.

Ein leichtsinniger Teil von ihr wünschte sich fast, dass er sie als

Samantha wiedererkannte und nicht als Cecily. Sie sähe lieber Verachtung in seinen Augen als dass er sie anschaute, als bedeutete sie ihm weniger als eine Fremde.

Sie stand wie erstarrt vor ihm, als er die Stufen hinabstieg. Doch er schritt einfach an ihr vorüber, beinahe so, als sei er erneut mit Blindheit geschlagen.

Ihre Augen weiteten sich. Es gab keinen Zweifel. Er hatte sie eben eiskalt und in aller Öffentlichkeit geschnitten. Sie blickte an sich herab und stellte fast überrascht fest, dass ihr Herzblut nicht das Oberteil ihres Kleides befleckte.

„Entschuldigen Sie, Miss?"

Cecily drehte sich um und fand sich dem eifrig lächelnden, jungen Offizier gegenüber. „Ich weiß, wir sind uns noch nicht vorgestellt worden, aber ich frage mich, ob Sie vielleicht mit mir tanzen würden."

Aus dem Augenwinkel konnte Cecily sehen, wie Gabriel die Gastgeberin begrüßte und lächelnd ihre Hand an seine Lippen zog. Gefährlicher Trotz regte sich in ihr.

„Aber gewiss", antwortete sie dem jungen Mann und legte ihre behandschuhte Hand auf seine.

Glücklicherweise machte die flotte Melodie des Ländlers eine Unterhaltung unmöglich. Selbst als sie sich zu den anderen Tänzern gesellten, war sie sich noch überdeutlich jedes Schrittes, den Gabriel machte, jeder Hand, die er küsste, jedes hungrigen Blickes bewusst, mit dem ihn einige der dreisteren weiblichen Gäste musterten. Es war nicht schwer, seinen Weg durch den Saal zu verfolgen. Er überragte die anderen anwesenden Männer um einen Kopf.

Die ganze Zeit schien er ihr keinen Blick zu gönnen … oder einen einzigen Gedanken an sie zu verschwenden.

Sie verlor ihn aus den Augen, als die Musiker die ersten Noten eines altmodischen Menuetts zu spielen begannen. Nachdem sie sie durch eine komplizierte Schrittfolge geführt hatte, wechselte die Tonart, kündigte einen Partnerwechsel anend. Dankbar, dem jungen Offizier mit den schweißfeuchten Händen zu entkommen, wirbelte Cecily anmutig herum.

Ohne Vorwarnung fand sie sich Gabriel gegenüber, ihre Hände in seinen ruhend. Sie schluckte, rechnete halb damit, dass er sich umdrehen und sie vor der versammelten Gesellschaft auf der Tanzfläche stehen lassen würde.

„Miss March", murmelte er und verriet damit, dass er sich ihrer

Gegenwart nicht ganz so unbewusst gewesen war, wie er den Anschein erweckt hatte.

„Lord Sheffield“, erwiderte sie, während sie einander argwöhnisch umkreisten.

Selbst durch ihren Handschuh hindurch konnte sie die Hitze seiner Haut spüren. Sie versuchte nicht an die Zärtlichkeit zu denken, mit der er sie einst berührt hatte, die erschütternde Lust, die er ihr bereitet hatte.

Ihre größte Sorge bestand darin, dass er ihre Stimme wiedererkennen könnte. Für Samantha Wickershams gestrengen Ton hatte sie eine altjüngferliche Tante nachgeahmt. Aber sie wusste genau, dass sie bei mehr als einer Gelegenheit in ihre normale Stimmlage verfallen war – zum Beispiel, als sie auf dem Höhepunkt der Lust seinen Namen gerufen hatte.

„Es ist eine Freude, Sie so wohl zu sehen“, erklärte sie steif und sprach absichtlich atemlos. Das war nicht schwer, wenn sie das Gefühl hatte, als ginge sie in seinem frischen männlichen Duft unter. „Ich habe Gerüchte von Ihrer wundersamen Genesung gehört. Ich bin froh zu sehen, dass sie der Wahrheit entsprechen.“

Er musterte sie unergründlich. „Vielleicht ist es das Schicksal, das uns heute Nacht zusammengebracht hat. Ich hatte nie Gelegenheit, Ihnen zu danken.“

„Wofür?“

„Dafür, dass Sie mich im Krankenhaus besuchen gekommen sind, als ich verwundet dort lag.“

Cecilys Herz machte einen Satz, als er die Klinge in der Wunde in ihr umdrehte. Zum ersten Mal taten ihr die Franzosen beinahe leid. Dies war kein Mann, den man sich leichtfertig zum Feind machte.

Ihr Gesicht zu seinem empor hebend schenkte sie ihm ihr bezauberndstes Lächeln. „Sie müssen mir nicht danken. Es war nicht mehr als meine Christenpflicht.“

Seine Augen verdunkelten sich. Es schien, als sei es ihr endlich gelungen, ihm eine Reaktion zu entlocken. Aber ihr Triumph währte nur kurz. Ehe er zu irgendeiner Antwort ansetzen konnte, beendeten die Musiker das Lied. Der letzte Ton des Menuetts hing fast greifbar zwischen ihnen.

Er beugte sich über ihre Hand, streifte mit den Lippen ihre Fingerknöchel in einem angedeuteten Kuss. „Es war mir ein Vergnügen, unsere Bekanntschaft zu erneuern, Miss March, wenn auch nur, um mir deutlich zu machen, wie wenig ich Sie tatsächlich kannte."

Als das Musikerquartett einen schwungvollen österreichischen Walzer begann, verließen die anderen Tänzer die Tanzfläche, um sich Erfrischungen zu holen oder den neusten Klatsch zu genießen. Nichts leerte eine Tanzfläche rascher als ein Walzer. Niemand wollte auch nur in den Verdacht geraten, die Schritte des skandalösen Tanzes zu kennen.

Als Gabriel sich aufrichtete, musste Cecily gegen einen Anfall von Panik ankämpfen. Noch eine Minute, dann würde er ihr den Rücken zukehren und für immer aus ihrem Leben verschwinden. Sie hatten schon einige neugierige Blicke auf sich gezogen. Sie sah Estelle, die sie von der anderen Seite des Ballsaales aus beobachtete, und ihr Gesicht war fast so weiß wie ihr Kleid.

Was habe ich noch zu verlieren?, überlegte Cecily. *Meinen guten Namen? Meinen Ruf?* Die Gesellschaft wusste es nicht, aber sie war bereits für jeden anderen Mann ruiniert.

Ehe Gabriel weggehen konnte, legte sie ihm die Hand auf den Arm. „Hat Ihnen noch niemand gesagt, dass es unhöflich ist, wenn ein Gentleman eine Dame stehen lässt, die tanzen möchte?"

Er schaute sie an, und seine Miene verriet sowohl Argwohn, als auch Spott. „Niemand soll sagen können, dass Gabriel Fairchild einer Dame einen Wunsch abschlägt."

Mit diesen vertrauten Worten schlang er einen Arm um ihre schlanke Taille und zog sie an sich. Als er sie in den Tanz führte, schloss Cecily die Augen, erkannte in diesem Moment, dass sie willens war, jedes Wagnis einzugehen, jeden Preis zu zahlen, nur um wieder in seinen Armen zu sein.

„Ich muss gestehen, dass es mich überrascht hat, Sie heute Abend hier zu sehen", erklärte er, als sie über die verlassene Tanzfläche wirbelten, ihre Körper sich im perfekten Rhythmus wiegten. „Ich dachte, inzwischen seien Sie längst mit einem Landedelmann oder Gutsbesitzer verheiratet. Ich weiß, dass Sie an einem Mann Achtbarkeit mehr als alles andere schätzen."

Sie lächelte, sodass ihre Grübchen erschienen. „So wie Sie bei Frauen die Eigenschaft, leicht verführbar zu sein?"

„Das war die eine Eigenschaft, durch die Sie sich mit Gewissheit nie ausgezeichnet haben", entgegnete er und schaute über sie hinweg.

„Anders als die meisten Frauen, die Sie heute Nacht mit den

Augen verschlingen. Soll ich beiseite treten und einer von ihnen meinen Platz in Ihren Armen überlassen?“

„Ihre Großzügigkeit ehrt Sie, aber ich fürchte, mir fehlt die Zeit für solche Abenteuer. Ich laufe morgen Nachmittag mit der *Defiance* aus.“

Cecily geriet aus dem Takt und stolperte. Hätte er seinen Griff nicht sogleich gefestigt, wäre sie am Ende sogar gestürzt. Ihre Füße zwingend, sich weiter zur Musik zu bewegen, blickte sie ungläubig zu ihm auf. „Sie gehen wieder zur See? Haben Sie völlig den Verstand verloren?“

„Ihre Sorge rührt mich, Miss March, wenn sie auch ein wenig spät kommt. Es gibt keinen Grund, sich wegen meines Schicksals den hübschen kleinen Kopf zu zerbrechen.“

„Aber das letzte Mal, als Sie gesegelt sind, sind Sie fast nicht wieder heimgekehrt! Sie wären beinahe gestorben! Es hat Sie Ihr Augenlicht gekostet, Ihre Gesundheit und Ihre …“

„Ich bin mir bestens bewusst, was es mich gekostet hat“, versetzte Gabriel leise. Während er ihr Gesicht musterte, schwand der letzte Rest von Spott aus seiner Miene.

Cecily wünschte sich sehnlichst, ihn zu berühren, seine vernarbte Wange zu streicheln. Aber die scharfkantigen Scherben gebrochener Versprechen und zerborstener Träume bedeckten den Boden zwischen ihnen, waren unüberwindbar.

Sie senkte den Blick auf seine Rockaufschläge. „Warum wollen Sie unbedingt erneut den Helden spielen? Nachdem Sie beinahe Ihr Leben im Kampf für König und Vaterland geopfert haben, sollte man meinen, Sie müssten niemandem mehr etwas beweisen.“

„Ihnen vielleicht nicht, aber jemand anderem.“

„Ah! Ich hätte mir denken können, dass eine Frau dahinter steckt.“ Obwohl sie wusste, sie konnte kaum von ihm erwarten, dass er sich den Rest seines Lebens nach einer Frau verzehrte, die es nie gegeben hatte, spürte sie dennoch Eifersucht in sich aufsteigen, bitterer als Galle. Es tat weh, sich ihn mit einer anderen Frau vorzustellen, in ihren Armen, in ihrem Bett, wie er all die unglaublich zärtlichen, schlimmen Dinge tat, die er mit ihr angestellt hatte. „Sie waren immer schon willens, für die Liebe jedes Opfer zu bringen, nicht wahr?“

Die Musik verklang, ließ sie unbeholfen in der Mitte der Tanzfläche stehenbleiben. Cecily entgingen die neugierigen Blicke und das verwunderte Geraune der Umstehenden nicht.

Diesmal war nur Mitleid in Gabriels Augen zu lesen. „Ich wusste noch nicht einmal, was Liebe ist, bis ich meine Samantha getroffen – und wieder verloren – habe. Verzeihen Sie bitte, wenn ich es so unverblümt sage, Miss March, aber Sie sind nicht wert, ihr die Stiefel zu putzen."

Mit einer knappen Verbeugung machte er auf dem Absatz kehrt und schritt zur Treppe, Cecily und die anderen Gäste im Ballsaal hinter sich lassend.

Sie stand auch nachdem er gegangen war noch eine Weile dort, ehe sie schließlich flüsterte: „Nein, das bin ich vermutlich nicht."

Gabriel warf die Tür seines Stadthauses hinter sich ins Schloss, dankbar, dass die Dienstboten längst zu Bett gegangen waren. Er marschierte in den Empfangssalon. Einer der Lakaien hatte ein Feuer im Kamin brennen lassen, um der Novemberkälte ihre Schärfe zu nehmen.

Seinen feuchten Mantel ablegend, goss sich Gabriel einen großzügigen Schluck Scotch aus der Kristallkaraffe auf dem Sideboard ein. Als der rauchige Alkohol ihm brennend die Kehle hinunterlief, erinnerte er sich an eine andere dunkle Nacht, als er zu viel Scotch getrunken und darüber nachgedacht hatte, seinem Leben ein Ende zu setzen. Samantha war in jener Nacht wie ein Engel aus der Dunkelheit zu ihm gekommen, hatte ihm einen Grund und den Willen gegeben weiterzuleben. Es war das erste Mal gewesen, dass er ihre Lippen gekostet hatte, ihren warmen Körper an seinem gehalten hatte.

Er leerte das Glas mit einem einzigen Schluck. Ein geschnitzter Drachen grinste ihn von seinem Podest auf einem gläsernen Beistelltisch an. Der Raum war im chinesischen Stil eingerichtet, aber heute Nacht wirkten die Vorhänge aus karmesinroter Seite, die Lackmöbel und die Miniaturpagoden eher albern als exotisch.

Er wollte nicht zugeben, dass Cecily wiederzusehen ihn in eine so missmutige Stimmung versetzt haben könnte. Er hatte sich eingebildet, ihren Reizen gegenüber unempfindlich zu sein. Aber als er sie dort stehen sah am Fuß der Treppe, so verloren und verwirrt wie ein kleines Mädchen, hatte es ihm unerwartet einen Stich versetzt.

Sie war dünner, als er sich erinnerte. Ihre kurz geschnittenen Locken hatten ihn erst erschreckt, aber auf eine seltsame Weise standen sie ihr. Sie verliehen ihrer Schönheit eine Reife, ließen ihren schlanken Hals länger erscheinen, ihre strahlend blauen Augen größer. Es war die unerklärliche Traurigkeit, die er in ihren Tiefen flüchtig erkannt hatte, die ihn am stärksten erschüttert hatte.

Gabriel schenkte sich Scotch nach. Vielleicht war er ein Narr gewesen, sich einzureden, sie wiederzusehen würde ihn unberührt lassen. Er hatte zahllose Nächte auf See mit nichts als der Erinnerung an sie und ihren geschriebenen Versprechen als Gesellschaft verbracht. Versprechen, die sie heute Nacht mit nicht mehr als einer spöttischen Bemerkung und einem liebreizenden Lächeln abgetan hatte.

Er fuhr sich mit einer Hand durchs Haar. Der Scotch schürte dem Fieber der Unbesonnenheit ein, das durch seine Adern raste. Früher einmal hätte er Erleichterung in den Armen und dem Bett einer geschickten Kurtisane oder Operntänzerin gesucht. Jetzt war alles, was ihm als Trost blieb, der Geist der beiden Frauen, die er geliebt hatte.

Ein Klopfen ertönte an der Haustür, riss ihn jäh aus seinen Gedanken.

„Wer, zum Teufel, macht zu dieser Zeit einen Besuch?“, fragte er sich halblaut, während er die Eingangshalle durchquerte.

Er zog die Tür auf. Eine Frau stand da, in einen Umhang gehüllt, eine Kapuze über dem Kopf. Einen trügerischen Moment lang blühte wilde Hoffnung in seinem Herzen auf. Dann schob sie die Kapuze zurück, gab den Blick frei auf kurz geschnittene honigblonde Locken und ein Paar wachsam blickender blauer Augen.

Er blickte suchend auf die Straße hinter sie, aber es war weit und breit keine Kutsche oder Droschke zu sehen. Fast war es, als habe sie sich aus dem wabernden Nebel materialisiert.

Gabriels Puls beschleunigte sich warnend. Er sollte sie ihrer Wege schicken, ihr die Tür vor der hübschen Nase zuschlagen. Aber der kleine Teufel, der ihm auf der Schulter saß, trieb ihn dazu, sich gegen den Türrahmen zu lehnen, die Arme vor der Brust zu verschränken und sie von Kopf bis Fuß anmaßend zu mustern.

„Guten Abend, Miss March“, sagte er gedehnt. „Sind Sie wegen eines weiteren Tanzes gekommen?“

Sie schaute zu ihm auf, und auf ihren Zügen rangen Argwohn und Hoffnung miteinander. „Ich habe mich gefragt, ob ich wohl mit Ihnen reden könnte.“

Er trat zur Seite. Als sie an ihm vorbei ging, hielt er den Atem an, um auf keinen Fall den zarten Blumenduft einzuatmen, der ihrer Kleidung und ihrem Haar anhaftete. Er führte sie in den

Empfangssalon, erinnerte sich daran, wie oft er davon geträumt hatte, endlich mit ihr allein zu sein – ein Traum, der zu spät wahr geworden war.

„Darf ich Ihren Umhang nehmen?", erbot er sich und versuchte nicht zu bemerken, wie herrlich der smaragdgrüne Samt den zarten Pfirsichteint ihrer Haut unterstrich.

Ihre schlanken Finger spielten unruhig mit dem seidenen Verschluss an ihrem Hals. „Nein, danke. Mir ist ein wenig kalt." Sie hockte sich auf die Kante eines mit Mandarinseide bezogenen Stuhles und betrachtete besorgt das Paar fauchender Drachen, die das Kamingitter zierten.

„Keine Sorge. *Die* beißen nicht", versicherte ihr Gabriel.

„Das ist tröstlich." Sie schaute sich vorsichtig im Raum um, nahm die üppige Dekadenz wahr. „Ich dachte einen Moment, ich sei in einer Opiumhöhle gelandet."

„Ich habe viele Laster, aber dem Mohnsaft bin ich nicht ergeben. Hätten Sie gerne etwas zu trinken?"

Sie zog ihre Handschuhe aus und faltete ihre Hände im Schoß. „Ja, gerne. Danke."

„Ich fürchte, alles, was ich Ihnen anbieten kann, ist Scotch. Wenn Sie wollen, kann ich auch die Dienerschaft wecken, um Ihnen Sherry zu holen."

„Nein!" Sie milderte ihren entsetzten Aufschrei mit einem zittrigen Lächeln. „Ich würde sie nur ungern belästigen. Scotch ist genau das Richtige."

Gabriel schenkte ihnen beiden ein Glas ein. Er beobachtete ihr Gesicht sorgfältig, als sie den ersten Schluck nahm. Ihre Augen begannen zu tränen und sie musste ein Husten unterdrücken. Es war so, wie er es sich gedacht hatte: Es war wahrscheinlich das erste Mal, dass sie das Zeug probierte. Eigentlich hatte er gedacht, sie würde das Glas höflich zur Seite stellen, aber stattdessen hob sie es erneut an die Lippen und leerte es mit einem Zug.

Seine Augen wurden groß. Was auch immer sie zu sagen gekommen war, es schien, als müsste sie sich dafür erst Mut antrinken. „Möchten Sie noch ein Glas, oder soll ich einfach die ganze Flasche bringen?"

Sie winkte ab. Der Alkohol hatte ihre Wangen gerötet und ein gefährliches Glitzern in ihre Augen gezaubert. „Nein, danke. Ich denke, das wird reichen."

Gabriel ließ sich auf dem Fußende des breiten Diwans nieder und schwenkte den Scotch in seinem Glas. Er war nicht in der Stimmung für den Austausch nichtiger Höflichkeiten.

Nach einer unbehaglichen Pause platzte Cecily heraus: „Ich weiß, dass Ihnen mein Besuch befremdlich vorkommt, aber ich musste Sie sehen, ehe Sie morgen in See stechen."

„Warum die plötzliche Eile? Sie hätten mich das ganze letzte Jahr über zu jeder Zeit sprechen können, einfach indem Sie nach Fairchild Park gefahren wären."

Die Augen niederschlagend spielte sie nervös mit ihren Handschuhen. „Ich war mir nicht sicher, ob ich willkommen gewesen wäre. Ich hätte Ihnen keinen Vorwurf daraus machen können, wenn Sie die Hunde auf mich gehetzt hätten."

„Seien Sie nicht albern. Es wäre wesentlich einfacher gewesen, meinem Wildhüter zu befehlen, Sie zu erschießen."

Sie warf ihm unter gesenkten Lidern einen Blick zu, als wollte sie sich vergewissern, dass er scherzte. Gabriel verzog keine Miene.

Sie atmete tief ein. „Ich bin heute Nacht hier, um Ihnen zu sagen, dass ich Ihren Antrag annehmen möchte."

„Wie bitte?" Er lehnte sich vor, meinte, sich verhört zu haben.

„Sie haben mich einmal gebeten, Ihre Frau zu werden." Sie reckte ihr Kinn und erwiderte seinen Blick geradeheraus. „Ich würde den Antrag gerne annehmen."

Er musterte sie eine Minute lang ungläubig, dann brach er in lautes Lachen aus. Das volle Gelächter brach sich unaufhaltsam Bahn, zwang ihn aufzustehen und sich gegen das Kaminsims zu lehnen, um wieder zu Atem zu kommen. So hatte er nicht mehr gelacht, seit Samantha aus seinem Leben verschwunden war.

„Sie werden mir verzeihen müssen, Miss March", keuchte er schließlich und wischte sich die tränenden Augen. „Ich hatte vergessen, was für einen köstlichen Sinn für Humor Sie haben."

Sie erhob sich und stellte sich vor ihn. „Ich habe das nicht im Scherz gesagt."

Abrupt wurde Gabriel nüchtern. Er stellte sein Scotchglas auf das Kaminsims. „Nun, das ist schade, nicht wahr, denn ich dachte, ich hätte Ihnen deutlich vor Augen geführt, dass Sie keinerlei Anrechte mehr auf mein Herz haben."

„Ich glaube, Ihre genauen Worte lauteten: ‚*Ich wusste noch nicht einmal, was Liebe war, bis ich meine Samantha getroffen – und wieder verloren – habe'.*"

Er kniff die Augen zusammen, empfand beinahe Hass für sie.

Sie begann auf und ab zu gehen, und der Saum ihres Umhanges schleifte über den Orientteppich. „Nichts kann uns davon abhalten, noch heute Nacht zu heiraten. Wir können auch nach Gretna Green durchbrennen, so wie Sie mich einst angefleht haben."

Gabriel kehrte ihr den Rücken zu und starrte in die flackernden Flammen, nicht länger fähig, den Anblick ihres trügerisch süßen Antlitzes zu ertragen.

Ihr blumiger Duft hüllte ihn ein, das gleiche betörende Gardenienparfüm, das den Briefen anhaftete, die er all die langen, einsamen Monate auf See über seinem Herzen getragen hatte. Er spürte ihre Hand auf seinem Arm. „Sie haben mich einmal begehrt", sagte sie leise. „Können Sie leugnen, dass Sie das immer noch tun?"

Er fuhr zu ihr herum. „Oh, ich begehre Sie immer noch. Nur nicht zur Frau."

Sie machte einen Schritt von ihm fort, aber er folgte ihr, trieb sie Schritt für Schritt in die Mitte des Raumes. „Ich fürchte, ich bin nicht länger auf der Suche nach einer Gattin, Miss March, aber ich wäre nur zu gerne bereit, Sie zu meiner Mätresse zu machen. Ich könnte Sie in einem netten kleinen Haus in der Nähe unterbringen und mein Vergnügen in Ihrem Bett suchen, wann immer mein Schiff im Hafen vor Anker liegt." Gabriel wusste, er benahm sich wie ein Bastard, schien aber nicht aufhören zu können. Alle Bitternis, die er seit Trafalgar in seinem Herzen gehortet hatte, wallte beißend in ihm auf. „Um Geld brauchen Sie sich keine Sorgen machen. Ich kann überaus großzügig sein – besonders, wenn ich zufrieden gestellt werde. Noch sollten Sie sich schuldig fühlen, meine Freigebigkeit anzunehmen. Ich kann Ihnen versichern, dass sich Sie jedes extravagante Schmuckstück, jeden Ohrring und jedes Rubinhalsband verdienen werden, entweder auf dem Rücken" – er senkte den Blick auf ihre zitternden Lippen – „oder auf den Knien."

Gabriel ragte über ihr auf, wartete auf die schallende Ohrfeige, die er verdiente, darauf, dass sie ihn zu dem Schuft erklärte, der er war, und schreiend zur Tür lief.

Stattdessen hob sie die Hände und öffnete den Verschluss ihres Umhanges, sodass der Stoff leise raschelnd von ihren Schultern zu Boden glitt.

Kapitel 23

Liebste Cecily,

ich werde nie zufrieden sein, bis du in meinen Armen liegst und dort auf ewig bleibst …

Cecily stand mit trotzig gerecktem Kinn im Schein des Kaminfeuers vor ihm, mit nichts bekleidet als einem hauchdünnen Unterhemd, Seidenstrümpfen samt Strumpfband und einem Paar pfirsichfarbener Seidenschuhe, deren Bänder um ihre schlanken Knöchel gewunden waren.

Sie war einfach wunderschön, sie überstieg alles, was er sich je hätte ausmalen können – sanft gerundete Hüften, schmale Taille, hoch angesetzte Brüste. Das Unterhemd war aus einem so feinen Stoff gearbeitet, er hätte von Schmetterlingen gewoben sein können, so zart und durchsichtig war er. Beim Anblick der neckenden Schatten ihrer Brustspitzen und der Stelle, wo ihre Schenkel zusammentrafen, wurde ihm der Mund trocken und die Lenden schwer.

Langsam umkreiste er sie, verschlang mit den Augen ihre anmutig geschwungenen Schenkel, ihren köstlich geformten Po.

Als er wieder vor sie trat, trafen ihre Blicke sich, blieben ineinander hängen. „Obwohl die Schuhe reizend sind, muss ich doch feststellen, dass Ihre Aussteuer zu wünschen übrig lässt."

„Für eine Braut vielleicht", entgegnete sie und sah dabei so würdevoll wie eine junge Königin aus, trotz ihrer spärlichen Bekleidung, „aber wohl kaum für eine Mätresse."

Gabriel schüttelte den Kopf, immer noch damit beschäftigt, diese verblüffende neue Entwicklung zu begreifen. Er hatte nie erwartet, dass sie ihn beim Wort nehmen könnte, besonders nicht auf so dramatische Weise.

Er studierte ihr Gesicht, fasziniert von den Gefühlen, die er in ihren wunderschönen blauen Augen miteinander ringen sah. „Sie sind nicht gekommen, um mich zu heiraten, nicht wahr, Miss March? Sie sind hier, um mich zu verführen.“

„Ich war mir ziemlich sicher, dass wenn ich mit dem einen keinen Erfolg hätte, mir das andere gelingen würde.“

„Nun, Sie haben sich geirrt“, erklärte er kühl. Er bückte sich und hob ihren Umhang auf, legte ihn ihr um die Schultern. Dann ging er zur Tür, entschlossen, sie nach draußen zu begleiten, ehe seine Entschlusskraft weiter geschwächt wurde. „Ich habe Ihnen bereits gesagt, dass mein Herz nun einer anderen gehört.“

„Aber sie ist heute Nacht nicht hier“, entgegnete Cecily leise. „Ich schon.“

Gabriel blieb stehen, rieb sich mit den Fingerspitzen die pochenden Schläfen. „Ich sollte Sie warnen, Miss March, dass Sie das Schicksal und meine Geduld herausfordern. Wissen Sie eigentlich, wie lange ich auf See sein werde, wenn ich morgen absegle? Die Nächte sind kalt und einsam. Die meisten Männer unter meinem Befehl werden vermutlich die heutige Nacht wie brünftige Tiere verbringen. Und sie sind nicht sonderlich wählerisch, was ihre Bettgefährtinnen angeht. Jede beliebige willige Frau ist ihnen recht.“

„Dann tun Sie doch so, als sei ich irgendeine beliebige willige Frau.“

Langsam drehte sich Gabriel um.

Sie trat aus dem Umhang und kam zu ihm wie eine Vision aus einer seiner gewagteren Phantasien. „Oder noch besser, geben Sie zu, dass ich die Frau bin, die es verdient, dafür zu zahlen, Ihr Herz gebrochen zu haben. Ist es das nicht, was Sie sich gewünscht haben, seit ich an jenem Tag aus dem Krankenhaus geflohen bin? Mich zu bestrafen?“

Nicht länger fähig, der Versuchung zu widerstehen, umschloss Gabriel mit einer Hand ihren zarten Hals und rieb seine Daumen über ihren wild klopfenden Puls. Oh ja, er würde sie strafen. Nicht mit Schmerzen, sondern mit Lust. Eine Lust, wie sie sie noch nie gekannt hatte. Eine Lust, wie sie nie wieder kennenlernen würde. Eine Lust, die sie alle Nächte verfolgen würde – und bei allen Liebhabern, die noch kommen würden.

Er senkte den Kopf, aber ehe seine Lippen ihre streifen konnten, wandte sie ihr Gesicht ab. „Nicht! Ich möchte nicht, dass du mich küsst. Du würdest es ohnehin nicht ernst meinen."

Er runzelte die Stirn, von ihrer Heftigkeit erstaunt. „Die meisten Frauen verlangen eine gewisse Anzahl Küsse, ehe sie einem Mann erlauben, zu anderem … noch angenehmerem Zeitvertreib überzugehen."

„Ich bin nicht wie andere Frauen."

Sich mit einer Hand durchs Haar fahrend, sagte er: „Das beginne ich langsam zu begreifen."

„Ich habe noch zwei andere Forderungen."

„Ach ja?"

„Das Feuer darf nicht herunterbrennen, und du darfst nicht die Augen schließen." Sie starrte ihn vorwurfsvoll an. „Versprichst du, nicht die Augen zu schließen?"

„Du hast mein Wort als Gentleman", erwiderte er, sich im Augenblick überhaupt nicht wie einer vorkommend.

Ihre Forderungen verlangten ihm kein großes Opfer ab. Sie sah im Feuerschein so wunderschön aus, dass er am liebsten nicht einmal geblinzelt hätte. Am meisten bedauerte er, dass seine Erblindung ihn daran gehindert hatte, jemals Samantha so zu sehen.

Als Gabriel zum Kamin ging, blieb Cecily in der Mitte des Salons stehen und versuchte nicht in dem dünnen Unterkleid und den Strümpfen zu zittern. Sein Hemd spannte sich über seinen breiten Schultern, als er ein Holzscheit, so groß, dass es die ganze Nacht hindurch brennen würde, aus der Kiste neben dem Kamin nahm und in die Flammen schob. Dann wischte er sich die Hände ab, drehte sich um und musterte sie in den tanzenden Schatten hungrig.

In Unterwäsche vor Gabriel zu stehen, der noch alle seine Kleider trug, dabei kam sich Cecily wie ein Sklavenmädchen bei der Versteigerung vor, dessen Leben davon abhing, dass sie ihrem Herrn gefiel.

Ihre weibliche Macht umarmend zog sie sich das Hemd über den Kopf und warf es zur Seite, sodass sie nur in Strümpfen und Schuhen dort stand. Gabriel machte einen kehligen Laut. Dann kam er auf sie zu, überwand mit langen Schritten die Entfernung zwischen ihnen.

„Ich werde dich niemals lieben", warnte er sie, noch als er sie unter sich auf den Diwan drängte.

„Das ist mir egal“, flüsterte sie eindringlich und sah ihm dabei tief in die Augen.

Und das stimmte. Alles, was sie wollte, war eine weitere Gelegenheit, ihn zu lieben, ehe er morgen in See stach.

Er hob sich von ihr, um sich seine Weste auszuziehen, sich Kragen und Tuch vom Leib zu reißen. Ihre Hände waren sogleich da, zerrten an seinen Hemdknöpfen, schoben das Leinen auseinander, sodass sie ihre Hände flach auf seine goldene Brust legen, mit den Fingerspitzen durch die krausen Haare fahren konnte, die sie dort fand.

Als Gabriels Schatten über sie fiel, barg sie ihr Gesicht im Kissen, damit er sie nicht auf die Lippen küssen konnte.

„Wenn du sagt, du willst nicht, dass ich dich küsse“, flüsterte er heiser, „dann nehme ich an, du meinst auf den Mund.“

Seine geöffneten Lippen glitten über ihren Hals, sandten Gänsehaut über ihren ganzen Körper. Sie kniff die Augen zu gegen eine Welle hilflosen Sehnens.

„Schließ nicht die Augen“, verlangte er, seine Stimme so rau wie seine Berührung sanft war. „Ich habe auch ein paar Forderungen.“

Sie gehorchte gerade rechtzeitig, um zuzusehen, wie er seinen Mund auf ihre Brust senkte. Die Spitze richtete sich unter seiner leckenden Zunge verlangend auf, beides willkommen heißend, den Kuss und die Lust, die er in ihrem Unterleib entfachte. Er wandte seine Aufmerksamkeiten der anderen Brust zu, bis beide glitzerten und vor Verlangen schwer waren.

Erst dann ließ er seinen geschickten Mund weiter an ihr abwärts gleiten, kaum spürbare Küsse auf die empfindsame Haut hauchend, über ihren Rippen, ihren Hüftknochen und dem bebenden Fleisch genau oberhalb des honigblonden Lockendreiecks zwischen ihren Schenkeln. Zu dem Zeitpunkt, als er sich auf die Knie niederließ und ihre Hüften bis zur Kante des Diwans zog, war sie aller Kraft beraubt und nur noch zu einem halbherzigen Protestlaut in der Lage.

Seine großen warmen Hände teilten ihre Schenkel, sodass sie ihm und seinem hungrigen Blick hilflos ausgeliefert war. Einer der Holzscheite im Kamin verrutschte, beleuchtete den Raum mit einem Funkenregen. In dem Augenblick bereute Cecily beinahe ihre unbedachten Forderungen. Aber sie hatte entsetzliche Angst gehabt, dass Gabriel sie am Geschmack ihres Kusses erkennen würde oder an dem zärtlichen Rhythmus, mit dem ihre Körper sich im Dunkeln aneinander rieben.

„Du warst immer schon so verflixt hübsch“, wisperte er und blickte auf sie herab, als sei sie eine Art heiliger Schatz.

Als er den Kopf senkte und sein hellbraunes Haar halb aus seinem Zopf glitt, konnte sie nicht verhindern, dass ihre Augen sich flatternd schlossen.

„Öffne deine Augen, Cecily.“ Sie gehorchte und entdeckte, dass er sie eindringlich ansah, aber nicht grausam. „Ich möchte, dass du zuschaust.“

Sie hatte kaum Zeit, einige unbedeutende Einzelheiten zu bemerken, wie dass einer ihrer Strümpfe bis zum Knöchel gerutscht war oder dass sie immer noch ihre Schuhe anhatte, ehe Gabriels Lippen sie berührten, ihr den verbotensten Kuss von allen gaben. Ihr Wimmern ging in ein Stöhnen über. Dann nahm sie nichts mehr wahr als die sengende Hitze seines Mundes, das wahnsinnig machende Zucken seiner Zunge, das unvorstellbare Gefühl, in einem Meer der Lust unterzugehen.

Als die dunklen Wellen über ihr zusammenschlugen, ihr Körper in Wonne erschauerte, rief sie heiser seinen Namen, mit einer Stimme, die sie kaum als ihre eigene wiedererkannte.

Durch einen köstlichen Nebel verfolgte sie, wie er den Verschluss seiner Hose aufzerrte. Ihr stockte der Atem, als sie sah, wie groß sein Verlangen war. Immer noch zwischen ihren Schenkeln kniend, spreizte er ihre Beine weit und drang mit einem Stoß tief in sie ein.

Gabriel hörte Cecilys Keuchen, sah das Weiten ihrer Augen, nicht vor Schmerz, sondern vor Lust. Selbst als ihr enger Körper darum rang, ihn aufzunehmen, musste er in würgender Enttäuschung die Zähne zusammenbeißen. Er sollte dankbar sein, dass sie nicht mehr unschuldig war. Das bedeutete, dass er nichts zurückhalten musste; sie war Frau genug, zu nehmen, was er ihr geben konnte. Sie an den Schultern fassend, zog er sie hoch und rittlings über sich.

Cecily schlang Arme und Beine um Gabriel, ließ sich auf seinen steifen Schaft sinken.

Ich liebe dich. Ich liebe dich. Ich liebe dich. Die Worte schossen ihr in einem endlosen Singsang durch den Kopf. Entsetzt, dass sie sie am Ende aussprechen könnte, barg sie ihr Gesicht an seinem Hals, schmeckte das Salz auf seiner schweißfeuchten Haut.

Es war nur gut, dass sie ihm ihre Lippen verwehrt hatte. Er hätte die Worte in ihrem Kuss geschmeckt, so wie er die Tränen entdeckt hätte, die ihr hilflos über die Wangen liefen. Sie rieb ihr Gesicht an ihm, trocknete sie mit seinem Haar.

Gabriel glitt auf seine Knie, zog sie mit sich, bis sie auf seinem Schoß saß, er in ihr.

„Sieh mich an, Cecily“, drängte er.

Unter dem Gefühlsaufruhr erbebend blickte sie ihm in die Augen, erkannte in den goldgesäumten Tiefen ein Echo des zärtlichen Wahnsinns, der von ihrer eigenen Seele Besitz ergriffen hatte. Dann bewegte er sich in ihr, sie sich über ihm und sie beide gemeinsam, als wären sie eins, und die Flammen tanzten über sie, tauchten sie in goldenes Licht. Die ganze Zeit über brach Gabriel nie sein Versprechen, schloss nicht die Augen oder wandte den Blick ab.

Er blieb seinem Schwur treu, genau bis zu dem Moment, da sein drängender Rhythmus sie beide über den Abgrund der Ekstase in das süße Vergessen schleuderte. Erst dann, seine Arme fest um sie geschlungen, warf er den Kopf in den Nacken und kniff die Augen zu. Und da erst entrang sich der Name einer Frau seiner Kehle.

Cecily sank in sich zusammen, auf einer Woge aus Lust und Triumph schwimmend. In dem Augenblick, als Gabriel sich der Dunkelheit ergab, war es ihr Name gewesen, der auf seinen Lippen und in seinem Herzen war, nicht der Samanthas.

Gabriel erwachte mit Cecily in seinen Armen. Ihre wirren Locken kitzelten ihn am Kinn und jeder leise Atemzug strich zart durch seine Brusthaare. Er hatte so viele einsame Nächte damit verbracht, sich diesen Moment auszumalen, ohne dass er begriffen hatte, wie bittersüß es sein würde, wenn er endlich da war.

Als ihr ein leises Schnarchen entwich, fuhr er mit seinen Fingern durch ihre Locken. Es war kein Wunder, dass sie so fest schlief. Ihr Körper war vermutlich erschöpft von seinen gierigen Aufmerksamkeiten. Er hatte sein Versprechen gehalten, keinen einzigen Augenblick der letzten Nacht an Land zu verschwenden. Er hatte Cecilys zarten Körper benutzt und in den langen Stunden seine dunkelsten Sehnsüchte und ihre süßesten Phantasien wahrgemacht. Das große Holzscheit, das er ins Feuer geschoben hatte, war nur noch glimmende Asche. Doch es war nicht nötig, Holz nachzulegen. Durch einen Spalt zwischen den schweren Samtvorhängen drang das erste Licht der anbrechenden Morgendämmerung.

Er griff nach ihrem Samtumhang, um sie zuzudecken, gerade erst erahnend, was für ein Narr er gewesen war. Er hatte sich eingeredet, dass es in der vergangenen Nacht um Rache gegangen war, dass er sie mit Lust strafen könnte, sie lieben könnte, ohne sie zu lieben, um sie dann gehen zu lassen. Aber das würde wesentlich schwerer sein, als er geahnt hatte. Er berührte mit den Lippen ihre Locken, fragte sich, ob es möglich war, zwei Frauen gleichzeitig zu lieben.

Sie regte sich, hob den Kopf und blinzelte verschlafen. „Wie viele Diamantohrringe habe ich mir bis jetzt verdient?"

„Eine Schatzkammer voll." Er streichelte ihr zärtlich die Wange und verspürte einen Stich des Bedauerns. „Ich hätte niemals etwas so Hässliches sagen dürfen. Es war nur, um dich abzuschrecken."

„Es hat nicht gewirkt."

„Gott sei Dank", flüsterte er und festigte seinen Griff.

Aber sie entglitt ihm, nahm den Umhang mit sich. Mit ihren weichen Brüsten strich sie quälend langsam an seinem Körper abwärts. Als sie damit sein Glied streifte, war er bereits voll erregt. Wieder.

Seine Finger in ihr Haar schiebend zog er sachte ihren Kopf hoch, sodass sie ihn ansehen konnte. „Was, zum Teufel, hast du vor, Frau?"

„Ich nehme das Rubinhalsband in Angriff", erwiderte sie mit seidenweicher Stimme, lächelte zuckersüß ehe sie den Kopf senkte und ihre köstlichen Lippen um ihn schloss.

Als Gabriel das nächste Mal erwachte, fiel ein Sonnenstrahl durch den Spalt zwischen den Vorhängen, und Cecily war fort.

Er setzte sich auf und blickte sich im Salon um. Das Feuer war erloschen, sodass die Luft kalt war. Bis auf das halbleere Scotchglas auf dem Kaminsims und seine eigenen Kleider, die überall verstreut herumlagen, sah der Salon fast so aus wie gestern, als er nach Hause gekommen war. Es gab kein zerknittertes Hemd, keinen Samtumhang, keine Cecily.

Könnte er sie nicht noch auf seinen Lippen schmecken, hätte er vielleicht gedacht, die ganze Nacht sei nicht mehr gewesen, als ein Ausbund seiner Scotch-umnebelten Phantasie.

„Nicht schon wieder", stieß er aus und schwang seine Beine über die Kante des Diwans, den Kopf in den Händen vergrabend.

Was sollte er jetzt nur tun? Nach draußen gehen und die Straßen Londons nach ihr durchkämmen? Sich wahnsinnig machen mit der Frage, warum sie ihn so zärtlich geliebt hatte, nur um ihn ohne einen

Blick zurück zu verlassen? Samantha hatte sich wenigstens die Zeit genommen, ihm einen Abschiedsbrief zu schreiben, ehe sie für immer aus seinem Leben verschwand.

„Zur Hölle mit ihr." Er hob den Kopf und spürte, wie sich die Kälte der Luft in sein Herz senkte. „Zur Hölle mit ihnen allen beiden."

Kapitel 24

Mein liebster Gabriel,

es gibt keinen Ort, an dem ich lieber wäre, als in deinen Armen …

Cecily blickte aus dem Kutschenfenster auf die vorüberfliegenden Wiesen und Hecken, sich schmerzlich der Tatsache bewusst, dass jede Umdrehung der Räder sie weiter von London fortbrachte. Und von Gabriel.

Berücksichtigte man, dass sie ihre letzte Reise nach Middlesex in einer öffentlichen Kutsche mit einem weinenden Kind, das ihr aufs Kleid gespuckt hatte, und einem stämmigen Schmied, der ihr auf den Fuß getreten war, unternommen hatte, sollte man eigentlich meinen, sie wüsste den hemmungslosen Luxus der Stadtkutsche der Carstairs zu schätzen. Aber sie bemerkte weder etwas von den weichen Polstern und den kunstvollen Messingbeschlägen noch von den besorgten Blicken ihrer Freundin.

Estelles angeborene Überschwänglichkeit konnte der Wolke der Trübseligkeit nichts anhaben, die Cecily einhüllte. Als die Kutsche über eine Steinbogenbrücke ratterte, schien es ihr passend, dass bald schon aus den niedrig hängenden Wolken die ersten Schneeflocken zu fallen anfangen würden.

„Ich kann immer noch nicht glauben, dass du so kühn warst, ihm einen Antrag zu machen“, erklärte Estelle und warf ihr einen bewundernden Blick zu.

„Ich habe ihm keinen Antrag gemacht. Ich habe seinen

angenommen. Unglückseligerweise war er nur bereits zurückgezogen worden."

„Was, wenn er zugestimmt hätte, nach Gretna Green zu gehen? Und wann wolltest du ihm mitteilen, dass du seine lang gesuchte Samantha bist?"

„Ich bin mir nicht sicher. Aber ich war davon überzeugt, dass der richtige Augenblick irgendwann gekommen wäre. Nach der Geburt unseres dritten Kindes vielleicht oder auf unserer Goldenen Hochzeit." Cecily schloss kurz die Augen, musste an das Kinderlachen denken, das sie niemals hören würde, an freudenreiche Tage in den Armen ihres Ehemannes, die sie nie erleben würde.

Estelle schüttelte den Kopf. „Ich kann einfach nicht glauben, dass er wieder zur See gehen will."

„Und warum ist das so schwer zu glauben?", fragte Cecily verbittert. „Er will für seine kostbare Samantha ein Held sein. Das letzte Mal, als er gesegelt ist, hat es ihn beinahe sein Augenlicht gekostet. Ich frage mich, womit er das Abenteuer diesmal bezahlen wird? Mit einem Auge? Einem Arm? Seinem Leben?"

Sie lehnte den Kopf gegen die Fensterscheibe und kämpfte gegen die Verzweiflung, die sie zu überwältigen drohte. Sie hatte Gabriel dazu angestachelt, ein Held zu werden, während sie selbst der allerschlimmste Feigling war. Am Anfang war sie vor seiner Liebe fortgelaufen, aus Angst auf die Beständigkeit seines Herzens zu vertrauen. Dann war sie aus dem Krankenhaus fortgelaufen, weil sie sich den Folgen ihrer Feigheit nicht stellen konnte. Sie war von Fairchild Park und aus seinen Armen fortgelaufen und jetzt war sie hier in dieser Kutsche und lief schon wieder fort.

Nur dieses Mal würde sie für den Rest ihres Lebens immer weiter laufen müssen, selbst wenn das bedeutete, nie irgendwo anzukommen.

„Schluss damit", flüsterte sie.

„Wie bitte?"

Cecily setzte sich auf und rutschte nach vorne auf die Kante ihrer Sitzbank. „Lass den Kutscher wenden."

„Was?", fragte Estelle, die vergeblich versuchte mit der Entwicklung der Ereignisse Schritt zu halten.

„Befiehl dem Kutscher zu wenden! Sofort!" Zu ungeduldig, abzuwarten, bis ihre Freundin ihren sich überschlagenden Gedanken folgen konnte, packte Cecily den Stock von dem gegenüberliegenden Sitz und begann gegen die Luke im seidenbespannten Kutschendach zu klopfen.

Das Gefährt kam schaukelnd zum Stehen. Die Luke wurde geöffnet, und das verblüffte Gesicht des Kutschers erschien, die Nase rot vor Kälte. „Was kann ich für Sie tun, Miss?"

„Ich muss unverzüglich zurück nach London. Bitte wenden Sie die Kutsche!"

Der Kutscher warf Estelle einen fragenden Blick zu, als wollte er sich vergewissern, ob er ihre wild um sich blickende Freundin nicht besser gleich nach Bedlam bringen sollte.

„Tun Sie, was sie sagt", verlangte Estelle, und ihre Augen blitzten vor Aufregung. „*Was auch immer* sie sagt."

Er nickte zögernd. „Wohin, Miss?"

„In den Hafen, zu den Docks in Greenwich. Und beeilen Sie sich! Unter Umständen hängt das Leben eines Mannes davon ab!"

Die Kutsche setzte sich mit einem Ruck in Bewegung, sodass Cecily zurück auf den Sitz plumpste. Verzweifelt einen Hoffnungsschimmer benötigend, an dem sie sich klammern konnte, streckte sie eine Hand aus und drückte Estelles Arm, ein zitterndes Lächeln auf den Lippen. „Und das einer Frau vielleicht auch."

Lieutenant Gabriel Fairchild stand in seiner Uniform vor dem Spiegel im Arbeitszimmer seines Stadthauses. Während er den schmalen dunkelblauen Tuchstreifen um seinen Hals zurechtzupfte, zog die zornig gezackte Narbe in seiner Wange seinen Mundwinkel nach unten, und es sah aus, als würde dieser Mund kein Lächeln kennen.

Es war ein Gesicht, das kein Gegner gerne von der falschen Seite eines Gewehres, eines Degens oder einer Kanone aus sehen würde. Es war das Gesicht eines Mannes, der für den Krieg geboren war, nicht für die Liebe. Niemand hätte je erraten, dass diese strengen Lippen, diese kraftvollen Hände den größten Teil der vergangenen Nacht damit verbracht hatten, mit unglaublicher Zärtlichkeit eine Frau von einem erschütternden Höhepunkt zum nächsten zu führen.

„Mylord?"

Bei dem Geräusch von Eisenrädern, die über den Teppich rollten, drehte sich Gabriel um. Niemand hätte in dem Mann, der stolz und aufrecht in dem Rollstuhl saß, den ausgemergelten Bettler wiedererkannt, den Gabriel vor beinahe eineinhalb Monaten auf der

Straße im Regen gefunden hatte. Seine Lippen hatten ihre blaue Färbung verloren, und seine volleren Wangen und seine Brust zeugten von ausreichender Nahrung. Mit seiner klaren Schrift, seinem guten Ausdrucksvermögen und seinem Talent für Zahlen hatte sich Martin Worth als der fähigste Sekretär entpuppt, den Gabriel je beschäftigt hatte. Er vertraute dem ehemaligen Kadetten völlig, seinen Haushalt zu führen, während er selbst auf See war.

Gabriel hatte Martins Dankesbezeugungen einfach beiseite geschoben. Eine Laune des Schicksals und er wäre derjenige gewesen, der mit nur noch halben Beinen hätte dasitzen müssen, derjenige, der den Rest seines Lebens im Rollstuhl würde verbringen müssen.

Sich eine schimmernde braune Haarsträhne aus der Stirn streichend, teilte ihm Martin mit: „Da ist jemand, der Sie sprechen möchte, Mylord." Ehe Gabriels Herz einen verräterischen Satz machen konnte, fügte er hinzu: „Ein Mr Beckwith und eine Mrs Philpot."

Gabriel zog die Brauen zusammen, unfähig sich vorzustellen, was die beiden treuen Dienstboten von Fairchild Park hergebracht haben konnte. Nachdem er mit Gabriel Londons übelste Stadtviertel auf der Suche nach Samantha durchkämmt hatte, hatte Beckwith geschworen, wenn es nach ihm ginge, würde er nie wieder einen Fuß nach London setzen.

„Danke, Martin. Schicken Sie sie herein."

Ein Lakai schob Martin hinaus, kurz darauf betraten Beckwith und Mrs Philpot das Zimmer. Nach einer herzlichen Begrüßung nahmen sie auf dem Brokatsofa Platz, gaben sich große Mühe, einen gewissen Abstand zwischen sich zu wahren. Gabriel blieb vor dem Kamin stehen.

Mrs Philpot streifte sich ihre Handschuhe ab. „Wir waren nicht sicher, ob wir Sie in dieser Angelegenheit belästigen sollten …"

„… aber Sie sagten, wir sollten Sie unverzüglich informieren, falls etwas Ungewöhnliches in Miss Wickershams Schlafzimmer gefunden werden sollte", beendete Beckwith ihren Satz.

Miss Wickersham.

Der Name bohrte sich wie eine heiße Nadel durch den Eispanzer um Gabriels Herz. Er verschränkte die Hände in seinem Kreuz, spürte, wie er unwillkürlich die Zähne zusammenbiss. „Ich wollte Sie gerade unterrichten lassen, dass Sie ihre Sachen verbrennen können. Sie hat offensichtlich nicht vor, zurückzukehren und sie zu holen."

Beckwith und Mrs Philpot tauschten einen bestürzten Blick.

„Wenn das Ihr Wunsch ist, Mylord“, antwortete Beckwith stockend, „aber ich bin der Ansicht, Sie sollten erst einen Blick auf dies hier werfen.“ Damit zog er ein zusammengefaltetes Stück Papier aus seiner Westentasche. „Hannah und Elsie haben beim Wenden der Matratze in Miss Wickershams Schlafzimmer dies hier entdeckt.“

Gabriel versuchte nicht an die Nacht zu denken, die er mit ihr auf dieser lächerlich schmalen Matratze verbracht hatte, an die Enge, die sie gezwungen hatte, sich aneinander zu schmiegen wie zwei Löffel in einer Schublade.

Er blickte auf das Blatt Papier in Beckwiths Hand, seltsam zögernd, es näher zu untersuchen. „Sie hat mir bestimmt nicht noch eine Nachricht dagelassen. Ihre erste war unmissverständlich. Eine weitere Ausführung war nicht nötig.“

Beckwith schüttelte den Kopf. „Das ist der Grund, weswegen es uns so merkwürdig erschien, Mylord. Es handelt sich nicht um einen Brief *an* Sie, es ist ein Brief *von* Ihnen.“

Die Falten auf seiner Stirn vertieften sich. Gabriel nahm das Blatt Papier von Beckwith entgegen. An dem elfenbeinfarbenen Leinenpapier hingen Wachsreste. Es war noch abgegriffener als die Briefe, die er mit auf See genommen und über seinem Herzen getragen hatte. Es schien, als sei der Brief liebevoll behandelt und häufig gelesen worden.

Gabriel faltete ihn auf und erkannte erschreckt seine eigene Handschrift, die Worte, die er geschrieben hatte.

Meine liebste Cecily,

dies wird für lange Zeit mein letzter Brief an dich sein. Obwohl ich sie nicht abschicken kann, wisse dennoch, dass ich dir jede Nacht Worte voller Liebe in mein Herz schreiben werde, solange wir getrennt sind, auf dass ich sie dir vorlesen kann, sind wir erst wieder vereint.

Jetzt, da ich deinem Rat gefolgt bin und meinem nutz- und belanglosen Leben abgeschworen habe, es stattdessen in den Dienst der Marine Seiner Majestät stelle, hoffe ich, dass du nicht lachen wirst und behaupten, ich sei nur deswegen zur See gegangen, um meinem Kammerdiener zu beweisen, wie schneidig ich in einer Uniform aussehen kann.

Während der langen Monate unserer Trennung werde ich mich bemühen, ein Mann zu werden, der deiner Liebe würdig ist. Ich habe nie ein Geheimnis gemacht aus meiner Vorliebe fürs Glücksspiel. Und jetzt setze ich alles auf eine Karte, um den höchsten Einsatz überhaupt zu gewinnen – dein Herz und deine Hand zur Ehe. Warte auf mich, ich flehe dich an, und sei gewiss, dass ich so schnell, wie es mir nur möglich ist, zu dir heimkehren werde. Ich trage deine Briefe und all meine Hoffnungen auf unsere gemeinsame Zukunft direkt über meinem Herzen.

Auf ewig,
dein Gabriel

Langsam ließ Gabriel den Brief sinken und stellte überrascht fest, dass seine Hände zitterten. „Wo haben Sie das her? Haben Sie es irgendwo hier im Haus oder vor der Tür gefunden?"

Sie schauten ihn verwundert an, als hätte er den Verstand verloren.

„Nein, Mylord", antwortete Mrs Philpot mit einem besorgten Blick zu Beckwith. „Wir haben es genau so gefunden, wie wir es gesagt haben. Unter Miss Wickershams Matratze."

„Aber wie konnte es in ihren Besitz kommen? Ich verstehe nicht …"

Aber plötzlich verstand er es doch.

Alles.

Die Augen unter dem Ansturm der Gefühle schließend, flüsterte er: „Niemand ist so blind wie der, der nicht sehen will."

Als er sie wieder öffnete war mit einem Mal alles glasklar in seinem Leben.

Den Brief in die Innentasche seines Rockes, direkt über seinem Herzen, steckend, schaute er Beckwith gespielt erzürnt an. „Sagen Sie mal, Mr Beckwith, wann wollen Sie eigentlich endlich eine anständige Frau aus Mrs Philpot machen?“

Obwohl sie Angst hatten, einander anzusehen, wurden beide Dienstboten rot und begannen zu stottern.

Beckwith zog ein Taschentuch aus seiner Westentasche und begann sich die Stirn abzutupfen. „Sie wissen Bescheid, Mylord?“

„Wie lange schon?“, fragte Mrs Philpot und knetete ihre Handschuhe nervös zu einem kleinen Knäuel.

Gabriel verdrehte amüsiert die Augen. „Seit ich etwa zwölf Jahre alt bin und Sie dabei beobachtet habe, wie Sie sich im Obstgarten geküsst haben. Ich wäre beinahe aus dem Apfelbaum gefallen und hätte mir das Genick gebrochen, so erschreckt war ich.“

„Dürfen wir unsere Stellungen behalten?“, erkundigte sich Beckwith und erkühnte sich, die Hand auszustrecken und über Mrs Philpots bebende Hände zu legen.

Gabriel dachte einen Moment nach. „Nur, wenn Sie sofort heiraten. Ich kann es nicht zulassen, dass Sie in Sünde unter meinem Dach leben und die Moral meiner Kinder gefährden.“

„Aber … aber, Mylord, … Sie haben gar keine Kinder“, wandte Mrs Philpot ein.

„Wenn Sie beide mich entschuldigen wollen, ich bin auf dem Weg, diesem Missstand abzuhelfen.“ Gabriel schritt zur Tür, entschlossen, keine Minute zu verschwenden.

„Wohin wollen Sie?“, wollte Beckwith leicht verwirrt wissen.

Gabriel fuhr auf dem Absatz herum und grinste breit. „Ich muss ein Schiff erreichen.“

Cecily war aus der Kutsche gesprungen, ehe sie völlig zum Stehen kam.

„Lauf, Cecily! Lauf so schnell wie der Wind!“, rief Estelle ihr nach, als die die Röcke raffte und die enge Gasse hinabstürmte, die zu den Docks führte. Es schneite inzwischen heftig, aber sie spürte die beißende Kälte der eisigen Flocken kaum. Ihren warmen Umhang hatte sie in der Kutsche zurückgelassen, da sie der Ansicht war, ohne die schweren Falten wäre sie schneller.

Als sie über die Holzbohlen der Docks rannte, konnte sie die hoch aufragenden Spiere der Schiffe sehen, die darauf warteten, auszulaufen, und konnte nur beten, dass die *Defiance* nicht zu ihnen gehörte.

Sie hastete an einer Gruppe Männer vorüber, die die Ladung eines Handelsschiffes löschten. Einem Stapel Kisten ausweichend, prallte sie gegen einen Matrosen, dessen Brust beinahe so breit wie sie selbst groß war.

„Nicht so hurtig, Mädel!“, sagte er dröhnend und fasste sie am Ellbogen, um sie zu stützen. Seine blauen Augen waren nicht unfreundlich.

Cecily umklammerte seinen Arm, den Tränen gefährlich nahe. „Bitte, Sir, die *Defiance*! Können Sie mir sagen, wo ich sie finden kann?“

„Aber gewiss doch.“ Er schenkte ihr ein strahlendes Lächeln und zeigte dabei einen Mund voller schwarzer oder goldener Zähne. „Genau dort drüben. Und ein schöner Anblick ist sie, wie sie unter den Flaggen Seiner Majestät in den Krieg zieht!“

Ihr Herz begann heftiger zu schlagen, und eine ungute Vorahnung erfasste sie. Langsam drehte sie sich um und folgte dem ausgestreckten Arm des Matrosen. Ein Schiff unter vollen Segeln schnitt durch das Wasser, dem Horizont entgegen, die majestätischen Masten beinahe völlig von den wirbelnden Schneeflocken verhüllt.

„Danke“, erwiderte sie matt, als der Seemann seine Mütze zog, eine schwere Kiste auf seine Schulter wuchtete und fortging.

Sie sank gegen ein Fass, ihr Herz und ihre Zehen taub vor Kälte, während sie zusah, wie die *Defiance* – und mit ihr all ihre Hoffnung für ihre Zukunft – am Horizont verschwand.

„Suchen Sie jemanden, Miss March?“

Cecily wirbelte herum und fand sich Auge in Auge mit Gabriel wieder, dessen offenes Haar im Wind wehte. Ihr Herz machte einen Satz vor Freude. Es bedurfte ihrer ganzen Selbstbeherrschung, nicht zu ihm zu rennen und sich in seine Arme zu werfen.

Er wölbte eine hellbraune Augenbraue. „Oder wäre es Ihnen lieber, wenn ich Sie *Miss Wickersham* nenne?“

Kapitel 25

Meine liebste Cecily,

meine Arme werden immer für dich geöffnet sein, so wie mein Herz …

Als Cecily Gabriels unergründlichen Blick aus kühlen grünen Augen auffing, durchlief sie ein Schauer. Sie kehrte ihm den Rücken zu und schlang die Arme um sich, damit sie nicht zu heftig zitterte. „Du kannst mich Cecily nennen, wenn du willst, da ich nicht mehr in deinen Diensten stehe."

Sie hörte seine Schritte näher kommen. Er legte ihr seinen Überrock um die Schultern, hüllte sie in die nach Wacholder und Mann duftende Wärme. „Ich hoffe, du erwartest kein Empfehlungsschreiben."

„Oh, ich weiß nicht." Sie hob die Schultern zu einem lakonischen Achselzucken. „Ich denke, ich habe meine Pflichten mit bewundernswertem Eifer erfüllt."

„Das mag wahr sein, aber ich möchte nicht, dass du sie für jemand anderen erfüllst."

Bei diesen besitzergreifenden Worten drehte sich Cecily zu ihm um, und ihr Herz klopfte wie verrückt. „Wie konntest du wissen, dass ich hier sein würde?"

„Das habe ich nicht. Ich bin gekommen, um der Besatzung und dem Kapitän mitzuteilen, dass ich mein Patent verkauft habe. Behalt den Überrock. Ich benötige ihn nicht länger."

Sie kuschelte sich tiefer in das Kleidungsstück, hatte Angst, ihn zu fragen, Angst, zu hoffen.

„Vielleicht ist es nur gut, dass ich dich getroffen habe, denn ich glaube, ich habe etwas, das dir gehört.“ Gabriel griff in die Innentasche des Rockes und streifte dabei mit den Fingern ihre Brust, während er ein schmales Stück Leinenbriefpapier hervorholte.

Sie nahm ihm das vertraute Blatt ab und schaute ihn verwundert an. „Wie bist du daran gekommen?“

„Die Dienstboten auf Fairchild Park haben es unter deiner Matratze gefunden. Beckwith und Mrs Philpot haben es mir heute Morgen gebracht. Als ich meine Briefe in deine Obhut gegeben habe, hätte ich mir nicht träumen lassen, dass du selbst ein Bündel besitzt.“

„Er muss in der Nacht herausgerutscht sein, als du in mein Zimmer kamst. Ich vermute, ich hätte sie nie nach Fairchild Park mitnehmen dürfen, aber ich konnte den Gedanken nicht ertragen, sie zurückzulassen.“ Sie schüttelte ungläubig den Kopf. „Ich hatte keine Ahnung. Ich dachte, ich hätte mich gestern Nacht verraten.“

„Oh, du hast dich verraten.“ Plötzlich war alles wieder zwischen ihnen, was letzte Nacht gewesen war. „Und ich war nur zu bereit, deine Großherzigkeit auszunutzen. Aber nein, es war nicht letzte Nacht, die deine absurde kleine Maskerade verdorben hat.“

Trotzig reckte sie ihr Kinn. „Gar nicht *so* absurd, denke ich. Ich habe dich getäuscht, nicht wahr? Das einzige Problem war, dass ich mich auch selbst getäuscht habe. Ich habe mir eingeredet, dass ich Wiedergutmachung leisten könnte, wenn ich dir helfe, dich mit deiner Blindheit abzufinden.“ Sie blickte zu ihm auf und bemühte sich nicht, die Sehnsucht in ihren Augen zu verbergen. „Aber die Wahrheit ist, dass ich alles riskiert hätte, selbst deinen Hass, nur um dir wieder nahe zu sein.“

Alter Schmerz überschattete seine Augen. „Wenn du so dringend in meiner Nähe sein wolltest, warum bist du dann aus dem Krankenhaus und von mir fortgerannt? War dir mein Anblick so widerwärtig?“

Sie hob eine Hand und berührte zärtlich mit dem Finger seine Narbe. „Ich bin nicht fortgelaufen, weil ich entsetzt von deinem Anblick war. Ich bin geflohen, weil ich über mich selbst entsetzt war. Über das, wozu ich dich getrieben hatte im Namen alberner, mädchenhafter Spinnerei. Ich wollte, dass du mein Herz eroberst, indem du einen Drachen für mich erlegst. Kein einziges Mal habe ich daran gedacht, dass im wirklichen Leben viel häufiger der Drache gewinnt als der edle Ritter. Ich war fassungslos, was ich dich gekostet hatte. Ich war daran schuld, dass du verletzt wurdest und erblindet bist. Ich konnte mir einfach nicht vorstellen, wie du mir je verzeihen könntest."

„Was? Dass du mich zu einem besseren Mann machen wolltest?"

„Dass ich den Mann nicht genug geliebt habe, der du warst." Sie ließ ihre Hand sinken. „Ich bin am nächsten Tag wieder ins Krankenhaus gekommen, aber du warst nicht mehr da."

Gabriel blickte auf ihren gebeugten Kopf hinab, die weichen goldenen Locken. In dem Augenblick war sie Cecily, das Mädchen, das er geliebt hatte. Und Samantha, die Frau, die ihn geliebt hatte.

„Du hattest recht", erklärte er. „Ich habe dich nicht wirklich geliebt. Das hast du selbst gesagt. Ich kannte dich gar nicht richtig. Du warst nur ein Traum."

Bei Gabriels Worten spürte Cecily ihr Herz entzwei brechen, wie einen Eisblock zerspringen. Sie wandte ihr Gesicht ab, wollte nicht, dass er ihre Tränen sah.

Doch er hob ihr Kinn mit zwei Fingern an, zwang sie, ihm in die eindringlich blickenden Augen zu sehen. „Aber jetzt kenne ich dich. Ich weiß, wie tapfer und dumm und stur du bist. Ich weiß, dass du bei Weitem klüger bist als ich. Ich weiß, du schnarchst wie ein kleiner Bär. Ich weiß, du hast ein schlimmes Temperament und eine scharfe Zunge und kannst die großartigsten Abfuhren erteilen, die ich je gehört habe. Ich weiß, du liebst wie ein Engel und dass mein Leben ohne dich die Hölle auf Erden ist." Er umfing ihre Wange mit seiner Hand, und seine Augen schimmerten zärtlich. „Vorher warst du nur ein Traum. Aber jetzt bist du ein Traum, der wahr geworden ist."

Als Gabriel seine Lippen auf ihre senkte, durchströmte berauschende Süße Cecilys Adern. Sie schlang ihm die Arme um den Hals und erwiderte seinen Kuss mit solcher Leidenschaft, dass sie beide zu zittern begannen.

Er schob sie von sich. „Ich habe nur noch eine Frage an dich."

Ihr Argwohn kehrte zurück. „Ja?"

Er schaute sie mit gerunzelter Stirn an. „Hast du wirklich zahllose Männer ohne Hemd gesehen?"

Cecily lachte unter Tränen. „Nur dich, Mylord. Nur dich."

„Gut. Dann achten wir darauf, dass das so bleibt, ja?"

Sie quietschte auf, als er sie plötzlich auf die Arme hob und wie ein Kind an sich drückte.

Während Gabriels lange Schritte sie zur Straße brachten, legte sie ihren Kopf an seine Schulter, hatte das Gefühl, endlich nach Hause gekommen zu sein. „Ehe wir weitermachen, Mylord, muss ich darauf bestehen, dass Sie Ihre Absichten erklären. Bieten Sie mir eine Stellung als Mätresse oder als Pflegerin?“

Er küsste sie zärtlich auf die Nasenspitze, die Wangen und die Lippen. „Ich biete dir eine Stellung als meine Gattin, meine Geliebte, meine Countess und Mutter meiner Kinder an.“

Cecily seufzte selig und schmiegte sich fester an ihn. „Dann nehme ich an. Aber ich erwarte dennoch, dass du mich gelegentlich mit Schmuck und Edelsteinen überhäufst.“

Er schenkte ihr ein lüsternes Grinsen. „Nur, wenn du sie dir vorher verdienst.“

Plötzlich versteifte sie sich in seinen Armen, und ihre Augen weiteten sich entsetzt. „Oh, nein. Mir ist gerade etwas eingefallen. Was wird nur deine Mutter sagen?“

Gabriel grinste durch die wirbelnden Schneeflocken auf sie herab. „Warum finden wir es nicht einfach heraus?“ Sein Blick wurde ernst. „Das hier ist nicht nur wieder ein Traum, nicht wahr? Wenn ich morgen aufwache, wirst du immer noch da sein, oder?“

Cecily streichelte liebevoll sein Gesicht und lächelte unter Freudentränen zu ihm auf. „Jeden Tag, mein Liebster. Für den Rest unseres Lebens.“

Epilog

15. Dezember 1809

Mein liebster Lord Sheffield,

an unserem heutigen dritten Hochzeitstag fühle ich mich genötigt, Sie darauf hinzuweisen, dass Sie so unverschämt, unerträglich und arrogant wie immer sind, vielleicht jetzt sogar noch mehr als früher, da Sie so oft dabei angetroffen werden, unsere Tochter auf Ihren Schultern durchs Haus zu tragen. Trotz meiner Einwände und der meiner treusten Verbündeten, Ihrer lieben, herzensguten Mutter, haben Sie darauf bestanden, sie auf den Namen „Samantha" zu taufen, und haben so dafür gesorgt, dass sie und der Hund angelaufen kommen, wenn ihr Name gerufen wird. Eine Weile lang konnte man sich nie sicher sein, welchen von beiden man dabei ertappen würde, sabbernd an Ihren Stiefeln zu kauen. Ihre Tischmanieren weisen eine bemerkenswerte Ähnlichkeit mit den früheren ihres Vaters auf. Sie verschmäht Gabel und Löffel und wirft ihren Porridge mit einer Begeisterung um sich, die Mr und Mrs Beckwith gleichermaßen vor Schreck erbleichen lässt.

Ich schreibe Ihnen weiterhin, um Sie über die Tatsache in Kenntnis zu setzen, dass dank Ihrer aufopferungsvollen (und häufigen) Aufmerksamkeiten ich erneut in anderen Umständen bin. Vielleicht werde ich Ihnen dieses Mal einen Sohn mit grünen Augen und goldenen Locken schenken. Er kann dann die Dienerschaft mit der anmaßenden Hochnäsigkeit herumkommandieren, die man von einem Fairchild-Erben erwarten darf.

In ewiger Ergebenheit,
Cecily

16. Dezember 1809

Meine liebste Lady Sheffield,

ich darf Ihre geschätzte Aufmerksamkeit vielleicht auf den Umstand lenken, dass unser kleiner Engel viele Eigenschaften mit seiner Mutter gemein hat. Sie liebt es, von Zeit zu Zeit so zu tun, als sei sie jemand (oder etwas) anderes, sei es nun eine Elfenprinzessin oder ein Gartenfrosch. Sie hat außerdem die Angewohnheit zu verschwinden, wenn man sie am dringendsten braucht. Gestern erst, als ich verzweifelt darauf wartete, dass mein frisch ausgebildeter Kammerdiener Phillip mir das Halstuch für den Kirchgang bindet, fand ich sie fest schlafend in meinem Ankleideraum unter einem gewaltigen Stapel Hüte.

Und jetzt wollen Sie mir einen Sohn schenken, was? Zweifellos wird er genauso ein entzückender und unwiderstehlicher Plagegeist werden wie seine Mutter und seine Schwester.

Sie haben mich einmal gefragt, ob ich Sie immer noch lieben würde, wenn Ihre Lippen vom Alter faltig und Ihre Augen blass seien. Ich kann Ihnen versichern, dass ich Sie auch dann noch lieben werde, wenn ich nur gerade noch die Kraft besitze (und ein paar Zähne), an eben diesen faltigen Lippen zu knabbern.

Ich werde dich lieben, mein Herz, wenn deine Knochen so scharf hervorstehen, dass sie meine dünne Haut zu durchbohren drohen. Ich werde dich lieben, wenn mein eigenes Augenlicht schwindet und dein süßes Gesicht, das Letzte ist, was ich sehen werde. Weil ich bin und immer sein werde …

Dein dich liebender Ehemann
Gabriel

– ENDE –

Wenn Ihnen dieser Roman gefallen hat und Sie gerne mehr von Teresa Medeiros' historischen Liebesromanen lesen möchten, können Sie sich auf folgende Neuauflagen im und freuen:
„Eine skandalöse Nacht“ (One Night of Scandal) im August 2014
„Sündiger Engel“ (Once an Angel) im September 2014
„Wenn die Nacht dich küsst“ (After Midnight) im Oktober 2014
und „Wenn der Wind dich ruft“ (The Vampire who loved me) im November 2014.

2015 möchte Teresa Medeiros weitere von ihren Titeln als eBook herausbringen.

Über die Autorin

Die *New York Times*-Bestsellerautorin Teresa Medeiros hat ihren ersten Roman im Alter von einundzwanzig Jahren geschrieben und wurde rasch eine der beliebtesten und vielseitigsten Schriftstellerinnen der Genre Romance und Women's Fiction. Sie stand auf jeder namhaften Bestsellerliste der USA. Gegenwärtig sind ihre Werke in einer Auflage von mehr als zehn Millionen Büchern und in mehr als siebzehn Sprachen übersetzt erhältlich.

Sie lebt in Kentucky mit ihrem Ehemann und ihren Katzen Willow Tum-Tum und Buffy, der Maus-Jägerin.

Teresa Medeiros freut sich immer, von ihren Leserinnen und Lesern zu hören:
Sie finden Sie:

Auf ihrer Website http://www.teresamedeiros.com

Auf Facebook http://www.facebook.com/teresamedeirosfanpage

Bei Twitter @TeresaMedeiros

Eine skandalöse Nacht

von

Teresa Medeiros

übersetzt von Ute-Christine Geiler

Kapitel 1

Verehrter Leser, ich werde niemals jenen Moment vergessen, da ich zum ersten Mal den Mann erblickte, der mich umzubringen gedachte …

London, 1825

Carlotta Anne Fairleigh schlüpfte heraus. Unglücklicherweise schlüpfte sie nicht nur aus dem Fenster im zweiten Stock des eleganten Mayfair-Stadthauses ihrer Tante Diana, sondern gleichzeitig auch aus dem Oberteil ihres kostbaren Ballkleides. Ersteres wäre ihr vielleicht ohne Zwischenfall gelungen, wenn die Seidenrüschen, die das Mieder ihrer Abendrobe zierten, nicht an einem vorstehenden Nagel am Fensterbrett hängen geblieben wären.

„Harriet!", flüsterte Lottie verzweifelt. „Harriet, wo bist du? Ich brauche dringend deine Hilfe!"

Sie reckte den Hals und spähte in den gemütlichen Salon, in dem sie bis vor ein paar Minuten äußerst behaglich gesessen hatte. Eine Katze mit buschigem weißem Fell döste vor dem Kamin, Harriet allerdings schien gemeinsam mit Lotties Glück verschwunden zu sein.

„Wo steckt das dumme Gänschen von Mädchen nur?", murmelte Lottie vor sich hin.

Während sie sich bemühte, die Rüsche von dem Nagel zu lösen, rutschte sie mit den glatten Sohlen ihrer dünnen Ziegenlederschuhe auf dem Ast aus, sodass sie auf dem leicht glitschigen Holz verzweifelt nach Halt suchen musste.

Verstohlen blickte sie über die Schulter hinter sich, während ihre

Arme von der Anstrengung und der unnatürlichen Haltung schmerzten. Die Steinplatten auf der Terrasse unter ihr, die noch vor wenigen Minuten so leicht erreichbar gewirkt hatten, schienen nun Meilen entfernt. Kurz erwog sie, nach einem Lakai zu rufen, fürchtete aber, dass es ihr Bruder wäre, der kommen und sie in ihrer gegenwärtigen Zwangslage entdecken würde. Obwohl bloß zwei Jahre älter, war George, nachdem er gerade von seiner ersten Grand Tour auf dem Kontinent zurückgekehrt war, nur zu gern bereit, seine kleine Schwester bei jeder passenden Gelegenheit mit seiner neu erworbenen Welterfahrenheit zu belehren.

Die misstönenden Laute eines Streicherquartetts, das seine Instrumente stimmte, klangen durch die Französischen Fenster auf der Nordseite des Hauses. In Kürze, das wusste Lottie, würde sie das Rattern von Kutschenrädern, leises Stimmengemurmel und Gelächter hören, wenn die Crème des Londoner Adels eintreffen würde, um Lotties Einführung in die Gesellschaft feierlich zu begehen. Sie konnten nicht ahnen, dass der Ehrengast des Ereignisses eben gerade aus einem Fenster zwei Stockwerke über ihnen hing und damit höchstwahrscheinlich seine einzige Chance auf Ehrbarkeit verwirkt hatte.

Lottie wäre nicht in diese Klemme geraten, wenn Sterling Harlow, ihr Schwager und Vormund, ihr Debüt in Devonbrooke House abgehalten hätte, seinem weitläufigen Stadthaus im West End. Aber seine Cousine Diana hatte ihm die Zusage entlockt, ihr die Ehre zu überlassen.

Es bedurfte keiner großer Anstrengung seitens ihrer regen Phantasie, sich auszumalen, wie die illustren Gäste ihrer Tante auf der Terrasse um Lotties auf den Steinplatten zerschmetterten Körper herumstehen würden. Die Damen würden ihre parfümierten Spitzentücher an die Lippen drücken, um ihre Schluchzer zu dämpfen, während die Männer betrübt die Köpfe schütteln, bedauernd mit der Zunge schnalzen und leise bemerken würden, was für eine Schande es sei, auf immer Lotties anregender Gesellschaft beraubt zu sein. Sie warf einen wehmütigen Blick auf den sattvioletten Popelinstoff ihres Abendkleides. Wenn es nicht zu großen Schaden bei ihrem Absturz nahm, konnte ihre Familie sie darin vielleicht beisetzen.

Sich deren Reaktion vorzustellen, war ebenfalls nicht schwierig. Ihre Schwester Laura würde ihr vom Weinen fleckiges Gesicht an der Brust ihres Mannes bergen, ihr zartfühlendes Herz zum letzten Mal von Lotties Leichtsinn gebrochen. Aber am allerschlimmsten wäre die bittere Enttäuschung, die sich auf die attraktiven Züge ihres Schwagers malen würde. Sterling hatte erhebliche Zeit, Mühe, Geduld und Geld darauf verwendet, aus ihr eine junge Dame zu machen. Heute Nacht war ihre letzte Chance, ihm zu beweisen, dass seine Bemühungen nicht vergebens gewesen waren.

Lottie säße noch immer vor dem Spiegel ihrer Frisierkommode, wäre ihre beste Freundin Harriet nicht in den Raum gekommen, gerade als die Kammerzofe ihrer Tante letzte Hand an Lotties Frisur legte.

Da ihr die hektische Röte auf den Wangen ihrer Freundin nicht entgangen war, hatte sich Lottie rasch erhoben. „Danke, Celeste. Das ist alles."

Sobald die Zofe sich zurückgezogen hatte, war Lottie zu Harriet geeilt. „Was ist denn los, Harriet? Du siehst aus, als läge dir etwas auf der Seele."

Obwohl Harriet Dumwinkle nicht wirklich dick war, vermittelte doch alles an ihr den Eindruck von Rundlichkeit – ihre Wangen mit den Grübchen, die Gläser ihrer Drahtbrille vor den rehbraunen Augen, die Schultern, die trotz endloser Stunden mit einem Atlas auf dem Kopf im Salon von Mrs Lytteltons Bildungsanstalt für junge Damen immer noch leicht nach unten hingen. Ihr Name allein hatte ihr gnadenlosen Spott von Seiten ihrer Mitschülerinnen eingetragen. Es war der Sache außerdem nicht dienlich gewesen, dass das Mädchen tatsächlich ein bisschen … nun, dümmlich war.

Da sie Ungerechtigkeit noch nie hatte tatenlos mit ansehen können, hatte Lottie sich zu Harriets Beschützerin aufgeschwungen. So ungern sie es auch zugab, sogar sich selbst gegenüber, lag es eben an Harriets geistiger Schwerfälligkeit, dass das gutmütige Mädchen sich an Lotties Streichen beteiligte, ohne sich wegen der Folgen zu sorgen.

Harriet umklammerte Lotties Arm. „Ich habe eben zwei Dienstmädchen miteinander flüstern gehört. Du errätst nie, wer seit zwei Wochen nebenan lebt, praktisch direkt unter der Nase deiner Tante."

Lottie schaute aus dem Fenster. Das verdunkelte Haus, das ebenfalls an den eleganten Platz grenzte, war in der anbrechenden Dämmerung kaum zu erkennen. „Niemand, würde ich sagen. Es ist so ruhig wie eine Gruft. Wir sind seit Dienstag hier, und ich habe noch keine Menschenseele gesehen."

Harriet öffnete den Mund.

„Halt!“ Lottie hob abwehrend die Hände und wich zurück. „Egal. Ich will es gar nicht wissen. Das Letzte, was ich gebrauchen kann, ist, von Laura gescholten zu werden, weil ich mich in etwas eingemischt habe, das mich nichts angeht.“

„Aber das tust du doch gar nicht“, widersprach Harriet und blinzelte hinter den runden Gläsern ihrer Brille wie eine Eule. „Du bist eine Schriftstellerin. Und du hast immer gesagt, dass deine Schwester den Unterschied zwischen Recherche und Einmischung nicht erkennen kann. Daher muss ich dir sagen …“

Lottie unterbrach sie erneut. „Weißt du, wen meine Tante auf Sterlings Bitte hin für heute eingeladen hat? Miss Agatha Terwilliger.“

Harriet wurde blass. „Die schreckliche Terwilliger höchstpersönlich?“

Lottie nickte. „Eben die.“

Miss Agatha Terwilliger war die einzige Lehrerin bei Mrs. Lyttleton gewesen, die sich geweigert hatte, Lotties Hang zu Streichen einfach angeborener Mutwilligkeit oder ihrer Lebhaftigkeit zuzuschreiben. Sie war mehr daran interessiert gewesen, den Charakter ihres Schützlings zu formen, als dessen vernarrten, einflussreichen Vormund, den Herzog von Devonbrooke, zu besänftigen. Die mürrische alte Jungfer hatte Lottie unermüdlich Einhalt geboten und sich so deren unvergängliche Feindschaft eingehandelt, aber auch eine Art widerwilligen Respekt erworben.

„Sterling möchte Miss Terwilliger beweisen, dass ich nicht länger der ungestüme Wildfang bin, der die Finger ihrer Handschuhe aneinandergenäht hat und auf einem Pony in ihr Schlafzimmer geritten ist. Wenn ich heute Nacht jene Stufen hinabschreite, dann wird diese verschrumpelte alte Zimtzicke“ – Lottie zuckte angesichts dieses beklagenswerten Rückfalls in eine wenig damenhafte Ausdrucksweise zusammen – „dieses reizende alte Fräulein nichts anderes sehen als eine junge Dame, die dazu taugt, in die gute Gesellschaft eingeführt zu werden. Eine junge Dame, die sich endlich doch die Erkenntnis zu eigen gemacht hat, dass Tugend sich selber Lohn ist.“

Harriets Miene wurde flehentlich. „Aber selbst die tugendhafteste aller Damen gönnt sich ab und zu einen stärkenden Schluck von dem köstlichen Süppchen Skandal. Und darum *musst* du einfach erfahren, wer in dem Haus wohnt. Es ist …“

Lottie hielt sich mit beiden Händen die Ohren zu und begann den zweiten Satz aus Beethovens fünfter Symphonie zu summen. Unglückseligerweise hatten Jahre des Belauschens anderer sie zu hoher Kunstfertigkeit im Lippenlesen geführt.

„Nein!“ Langsam ließ sie die Hände sinken. „Das kann nicht sein! Der Mörderische Marquis höchstpersönlich?“

Harriet nickte so heftig, dass ihre Locken wie die seidigen Schlappohren eines Spaniels auf und ab flogen. „Eben der. Und die Dienstmägde schwören, dass heute seine letzte Nacht in London ist. Morgen reist er wieder nach Cornwall ab.“

Lottie maß mit immer erregteren Schritten die Länge des verblassten Aubussonteppichs. „Morgen? Dann ist dies vielleicht meine letzte Chance, einen Blick auf ihn zu erhaschen. Oh, wenn ich das nur früher erfahren hätte! Ich hätte an dem Baum vor dem Fenster nach unten klettern und in seinen Garten gelangen können, ohne dass jemand etwas davon geahnt hätte.“

Harriet erschauerte. „Und was, wenn er dich dabei erwischt hätte, wie du ihm nachspionierst?“

„Ich hätte nichts zu fürchten“, erwiderte Lottie mit mehr Überzeugung, als sie eigentlich empfand. „Soweit ich es verstanden habe, ermordet er doch nur die, die er liebt.“ Plötzlich kam ihr eine Idee; sie eilte zu ihrer Truhe und begann deren Inhalt zu durchwühlen, warf achtlos Ziegenlederhandschuhe, Seidenstrümpfe und handbemalte Fächer rechts und links daneben auf den Boden, bis sie das Opernglas gefunden hatte, das sie suchte. „Ich denke nicht, dass es schadet, wenn ich einmal einen kleinen Blick riskiere, nicht wahr?“

Als Lottie den Raum durchquerte, folgte ihr Harriet so dicht auf den Fersen, dass sie ihr fast auf die kurze Schleppe ihres Abendkleides getreten wäre. Am Fenster angekommen, stieß Lottie es auf, lehnte sich hinaus und richtete das winzige Fernglas auf das Gebäude gegenüber. Gut, dass die zarten Knospen der Linde sich noch nicht zu Blättern entfaltet hatten. Obwohl die beiden Häuser nicht mehr als eine Steinmauer trennte, hätten sie genauso gut in zwei verschiedenen Welten stehen können. Anders als bei dem Stadthaus ihrer Tante strömte aus den Fenstern dort drüben kein Licht, keine Dienstboten eilten geschäftig umher, und weder das fröhliche Lachen herumtobender Kinder noch das aufgeregte Bellen von Hunden war zu vernehmen.

Harriet stützte ihr rundes Kinn auf Lotties Schulter, sodass die erschreckt zusammenfuhr. „Meinst du, dein Onkel hat ihn zum Ball eingeladen?“

„Selbst wenn Onkel Thane ihm eine Einladung geschickt hätte, würde er nicht kommen. Es heißt, er lebt wie ein Einsiedler“, erklärte Lottie geduldig. „Und Einsiedler sind dafür bekannt, selbst Einladungen zu den begehrtesten Soireen zu verschmähen.“

Ein träumerisches Seufzen entrang sich Harriets Lippen. „Denkst du, er könnte unschuldig sein? Die Klatschzeitungen mögen ihn verurteilt haben, aber er ist nie vor Gericht gestellt worden.“

Mit einer Hand verscheuchte Lottie ein neugieriges Rotkehlchen, das auf dem Zweig über ihrem Kopf gelandet war und versuchte, an ihren hochgesteckten blonden Locken zu picken. Es war zwar der allerletzte Schrei, die Frisur mit Federn zu schmücken, aber sie bezweifelte, dass ein echter Vogel unbemerkt bleiben oder als modisches Accessoire Anerkennung finden würde. „Welche Beweise verlangst du denn noch? Eines Nachts ist er in sein Stadthaus heimgekehrt, um seine schöne junge Frau in den Armen seines besten Freundes zu entdecken, wohin sie zweifellos durch seine Gefühlskälte getrieben worden war. Dann hat er ihren Liebhaber zum Duell gefordert, ihn erschossen und sie gezwungen, ihn in die Wildnis Cornwalls zu begleiten, wo sie ein paar Monate später bei einem mehr als verdächtigen Sturz von den Klippen gestorben ist.“

„Wenn ich er wäre, hätte ich sie erschossen, statt ihren Liebhaber“, bemerkte Harriet.

„Himmel, Harriet, wie herrlich blutrünstig!“, rief Lottie erfreut und drehte den Kopf, um ihre Freundin mit neuer Wertschätzung zu mustern. „Erst letzte Woche stand in *The Tatler* das faszinierende Gerücht zu lesen, dass der Geist seiner verstorbenen Frau in den Hallen von *Oakwylde Manor* spuken und dabei wehklagend nach ihrem verstorbenen Liebhaber rufen soll. Es heißt, sie würde nicht eher Ruhe finden, bis ihr Gerechtigkeit widerfahren ist.“

„Das muss einem ja auf den Magen schlagen. Vielleicht hat er deswegen beschlossen, zwei Wochen nach London zu gehen und Geschäfte zu erledigen.“

„Verflixt und zugenäht! Musste er alle Vorhänge zuziehen?“ Lottie senkte das Opernglas. „Ich hatte fest vor, den Bösewicht meines ersten Romans exakt nach seinem Vorbild zu gestalten.“ Seufzend schloss sie das Fenster. „Aber vermutlich ist das ohnehin bedeutungslos. Nach heute Nacht bin ich offiziell auf dem Heiratsmarkt, was bedeutet, dass die Gerüchteküche Londons zu schwirren beginnt, wann immer ich die falsche Gabel benutze oder nicht in mein Taschentuch niese. Ehe man es sich versieht, werde ich auf irgendeinem Landsitz lebendig begraben sein, zusammen mit einem langweiligen Squire als Ehemann und einer Bande Rotzlöffel am Schürzenzipfel."

Harriet sank auf eine weich gepolsterte Ottomane und streckte die Hand aus, um die Katze zu streicheln, die darauf döste. „Aber ist das denn nicht der Wunsch einer jeden Frau? Einen reichen Mann zu heiraten und ein Leben der Muße zu führen?"

Lottie zögerte, da sie – was nur sehr, sehr selten vorkam – nicht die richtigen Worte fand. Wie sollte sie nur das Unbehagen beschreiben, das sie bei der Vorstellung beschlich? Während ihre Einführung in die Gesellschaft immer näher rückte, hatte sie das bedrückende Gefühl, ihr Leben würde zu Ende sein, ehe es richtig begonnen hatte.

„Natürlich ist das das, was sich jede Frau wünscht", sagte sie und versuchte dabei sowohl sich als auch Harriet zu beruhigen. „Nur ein Spatzenhirn würde ernsthaft davon träumen, eine so bekannte Schriftstellerin zu werden wie Mrs Radcliffe oder Mary Shelley." Sie setzte sich auf den Stuhl vor der Frisierkommode, tauchte ein Stückchen Reispapier in eine Puderdose und betupfte sich damit die Nase. „Ich kann Sterling nicht wieder enttäuschen. Er und Laura haben mich in ihrem Heim aufgenommen, sich um meine Erziehung gekümmert und mich aus unzähligen Klemmen befreit. Er ist mehr wie ein Vater für mich als ein Schwager. Wenn ich heute Abend die Treppe hinabschreite, dann will ich sein Gesicht vor Stolz aufleuchten sehen. Ich will die wohlerzogene junge Dame sein, von der er immer geträumt hat, dass ich sie einmal werde."

Sie seufzte und wünschte sich, die junge Frau im Spiegel würde nicht so sehr wie eine Fremde aussehen. Der Zweifel, der ihre Züge überschattete, ließ ihre blauen Augen viel zu groß für ihr Gesicht erscheinen. „Wir finden uns besser mit unserem Schicksal ab, liebe Harriet. Unsere Tage der Freiheit sind vorüber. Nach dem heutigen Abend wird es für keine von uns mehr irgendwelche aufregenden Abenteuer geben."

Lottie traf Harriets Blick im Spiegel. „Nach dem heutigen Abend", flüsterte sie. Und ehe sie wusste, wie ihr geschah, war sie schon aufgesprungen, hatte ihre Röcke gerafft und ein Bein über das Fensterbrett geschwungen.

„Wo willst du hin?“, rief Harriet.

„Ich werde einen Blick auf unseren berühmt-berüchtigten Nachbarn werfen“, erwiderte Lottie und zog auch ihr anderes Bein über die Fensterbrüstung. „Wie kann ich je hoffen, überzeugend einen Bösewicht zu beschreiben, wenn ich nie einen zu Gesicht bekommen habe?“

„Bist du dir sicher, dass das klug ist?“

Die Besorgnis ihrer Freundin ließ Lottie innehalten. Es passte nicht zu Harriet, gegen irgendetwas Vorbehalte zu haben, das Lottie vorschlug, gleichgültig, wie haarsträubend ihr Vorhaben auch war. „Ich habe noch den Rest meines Lebens, mir Sorgen zu machen, ob das klug ist, was ich tun will. Aber mir sind nur noch wenige kostbare Minuten der Freiheit gegönnt.“

Damit glitt sie langsam aus dem Fenster. Wenn sie sich reckte, konnte sie mit den Zehenspitzen den Ast unter sich erreichen. Während ihrer Jahre auf der Schule für höhere Töchter hatte sie mannigfaltige Erfahrungen darin gesammelt, Bäume hinab und wieder hinauf zu klettern, um unbegründeten Ausgangssperren und übereifrigen Schulleiterinnen zu entgehen.

„Aber was soll ich tun, wenn deine Schwester und deine Tante kommen, um dich zu holen?“, rief ihr Harriet hinterher.

„Mach dir keine Gedanken. Mit ein bisschen Glück bin ich zurück, ehe die Musiker den ersten Walzer anstimmen.“

Und genau das wäre sie auch gewesen, wenn ihre Rüschen nicht an dem blöden Nagel hängen geblieben wären und Harriet nicht plötzlich verschwunden wäre. Immer noch zwischen Baum und Fenster hängend zerrte Lottie ein letztes Mal an dem Stoff. Ohne Vorwarnung riss die Rüsche ab. Einen Moment lang überlegte sie, ob sie sich nach der Verzierung oder dem Ast greifen sollte. Dieses Zögern kostete sie endgültig ihr Gleichgewicht, und sie fiel rückwärts in die dünnen Zweige; der Entsetzensschrei blieb ihr in der Kehle stecken.

Glücklicherweise stürzte sie nicht tief.

Sie landete auf einem stacheligen Polster aus Zweigen, die sachte nach Frühling und frischem Grün dufteten. Ihr war immer noch schwindelig, und sie dachte gerade, dass die Londoner Gentlemen wohl noch etwas warten mussten, ehe sie ihr vorzeitiges Ableben betrauern müssten, als mit einem Mal Harriets Kopf und Schultern im Fenster oben erschienen.

„Oh, da bist du ja!“, rief sie fröhlich.

Lottie starrte finster zu ihr hoch. „Wo hast du gesteckt? Bist du eine Tasse Tee trinken gegangen?“

Lotties Sarkasmus prallte von ihrer Freundin ab. Völlig unbeeindruckt davon hielt sie ein dunkles Stoffbündel aus dem Fenster. „Ich habe deinen Umhang geholt. Es ist doch erst Mai, weißt du. Die Luft ist noch sehr frisch, und du wirst bestimmt nicht krank werden wollen, oder? Das könnte dein Tod sein.“

„Vierzig Fuß in die Tiefe zu stürzen aber vielleicht auch“, unterrichtete Lottie sie grimmig. Mit einem bedauernden Blick auf das ruinierte Oberteil ihres Kleides rief sie: „Wirf ihn mir herunter. Wie es aussieht, brauche ich ihn.“

Der Umhang kam herabgesegelt und landete auf ihrem Kopf, sodass sie einen Moment lang nichts sehen konnte. Lottie schob sich den weichen Wollstoff aus dem Gesicht, knüllte ihn zusammen und warf ihn über die Steinmauer.

Harriet schaute besorgt über ihre Schulter ins Zimmer. „Was soll ich tun, solange du fort bist?“

„Sei so lieb und besorg Nadel und Faden, ja?“ Während sie rasch die Brust, die sich aus ihrem Ausschnitt befreit hatte, zurück unter den Stoff schob, erklärte Lottie: „Ich denke nicht, dass Laura das hier vorschwebte, als sie sagte, mein Debüt würde *das* Gesprächsthema der guten Gesellschaft werden.“

Sie fasste den kräftigen Zweig über sich und zog sich auf die Füße. Nachdem sie ihr Gleichgewicht wiedergefunden hatte, war es für sie keine Herausforderung mehr, sich zu dem dicken Ast hinabzuschwingen, der über die Mauer in den Garten auf der anderen Seite ragte. Gerade als sie dort auf dem Boden angelangt war, hörte sie vor dem Haus ihrer Tante das Rattern einer Kutsche, gefolgt von dem gedämpften Stimmengemurmel der Insassen.

Sie hatte sogar noch weniger Zeit als erhofft. Die ersten Gäste trafen ein.

Als sie sich bückte, um den Umhang aufzuheben, drang eine scharfe, leider nur zu vertraute Stimme von jenseits der vorderen Mauer an ihr Ohr und jagte ihr einen kalten Schauer über den Rücken. „Es ist ein Wunder, dass das Mädchen sein Debüt erlebt. Ich habe Carlotta immer gewarnt, dass sie eines Tages in eine Klemme geraten würde, aus der sie sich nicht wieder mit Hilfe ihres Charmes herauswinden kann.“

„Eines Tages, Miss Terwilliger“, flüsterte Lottie und legte sich die weichen Falten ihres Umhanges um die Schultern. „Aber nicht heute Nacht."

Hayden St. Clair saß allein in der Bibliothek seines gemieteten Stadthauses und las im Kerzenschein. „‚Der geheimnisumwitterte M.M. höchstselbst wurde gestern beim Betreten eines Herrenausstatters in der Bond Street gesehen'", las er halblaut aus der neusten Ausgabe der *Gazette* vor. „Eine beachtliche Leistung", sagte er leise zu sich selbst, „bedenkt man, dass ich das Haus seit Montag nicht verlassen habe." Er blätterte auf die nächste Seite der Zeitung und suchte nach der Spalte mit der Fortsetzung. „‚Es gibt Spekulationen, dass sein ungewohnter Aufenthalt in London so anberaumt wurde, dass er zeitlich mit dem Beginn der Saison zusammenfällt, zu dem eine stattliche Zahl errötender Schönheiten auf der Jagd nach einem Gatten in die Stadt gekommen ist.'"

Hayden erschauerte, als er einen bemitleidenswerten Fuchs in eleganter Abendkleidung vor seinem geistigen Auge sah, der von einer Meute kichernder Debütantinnen zur Strecke gebracht wurde.

„‚Sollte der M.M. tatsächlich beschlossen haben, sich eine Braut zu suchen, dann möchte der unwürdige Verfasser dieser Zeilen als passende Farbe ihres Brautkleides Schwarz vorschlagen.'"

Er schnaubte halb belustigt, halb abfällig. „Sehr witzig, wirklich, elendes Pack!"

Damit hielt er das Pamphlet über die Kerzenflamme und wartete geduldig, bis sich die Ecken aufrollten und das Papier Feuer fing. Er beugte sich auf dem brokatüberzogenen Lehnstuhl vor und warf es dann in den kalten Kamin, beobachtete mit nicht geringer Befriedigung, wie es zusammen mit den heutigen Ausgaben der *Times*, des *St. James Chronicle* und dem *Courier* sowie der des *Spy* zu Asche verbrannte. Sich der Zeitungen zu entledigen, wäre sicher einfacher gewesen, wenn er sich die Mühe gemacht hätte, das Holz anzuzünden, das der Lakai im Kamin aufgeschichtet hatte, aber verglichen mit den rauen Winden, die über Bodmin hinwegfegten, erschien ihm Londons feuchte Kälte geradezu angenehm mild. Er war erst seit zwei Wochen in London, aber er vermisste bereits den salzigen Geruch des Meeres in der Luft und das schrille Kreischen der Möwen, wenn sie über den schaumgekrönten Wellen kreisten.

Er überlegte, was die Klatschkolumnisten wohl schreiben würden, wenn sie wüssten, dass er auf der Suche nach einer Frau nach London gekommen war – allerdings nicht nach einer Ehefrau. Wenn die Zeitungsschreiber mit ihren Bemühungen, ihn zu verunglimpfen und zu verleumden, weniger Erfolg gehabt hätten, wäre ihm das vielleicht sogar gelungen.

Der *Tatler* war sogar so weit gegangen, zu behaupten, er sei aus Cornwall abgereist, um den Geistern zu entfliehen, die ihn auf seinem Landsitz angeblich verfolgten. Anders als die berufsmäßigen Schwätzer war er nicht so närrisch zu meinen, Geister trieben nur an zerklüfteten Klippen oder auf windgepeitschten Mooren ihr Unwesen. Sie konnten genauso gut in einem melancholischen Klavierstück von Schubert lauern, das aus einem Fenster am Bedford Square wehte. Sie verbargen sich in einem Hauch blumigen Parfums, das hartnäckig an seinem Mantel hing, auch noch lange nachdem er an seiner Trägerin auf dem überfüllten Gehsteig vorbeigegangen war. Sie versteckten sich hinter den hübschen jungen Mädchen mit ihren frischen Gesichtern, ihren lustig wippenden Locken und dem übermütigen Geschwätz, die an den Schaufenstern der Regent Street entlangflanierten und jedem Mann, der des Weges kam, ein Lächeln entlockten.

Jedem Mann, der zu unerfahren war, um zu erkennen, dass die Freude des einen Mannes sich sehr wohl als der Untergang eines anderen erweisen konnte.

Erst heute Morgen hatte Hayden kurz so ein Geschöpf erblickt – eine goldhaarige Waldfee, die aus einer wappenbeschlagenen Kutsche gestiegen und im Haus nebenan verschwunden war, wobei sie dem Mädchen, das hinter ihr ging, neckend etwas zurief. Er hatte sie aus dem Fenster seines Schlafzimmers im oberen Stockwerk beobachtet. Wie erstarrt hatte er dagestanden, die Hände erhoben, um seine Krawatte zu knoten. Obwohl er das Fenster rasch zugeschlagen und die schweren Vorhänge zugezogen hatte, ehe er mehr als einen quälend flüchtigen Blick auf ihr Gesicht hatte werfen können, verfolgte ihn ihr fröhliches Lachen schon den ganzen Tag.

Er erhob sich und trat zu dem eleganten Lederkasten, der am Rand der Schreibtischplatte stand. Er war heute geliefert worden. Vorsichtig öffnete er den Deckel und betrachtete den auf das Samtfutter gebetteten Inhalt. Es schien ihm ein armseliger Ersatz für den Schatz, den zu finden er gehofft hatte. Genauso gut hätte er in Cornwall bleiben können, aber sein Vorhaben war ihm zu wichtig gewesen, als es einem Sekretär, Anwalt oder anderen Mittelsmann anzuvertrauen, gleichgültig, wie diskret diese waren. Er begann den Deckel mit den Beschlägen aus Messing zu senken, hielt aber kurz inne, als zögerte er, den Inhalt des Kastens zu verstecken.

Er war gerade damit beschäftigt, Bücher und Schriftstücke in die Reisetasche auf der anderen Seite des Schreibtisches zu packen, als an der Haustür ein Klopfen ertönte. Hayden beachtete es nicht weiter, da er aus Erfahrung wusste, wenn er das nur lange genug tat, würde sein Besucher wieder gehen, wer auch immer es war. Kurz nach dem Tee hatte er seinen Dienstboten frei gegeben, damit wenigstens sie ihren letzten Abend in London genießen konnten, auch wenn er selbst darauf verzichtete.

Aber der Messingklopfer verstummte nicht – er wurde ununterbrochen, laut und nachdrücklich betätigt. Ungeduldig steckte Hayden die letzten Bücher in die Tasche, durchquerte mit ausholenden Schritten das Foyer zur Haustür und riss sie auf.

Was er erblickte, vertrieb augenblicklich jegliche Zweifel, die er vielleicht noch an der Existenz von Geistern gehegt hatte.

Ein Gespenst aus seiner Vergangenheit lehnte an dem Eisengländer, und im fahlen Licht der Gaslaternen in der Straße sah sein weißblondes Haar aus wie ein silberner Heiligenschein. Seit dem windigen Herbsttag vor viereinhalb Jahren hatte Hayden Sir Edward Townsend nicht mehr gesehen – jenem Tag, an dem Hayden seine Ehefrau in der Oakley-Familiengruft zur letzten Ruhe gebettet hatte. Trotzdem Justines Beerdigung eigentlich ohne Trauergäste stattfinden sollte, hatte Hayden nicht das Herz gehabt, Ned fortzuschicken. Schließlich hatte Ned sie auch geliebt.

Er hatte Ned das letzte Abschiednehmen nicht verwehrt, aber er hatte den Friedhof verlassen, ohne auch nur ein einziges Wort mit seinem Freund gewechselt zu haben.

Früher einmal hätte sein Freund ihn vielleicht zur Begrüßung umarmt und ihm einen freundschaftlichen Schlag auf die Schulter versetzt. Jetzt aber verbot Haydens steife Haltung eine solche Geste.

„Ned“, sagte er mit gepresster Stimme.

„Hayden“, erwiderte Ned mit leicht spöttischer Miene.

Ehe Hayden widersprechen konnte, ging Ned an ihm vorbei ins Haus, blieb stehen und wirbelte seinen Spazierstock geschickt zwischen den Fingern. Er sah fast noch genauso aus wie der zwölfjährige Junge, den Hayden vor all den Jahren in Eton kennengelernt hatte – eine langgliedrige Gestalt, die vom Kopf mit dem modischen Haarschnitt bis zu den glänzend polierten Wellingtons an seinen Füßen tadellos gepflegt war.

„Komm doch bitte herein", bemerkte Hayden trocken.

„Danke. Ich glaube, das werde ich." Ned drehte sich einmal im Kreis und klopfte dabei mit der Spitze seines Stockes auf das Eichenparkett. „Ich konnte nun wirklich nicht zulassen, dass du dich aus London fortstiehlst, ohne mich zu sehen. Vielleicht hat dein Butler versäumt, es dir zu sagen, aber ich habe an jedem einzelnen Tag der vergangenen Woche vorgesprochen. Leider hat mich bislang keine Antwort von dir erreicht." Sein Blick blieb an einem Tischchen hängen, auf dem eine silberne Schale stand, die vor Visitenkarten und Einladungen auf edlem Pergamentpapier überquoll – allesamt ungeöffnet. „Ah … nicht der Butler ist schuld, sondern ich. Ich habe mich zu sehr auf die Manieren verlassen, die deine Mutter dir beigebracht hat, Gott sei ihrer Seele gnädig."

Hayden lehnte sich nun seinerseits gegen die Tür und verschränkte die Arme vor der Brust. Er weigerte sich, schuldbewusst auszusehen. „Meine Mutter hat mir beigebracht, dass es von schlechten Manieren zeugt, sich in die Angelegenheiten anderer einzumischen."

Ihn nicht weiter beachtend, nahm Ned einen Packen Einladungskärtchen und begann ihn durchzusehen. „Lady Salisbury. Lady Skeffington. Die Herzogin von Barclay." Er schaute Hayden unter hochgezogenen Brauen an. „Die hier stammen alle von hochangesehenen Gastgeberinnen. Sag mir – was für ein Gefühl ist es, wieder einmal einer der begehrtesten Junggesellen Londons zu sein?"

Hayden nahm ihm die Karten aus der Hand und warf sie in die Schale zurück. „Ich habe kein Interesse an der Gesellschaft von Leuten, die sich auf ihre guten Manieren etwas einbilden, nicht aber auf ihre Freundlichkeit und Güte. Sie suchen keinen vierten Teilnehmer in ihrem Kartenspiel und keinen Tanzpartner für ihre Töchter beim Walzer. Sie laden mich ein, damit ihre Gäste etwas zu flüstern haben hinter ihren Fächern und Zigarren – ein Kuriosum, um es zu begaffen und über es herzuziehen."

„Ach ja, genau. Der ‚Mörderische Marquis'. In den Zeitungen und Skandalblättchen gibt er den Erzschurken ab, nicht wahr? Es ist erstaunlich, dass ich den Mut zu einem Besuch aufbringen konnte." Ned studierte angelegentlich seine sorgfältig manikürten Fingernägel. „Aber da ich nicht vorhabe, mit irgendeiner deiner zukünftigen Ehefrauen zu schlafen, brauche ich mir wohl keine Sorgen zu machen, dass du mich zu Duell fordern könntest oder so in Wut gerätst, dass du mit dem Marmeladenlöffel auf mich losgehst."

Hayden versteifte sich, getroffen von den unverblümten Worten seines Freundes. „Das musst du auch nicht. Ich habe nicht vor, erneut zu heiraten."

„Das tut mir leid." In Neds kühlen grauen Augen stand Bedauern, kein Mitleid. „Du warst der ergebenste, liebevollste Ehemann, den sich eine Frau nur wünschen kann."

Einen Augenblick lang schwiegen sie beide. Dann blitzten Neds Zähne auf, fast wie bei seinem Lächeln früher. „Komm und geh mit mir aus, heute Nacht, Hayden! Harriette Wilson ist von dem Herzog von Beaufort ausbezahlt worden und hat sich in Paris zur Ruhe gesetzt, von wo aus sie alle Welt mit ihren Memoiren foltert, aber ihre Schwestern sind noch hier und wissen genau, wie man Feste feiert. Wir können uns betrinken, uns ein leichtes Mädchen besorgen und so tun, als wären wir wieder achtzehn und frisch aus Eton. Komm mit mir! Du wirst sehen. Es wird wieder genauso wie früher werden."

Trotz Neds anderslautender Beteuerungen wussten sie natürlich beide genau, dass es nie wieder so sein würde wie früher. Statt drei ungestümer, gut aussehender junger Männer, die die unerlaubten Vergnügungen der Großstadt erkundeten, würden sie nur zu zweit sein.

Hayden kramte aus den Tiefen seiner Erinnerung ein Lächeln hervor. „Ich fürchte, du wirst die liebreizenden Wilson-Schwestern heute Nacht allein umwerben müssen. Ich habe vor, bald zu Bett zu gehen, damit ich morgen schon früh nach Cornwall aufbrechen kann."

Ned spähte in den düsteren Raum hinter sich. „Ich ertrage den Gedanken nicht, dass du in deiner letzten Nacht in der Zivilisation allein in diesem gemieteten Mausoleum hockst. Lass dir wenigstens von mir eine kleine Annehmlichkeit schicken, um dich zu wärmen."

„Das wird nicht nötig sein. Der Koch hat eine schöne fette Wachtel auf dem Herd für mich stehen, und eine Flasche Madeira ist auch noch da. Das ist alle Annehmlichkeit, die ich benötige." Damit öffnete Hayden die Eingangstür.

Ned verschwendete keine Zeit, beleidigt zu sein oder so zu tun, als verstünde er nicht. Aber er blieb auf der Türschwelle stehen und drehte sich mit einem nachdenklichen Blick zu ihm um. „Du solltest vielleicht nicht so vorschnell meine Einladung ablehnen. Selbst der saftigsten Wachtel schadet eine Prise Gewürz nur selten."

Hayden beobachtete, wie Ned zu seiner Kutsche ging, von dem übermütigen Zwinkern seines Freundes beunruhigt. In Eton hatte das immer Ärger bedeutet, meist weiblicher Natur.

Über sich selbst den Kopf schüttelnd, schloss er entschieden die Tür und sperrte sowohl die Nacht als auch deren Geister einfach aus.

Lottie suchte sich vorsichtig ihren Weg durch die Schatten, die der Baum mit seinen ausladenden Ästen vom Grundstück ihrer Tante aus warf, dankbar dafür, dass sie Harriet nicht erlaubt hatte, sie zu begleiten. Harriet war noch nie besonders gut im lautlosen Vorwärtskommen gewesen. Sie hatte die unglückselige Angewohnheit, wie ein Ackergaul zu trampeln und stampfen, gleichgültig, wie weich der Boden oder wie zierlich ihre Schuhe waren.

Nebel stieg in feinen Schwaden aus der feuchten Erde auf und schimmerte gespenstisch blass im schwachen Licht der Mondsichel. Als sie aus den Schatten trat, zog sich Lottie die Kapuze ihres Umhanges über den Kopf, um ihr helles Haar zu bedecken.

Das schmale, dreistöckige Haus ragte hoch vor ihr auf, dunkel und abweisend. Wäre nicht das Gerede der Dienstmädchen gewesen, hätte Lottie schwören können, dass es verlassen war.

Sie musterte die Reihe dunkler Fenster im dritten Stock und überlegte, welches wohl zu dem Schlafzimmer des Marquis gehörte. Es war nur zu leicht, sich ihn vorzustellen, wie er ausgestreckt auf den Seidenlaken lag, in der eleganten Hand einen Schwenker mit edlem Brandy, ein sardonisches Funkeln in den Augen und ein zynisches Lächeln auf den Lippen.

Ehe er vor elf Jahren seine nunmehr verstorbene Ehefrau umworben und geheiratet hatte, war Hayden St. Clair, so hieß es, einer der begehrtesten Junggesellen ganz Englands gewesen. Die Ankündigung seiner Verlobung mit der jüngsten Tochter eines unbedeutenden französischen Adligen war der Überlieferung nach mit hysterischen Anfällen und herzerweichenden Tränenströmen zur Kenntnis genommen worden. Obwohl seine Ehe mit dem Mädchen in einer Tragödie geendet hatte, konnte die Erinnerung an ihre stürmische Romanze selbst der strengsten Matrone noch ein wehmütiges Lächeln auf die Züge zaubern. Trotz seines ziemlich aufsehenerregenden gesellschaftlichen Absturzes zweifelte Lottie nicht daran, dass eben jene Matronen ihn immer noch in ihren Salon willkommen heißen würden, und sei es nur zur Befriedigung morbider Neugierde.

Doch stattdessen hatte er sich für das Exil in der Wildnis Cornwalls entschieden. Seine kurzen, unregelmäßigen Aufenthalte in London waren geheimnisumwittert. Ironischerweise hatte sein Bemühen, möglichst unauffällig zu sein, die Neugier der Gesellschaft nur angefacht und die Skandalblättchen mit Stoff versorgt, die voller Mutmaßungen und Halbwahrheiten waren.

Lottie wartete mehrere Minuten lang, trat ungeduldig von einem Fuß auf den anderen, aber in dem dunkeln Haus war immer noch kein Lebenszeichen auszumachen. Vielleicht war der Marquis gar nicht der Einsiedler, für den ihn alle Welt hielt. Vielleicht war er gerade jetzt in irgendeinem Herrenclub oder in einer Spielhölle und gab sich den dunkleren Genüssen der Stadt hin.

Sie drehte sich um und wollte gerade wieder den beschwerlichen Aufstieg über die Mauer und den Baum in ihr Zimmer beginnen, als hinter den Französischen Fenstern an der Ecke des Gebäudes ein Lichtschein aufflackerte.

Ihr Herzschlag beschleunigte sich. Es war vermutlich nur ein Dienstmädchen oder ein Lakai, versuchte sie sich zu überzeugen, jemand, der prüfte, ob alle Fenster und Türen für die Nacht verschlossen war. Trotzdem schlich sie im Schutz der Schatten entlang der Mauer dorthin. Als sie die Ecke der Terrasse erreichte, war das Licht verschwunden.

Lottie warf einen Blick zu dem Haus ihrer Tante. Das Rattern von Kutschenrädern war immer häufiger zu hören, die Geigenmusik schien sie immer nachdrücklicher zu rufen. Sie durfte es nicht wagen, länger zu bleiben. Ihr Schwager mochte sie auf Händen tragen, aber die gute Gesellschaft hatte ihn nicht grundlos den „Teufel von Devonbrooke“ getauft. Wenn sie den ersten Tanz ihres Einführungsballes versäumte, würde die Hölle los sein.

Das Licht tauchte erneut auf, ein schwacher Schimmer, zu verlockend, um ignoriert zu werden, dann war es einfach wieder fort. Lottie schlich auf Zehenspitzen über die Terrasse und versprach sich, nur ein einziges Mal in die Höhle des Marquis zu spähen, ehe sie sich ganz in die keuschen Arme der Tugend begab.

Eine Hand hebend, um das Mondlicht abzuschirmen, trat sie dichter an das Fenster.

Die angrenzende Tür flog auf. Eine Männerhand schoss hervor, umklammerte ihr Handgelenk mit kraftvollem Griff und zerrte sie ins Haus. Zu erstaunt, um zu schreien, starrte Lottie schreckensbleich in das Gesicht des Mörderischen Marquis höchstpersönlich.

Lieferbar ab August 2014

4783404R00181

Printed in Germany
by Amazon Distribution
GmbH, Leipzig